Sonhando acordado

HANNAH GRACE

Sonhando acordado

Tradução de Bruna Miranda

Rocco

Título original
DAYDREAM
A Maple Hills Novel

Este livro é uma obra de ficção. Referências a acontecimentos históricos, pessoas reais ou localidades foram usadas de forma fictícia. Outros nomes, personagens, lugares e acontecimentos são produtos da imaginação da autora, e qualquer semelhança com fatos reais, localidades ou pessoas, vivas ou não, é mera coincidência.

Copyright © 2024 *by* Hannah Grace

O direito moral da autora foi assegurado.

Todos os direitos reservados, incluindo o de reprodução no todo ou em parte sob qualquer forma.

Direitos para a língua portuguesa reservados
com exclusividade para o Brasil à
EDITORA ROCCO LTDA.
Rua Evaristo da Veiga, 65 – 11º andar
Passeio Corporate – Torre 1
20031-040 – Rio de Janeiro – RJ
Tel.: (21) 3525-2000 – Fax: (21) 3525-2001
rocco@rocco.com.br
www.rocco.com.br

Printed in Brazil/Impresso no Brasil

Preparação de originais
MARINA MONTREZOL

CIP-BRASIL. CATALOGAÇÃO NA PUBLICAÇÃO
SINDICATO NACIONAL DOS EDITORES DE LIVROS, RJ

G754s

    Grace, Hannah
        Sonhando acordado / Hannah Grace ; tradução Bruna Miranda. - 1. ed. - Rio de Janeiro : Rocco, 2025.

    Tradução de: Daydream : a maple hills novel
    ISBN 978-65-5532-528-7
    ISBN 978-65-5595-336-7 (recurso eletrônico)

    1. Ficção inglesa. I. Miranda, Bruna. II. Título.

25-96212
                        CDD: 823
                        CDU: 82-3(410.1)

Meri Gleice Rodrigues de Souza - Bibliotecária - CRB-7/6439

Para as filhas mais velhas da minha vida
Eu vejo vocês
Eu sou grata por vocês
E acima de tudo
Eu amo vocês por quem são, e não pelo que fazem por todo mundo

Playlist

ART | TYLA	2:29
DAYDREAMIN' | ARIANA GRANDE	3:31
HOSTAGE | BILLIE EILISH	3:49
LET ME GO | GIVĒON	2:57
WHAT MAKES YOU BEAUTIFUL | ONE DIRECTION	3:20
END OF AN ERA | DUA LIPA	3:16
MARJORIE | TAYLOR SWIFT	4:18
VALENTINE | LAUFEY	2:49
NEVER KNOCK | KEVIN GARRETT	4:36
WE CAN'T BE FRIENDS (WAIT FOR YOUR LOVE) | ARIANA GRANDE	3:49
GIRL I'VE ALWAYS BEEN | OLIVIA RODRIGO	2:01
DON'T | BRYSON TILLER	3:18
WANNABE | SPICE GIRLS	2:53
KARMA | TAYLOR SWIFT	3:25
LITTLE THOUGHTS | PRIYANA	1:12
I MISS YOU | BEYONCÉ	2:59
HOW DOES IT MAKE YOU FEEL | VICTORIA MONÉT	3:36
TEENAGE DREAM | KATY PERRY	3:48
POV | ARIANA GRANDE	3:22
DANDELIONS | RUTH B.	3:54

"Mas um livro é apenas o retrato de um coração — cada página, uma batida."

— *Emily Dickinson*

Uma carta da Hannah

Querida leitora,

Sei que não vê a hora de começar este livro, mas quero dizer algumas coisas antes que você mergulhe de cabeça na história de amor de Henry e Halle. Achei que seria algo "breve", mas, ao pensar no que gostaria de dizer, percebi que não, então prepare-se.

Desde que *Quebrando o gelo* foi publicado, recebi muitas mensagens perguntando se Henry receberia um diagnóstico que explicasse os traços que sempre chamei de "sinais de neurodivergência". A resposta curta é "Não, isso não acontece".

Talvez algumas pessoas estejam pensando: *Ok. Tá bom. Eu poderia ter lido isso no livro...* Mas sei que muitas de vocês se identificam com o Henry, ou talvez estejam na própria jornada em busca de um diagnóstico, e saber disso antes de ler pode ser importante para você.

Sempre disse que não escreveria uma história sobre diagnóstico, então isso não é novidade para quem me acompanha há um tempo. Há muitos motivos para isso; além dos obstáculos da vida real que o Henry poderia enfrentar com o sistema de saúde, o principal é que, todos os dias, pessoas levam vidas plenas sem encontrar uma explicação para o fato de se sentirem diferentes.

Não ter um diagnóstico médico não faz ninguém — nem seus desejos nem suas necessidades — menos legítimo.

O comportamento dele é levemente baseado no meu, e levei trinta anos para receber o meu diagnóstico de autismo e TDAH, algo que não tinha ao começar a escrever o personagem. Quando eu tinha vinte anos, como o Henry, e me sentia perdida, frustrada e chateada porque meu cérebro parecia *não* funcionar, ninguém achou que era algo além da ansiedade e da depressão já diagnosticadas.

Tenho sido muito sincera sobre como foi difícil escrever este livro. Queria fazer a coisa certa por vocês e, mais do que isso, por Henry.

Coloco um pouco de mim mesma em cada personagem que crio: a ansiedade da Anastasia, o autossacrifício do Nate, a necessidade da Aurora de ser querida, a solidão da Halle e as cicatrizes invisíveis do Russ por causa do vício em jogo do pai. Passei muito tempo preocupada porque as pessoas entendiam Henry apenas pelas partes dele — partes de mim — que se fecham ou que precisam ficar sozinhas. A parte de mim que se exaure tentando imitar outras pessoas e absorvendo suas características como uma esponja. A parte de mim que se esforça tanto e, ainda assim, erra demais.

É irônico que a pressão que coloquei em mim mesma para não decepcionar todos vocês seja, provavelmente, algo que o Henry faria.

Acredito que ele seja o personagem que mais mudou desde quando o criei, mas isso aconteceu porque *eu* mudei muito desde que Nate e Tassi surgiram.

Espero que você leia esta história e veja um homem que *ama* as pessoas ao seu redor e perceba que, quando se trata de conflito, nem todo mundo pensa da mesma forma.

Realmente torço para que seu tempo de espera por *Sonhando acordado* valha a pena.

Prepare-se: esta jornada vai ser longa.

Com todo o amor,
Hannah

Capítulo um

HALLE

— Acho que a gente deveria terminar, Halle.

A expressão séria do Will parece ridícula com a minha cozinha no fundo. As franjas e flores que a minha mãe escolheu, sempre sentimentais e nostálgicas demais para eu me desfazer delas. Armários amarelo néon, um projeto DIY depois que ela aprendeu a fazer dry martínis em casa com a nossa vizinha, a sra. Astor. Joy, a gata que a vovó comprou para comemorar quando me mudei para cá, está dormindo na ilha da cozinha, rodeada por peixes de crochê. O cheiro é da segunda fornada de croissants, porque eu sempre queimo a primeira.

É tudo tão caseiro. Tão "não sério". Normal demais para justificar a seriedade dele.

Os olhos de Will acompanham meus movimentos enquanto tiro o avental com a estampa "Olha só eu na cozinha" que ele me deu de aniversário, como se estivesse esperando uma reação dramática. Sua mandíbula travada chama mais atenção para os traços finos do rosto, e ele não se parece nada com o cara tranquilo que namorei pelo último ano, e muito menos com meu amigo há dez anos. Não, este Will parece um homem que chegou ao seu limite.

Depois de pendurar o avental no gancho ao lado do fogão, puxo um banco para nos sentarmos em lados opostos da ilha. Quando apoio o rosto na palma da mão, não sei se tinha a intenção de imitá-lo ou se é resultado de nos conhecermos há tanto tempo.

Ele estica a mão por cima da bancada e segura a minha, apertando-a de leve, me incentivando.

— Diz alguma coisa, Hals. Eu ainda quero ser seu amigo.

Preciso falar algo. O que me falta em experiência eu compenso em bom senso, então tenho quase certeza de que términos são um diálogo. Aperto a mão dele também, para pelo menos *parecer* que estou interagindo.

— Tá bom.

Não era assim que imaginava meu primeiro término. Nunca esperei sentir... nada? Achei que sentiria meu coração se partir, que fosse sentir uma dor quase física. Que os pássaros parariam de cantar e o céu ficaria cinza; mas, apesar de sentir o vazio que eu esperava, não é a mesma coisa. Não tenho certeza de que é normal imaginar como vai ser seu primeiro término, mas achei que seria um pouquinho mais interessante. Infelizmente, assim como a minha vida amorosa, é sem graça. Nada se quebra, e o céu continua azul como sempre foi em Los Angeles.

— Você não precisa se controlar, Hals. Pode se abrir, dizer o que está sentindo.

O incentivo para eu me abrir só piora a situação. Tiro a mão, pressiono as palmas nas coxas e penso em como lidar com isso.

— Não estou me contendo. Você tem razão; acho que deveríamos ser apenas amigos.

Will me encara, incrédulo.

— Você concorda? Não está chateada?

Tenho a sensação de que ele quer que eu fique chateada, e não o culpo por isso. Adoraria ficar chateada porque, ao menos, se ficasse, poderia acreditar que sou capaz de me apaixonar.

Porque eu queria muito, muito mesmo, me apaixonar por ele.

Não sou o tipo de pessoa que tem dificuldade de se expressar, mas neste momento ninguém diria isso de mim. Não quero magoar o Will, por isso é tão difícil saber o que dizer. Estou me arrependendo de não ter fingido uma reação explosiva.

— Não é que não esteja chateada. Só não acho que a gente deva prolongar algo que não está funcionando. Eu te amo, Will. Não quero estragar nossa amizade tentando manter um namoro.

Mais do que já estragamos, foi o que eu não disse.

— Mas não está apaixonada por mim — diz ele com a voz carregada de amargura. — Né?

Se pudesse me dar um chute, eu daria.

— E isso importa, se você está terminando comigo?

É como se *eu* tivesse dado um pé na bunda *dele*.

— Importa pra mim. Dizer que você me ama e que está apaixonada são coisas diferentes. Mas você não está, né? Nunca esteve, e é por isso que está feliz.

Não acredito que ele acha que estou feliz. Ele não me conhece?

Para todos, Will Ellington e eu éramos inevitáveis. Menos para nós dois.

Quando meus pais se separaram e minha mãe se casou com meu padrasto, Paul, nós saímos de Nova York e fomos para o Arizona por causa do trabalho dele. Os

Ellington moravam na casa ao lado, e nossos pais se tornaram melhores amigos num piscar de olhos. Perdi a conta de quantos feriados e férias passamos juntos ao longo de uma década, o que quer dizer que eu e Will não tivemos muita escolha além de passar tempo juntos.

Contudo, nunca houve um clima entre nós. Nenhum rumor ou comentário de "um gosta do outro", nenhuma faísca quando nossas mãos se tocavam, nada de olhares secretos. Éramos só Halle e Will: vizinhos e bons amigos.

Sobrevivemos ao ensino médio juntos, e eu o vi namorar todo mundo na nossa turma sem ter um momento com "You Belong with Me" tocando na minha cabeça. Então, um ano atrás, quando nós dois fomos passar o verão em casa durante as férias da faculdade, Will me convidou para ir com ele a um casamento. Tenho certeza de que eu não era a primeira opção, mas fui pressionada pelos pais dele.

Como *tradicionalistas*, eles não achavam que era saudável uma mulher passar o verão inteiro lendo e escrevendo, porque "eu nunca acharia um namorado com a cara enfiada nos livros". Mesmo quando Gigi, minha irmã adolescente, disse que eles deveriam sair do século XIX, insistiram que eu aceitasse o convite.

Foi no casamento, após beber boa parte de uma garrafa de vinho roubada de uma mesa, que nos beijamos e começamos esta confusão.

A princípio foi empolgante, e durante aquelas duas semanas de férias vi nosso relacionamento de um jeito totalmente novo. Will sempre foi popular e, por mais que odeie admitir isso agora, me senti especial quando quis ser meu namorado.

Ele era o capitão do time de hóquei da escola, alguns diziam que ia ser uma estrela da NHL. Sempre foi bonito e carismático; podia escapar de qualquer enrascada com aquele sorriso. A faculdade só aumentou sua autoconfiança e, quando o visitei durante nosso primeiro ano, ficou claro que era tão querido lá quanto em casa.

Com base nisso tudo, por que não iria querer namorá-lo, se todo mundo queria? Ele era meu único amigo. Fazia sentido, né?

Eu não era capitã de nada, não precisava sair de nenhuma enrascada porque nunca fazia nada de interessante. Meu nome não era acompanhado por uma longa lista de adjetivos. Então, sim, me senti lisonjeada.

Nossos pais ficaram eufóricos, claro. O sonho deles de planejar o casamento e dividir os netos parecia próximo, e eles não se importavam com o fato de eu estudar em Maple Hills e ele em San Diego. Eram apenas duas horas de viagem, e eles tinham certeza de que ficaríamos bem porque eu podia organizar meus horários para combinar com os treinos de hóquei do Will.

Nada. De. Mais.

A confiança deles aumentava a minha, algo que eu desejava (desesperadamente) depois que a empolgação que senti quando Will pediu para transar comigo passou. Falei que não me sentia pronta, e ele disse que eu só estava intimidada por causa da quantidade de meninas com quem ele já tinha transado, mas que não devia me preocupar. Com uma expressão de horror e vontade de sair correndo, falei que não me importava de saber com quem ele já tinha dormido e que a vida sexual dele não tinha nada a ver com a nossa decisão de fazer isso ou não.

Eu queria sentir borboletas no estômago e uma necessidade inexplicável de levantar o pé quando nos beijávamos; em vez disso, sentia marimbondos. Bichinhos nojentos e desconfortáveis que me picavam toda vez que Will enfiava a mão por baixo da minha camiseta. Era óbvio que algo estava errado, mas meu coração me dizia que só precisava de mais tempo. Minha cabeça, por outro lado, dizia que eu já sabia a verdade, só não tinha a coragem de ouvir.

— Halle? Pode parar de viajar por um segundo pra ter a porra de uma conversa? Caramba — reclama Will, impaciente e alto o bastante para acordar Joy, que anda pela mesa e passa o rabo pelo meu queixo antes de se deitar na minha frente. O timer do forno apita, eu o desligo e tiro os croissants que não quero mais comer.

— Nada disso me deixa feliz. Sinto que está chateado comigo por dizer que estou bem em vez de, o quê? Gritar? Chorar?

Ele bufa e leva a caneca de café até a boca, abafando um resmungo. Sempre odiei quando ele resmungava.

— Estou irritado por causa do tanto de merda que vou ouvir por terminar com você, já que se importa demais em agradar todo mundo pra fazer isso por conta própria. Vou ser o maior babaca de todos por tomar uma atitude que você é covarde demais pra bancar. Não é justo. Eu quero você, mas você não me quer, então eu tenho que ser o vilão.

Eu me enganei. Há, sim, uma lista de adjetivos que acompanham meu nome. Mas pelo visto não são elogios.

— Não sou covarde. Só queria dar uma chance para a gente dar certo. Não estava planejando foder com tudo.

— Quem me dera você estivesse. Talvez isso resolvesse o problema — murmura ele, alto o bastante para eu ouvir.

Foi como ele se estivesse cutucando uma ferida recente, uma que ele criou. Quero revirar os olhos e dizer como ele está sendo infantil e patético, só que Will finalmente encontrou algo nessa conversa horrível que me magoa de verdade.

Não sei por que minha libido some quando se trata dele, e eu *realmente* queria saber. Não quero lhe dar a satisfação de saber que me magoou, então suspiro e inclino minha cabeça.

— Você está sendo um babaca.

Ele cruza os braços e se afunda na cadeira. Depois de torcer o nariz, solta um barulho que é uma mistura de suspiro e grunhido.

— Desculpa, peguei pesado. É que... — Ele ajeita a postura de novo, sua inquietude tão diferente da tranquilidade de sempre. — Não consigo não pensar que tudo seria melhor se a gente tivesse um relacionamento adulto de verdade. Não sei como você pode saber que odeia sexo se nem tentou. Eu fui tão paciente com você, Halle, não fui? Mais paciente do que qualquer outro cara teria sido.

De repente, sua necessidade de terminar comigo *agora* parece fazer mais sentido, porque ontem eu disse que ainda não estava pronta para transar com ele. Se "paciente" quer dizer parar quando eu peço, então, sim, o Will tem sido paciente. Se "paciente" quer dizer trazer o assunto à baila constantemente e me interrogar sobre meus sentimentos e minhas escolhas, mas ficar irritado quando repito que ainda não estou pronta, então, sim, ele tem sido paciente.

Tenho quase certeza de que nada disso deveria ser considerado um ato de paciência, mas não tenho energia para destrinchar minha vida sexual, praticamente inexistente, no café da manhã.

— Somos dois adultos em um relacionamento, então isto é um relacionamento adulto. — Como eu já disse um milhão de vezes. — E, meu Deus, pela última vez, nunca disse que odeio sexo. Só disse que não estou preparada. A gente chegou a um acordo, eu fiz outras coi...

— Ah, e chamar isso de acordo é ótimo mesmo. Valeu.

Quero bater a cabeça na mesa.

— Escuta, estamos fugindo do assunto. Podemos contar pros seus pais que foi uma decisão mútua. Ninguém precisa parecer um vilão; foi mútuo.

Ele me lança um olhar incrédulo.

— Como se fossem acreditar nisso. E o Dia de Ação de Graças? O Natal? As férias da primavera? Você é muito ingênua se acha que vão deixar por isso mesmo.

Não posso fingir que ele está exagerando ao pensar em como nossos pais vão reagir à notícia. Também estou preocupada com isso. Quem sabe ele tem razão? Talvez eu seja uma covarde que se preocupa demais em agradar todo mundo e o tenha forçado a tomar uma atitude para não sair mal na história.

Esse último verão que passamos em casa deixou claro que, sem nossos hobbies ou compromissos familiares para encher os dias, não temos muito em comum. Will quer curtir com os amigos até sua carreira profissional começar, e eu quero ser uma autora publicada antes dos vinte e cinco anos. Nós dois somos ambiciosos, só que de formas diferentes. Quando você adiciona uma dose extra de tensão por eu não querer tirar a roupa quando ele quer, este término se torna inevitável.

Se eu tivesse amigos que não fossem também amigos do Will, tenho certeza de que iriam se perguntar por que estávamos juntos. Pensei muito sobre isso no último ano, e a resposta não foi muito boa pro meu lado.

Minhas teorias variavam muito, desde o fato de me importar demais em agradar todo mundo, como já foi dito, até estar passando por um período de rebeldia tardia contra meu irmão mais velho, Grayson. Ele sempre odiou o Will, dizia que era arrogante demais e que nossa amizade era unilateral. Eu era muito comportada para me rebelar contra qualquer outra coisa, então não ouvir meu irmão era meu maior ato de insubordinação. Mesmo assim, parecia um exagero.

No fim, não podia fugir da verdade: solidão. Porque, se terminássemos, quem eu teria?

Claro, nosso relacionamento não era perfeito, mas ele me ligava todo dia e me queria por perto.

— Vou dizer que queria muito passar o Natal com meu pai e Shannon. Acho que meu irmão vai estar lá, então essa pode ser minha desculpa. Quando voltarmos para cá em março, nas férias da primavera, todo mundo já vai ter esquecido o término.

— Tem certeza? — pergunta ele.

Acabei de lhe oferecer a melhor desculpa do mundo e ele nem consegue disfarçar a felicidade. Nossa, que nojo.

— Certeza absoluta.

Eu o vejo relaxar.

— Se você não vem pra casa, acho que não deveria mais vir assistir aos meus jogos também.

Apesar de não ser uma surpresa, queria que ele tivesse terminado comigo antes de eu ter decidido abrir mão do clube do livro e reorganizado a grade de aulas para ir aos jogos.

Falei que tinha decidido, mas, já que não estamos mais juntos, acho que não preciso mais mentir para defender o Will. Posso admitir que ele passou o verão inteiro me implorando para ir aos jogos, apesar de eu ter dito várias vezes que não queria, então ele argumentou que todas as outras namoradas iam e desisti de contra-argumentar. Então me organizei assim que o ano letivo começou. Eu odiei deixar a livraria na mão em cima da hora, mas o pessoal de lá foi bem legal, e um dos vendedores ficou feliz em assumir a moderação do clube.

— É, tá tudo bem. Não quero que nossos amigos achem que precisam tomar partido, e o fato de eu não estar por perto deve ajudar nisso.

Se não conhecesse o Will tão bem, não teria percebido suas sobrancelhas se aproximarem e ele começar a fazer um bico, mas ali estava: um olhar de descrença.

— Ah, sim. — Ele coça o queixo. — Todo mundo estava me falando pra terminar já faz um tempo, então não sei como ia ser com você lá. Meio estranho, provavelmente.

Pela primeira vez desde que ele disse "Acho que a gente deveria terminar", tenho vontade de chorar. Embora fosse óbvio para mim que algo estava errado entre nós, pensar que todos os amigos dele da faculdade estavam opinando e decidiram, em conjunto, que o Will devia terminar comigo me dá um embrulho no estômago.

Sempre me esforcei para ir a todos os jogos possíveis, antes mesmo de virarmos um casal. Eu vestia a camisa do time dele, me sentava com as outras namoradas, torcia por ele. Pesquisei os interesses deles, fiz o possível para me encaixar enquanto conversavam sobre colegas de faculdade que eu não conhecia, já que meus amigos sempre foram os amigos do Will. Até quando éramos crianças, era sempre ele que me apresentava a novas pessoas.

Ainda sinto a dor das suas palavras ao observá-lo terminar de beber o café. Ele parece tão tranquilo; já eu estou tentando controlar o desejo de encontrar o pedaço de terra mais próximo e me enterrar ali mesmo.

— Não são mais meus amigos, entendi.

— Se você parar pra pensar, nunca foram seus amigos de verdade. — Ele me olha e espera que eu diga algo, como se não tivesse acabado de jogar minha maior insegurança na minha cara com a naturalidade de quem pergunta se vai chover. — Você já se perguntou se teria amigos de verdade se não vivesse num mundo de fantasia?

— Nossa, agora você falou igual aos seus pais. As pessoas podem gostar de ler e ainda ter uma conexão saudável com a realidade, Will — respondo. — Não sou uma pária social porque gosto de ficção. Ninguém em Maple Hills nunca me excluiu porque leio romances. Talvez, se tivesse passado mais tempo por lá em vez de ficar seguindo você por aí, eu tivesse um grupo de amigos aqui.

Ele bufa. Se vier com mais uma atitude arrogante dessas, vai levar um croissant na cabeça.

— Talvez, se você se importasse tanto com nosso relacionamento quanto com essas pessoas imaginárias, eu não tivesse desperdiçado um ano da minha vida.

É impressionante como uma conversa pode mudar a forma como alguém vê você.

— Acho que é melhor você ir pra casa agora.

— Não seja tão sensível, Hals. — Ele se levanta e para do meu lado. O braço que cai sobre meus ombros parece dez vezes mais pesado do que deveria, e seu beijo no topo da minha cabeça queima como ácido. — Só estou me colocando em primeiro lugar. Fazendo isso por mim, entende? É um novo ano, e mereço um novo começo. O hóquei vai...

Sua voz vira um ruído de fundo, mas não consigo ouvir direito porque estou usando todas as forças para não falar que entendo, *sim*, já que eu coloco *ele* em primeiro lugar nem sei desde quando. Coloco todo mundo em primeiro lugar, na verdade.

Passei a vida inteira cuidando de tarefas e assumindo responsabilidades que outras pessoas não queriam. Faço sacrifícios sem pensar duas vezes, porque é o que sempre fiz, e agora é difícil saber se é uma verdadeira vontade de ajudar ou simplesmente força do hábito.

À medida que minha família mudou e cresceu graças ao divórcio e ao segundo casamento dos meus pais, minha lista de pessoas para ajudar também aumentou. Apesar de Grayson ser o mais velho, tudo cai nas minhas costas. Desde as minhas memórias mais antigas, sempre foi "Ah, a Halle não vai se importar em ajudar", e nunca "Halle, você se importa?" ou "Halle, você está ocupada?".

Não me lembro de escolher isso, e estou cansada.

Adoraria dizer que minha necessidade de agradar todo mundo se limita às pessoas que amo, mas sei que não é verdade. Seja o Will, seus amigos, seus pais, vizinhos... estranhos...

Parece que qualquer um que entra na minha vida vem antes de mim na minha lista de prioridades de algum jeito, e olha só no que deu.

Estou solteira, sem amigos, sem hobbies, com a agenda perfeita para ser a namorada de um jogador de hóquei e nada além disso, já que não tenho nenhuma outra atividade com o que preencher o tempo.

Cansei de ser uma coadjuvante na minha própria vida. Então, se o Will vai passar o ano se colocando em primeiro lugar, eu também vou.

Capítulo dois

HENRY

Se viagem no tempo existisse de verdade, eu voltaria ao passado e convenceria Neil Faulkner a recusar a oportunidade de ser técnico de hóquei universitário.

Apesar das minhas boas intenções e dos meus vinte anos de prática, ainda não tenho muita noção do que motiva as pessoas. Por outro lado, costumo saber como não ficar em maus lençóis com o treinador. É por isso que sinto um embrulho no estômago quando ouço meu nome ser chamado pelo grito rouco do Faulkner.

— *Uuuuuuh...* — A tentativa do Bobby de imitar um fantasma de desenho animado gera uma onda de risadas pelo vestiário. Ele não vê o olhar que lanço na sua direção enquanto tira a camisa dos Titans. — Alguém fez merda. O que rolou, chefe?

— Não faço ideia — murmuro em resposta ao vestir minha calça de moletom. — Joguei hóquei. Respirei. Existi. As possibilidades são infinitas.

— Foi bom te conhecer, irmão — diz Mattie, me dando um tapinha nas costas ao passar na direção oposta, rumo aos chuveiros. — Não fala pra ninguém, mas você sempre foi o meu favorito.

— Eu sou uma piada pra você? — grita Kris ao jogar algo que parece ser uma meia suja. Ela bate na cabeça do Mattie, bagunça seu cabelo preto e cai embaixo de um banco.

E, em questão de segundos, minha cota de paciência com meus colegas de equipe acabou por hoje.

— Tenho certeza de que não é nada. — Russ tenta me confortar enquanto seca o cabelo com a toalha. — Se não estiver de volta quando eu terminar aqui, te espero no carro.

As aulas voltaram faz poucas semanas e já sinto como se tivesse sido atropelado. Durante o verão, passei um bom tempo pesquisando "como ser um bom capitão" e, apesar de não acreditar que tenha a resposta certa, estou tentando colocar algumas coisas em prática. Sou o primeiro a chegar e o último a ir embora. Estou sempre incentivando os jogadores novos e menos confiantes. Tento ser positivo, o que significa não dizer sempre a primeira coisa que me vem à cabeça. Mantenho a mente aberta para experimentar coisas novas, apesar de ser contra a minha natureza. Tenho feito minha série completa na academia em vez de me deixar distrair pela playlist perfeita. Não passo o treino sonhando acordada.

Em resumo, tenho feito muitas coisas que são contraintuitivas para mim.

Nem bebi no jantar de aniversário da Anastasia e da Lola, porque tinha passado horas pesquisando na internet a relação entre desempenho esportivo e consumo de álcool.

Então, só de saber que Faulkner está com raiva de mim até quando estou me esforçando para fazer um bom trabalho, já fico com ânsia de vômito. A batida que dou na porta do escritório do treinador parece ecoar.

— Entre! — grita ele. — Sente-se, Turner.

Ele aponta para uma das cadeiras gastas à sua frente, e eu lhe obedeço. Por estar me esforçando ao máximo para prestar atenção nele, consegui identificar com clareza seus possíveis três estados de espírito:

1. Puto da vida, aos berros.
2. Irritado por se ver cercado de jogadores de hóquei.
3. Qualquer que seja a palavra para descrever como está me olhando agora.

Ele tamborila a caneta na mesa; o plástico faz cliques altos na madeira. Uso todas as minhas forças para não me inclinar para a frente e arrancar a caneta da mão dele, só para fazer o barulho parar.

— Você sabe por que chamei você aqui?
— Não, treinador.

Felizmente, ele larga a caneta e puxa o teclado do computador para perto.

— Acabei de receber um e-mail solicitando que eu ligasse para conversar sobre você, por ter tirado nota baixa em um trabalho do professor Thornton e, em vez de resolver isso com ele, foi falar com sua orientadora para tentar largar a matéria. Você tem algo a dizer antes?

Todas as palavras que sei somem da minha mente, exceto *merda*.

— Não, treinador.

Ele passa a mão pelo topo da cabeça como se estivesse penteando o cabelo com os dedos. Sempre quis perguntar o motivo desse gesto, já que ele é careca e, de acordo com as gravações de jogos a que assistimos, já não tem cabelo faz uns vinte e cinco anos. Apesar do incentivo dos outros caras do time, Nate me disse para não perguntar a menos que eu queira comer o pão que o diabo amassou, o que não é o caso. Mas a pergunta sempre me volta à mente quando o vejo passar a mão no cabelo inexistente.

— Então tá.

Seus dedos gordos praticamente furam o telefone quando digita os números, o fone encaixado entre a orelha e ombro. Não posso fazer nada além de ficar ali, ouvi-lo se apresentar e soltar alguns grunhidos. Nate sempre disse pro time que Faulkner consegue sentir o cheiro do medo, então não se deve nunca demonstrar fraqueza. Admitir que estraguei meu semestre pouco depois de começar parece fraqueza.

Ele desliga o telefone e me encara de um jeito tão intenso que parece estar vendo a minha alma.

— A srta. Guzman disse que o lembrou três vezes de marcar um horário para se matricular nas matérias...

— É verdade.

— ... E que, quando você finalmente tentou se matricular, a matéria que queria já estava cheia. Então escolheu a aula do Thornton porque achou que ia conseguir entrar em outra coisa pela lista de espera e trancar a disciplina no período de alteração de disciplinas.

— Exatamente.

— Mas você nem entrou na lista de espera de nada nem trancou a matéria do Thornton a tempo.

Queria ter feito isso. De verdade. Mas fiquei tão nervoso por ter que substituir o Nate, preocupado em ser um bom capitão, que todo o resto ficou de lado. Cada obstáculo só me fazia adiar as coisas, e continuei dizendo a mim mesmo que daria um jeito, até ser tarde demais.

— Também é verdade.

— Então você está dizendo que — diz ele, então faz uma longa pausa para tomar um gole do café, só para me fazer sofrer mais —, apesar de ter tido várias oportunidades de resolver a situação, não fez isso e agora está aqui, atrapalhando as poucas horas de felicidade no meu dia em que não preciso olhar para a sua cara, me pedindo ajuda?

Gostaria de ressaltar que foi ele quem me chamou e que tentei falar com a minha orientadora, cujo trabalho é justamente ajudar alunos nos programas esportivos, mas imagino que o técnico aceitaria isso tão bem quanto está aceitando o fato de eu ter tirado nota baixa em um trabalho.

— Acho que sim.

— Qual é o seu problema com o Thornton?

Eu me lembro do que eu e a Anastasia conversamos antes da minha visita à srta. Guzman. Repito as palavras dela como um papagaio:

— O método de ensino dele e o meu estilo de aprendizagem são incompatíveis.

— Você vai ter que elaborar essa resposta aí, Turner. — Faulkner suspira e se recosta na cadeira. Aperta um botão no mouse e encara o computador. — Você está indo bem em todo o resto, e sei que se esforça. Então qual é o problema dessa matéria que está te fazendo pensar em desistir?

Estou tentando lembrar como expliquei para Anastasia e Aurora no dia que voltei para casa depois da primeira aula com Thornton. Passei cinco minutos reclamando e depois tive que ficar deitado no chão encarando o teto por uma hora.

— Preciso de aulas desse módulo para cumprir os requisitos e me formar. Todo mundo sabe que a matéria do professor Thornton tem muita leitura e pesquisa; por isso ninguém quer fazer. Ele basicamente ensina história mundial, quase não fala de arte. Tenho dificuldade em me concentrar no material porque tem muita coisa irrelevante para os objetivos do curso... na minha opinião. E não gosto de ler coisas que não me interessam. Não consigo focar. Além disso, na maior parte do tempo, não entendo o que ele quer. Já entrei em buracos negros de informações só para chegar à conclusão errada e, aí, é claro, me dou mal.

Faulkner suspira de novo. Eu me pergunto se ele faz isso em casa também ou se é algo que reserva para o trabalho. Me pergunto se sua família sente a mesma coisa que eu.

— Aqui diz que você tem uma matéria parecida com a professora Jolly, mas não está tentando sair dessa aula.

Jolly é praticamente uma hippie e acredita que a história da arte deve ser aprendida e sentida com a alma. Ela odeia o conceito de dar notas para a interpretação e o prazer das pessoas ao estudarem arte, então sua aula só tem uma prova final e apenas porque é exigência do departamento. Desde que você não falte, é impossível não passar na matéria dela, e ela não impõe um prazo para a matrícula; logo, pude participar mesmo tendo me inscrito bem depois.

Amo a aula da professora Jolly não só porque é interessante *de verdade*, mas também porque entendo o que ela quer de mim. O que aprendo me ajuda na prática, e não saio da aula me sentindo despreparado e sem rumo, como acontece com a do Thornton. Seria a solução perfeita, mas não se encaixa nos requisitos.

— Eu funciono melhor quando tenho a pressão de uma prova final.

Faulkner volta a batucar a caneta.

— Você já conversou com o professor Thornton?

O professor Thornton está menos interessado do que você, é o que quero responder.

— Ele não estava aberto a me ouvir.

— Não posso fazer nada — responde o técnico, dando de ombros. — Devia ter vindo falar comigo antes para eu poder ajudar.

Seja mais organizado. Resolva as coisas com antecedência. Não sei como explicar para alguém que não vive dentro da minha cabeça que uma pessoa poderia ter literalmente me carregado para o escritório, ou colado o notebook na minha frente, e, ainda assim, eu teria dado um jeito de procrastinar.

— O que acontece se eu for reprovado na matéria?

Não estou nem preocupado com a minha média geral, porque sou muito bom nas coisas de que gosto e amo o resto da minha grade até o fim do ano letivo — isso se eu me matricular a tempo nas aulas. É só *essa* aula e a obsessão do Faulkner em garantir que o capitão da equipe tenha um histórico acadêmico impecável.

Depois que sua carreira foi interrompida por causa de um acidente, ele ficou obcecado em ter planos B. Sim, como alunos e atletas, somos obrigados a manter uma média mínima para continuar no time, mas o que Faulkner quer é outro nível. Sei que não adianta resistir, porque ninguém que lutou contra isso antes de mim conseguiu vencer.

— Não vamos falar sobre isso. Você é o líder dessa equipe, Turner. Não pode ser reprovado em matérias e continuar com esse título. Arrume um colega para te ajudar a estudar, entre em um grupo de estudos, peça ajuda pra sua orientadora que não seja pra abandonar a matéria… Estou pouco me fodendo. Faça o que for necessário pra consertar isso. Não quero mais saber de notas ruins.

Nate fez isso parecer *tão* fácil, que fico com um pouco de raiva por ele ter minimizado o quanto Faulkner é severo. Várias vezes me disseram que ser capitão é uma honra, mas ao sair cabisbaixo do escritório do Faulkner parece mais um peso nas minhas costas. Liderança não é algo natural para mim; sempre fui mais feliz sozinho, mas estou fazendo tudo o que posso. Não quero decepcionar meus colegas de time nem o Nate e o Robbie, que convenceram o treinador de que eu merecia isso.

Ser capitão é como estar na aula do Thornton: esperam que eu saiba muito sobre coisas que ninguém nunca me explicou e ainda por cima com um sorriso no rosto. Foi por isso que, na primeira vez que me ofereceram a posição, recusei. Esperava que escolhessem outra pessoa e eu pudesse seguir com a minha vida. Mas não foi assim. Nate e Robbie continuaram tentando me convencer.

Eles tentaram de tudo, desde me comparar com todo mundo que aleguei ser melhor do que eu até dizer que eu seria o primeiro capitão de hóquei negro de Maple Hills. Deixaram esse último argumento de lado quando comentei que isso era mais um retrato da falta de oportunidades para pessoas não brancas no esporte do que uma vitória.

Quanto mais meus colegas de equipe insistiam, mais pessoas entravam na conversa. Minhas mães, Anastasia… várias pessoas disseram que seria incrível e que ficariam empolgadas para ver o que eu podia fazer. Por fim, apesar das minhas dúvidas, aceitei.

Não costumo ceder à pressão social, mas dessa vez cedi, e olha só no que deu. Além do estresse de tentar não decepcionar o time, também preciso me preocupar com decepcionar todo mundo que não está no time e, sabe-se lá por que, acredita em mim. É tão difícil ter amigos e família que nos apoiam e não esperam o pior.

* * *

— Deu certo? — pergunta Russ quando entro na caminhonete.

— Eu tô fodido.

— Com certeza não é tão...

— Ele disse que não posso largar a aula nem tirar nota baixa e que preciso dar um jeito.

Russ suspira enquanto manobra o carro para sairmos do estacionamento agora vazio.

— Muito solícito. Escuta, talvez não seja tão ruim depois que você pegar a prática. Vou te ajudar o máximo que puder, e a Aurora também. Da próxima vez, podemos pegar nossos códigos de matrícula juntos.

Encosto a cabeça na janela quando paramos num sinal e me pergunto como explicar, sem parecer maluco, que, se não houver uma sequência perfeita de eventos que torne a organização da minha agenda empolgante, provavelmente vou fazer a mesma bagunça da próxima vez.

— Valeu.

— Imagina. A Rory está com o Robbie em casa esperando a gente, mas se você precisar de espaço a gente pode ir pra casa dela. Por mim tanto faz — diz com gentileza quando viramos na avenida Maple.

Gosto de morar com Russ porque ele sempre parece entender o humor de uma pessoa com poucas palavras. Acredito que seja uma habilidade nascida do estado de medo constante de quando morava com o pai, mas não acho que seria bom perguntar, caso eu esteja certo. Ainda mais porque o pai dele está tentando melhorar, e Russ está lhe dando uma segunda chance.

— Não precisa ir a lugar nenhum. Eu gosto da Aurora.

Afasto a cabeça da janela a tempo de perceber o sorriso discreto em seu rosto.

— Ela também gosta de você.

Russ mudou muito no último verão, quando foi trabalhar num acampamento. Conheceu a namorada, confrontou o pai sobre o vício em jogo e, apesar de não achar que vá ser sempre o centro das atenções, está bem mais confiante do que antes.

A Aurora não é exatamente o tipo de namorada que eu imaginava para o Russ, mas acho que isso é bom. Russ gosta dela porque é generosa e gentil, e, antes de conhecê-la, ele passou muito tempo se vendo como um prêmio de consolação. Mas ele é o número um da Aurora, e isso não é suposição minha: ela diz isso para quem quiser ouvir. É impossível que ele não saiba quanto é importante para Aurora porque ela diz isso constantemente — e, nossa, ela fala alto.

Não gosto de comparar meus amigos porque são todos únicos, mas ela é a única que não tenta conversar sobre hóquei comigo, o que a coloca bem no topo da minha lista, já que esse parece ser o único assunto sobre o qual as pessoas querem me perguntar agora.

Tentar lembrar a última vez que me perguntaram sobre algum dos meus outros interesses faz a volta para casa passar mais rápido. Antes que eu perceba, Russ já está estacionando ao lado do carro da namorada.

Aurora levanta o olhar quando abro a porta da frente, mas seus olhos passam direto por mim, e um sorriso imenso se forma quando vê Russ. Parece que acabamos de nos livrar de uma leva de namoradas e mais um lote chegou.

Ela é atraente de um jeito padrão — altura e peso mediano, pele branca bronzeada, olhos verdes e cabelo loiro —, mas não acho que seria muito interessante de desenhar.

Obviamente, Russ se sente muito atraído por ela, mas eles tentam não ser muito barulhentos, algo que me deixa muito grato. Adorava quando Anastasia morava aqui, mas ela deveria ter levado uma multa por perturbação da paz.

— Você está bem, Henry? — pergunta Aurora quando me jogo na poltrona ao seu lado. — Parece mais pensativo do que o normal hoje. Meio reflexivo, como um artista sofredor.

— O treinador descobriu que tirei zero naquela redação sobre a Revolução Francesa — respondo enquanto Russ se aproxima para beijar a têmpora dela.

— Que droga, sinto muito. Você tentou usar seu charme para sair dessa? — pergunta ela.

— Não sei como fazer isso de propósito e, mesmo que soubesse, ele seria imune, só para me castigar ainda mais. Ele acha que eu deveria ter superpoderes acadêmicos porque quinze anos atrás resolvi pegar um bastão de hóquei.

— Eu te acho absurdamente charmoso.

— Quem tem superpoderes? — pergunta Robbie ao sair do quarto. Ele para a cadeira de rodas no espaço entre o sofá e a poltrona e me encara. — Faulkner ligou. Aparentemente é minha culpa você não ter se matriculado na época certa. Porque *pelo visto* eu sou vidente e a culpa por você ter passado o verão inteiro transando pelos quatro cantos da Califórnia em vez de priorizar sua educação é *minha*. Apesar de eu estar ocupado me formando, além de estar, sabe como é, em outro estado.

Morar com amigos é ótimo. Morar com um amigo que também é meu treinador-assistente às vezes não é ótimo. Tipo agora, quando não posso me esconder do Faulkner nem na minha própria casa porque ele simplesmente liga para o Robbie.

— Que dramático — resmungo.

Robbie se ajeita na poltrona ao lado. Passei as férias aqui e nunca contei para o treinador sobre o meu verão. Nem foi planejado. Acho que me senti meio solitário quando todo mundo foi trabalhar ou visitar as famílias.

Não percebi isso até a Anastasia me perguntar o que eu tinha feito. Foi aí que me dei conta de como me mantive ocupado até meus amigos voltarem. Eu gosto de ficar sozinho, até prefiro, mas durante o verão cheguei ao meu limite.

Além disso, as mulheres gostam de mim e eu gosto de me divertir sem compromisso. Robbie balança a cabeça e torce o nariz.

— Me faz um favor, Don Juan. Se concentre em não me deixar apanhar esse ano, em vez de sair transando por aí. Afinal, você é o líder supremo e precisa dar o exemplo de moralidade, dignidade e essas merdas todas.

Não acho que ele esteja falando sério. Robbie sempre ri antes de dizer algo sarcástico que não é verdade, mas ainda assim isso me causa uma sensação desconfortável.

— A única coisa que sei é que não sei ser um líder.

Russ se inclina para a frente e me encara.

— Você está indo muito bem para alguém que diz não saber o que está fazendo. Você é bom em tudo, Hen.

— Menos em revoluções — Aurora interrompe.

— É irritante pra caralho, na verdade. Eu seria insuportável se fosse bom em tudo de primeira — Robbie continua. — Não perca o foco, e vai dar tudo certo.

— Quem disse que você não é insuportável? — diz Russ e rapidamente se protege da almofada que voa na direção dele e da namorada.

— Que tal a gente procurar alguns livros sobre liderança pra você dar uma lida? — pergunta Aurora, se sentando na beira do sofá, que nem Russ. Isso me faz querer arrastar minha poltrona para trás e aumentar a distância entre nós. — Não vou no clube do livro essa semana porque é só uma reunião pra quebrar o gelo e não entendo a obsessão da Halle por Jane Austen, mas ainda não fui conhecer a Encantado e seria legal dar um oi... Por que você tá me olhando assim?

Russ ri ao seu lado, mas eu mantenho o olhar fixo nela.

— Não entendi nada do que você disse.

— Encantado — repete ela, como se isso fosse esclarecer tudo. — A livraria que abriu perto do Kenny's? Do lado daquele bar bizarro onde o Russ trabalhava, que virou um bar de vinhos.

Até onde eu sei, ela poderia estar falando outro idioma.

— Não faço ideia.

Imediatamente, Aurora fica mais agitada e sua voz, mais aguda.

— A gente literalmente passou na frente dois dias atrás e eu disse: "Olha como a Encantado está cheia!"

— Você diz muitas coisas, Aurora. Eu nem sempre estou ouvindo — admito. — É difícil me concentrar quando você dirige porque fico muito ocupado rezando para não morrer.

Ela bufa e os meninos riem, mas não estou brincando.

— Halle. A menina que cuidava do clube do livro na Próximo Capítulo. Ela está começando um clube do livro só com histórias românticas na Encantado, a livraria nova que a gente viu. Não vou participar porque não gosto do livro que elas estão lendo e é um encontro introdutório pra quem nunca participou de um clube desses. Mas quero passar lá para dar um oi e conhecer a loja.

— O que isso tem a ver com a minha aula e eu ter que mudar de identidade para me esconder do Faulkner?

— Essa conversa está acabando com a minha qualidade de vida — resmunga Robbie. — Podem se resolver logo, por favor? Parece que estou vendo dois alienígenas de planetas diferentes tentando se comunicar.

Aurora revira os olhos e, com um resmungo, mostra o dedo do meio para Robbie. Então volta sua atenção para mim e tira algumas mechas de cabelo do rosto.

— Henry, quer ir comigo na livraria comprar livros sobre liderança? Para te ajudar a ser um capitão melhor?

— Não.

Robbie e Russ caem na gargalhada, mas não entendo por que acharam isso tão engraçado.

— Por que não? Emilia está na aula de dança, Poppy está ocupada e eu não quero ir sozinha.

— Você não ouviu? Preciso fazer um milagre aqui. Vai com o Russ.

Ela cutuca o namorado de leve nas costelas e ele para de rir na hora.

— Ele vai jantar com os pais hoje. Talvez isto ajude: se vier comigo, eu compro um milk-shake para você.

— Não, obrigado.

— E batata frita com chili.

— Tá bom — respondo, mas só porque quero ser um bom amigo, não porque quero ir. — Mas nada de carne de mentira dessa vez. E vou marcar no relógio quanto tempo você precisa parar nas placas de "pare". Na verdade, esquece. Eu dirijo. Vamos logo.

Capítulo três
HALLE

Há grandes chances de eu estar alucinando, porque tem um homem incrivelmente atraente comendo meus biscoitos de boas-vindas.

Depois de arrumar as cadeiras em semicírculo, fui ao depósito descansar por uns dez segundos e, quando voltei, lá estava ele.

Está. Talvez? É possível, dependendo do veredito sobre a alucinação.

Começar um clube do livro do zero me deixou agitada o dia todo — além da quantidade absurda de cafeína que consumi. Quando a dona da livraria Encantado me pediu para mediar seu clube de leitura no semestre passado, eu recusei, porque achei que seria muito trabalho manter dois clubes ao mesmo tempo. Mas, durante um surto de "Vou provar que você está errado, Will Ellington!", fui falar com ela na festa de abertura da loja e disse que estava disponível. O que significa que passei as últimas duas semanas pós-término correndo de um lado para o outro, me certificando de que isso não seria um fracasso.

A primeira sessão "de verdade" é semana que vem, mas, quando comecei a postar sobre o clube, muitos possíveis membros pediram uma reunião de boas-vindas para entender melhor o que esperar. Escolhi um livro que a maioria das pessoas disse já ter lido para termos o que conversar.

Então, considerando as circunstâncias, ter uma alucinação não é tão inacreditável quanto parece. Por outro lado, tenho que admitir que, se estou vendo coisas, minha imaginação está de parabéns.

Quando o cara se senta e pega um livro da pilha ao lado da poltrona, decido, ainda hesitante, que ele é real. O que me leva ao próximo passo: me apresentar.

Apresentações sempre foram a parte de que menos gosto de um clube do livro. Passei a vida toda dependendo do Grayson e depois, quando adolescente, do Will para me apresentar às pessoas. Até a Gigi e a Maisie, minhas irmãs mais novas, são melhores nisso do que eu.

Essa sempre foi a única coisa que não conseguiam fazer por mim socialmente. Não é que eu não consiga falar com as pessoas; só não sei por onde começar. Depois que começo, passo a conversa inteira me perguntando se causei uma boa impressão. Eu não diria que sou tímida, é só que passei a vida toda cercada de pessoas com personalidades fortes e barulhentas, o que me impediu de me desafiar e ser mais confiante nesse tipo de situação.

Ao mesmo tempo, literatura é um ótimo assunto, e só preciso lembrar que todo mundo veio aqui pelo mesmo motivo.

Por sorte, o bonitão está concentrado lendo a sinopse e não percebeu a minha pequena crise de autoconfiança. Quanto mais o encaro — tentando decidir o que dizer, e não porque eu sou uma stalker —, mais tenho a sensação de que o conheço de algum lugar.

Na mesma hora ele se estica por cima da poltrona para pegar outro biscoito, e a borda da camiseta se ergue o bastante para mostrar um pedaço da pele marrom--clara da barriga definida e musculosa.

Sei que não é um vizinho, porque todos os meus vizinhos são velhinhos.

E ele não faz as mesmas aulas que eu, porque eu *jamais* esqueceria esse rosto.

Não vou a festas, então essa não é uma possibilidade.

Ele está sozinho, então não parece ser o namorado de alguém do clube.

Talvez seja modelo e eu tenha visto algum outdoor com ele. Com certeza tem a estrutura óssea certa, *meu Deus*. Angular e arredondada ao mesmo tempo; sei que é um oxímoro, mas é verdade sobre o rosto, juro. Cachos curtos castanho-avermelhados. Longos cílios escuros cobrem os olhos castanhos, tocando suas bochechas enquanto me olha. Lábios grossos formando um sorriso tranquilo. Espera, enquanto ele me olha.

Enquanto. Ele. Me. Olha.

Pode ser a minha imaginação e/ou o café de novo, mas juro que ele está sorrindo. Nunca desviei o olhar tão rápido na minha vida.

— Oi! — digo, me apressando pelo piso de madeira em sua direção. — Bem--vindo ao clube do livro!

Meu Deus, ele é ainda mais bonito de perto. Ainda acredito na minha teoria do outdoor. Ao me aproximar, decido, em uma fração de segundo, não apertar sua mão, porque isso implicaria ter que fazer o mesmo com todas as outras pessoas que entrassem aqui, e seria muito estranho. Percebo, bem devagar, que meu cérebro está saindo de um sono profundo e só agora notando que existem outros homens no mundo, e que alguns deles parecem modelos. Eu abro meu melhor sorriso e, nossa, tenho certeza de que já o vi em algum lugar.

— Oi, meu nome é Halle.

— Henry.

— Oi. — *Você já disse isso.* — A gente se conhece de algum lugar?

— Não. Eu me lembraria de você — diz ele. O que é irônico, porque eu diria a mesma coisa, mas não consigo me livrar dessa sensação. — Quer ajuda com as cadeiras?

— Já tenho bastante prática, tudo bem.

Henry me ignora e se levanta para começar a organizar as cadeiras, então eu o imito, apesar de ser minha tarefa. Fica tudo bem silencioso e sinto que esta deve ser a pior recepção que já dei a alguém. *Diga alguma coisa, Halle.*

— Então, é fã de romance?

— Você tá me chamando pra sair? — pergunta ele, e na mesma hora a cadeira que eu estava segurando escorrega da minha mão e cai no chão.

— O quê? Não! — digo com a voz ficando mais aguda.

— Que pena. — Se eu não estava vermelha antes, *com certeza* agora fiquei. — Parecia que você estava dando em cima de mim.

Há tipos de tomate que nunca ficarão tão vermelhos quanto estou agora.

— Ah, merda, desculpa. Só estava perguntando suas preferências literárias.

Ele vai em direção ao depósito para pegar mais cadeiras e olha para mim por cima do ombro.

— Não tenho preferência nenhuma. Sou mais de atividade física.

— Ah. Então você quer tentar ler mais romances?

— Não — responde ele, arrastando uma pilha de cadeiras como se não pesassem nada.

— Entendi. — Não entendi nada. Nunca na vida fiquei tão confusa. Eu me sento na poltrona que ele deixou vazia e pego o livro no topo da pilha ao lado. É sobre liderança. — Se sua ideia era discutir não ficção, sinto muito, mas esse clube é apenas para romances. Você pode entrar no clube da livraria Próximo Capítulo; eu não participo mais, mas eles discutem vários gêneros e temas. A mediadora nova é muito legal.

— Não vou entrar no clube do livro. A namorada do meu amigo me convenceu a vir aqui com ela e comprar uns livros sobre ser um líder melhor. Ela acha que isso resolveria todos os meus problemas. Não concordo, mas ela fala de um jeito que faz a gente acreditar. Só queria um lugar pra me sentar enquanto espero.

Agora entendi por que ele achou que eu estava dando em cima dele.

— Entendi tudo errado então, me desculpa. O clube do livro daqui é novo e vamos fazer um encontro para quebrar o gelo, e eu, hum, imaginei que você estava aqui pra isso.

— Atividades para "quebrar o gelo" são uma das coisas de que menos gosto na vida. — Ele se senta ao meu lado, e me concentro na sobrecapa brilhante do seu livro. — Mas não precisa pedir desculpas.

— O que você vai liderar? — pergunto, pegando o próximo livro da pilha. — Para que quer ser um líder melhor?

Reconheço essa autobiografia porque o Will tem uma igual. Levanto o olhar para Henry e de repente tudo se encaixa.

— Hóquei — nós dois dizemos ao mesmo tempo.

Ele franze o cenho e pequenas rugas se formam entre as sobrancelhas. Coloco o livro de volta na pilha, me livrando da sensação desconfortável, então digo:

— Desculpa, é que acabei de perceber que reconheci você dos jogos de hóquei. Meu namo... Ex-namorado já jogou contra você. Por isso achei que te conhecia.

— Quem é o seu ex?

Sinto um embrulho no estômago; como consegui fazer essa conversa ser sobre o Will?

— É de mau gosto falar sobre meu ex? Desculpa, sou nova nessa coisa de ex-namorada.

— Não sei dizer. Não tenho experiência com namoros — responde ele, tranquilo.

— Will Ellington — respondo. — Ele estuda em S...

— San Diego. Sei quem é. — Sinto o embrulho no estômago de novo. E se ele contar pro Will que falei dele? Vai me fazer parecer amargurada ou algo assim? É isso que acontece quando eu socializo sem ajuda profissional. — Ele não é tão bom no hóquei quanto acha que é.

Eu solto uma risada que acaba virando um ronquinho pelo nariz. Juro. Meu corpo não soube o que fazer com o choque daquela frase.

— Desculpa!

— Você pede muitas desculpas quando não precisa.

— Força do hábito... Acho que nunca fiz esse som antes. É que eu e o Will nos conhecemos desde criança e passei a última década ouvindo como ele era incrível e como vai ser uma estrela da NHL no futuro.

Henry arregala os olhos e seu belo rosto é coberto por uma expressão incrédula.

— Ele joga com o ego de um cara que ouviu isso a vida toda mesmo. Já joguei contra ele. Não é verdade.

Não sei como reagir a isso. Nunca ouvi alguém além do Grayson criticar o Will, e sempre achei que ele só estava bancando o irmão mais velho protetor. Will sempre foi o menino de ouro. Já que concordamos em ser amigos depois do término, eu não deveria ficar feliz ao ouvir alguém falando mal dele assim, mas fico. Considerando nossa última conversa, tenho o direito de não sentir muito empatia por ele agora.

— Bom saber.

— Você deveria vir me assistir jogar. Sou muito melhor do que o seu ex.

Antes que eu possa responder — não que tenha uma resposta pronta —, somos interrompidos pelo som de passos na escada.

— Não achei que você fosse fã de *Orgulho e preconceito* — diz ela ao se aproximar. Estou prestes a soltar um "Quê?" bem alto quando percebo que não está falando comigo.

Aurora Roberts parece uma Barbie Malibu que ganhou vida. É linda, confiante e engraçada. Temos opiniões bem diferentes sobre livros, mas fora isso ela é um amor de pessoa. Nossa grade de matérias é quase a mesma desde o primeiro ano da faculdade, e, apesar de o clube do livro ser a única ocasião em que a vejo fora de sala de aula, ela sempre me tratou muito bem.

Aurora me mandou uma mensagem gentil quando postei que não continuaria organizando o clube do livro na Próximo Capítulo, e outra mais legal ainda quando postei que começaria um clube de romance aqui na Encantado. Sempre achei que poderíamos ser amigas, mas o Will disse que meninas ricas como ela querem amigas ricas que possam comprar as mesmas coisas.

— Oi, Halle — diz ela, toda sorridente, antes de levar as mãos à cintura e encarar Henry. — Achei que você tinha me largado aqui e que eu ia ter que ligar pro Russ e pedir para ele vir me buscar.

— Como você perde alguém que te diz onde vai estar?

— Aparentemente eu estava enganada ao pensar que você não estaria esperando o clube começar. Estava te chamando. Já comprou seus livros?

É então que percebo que Aurora é tal a namorada do amigo que Henry mencionou.

— Ainda não — responde ele ao pegar o restante dos livros no chão. Ele apoia o braço no topo da pilha e sorri quando lhe entrego os dois que estavam no meu colo. — Quer ir com a gente? Aurora me convenceu a vir com a promessa de batata frita com chili e milk-shake, então vamos comer na Blaise.

Uso todas as minhas forças para não lhe pedir que repita o que disse. A Blaise é uma lanchonete muito popular entre estudantes porque é barata, a comida é boa e fica relativamente perto da universidade. Eu e o Will almoçávamos lá às vezes quando ele vinha visitar, e sempre havia grandes grupos de amigos por lá. Este é meu terceiro ano na Maple Hills, e ninguém nunca me convidou para fazer algo menos de uma hora depois de me conhecer. Acho que ninguém nunca me convidou para *nada*, na verdade.

— É muito legal da sua parte me convidar, mas eu meio que tenho que começar essa reunião em tipo quinze minutos.

Ele estala a língua.

— Ah, é. E depois?

— Depois do clube vou começar um trabalho novo. — Preciso com urgência que alguém me lembre do motivo de estar começando um trabalho novo. — Desculpa.

— Clube do livro e trabalho novo no mesmo dia? — comenta Aurora. — Não sei como você arranja tempo para tudo. É tipo a Mulher-Maravilha.

— É, minha agenda ficou bem livre agora — explico, tímida, torcendo para que ela não peça detalhes.

Henry não parece nem feliz nem triste com a minha recusa, só neutro.

— Outro dia, então.

— Tchau, Halle — diz Aurora quando os dois se viram para ir embora. — Vejo você na aula. E boa sorte! Prometo que venho quando formos ler um livro de romance que tenha romance *de verdade*.

* * *

— Você sobreviveu! — grita Inayah ao me ver descer a escada para o térreo da loja. — Como foi? Queria subir, mas veio uma onda de mães que tinham acabado de deixar os filhos na aula de patinação no rinque da Simone. Elas disseram que vão aparecer na semana que vem. Assim que eu disse "uma influencer e um fazendeiro se reencontram depois de uma noite juntos", todas compraram o livro na hora! Legal, né? E nem tinha pensado em como o rinque poderia trazer possíveis membros.

Apesar de ter passado as últimas semanas correndo para encontrar gente nova para o clube, planejando minha vida, voltando ao ritmo das aulas e lutando contra a vontade de checar o celular um milhão de vezes por dia pra ver se o Will me mandou alguma mensagem, ver alguém realizando seu sonho faz tudo isso vale a pena.

Quando o perfil da livraria começou a me seguir e eu vi que a loja seria em Maple Hills, mandei mensagem na hora, dizendo que estava muito empolgada com a notícia. Inayah se apresentou e me disse que abrir uma livraria era sua meta de vida. O prédio estava vazio havia alguns anos, provavelmente por causa das brigas que aconteciam do lado de fora do bar ao lado, que fechou há algum tempo.

É um lugar charmoso, com o pé-direito alto e muita luz natural, e, agora que o prédio ao lado está sendo reformado, Inayah achou que seria o lugar perfeito. Quando vim na inauguração, me apaixonei assim que passei pela porta lilás.

Na verdade, mesmo sem o Will lotando minha agenda, *não tenho* tempo para cuidar de um clube de leitura. O terceiro ano vai acabar comigo, mas sou a filha mais velha, e ninguém me ensinou a dizer "não". Tecnicamente isso não vale para essa história, porque eu disse não quando ela me convidou, mas me senti mal, óbvio, então aqui estamos nós.

Deveria estar fazendo coisas por mim mesma, e gosto muito da Inayah. Além do mais, romance é meu gênero favorito; então, quando ela disse que queria fazer um clube do livro focado em romances, pareceu um sinal do destino.

— Foi bom, acho. — Eu entrego a ela as chaves do depósito e Inayah as guarda em uma gaveta atrás do balcão. — Foi um bom público para a primeira reunião de um clube novo, e todo mundo estava empolgado. Só algumas pessoas viram a adaptação em vez de ler o livro.

Ela se apoia no balcão e coloca o queixo sobre o punho.

— Com o Firth ou o MacFadyen?

— MacFadyen.

Inayah assente com cara de aprovação.

— Eu também tenho vinte e sete anos e sou um fardo para os meus pais. Como reagiram à sua última pergunta?

— Muito bem, e tenho mais quinze pessoas no meu Time Romance. Gostei de ter começado com *Orgulho e preconceito*, porque perguntar se o livro é *mesmo* um romance gerou umas discussões bem interessantes.

— Estou tão feliz que você tenha mudado de ideia, Halle. Sei que você precisa ir para o trabalho novo, então não vou ficar alugando seu ouvido a tarde toda.

— Eu que agradeço por ainda me querer! Você está com aqueles panfletos que mencionou mais cedo? Posso distribuir na faculdade.

Ela desce do banco e se abaixa atrás da mesa, apenas o cabelo preto e brilhante visível enquanto mexe em algumas coisas. Então reaparece com um monte de panfletos e alfinetes, começa a separá-los em pilhas e se abaixa de novo quando percebe que faltaram alguns.

— Você quer um do concurso de escrita?

Eu me sinto como um cachorro que acabou de ouvir a palavra "rua". Minhas orelhas se erguem na hora.

— Concurso de escrita?

— Aham — responde ela, colocando um panfleto a mais na pilha. — A editora Calliope está organizando; a equipe de publicações independentes entrou em contato comigo para colocar umas propagandas aqui. É necessário enviar um manuscrito com pelo menos setenta mil palavras, e o vencedor ganha um curso chique de escrita criativa em Nova York no verão. Acho que o prazo de inscrição acaba perto das férias da primavera, mas dá uma olhada no panfleto. Parece legal, mas, tirando umas fanfics suspeitas que escrevi aos quinze anos, ser autora não é a minha praia.

Quando passo os olhos pelo papel brilhante, parece que sou um personagem de desenho animado cujos olhos vão saltar fora da cabeça. Isso é absolutamente perfeito, e não me faltam ideias, e estou com tanto tempo livre agora, e... Preciso ir trabalhar.

— Vou dar uma olhada. Obrigada, Inayah. Tenho que ir.

— Boa sorte!

O caminho até o hotel leva metade do tempo planejado, então passo quinze minutos sentada no estacionamento me perguntando se pega bem ou mal chegar meia hora mais cedo. Em minha defesa, considerei tudo que poderia dar errado e me organizei com isso em mente. Não é minha culpa que meu carro não tivesse sido roubado nem que nenhum pneu tivesse furado.

O panfleto do concurso no banco do passageiro está me assombrando, e já li dez vezes o texto para confirmar que, sim, sem sombra de dúvidas vou me inscrever. Se ainda estivesse namorando, Will me diria que não tenho tempo suficiente ou que o concurso vai ser muito acirrado. Ele me convenceria de que seria egoísta desperdiçar um tempo que eu poderia passar com ele em algo que é empolgante para mim, porque já tenho *muitos* compromissos.

Mas não estou mais namorando e quero fazer isso por mim. Eu me recuso a me sentir culpada e, mesmo se não ganhar, finalmente vou ter me colocado em primeiro lugar e feito algo de que gosto.

Meu lado impaciente queria que eu pudesse ir para casa começar a trabalhar em algo agora mesmo, mas, sendo responsável como sou, decido deixar isso de lado por ora e me concentrar na tarefa atual: meu trabalho no hotel The Huntington.

Fiz uma entrevista em maio para trabalhar aqui durante o verão, quando estava tentando encontrar um motivo para não voltar para Phoenix. Amo a minha família, mas passar as férias sendo babá não remunerada das minhas irmãs mais novas não é o que chamo de produtivo. Aqui ao menos eu seria paga pelo meu trabalho, e *sim*, cuidar de duas meninas, de quinze e oito anos, é trabalho. Ainda estou me recuperando do choro, das brigas e das batidas de porta constantes.

Tento me lembrar se alguma vez o Grayson foi forçado a passar as férias cuidando de nós, mesmo antes de começar a jogar profissionalmente na NFL e se mudar para a Costa Leste.

Talvez eu precise de mais um ano para responder a isso.

Obviamente não consegui o trabalho durante o verão — um funcionário de outra unidade pediu transferência —, mas Pete, o gerente, disse que ficou impressionado com minha entrevista e que ligaria se surgissem outras vagas.

Dito e feito: Pete me ligou algumas semanas atrás dizendo que havia uma vaga na recepção e que ela seria minha se eu quisesse. Só precisava vir hoje preencher uns formulários e fazer um treinamento online antes do meu primeiro turno na semana que vem. Meu turno de trabalho bateu certinho com o tempo que eu gastaria visitando o Will, o que parece ser outro sinal do destino.

O hotel faz parte de uma daquelas redes de um milhão de unidades, com clubes espalhados pelo mundo inteiro para atender aos ricos e famosos. É por isso que é tão bizarro que alunos da Maple Hills cuidem das operações desta unidade. Por outro lado, o lugar tem ótimas avaliações, então eles devem estar fazendo algo certo.

Pete é simpático e não perde tempo ao me passar um resumo do dia a dia. Enquanto tagarela sem parar sobre um monte de coisas que eu deveria decorar, parece que estou em uma montanha-russa temática de hotelaria. A sensação é que minha cabeça está a ponto de explodir quando ele finalmente apresenta a mulher com quem vou trabalhar na maior parte do tempo.

— Halle Jacobs, esta é Campbell Walker. Campbell, Halle — diz ele, rápido. — Tenho uma reunião agora, mas, se puder, deixe a Halle acompanhar você hoje; mostre um pouco do sistema se tiver um tempinho. Dei o passe e o armário que eram do West para ela. Pode procurar a pasta de treinamento dele? Talvez algumas instruções lá sejam úteis. Volto em uma hora.

Quando Pete vai embora, sinto como se meus pais tivessem me deixado na creche pela primeira vez. Não sei o que fazer com as mãos. Deixá-las caídas ao lado do corpo parece estranho, mas cruzar os braços seria impessoal.

— Juro que não mordo — fala Campbell de forma gentil. — A menos que você curta esse tipo de coisa. — Ela gesticula para a cadeira ao lado e sorri. — E, por favor, me chame de Cami. A próxima hora vai ser tranquila, então não se preocupe. Com relação ao West, o homem nunca anotou nada que fosse legível, então nem se preocupe em encontrar as coisas dele.

— West é o cara que estou substituindo?

Seu sorriso diminui um pouco como se estivesse se lembrando de algo que não gostaria.

— É. Ele se formou e decidiu ir para o mais longe possível daqui. Era um inútil, de qualquer maneira. Sempre fazendo piada, sendo irritante e... — Ela não completa a frase. — Enfim, me fale sobre você, Halle Jacobs. O que a trouxe aqui?

Levo apenas um segundo para decidir se vou dizer algo superficial ou ser completamente sincera. Will terminou comigo e todos os nossos amigos em comum me tiraram dos grupos de conversa, deixando meu celular praticamente silencioso. Estou evitando as ligações da minha mãe para que não me pergunte sobre Will e, ao mesmo tempo, me convencendo de que transar com ele para não perdê-lo não seria melhor do que a solidão que estou sentindo, porque ele nem mandou mensagem para perguntar como estou.

Em suma, não tenho muito a perder, e menos ainda a ganhar se mentir.

— Meu namorado terminou comigo e as pessoas que eu chamava de amigas me abandonaram, o que não é uma surpresa, porque no fundo eram amigos *dele*, mas ainda assim fiquei surpresa com o quanto isso me magoou mais do que eu esperava. Então estou me priorizando e ocupando meu tempo para não ter que lidar com essa história toda agora.

Cami fica em silêncio por três segundos além do que eu gostaria. Em seguida, sorri.

— A gente vai se dar muito, muito bem.

Capítulo quatro
HALLE

Parece que estou em um show do One Direction, e não de um jeito bom.

Minha meia-irmã tem vários talentos: ginástica, jardinagem e, por mais estranho que seja, sinuca (mas só quando o jogo está valendo dinheiro). Mas cantar não está na lista. A voz suave do Zayn está sendo substituída por um grito desafinado e fora do ritmo nos alto-falantes do meu notebook.

— Gigi — digo, gemendo e abaixando o volume.

Ou ela não consegue me ouvir com o som de "What Makes You Beautiful" sendo destruída, ou está me ignorando, o que é mais provável.

— Gi! — repito, mais alto, enquanto meus olhos leem a mesma linha pela terceira vez. — Gianna Scott! Pode, por favor, calar a boca?

A música para de repente e eu a observo voltar a atenção para a chamada de vídeo.

— Você disse alguma coisa?

— Não consigo me concentrar na sua redação quando você parece a Joy miando quando está com fome.

Acho que ela nem tem idade para se lembrar de quando os caras do One Direction ainda estavam juntos, mas a minha mãe achou uns CDs antigos ao organizar a garagem, e agora Gigi está obcecada.

— E se eu quiser ser cantora? E se você tiver acabado de destruir o meu sonho e for assim que me torno uma vilã?

Ela muda a postura na cadeira e cruza os braços — o que acredito ser uma demonstração de rebeldia. Seus cachos castanhos estão presos em trancinhas ao lado do rosto, entremeados com faixas cor-de-rosa logo acima do logo do seu casa...

— Ei, esse casaco é meu! Eu falei pra você não mexer nas minhas coisas quando eu viesse pra faculdade! Não é nem do seu tamanho.

— A minha redação tá boa? — pergunta ela, mudando de assunto do jeito que apenas uma adolescente de quinze anos é capaz de fazer.

— Ainda não terminei de ler porque não consegui me concentrar com a sua apresentação. Fica quieta por cinco minutos, aí eu termino e você pode voltar a cantar. — Gigi junta o dedo indicador e o polegar e finge que está fechando um zíper sobre a boca, e eu volto a ler sobre *1984*, do George Orwell. — Obrigada.

Após duas linhas seus dedos começam a batucar "Best Song Ever" na mesa.

Solto um suspiro dramático para deixar claro como ela é irritante e decido colocar a ligação no mudo.

Fazer a Gigi ouvir o audiolivro durante as férias foi uma missão, então estou um pouco orgulhosa por ela ter terminado a redação a tempo. Eu a ajudo com deveres de casa desde que ela tinha cinco anos, quando nossos pais se casaram. Fui a primeira pessoa a suspeitar de que ela tinha dislexia e TDAH, e também quem passou horas fazendo ditado com ela até ela aprender.

Agora sou sua tutora não qualificada porque, segundo a minha mãe e o Paul, o pai dela, sou a única pessoa a quem a Gigi obedece. O fato de, ao desmutar o som, ouvi-la imediatamente cantando "Midnight Memories" confirma que isso é mentira.

Eles acham que ela precisa de uma "segurança acadêmica", além da segurança que proporciono quando me ligam implorando que "coloque um pouco de juízo nela". O Paul tem a guarda integral da Gigi porque a Lucia, a mãe dela, está sempre fora do país, viajando a trabalho, e não há certeza alguma de que a Gigi teria o apoio de que precisa caso trocasse de escola. Por mais legal que seja, Paul não sabe lidar com uma adolescente, e minha mãe quer uma vida tranquila, algo que teve quando eu tinha essa idade, então é mais fácil jogá-la pra cima de mim. Maisie, nossa irmã mais nova, é quieta demais para ameaçar a paz dela. Grayson foi um adolescente terrível, sempre brigando ou se metendo em confusões, mas a nossa mãe passa pano para ele porque é o favorito.

— Tá ótima, Gi. Parabéns! *Gianna*. — De todas as coisas que preciso fazer esta semana, sobreviver a essa ligação com uma jovem obviamente menos interessada nessa conversa do que eu é a mais estressante. — Gianna, pelo amor de Deus!

A música para de novo.

— Você tá toda estressadinha hoje, Halle. Que tal um pouco de parentalidade positiva?

— Bom, pra começar, não sou sua mãe nem seu pai, e talvez você fique surpresa, mas ler sobre a visão de um futuro distópico do Orwell escrita em 1949 não entra na minha definição de lazer em uma noite de quarta-feira.

— Por quê? — pergunta ela, girando a cadeira de rodinhas. — Que outra opção você tem? O Will postou que está num esquenta de uma festa, então sei que não está aí contigo.

A menção casual ao meu ex me deixa desnorteada por um instante e é um lembrete deprimente de que ainda não tive coragem de contar para a minha família que terminamos. Amo minha irmã e geralmente compartilho coisas com ela, mas sei que, assim que ela precisar de uma deixa para trocar de assunto com a mãe, vai mencionar meu término sem pensar duas vezes.

Pode parecer bobagem supor que pais ficariam tão interessados na vida amorosa (ou, no meu caso, na falta de uma) de uma filha que já está na faculdade, mas minha mãe é daquelas que mandam fotos de vestidos de casamento só por diversão.

Por falar em segredos, também ainda não contei para a Gigi sobre o concurso de escrita. Mas isso não tem nada a ver com a possibilidade de ela contar para a minha mãe, eu só não sei por onde começar, mesmo. Sempre quis ser escritora, mas não consigo decidir qual história desenvolver para o concurso. Tenho tantas ideias que realmente achei que seria fácil, mas nada parece certo. Isso não me dá muita esperança de ganhar. Todas as pesquisas que fiz falam de escrever sobre "o que que você sabe" e, pelo visto, não sei de muita coisa.

— Fui convidada pra uma festa. — Não sei por que parece que estou mentindo, mesmo que seja verdade, mas há um tom de "nem eu acredito" na minha voz. É o suficiente para fazer a cadeira da Gigi parar de rodar, ela largar os pés na mesa de um jeito dramático e abrir a boca em uma expressão de choque. — E acho que eu vou.

— Desde quando *você* vai a uma festa sem o Will? — Ela pega o notebook e o leva consigo para a cama, colocando-o de lado ao se deitar nos travesseiros. — Com quem você vai? Onde é? É do clube do livro?

— Cami, a menina com quem trabalho, me convidou. Não é coisa do clube do livro; acho que é do time de basquete ou algo assim. Não me lembro. — Quer dizer, a Cami disse o nome do cara que está dando a festa, mas não faço ideia de quem seja, então minha teoria se baseia no emoji de bola de basquete que ela mandou. — Enfim. Algo mais interessante do que dever de casa de literatura.

Nem fico ofendida com sua surpresa, porque é algo realmente muito atípico para mim.

— O que você vai vestir?

É isso que amo na Gigi: ela não fica remoendo as coisas. Depois que processa, já vai para o próximo assunto. No caso, o assunto é me dizer que não posso usar a roupa que queria porque me faz parecer uma professora de ensino fundamental.

— Talvez eu queira parecer uma professora de ensino fundamental.

Não quero, não.

— Talvez você tenha visto *Matilda* demais quando era mais nova. Pode pegar algo emprestado com a sua amiga?

— Não sei se ela é minha amiga, então não sei dizer se posso ou não. Além disso, ela é muito magra, então não vai rolar.

Gigi ergue uma sobrancelha, confusa.

— Como assim você não sabe se são amigas? Ela te convidou pra uma festa.

Como vou explicar a uma menina de quinze anos — que uma vez chamou nosso carteiro de amigo porque o vê todo dia e, para ela, isso constitui uma amizade — que nem todo mundo faz amigos com facilidade? E que isso fica ainda mais difícil quando você é adulto? Que surgem novas categorias sem explicação? Que é um campo minado sem mapa que tento e falho desbravar desde sempre?

A Cami é muito legal, mas é uma colega de trabalho? Uma amiga de trabalho? Ou é uma amiga com quem eu trabalho?

Eu poderia passar horas pensando nisso. *Já passei* horas pensando nisso.

— Por que você não me deixa viver na ignorância? — pergunto, sem me referir completamente à roupa, já que o status da minha amizade é o que mais me preocupa.

— Que tipo de irmã eu seria se te deixasse ir a uma festa parecendo a gêmea antissocial da srta. Honey? — diz ela, me provocando.

— Uma boa irmã, porque acho que não tenho opção. E ei! Não sou antissocial. Só estou sem prática.

Dizer que estou "sem prática" é um belo de um eufemismo. Eu ia a festas com o Will na faculdade dele, e ele sempre me encorajava a me arrumar com as namoradas dos seus colegas de equipe. Eu ia e me esforçava, mas, não importava quanto tentasse, nunca me divertia. Não me encaixava na sua vida da faculdade como no ensino médio, quando éramos amigos. Nem sei o que fiz de errado, mas em algum momento ele parou de me incentivar a me arrumar com elas. Ou elas pararam de me convidar, não tenho certeza.

Suspirando, Gigi se deita de costas e equilibra o notebook nos joelhos, me dando uma visão perfeita do topo da sua cabeça e de um pôster de uma banda de K-pop da qual nunca ouvi falar acima da cama.

— Tá. Bom, eu vou indo, porque ver você surtando tá me incomodando, e eu tenho que fazer meu dever de matemática.

— Largou uma bomba e saiu correndo, né?

— Vai dar tudo certo. Te amo. Tchau, ursinha. Juízo.

A cabeça da Gigi desaparece quando ela encerra a chamada de vídeo, e fico sentada pensando no que fazer. Finalmente, admito a derrota e pego meu celular para mandar uma mensagem para Cami.

CAMI WALKER
Oi! Valeu pelo convite, mas não tenho nada pra vestir
Minha irmã disse que pareço a srta Honey

a srta honey fez minha ex entender que era
bissexual e só tenho energia para pensar em
uma pessoa que não me quer de cada vez
a ava (uma das minhas colegas de quarto) disse
que pode te emprestar alguma coisa

Ah, valeu! Qual tamanho?

acho que ela é um tamanho maior do que você,
mas tem literalmente todos os números porque
estuda moda e é uma acumuladora de roupas

Tem certeza de que ela não se importa?

a gente ainda não se conhece SUPERbem porque
me mudei no mês passado, mas ela é muito de boa
e disse que tá empolgada pra fazer um
extreme make-over em vc
enfim, me avisa quando estiver na porta pq é difícil
entrar no prédio

Localização compartilhada

não estranha, mas pintei meu cabelo de ruivo e
está a coisa mais malfeita do mundo
pinto de loiro desde os catorze anos, marquei um
horário no salão amanhã pra consertar isso
fique à vontade pra vir me fazer companhia

Minha desconfiança patológica me faz checar as Avas que a Cami segue, porque várias vezes ouvi "Ah, usamos praticamente o mesmo tamanho", e sempre de alguém bem menor do que eu. Por sorte, a primeira foto do perfil da Cami é com uma menina chamada Ava Jones, e pouco depois de olhar suas fotos fico mais tranquila.

CAMI WALKER
te aviso quando estiver indo

Cami curte minha mensagem, e me arrasto do sofá para começar a me arrumar. Joy está me seguindo, provavelmente confusa porque nunca faço coisas tão tarde da noite. Mas ela se distrai facilmente com a comida no potinho, e aproveito a liberdade sem ela passando entre minhas pernas para verificar cada armário em busca de uma roupa de emergência caso Ava não tenha nada de que eu goste.

Depois que não encontro nada, admito que talvez seja bom tentar algo novo.

* * *

A CAMINHO DA FESTA, por uma fração de segundo — sério, um milésimo de segundo —, tive vontade de ligar para o Will.

Não esperava por isso porque tenho feito o possível para não pensar nele desde a semana passada, quando tive meus "novos começos" com o clube do livro e o trabalho. Sendo bem racional, e com o incentivo da Cami, se ele quiser dizer que ainda podemos ser amigos, precisa fazer esse esforço. Até agora não tive notícias e já perdi o hábito de pegar o celular quando acordo e mandar mensagem para ele.

Nessa fração de segundo, acho que queria ouvir dele que eu me divertiria. Enquanto o carro passava por ruas que pareciam familiares e Cami conversava com as colegas de quarto sobre pessoas que não conheço, comecei a me sentir como quando ia àquelas festas em San Diego.

É engraçado que, mesmo em uma casa diferente, com pessoas diferentes, em uma instituição completamente diferente, eu ainda consiga me sentir um peixe fora d'água.

Isso durou até descermos do carro e Cami me dar o braço, me assegurando de que não sairia do meu lado a menos que eu decidisse fazer algo irresponsável com alguém do time de basquete. Ela disse que era uma pena só termos nos conhecido agora, porque seu jogador favorito tinha acabado de se formar.

Sua intuição em relação aos meus sentimentos é tranquilizante. Mais cedo, quando Ava sugeriu que eu vestisse algo diferente do meu estilo de sempre, Cami percebeu minha hesitação e sugeriu outra opção.

Sempre quis ter um grupo de amigas com quem pudesse me arrumar — um que me quisesse ali de verdade. Talvez tenha assistido a filmes demais, mas sempre pareceu ser um grande momento de amizade feminina, e achava que nunca teria isso.

A festa é igual a tantas outras. Quente, lotada e cheia de gente bêbada. Assim que entramos, Kaia e Poppy, as outras colegas de quarto da Cami, se encarregam de "bebidas e diversão", o que quer dizer uma quantidade irresponsável de álcool e jogos que me fazem rir até doer.

— Três, dois, um... Vira!

Poppy pisca várias vezes rápido e sorri enquanto tenta engolir o conteúdo do copo por não ter conseguido encontrar uma bola de basquete mais rápido do que Ava.

— Halle e Cami — diz Kaia enquanto estuda o ambiente —, sua missão é encontrar...

— Ah, agora são "missões"? — Cami tira o cabelo meio loiro e meio ruivo dos ombros enquanto ri.

— Bom, missões parecem mais honradas e menos ridículas do que "desafios" — argumenta Kaia. — Não reclame! Sua missão... é conseguir o telefone de alguém. Três, dois, um; vai, vai, vai!

Dou um gole na minha bebida enquanto Cami sai correndo no meio da multidão. Solto um "merda" antes de correr na direção contrária. Só quando paro para analisar os caras ali é que me dou conta do que estou fazendo.

Eu literalmente nunca pedi o telefone de um homem antes.

E é nessa hora que o vejo. Henry. No canto da sala, sozinho, encarando o celular. Considerando que ele é a única outra pessoa na festa que eu conheço, acho que vai ser muito mais fácil explicar para ele por que preciso do seu número.

Mas, quando estou prestes a ir na direção dele, uma menina lhe entrega um copo vermelho. Ela é bem mais baixa do que meus um metro e setenta e sete de altura, acho que uns quinze centímetros. Tem cabelo castanho comprido e um sorriso bonito. Ele se aproxima para lhe sussurrar algo no ouvido, ela ri, e, por algum motivo que não sei explicar, me sinto um *pouquinho* chateada.

— Ei. Você parece perdida.

Eu me viro para a esquerda e vejo um cara falando comigo. Ele é bem mais alto, devemos ter a mesma diferença que tem entre Henry e a menina.

— Meu nome é Mason.

Não sei se é o álcool... Não. Mentira. Com certeza é o álcool que me dá confiança.

— Pode me dar seu telefone? — pergunto.

Ele estica a mão para pegar meu celular.

— Claro. Tenho o direito de saber seu nome antes disso?

— Halle.

— Nome bonito — diz ele enquanto digita.

O fato de ter salvado o número com um emoji de bola de basquete e um de berinjela me diz tudo que preciso saber sobre ele, mas quem sou eu para julgar, né?

— Valeu — falo por cima do ombro enquanto corro de volta para as meninas. Cami chega um segundo depois, e nem espero a ordem para tomar uma dose. Nunca fui de beber, então para mim cada drinque equivale a cinco. Mesmo no ensino médio, sempre que os pais de alguém viajavam e rolava uma festa, eu era a motorista do Will.

— Me dá seu celular — diz Cami, bem séria.

Não questiono. Entrego o aparelho e ela começa a vasculhar os contatos. Encontra o número de Mason e fica com o dedo em cima do botão "deletar".

— Você gosta de homens tóxicos?

— Quê?

Kaia ri e acena com a cabeça para Mason, que está conversando com alguém do outro lado da sala.

— Homens tóxicos. Você gosta? Quer viver a experiência de ter sua vida arruinada por um babaca de faculdade?

Nunca considerei isso.

— Hum, acho que não. Não, eu não quero ninguém tóxico. Por quê?

Cami toca na tela com o polegar para deletar o contato e me devolve o aparelho.

— Então acabei de salvar sua vida. A irmã de uma das camareiras do hotel saiu com esse cara, e só vou dizer que ele não é moleza.

É claro que, de todos os homens ali, escolhi o mais provável de arruinar minha vida. Não que eu fosse ligar para ele, mas é bom saber que meus instintos de autopreservação são nulos.

— Obrigada?

— Ai, de nada — responde Cami, alegre.

Dou outro grande gole na bebida, e Poppy passa o braço por cima dos meus ombros.

— É por isso que eu não saio com homens.

— E é por isso que eu odeio todos — comenta Kaia, suspirando de um jeito dramático. — Mas saio com eles... infelizmente. É meu principal desvio de caráter, mas ninguém é perfeito.

Não sei se é o efeito da bebida ou a empolgação de estar cercada de pessoas divertidas que parecem felizes de verdade com a minha companhia, mas meu cérebro não consegue se controlar quando Henry passa pelo meu campo de visão em direção à escada.

— O que vocês acham daquele cara?

— Quem? — pergunta Poppy. — O Henry Turner?

Caramba.

— Vocês conhecem *todo mundo*?

Todas encaram seus copos por um instante. A Cami é a primeira a ceder.

— Eu não *conheço* ele. Mas sei quem é. E já ouvi falar dele, e da sua reputação, que é bem positiva, ao contrário do Mason. E bem-merecida, se os rumores forem verdade. Ele é... popular aqui no campus. Com as mulheres.

— Eu acho o Henry bem legal — complementa Ava, interrompendo Cami. — Tive uma aula com ele ano passado. É quietinho. Tranquilo.

— Eu acho ele um gostoso — diz Kaia. — Tipo, um grande gostoso.

— Uma amiga minha está namorando um colega de quarto dele, o Russ. Quer que eu pergunte? — sugere Poppy.

É nessa hora que percebo como as conexões sociais em Maple Hills são complexas. Não menciono para a Poppy que também conheço a Aurora, ou que o Henry estava conversando com alguém mais cedo. Só termino de virar meu drinque e apoio o copo no balcão.

— Qual é a próxima missão?

Capítulo cinco

HENRY

Ontem, quando a Anastasia usou a festa do time de basquete para me encurralar e avisar que viria aqui em casa hoje garantir que estou estudando e mantendo minha vida acadêmica no eixo, achei que fosse brincadeira.

Estranhei vê-la na festa, ainda mais porque fui lá com o objetivo de evitar que ela viesse aqui para tentar me ajudar. A mulher não aceita um "não" como resposta.

Mas, quando a ouço suspirar pela décima vez, sem perder o ritmo da escrita, noto que não estava brincando e que fui parar num grupo de estudos com as pessoas menos produtivas que conheço.

— Essa não é uma fonte válida, Kris — diz ela ao terminar o longo suspiro.

Kris ainda está girando uma caneta entre os dedos, como fez pelos últimos dez minutos.

— Como assim não é uma fonte válida? É a Wikipédia. É *a* fonte.

Anastasia finalmente tira os olhos do notebook e o encara do outro lado da mesa de jantar.

— Pare de causar ou vou te banir do grupo de estudos. Você sabe muito bem que não é uma fonte válida, Kris. Já escreveu tantas redações quanto eu. Faça o trabalho ou vá embora. Essas são as opções.

Queria que ela me banisse do grupo de estudos. Amo a Tassi, ela é minha melhor amiga, mas não entende que me obrigar a algo me faz perder a vontade. Além disso, ela teria que banir meus colegas de muito mais do que só o grupo de estudos para que parassem de me provocar.

— Você está rabugenta hoje, Allen — diz Mattie, sem o cuidado que eu teria, considerando a careta dela. — Precisa de um abraço?

Ela volta a olhar para o notebook e balança a cabeça.

— Não seu. Só estuda, tá? Preciso sair para o rinque em exatamente dois minutos, e ainda faltam mais dois parágrafos.

Os meninos olham para mim como se eu soubesse qual é o problema dela. Quero perguntar se ela quer um abraço meu, porque isso não é algo que a gente costuma fazer, então não sei ver esses sinais. Antes que eu abra a boca, Russ me cutuca com o pé e meu celular acende na mesa.

RUSS
Ela tá com saudade do Nate

Também sinto falta dele. Com certeza não do mesmo jeito que Tassi, mas tem sido bem diferente aqui sem o Nate, o JJ e o Joe. Fico feliz que ela tenha tirado um tempo da agenda corrida para vir aqui, mas talvez ela precise estudar comigo mais do que eu com ela.

Ia dizer que isso não estava me ajudando, mas agora acho que não vou falar nada, porque não quero que fique chateada. A Anastasia chora bastante, e o Nate costumava lidar com isso, mas já assumi o posto dele de capitão. Não tenho energia para ser o pseudonamorado de alguém, não importa o quanto eu goste dela.

Um silêncio estranho toma conta do ambiente enquanto estamos todos ao redor da mesa de jantar, a maioria fingindo estudar. Apesar de não ter uma boa visão da tela do seu computador, sei que Bobby está jogando Tetris. O celular do Russ começa a vibrar em cima da mesa, e ele fica vermelho de vergonha quando os meninos começam a tirar sarro dele.

— Foi mal, foi mal — murmura, se levantando para atender a ligação na varanda.

A interrupção é um bom jeito de me distrair da linha do livro que já li umas quatro vezes. A aula do professor Thornton continua tão terrível quanto eu já sabia que era.

Russ abre as portas duplas e entra na sala de novo, enfiando o celular no bolso.

— Rory está vindo estudar com a gente, se ninguém se importar.

— Você sabe que mora aqui, né? — pergunta Bobby, tirando os olhos do jogo. — Não precisa da nossa permissão pra chamar sua namorada.

— Achei que ela fosse ao clube do livro — comento, pensando que deveria ter pedido que me trouxesse uns biscoitos.

— Halle mandou mensagem avisando que um cano estourou e tiveram que fechar a loja para consertar, então cancelaram a reunião.

Foi frustrante a Aurora não saber quase nada sobre a Halle quando fomos comer há algumas semanas, depois de encontrarmos com ela na livraria. Quando falei que

Aurora era uma amiga ruim por isso, ela disse que Halle era reservada e que adoraria saber mais, e ela não é a única.

— Diz que ela pode trazer todo mundo para cá. O pessoal pode ficar no jardim, é só trazer uma toalha de piquenique ou algo do tipo — ofereço ao fechar meu livro, desistindo oficialmente.

Mattie fecha o notebook.

— Eu apoio.

Anastasia bufa.

— Você apoia qualquer coisa que o coloque em uma situação em que há cinco mulheres para cada homem.

— Na verdade é mais, se você considerar que o Russ tem namorada e o Robbie está comprometido e ausente no momento.

— Tem certeza? — pergunta Russ enquanto pega o celular. — Ter um monte de gente estranha em casa não vai te distrair e impedir de terminar a redação?

— Isso tem alguma coisa a ver com você ter uma crush na menina do clube do livro? — pergunta Anastasia, fazendo com que meus amigos soltem suspiros dramáticos.

Reviro os olhos para a reação infantil deles.

— Não tenho uma crush nela.

— Rory disse que vocês estavam flertando — rebate ela enquanto fecha o computador e o guarda na mochila.

Kris se inclina para a frente a fim de ter uma visão melhor da Anastasia.

— A Aurora disse *como* exatamente ele estava flertando? Porque eu estou tentando entender isso há uns dois anos.

— Não estava flertando. Só estava conversando.

Ela é bonita, então eu teria flertado com ela, mas estava nervosa e parecia ter acabado de terminar um namoro. Não era o momento certo.

— Ah — resmunga Mattie. — Uma conversa primeiro. É isso que estou fazendo de errado.

— A Aurora disse que estão vindo para cá agora. — Quando todos olhamos para Russ, as pontas das suas orelhas estão vermelhas. — Ela também disse "obrigada".

— Parece que ela disse muito mais do que "obrigada", sua beterraba gigante — Kris provoca. — Beleza, qual foi o livro que leram esta semana? Tá na hora de meter um Google para parecer inteligente e interessante.

Anastasia ergue as sobrancelhas quando se levanta da cadeira e joga a mochila no ombro.

— Você vai ser médico…

Kris assente.

— Com um monte de empréstimos estudantis para pagar. Preciso arranjar uma esposa enquanto ainda tenho este corpinho.

Anastasia solta um último suspiro.

— Tchau.

* * *

A janela do meu quarto está entreaberta, então consigo ouvir as risadas lá fora enquanto tento me concentrar no projeto.

Assim que a Aurora apareceu, com um monte de cobertores nos braços, me enfiei no quarto para não atrapalhar. O barulho lá fora começa a diminuir, então ouço a porta da frente se abrir e fechar, um sinal de que a reunião acabou.

Cinco minutos depois, escuto uma batida leve na porta. Quando abro, fico feliz de ver que é quem eu esperava.

— Você cortou o cabelo — digo.

— O quê? — responde Halle, sem pensar passando a mão no cabelo castanho, agora mais curto. — Ah, sim. Uma colega do trabalho me incentivou a cortar quando a gente foi ao salão, hoje de manhã. Foi legal, não foi forçado nem nada. Faz tempo que eu queria cortar o cabelo, mas meu e... Alguém sempre me impedia.

As pontas retas repousam nas clavículas dela, prendendo meus olhos ali antes de eu erguê-los pelo pescoço e encontrar seu olhar de novo.

— Gostei. Combinou muito com você.

Ela fica vermelha na hora, mas não acho que eu tenha dito nada estranho. Foi só um elogio; bem comportado, até. Saio do batente da porta dando um passo para o lado e estico o braço para convidá-la a entrar. Ela entra e se senta na beirada da cama enquanto vou para meu lugar de sempre.

Talvez ela não esteja acostumada a receber elogios. Embora pareça improvável, porque é linda. Talvez Will Ellington seja tão ruim como namorado quanto é como jogador de hóquei.

— Obrigada — diz ela finalmente. — É muito gentil da sua parte dizer isso. E é muito gentil também ceder a casa pro clube. Trouxe uma coisinha pra agradecer. Fiz em dobro, caso você aparecesse, e aí o cano estourou, enfim. Toma.

Ela me entrega um pote de vidro forrado com papel-toalha e, quando abro a tampa, meu quarto é tomado pelo cheiro de biscoitos. Mordo um, e eles são tão bons quanto eu imaginava. Fico feliz que tenha trazido até aqui, assim não preciso dividir com os meninos.

— Obrigado. Quer um?

Ela ergue a mão para recusar.

— Não, obrigada. Tô um pouco enjoada.

Agora que comentou, sua pele parece um pouco mais pálida do que na última vez que a vi, e tem um pouco de maquiagem no rosto tentando disfarçar as olheiras.

— O que aconteceu?

— Fui a uma festa ontem e, como não tenho muita experiência com álcool, parece que fui atropelada.

— Eu sei, te vi lá. Se você passar mais tempo com a Aurora, isso pode acontecer de verdade. Ela foi dar ré ontem e quase passou por cima de mim. Já tomou um analgésico?

— Você me viu lá? — pergunta ela, e sua voz perde aquele tom leve de sempre.

— Aham — digo, limpando as migalhas de biscoito do canto da boca. — Você estava pedindo o telefone do Mason Wright. Não recomendo que ligue para ele.

— Por que não?

— Ele é um bosta.

Ela ronca quando ri de repente. É fofo.

— Não sei por que ronco sempre que dou risada na sua frente, desculpa. As meninas com quem eu estava já deletaram o número dele do meu telefone. Não sabia que você tinha visto isso.

— Parecia que você estava se divertindo com suas amigas, então não quis me meter. Não sabia se você se lembrava de mim e não queria incomodar e estragar a noite.

— Claro que me lembro de você — diz ela, tranquila. — Você sempre pode vir falar comigo em uma festa. Seria bom encontrar alguém conhecido, porque ontem foi cheio de... gente nova.

— Já tomou algum remédio, Halle?

Ela balança a cabeça, então levanto da cama e vou até o banheiro pegar a caixinha de emergências. Tem um monte de cremes hidratantes, meias, prendedores de cabelo, mas tem analgésicos e outras coisas também. Ela me observa enquanto procuro o remédio que mantenho aqui em caso de ressaca.

Nunca vi uma mulher ficar tão desconfortável no meu quarto. Ela parece nervosa, por algum motivo, e dá a impressão de que duvida de tudo que pensa. Às vezes, tenho dificuldade com conversas porque seres humanos, em especial as mulheres da minha vida, preenchem silêncios com qualquer coisa. Vejo a Anastasia e a Aurora fazerem isso sempre; é como se elas tivessem se autodeclarado as guardiãs do ritmo da conversa e silêncios naturais fossem contraproducentes. Imagino que a Lola nunca tenha tido um segundo de paz na vida, mas ultimamente parece que isso tem mais a ver com as brigas com o Robbie. Não sei se eles sacaram que notei as discussões constantes, mas meu quarto é bem em cima do dele.

Amo o silêncio, mas, a julgar pela expressão dela, a Halle não gosta muito.

— Essas coisas são da sua namorada?

— Uma menina passou a noite aqui uma vez e no dia seguinte estava se sentindo bem mal. Eu não tinha nada para ajudar a cuidar dela e me senti péssimo. Desde então, guardo essas coisas no meu banheiro por precaução — explico. — Não tenho namorada.

— Eu fiquei na dúvida porque te vi com uma garota ontem e... — Halle não termina a frase. — É. Enfim.

— Anastasia. Namorada de um amigo. — Não consigo conter um sorriso. — Ficou com ciúmes?

Minha pergunta finalmente faz um pouco de cor aparecer no rosto dela.

— Não, claro que não! Eu só... Nossa, eu tô com muita ressaca.

— Claro que não — repito e lhe entrego o analgésico.

— Isso é bem simpático da sua parte — diz ela, gesticulando para os dois comprimidos na palma da mão. Então mexe na bolsa e tira uma garrafa d'água para tomar o remédio. — Obrigada.

Ficamos em silêncio de novo. Ela se inclina para a frente e pega um livro da minha mesa de cabeceira. É aquele que comprei na livraria semana passada e no qual mal toquei até agora.

— Como está indo com os livros sobre liderança?

— Li dois capítulos e desisti. É sobre a vida dele inteira, o que é de se esperar de uma autobiografia, mas quem fala tanto assim da própria família?

— Você não é muito próximo da sua? — pergunta ela ao virar o livro para ler a contracapa. — Desculpa, isso é muito pessoal! Esquece, não pensei antes de perguntar.

— Tudo bem. Amo minha família. Minhas mães são as melhores pessoas do mundo, mas isso daria meio capítulo. No máximo.

Ela ri, e sua risada é exatamente como imaginei. Bondosa, bonita, musical. Tudo nela é gentil.

— Sempre tenho que me controlar para não escrever capítulos longos demais. Então, infelizmente, eu entendo... — Ela vira o livro para ler a capa. — Harold Oscar, tetracampeão da Stanley Cup. Mas tenho certeza de que ele tem coisas bem mais interessantes a dizer.

— Você é escritora?

— Estou tentando ser, mas algumas coisas não se encaixaram ainda. Ainda estou tentando achar meu estilo ou coisa do tipo. Tem uma competição da qual quero participar, mas não consigo decidir o que escrever. Sei lá, acho que me falta uma boa inspiração. O engraçado é que ontem na festa tocou uma música que obviamente não era parte da playlist, e pensei em uma história, mas não sei se vai dar em algo. Nenhuma das minhas outras ideias ou rascunhos parecem bons o bastante, então talvez seja legal trabalhar em alguma coisa nova.

— Entendo. Às vezes sinto isso quando estou pintando um elemento novo ou testando uma técnica diferente. As coisas que criamos são pessoais. Você deve estar se preocupando demais.

Ela sorri e aperta as têmporas.

— Acho que você tem razão. Mas, enfim, você é pintor? Que legal, não sabia. — Ela olha o meu quarto vazio. — Cadê seu trabalho?

Boa pergunta. Dou de ombros.

— Nunca fiz nada que quisesse ver todo dia. Supero rápido.

— Queria dizer que entendo, mas parece que fico arrastando corrente com as mesmas ideias por anos a fio. Que bom que sou melhor leitora do que autora; acho que ficaria louca.

— Eu sou melhor artista do que leitor — digo, e ela ri de novo. — Não consigo me concentrar em um livro que não me interessa por tempo suficiente para chegar à parte boa. Tento muito e aí, quando me dou conta, passei os últimos vinte minutos mexendo no celular. Mas nem me lembro de ter pegado o celular. É bem irritante.

Halle não me dá aquele olhar estranho que as pessoas dão quando tento explicar como coisas simples para outros conseguem ser frustrantes para mim. Ela só concorda com a cabeça.

— Minha irmã mais nova tem o mesmo problema. Descobrimos que é por causa do TDAH. Eu ajudo ela com o dever de casa de literatura, porque é a matéria da qual menos gosta, e, se ela não quer ler um livro, é uma luta.

"Luta" é uma boa palavra para descrever como me sinto às vezes.

— É estranho, porque às vezes começo a pesquisar algo e sem querer acabo focado em outra pesquisa, aí leio tudo que existe sobre aquela coisa sem problema algum. Mas é impossível terminar o que eu *preciso* mesmo fazer.

Halle ri, mas não sinto que está rindo de mim. Eu gosto de como é fácil conversar com ela.

— É, a Gianna é igualzinha. Receber o diagnóstico ajudou a gente a oferecer mais recursos e apoio para ela, mas só imagino como seria difícil se não tivéssemos sido insistentes com os médicos. Fiquei um bom tempo pesquisando sobre TDAH. Algumas pessoas passam a vida inteira sem saber que são neurodivergentes. Desculpa, falei demais.

— Que bom que sua irmã tem apoio agora. Vou passar o resto do dia pesquisando esses biscoitos — admito ao pegar outro do pote. — Eles são bons demais.

— Uma vez minha vó passou o verão inteiro cuidando de mim enquanto meus pais trabalhavam e meu irmão estava no acampamento de futebol. Ela monitorou cada etapa do processo para se certificar de que eu aperfeiçoasse a receita. Disse que eu não poderia dar biscoitos ruins para as pessoas e contar que era uma receita dela.

— Por favor, agradeça à sua vó por mim.

— Ah, ela faleceu há alguns anos. Moro na casa dela, então fiquei com o livro de receitas e tudo. Acho que os biscoitos são a única coisa que não estrago.

— Ela ficaria feliz com a reputação dos biscoitos — digo antes de dar mais uma mordida. — Você está fazendo um ótimo trabalho. Que legal que você mora lá e tem as coisas dela. Minha avó gostava de ir a restaurantes chiques, então não tenho receitas, mas uma lista de lugares do mundo todo onde vale a pena comer.

Uma das minhas mães parou de falar com os pais há trinta anos, quando os "valores sérios e conservadores" deles os impediram de aceitar que ela fosse gay; então, apesar de estarem vivos, nunca os conheci.

Os pais da minha outra mãe eram workaholics e só a tiveram quando já eram mais velhos. Ambos faleceram antes de eu completar quinze anos. Fizeram de tudo para que minha outra mãe se sentisse amada e parte da família, já que ela tinha perdido a dela. Uma das coisas que minha avó mais gostava de fazer era levar todo mundo para comer em seus restaurantes favoritos e exibir a família.

— Ah, amei! E acho que ninguém nunca disse que uma pessoa no penúltimo ano de faculdade morando na casa da avó é legal. Mas aceito o elogio pelos biscoitos — diz ela, puxando a manga do cardigã. — Obrigada.

— Por que você não mora com suas amigas? — pergunto e, pela forma como sua expressão se entristece, acho que essa era uma daquelas coisas que eu não deveria perguntar.

— É uma boa pergunta. Uma ótima pergunta. Hum…

Fico preso no momento entre ela dizer que é uma ótima pergunta e seu óbvio desconforto. Estou prestes a falar que ela pode deixar para lá quando Halle finalmente responde:

— Na verdade, não tenho amigas. As que eu meio que tinha não estudam na Maple Hills, e todo mundo me abandonou quando eu e meu namorado terminamos.

Ela parece envergonhada; dois anos atrás, porém, eu também não tinha amigos. Agora, na verdade, talvez tenha amigos demais. É difícil lembrar de todo mundo, mas acho que ter mais uma não seria um problema.

— Eu sou seu amigo.

Ela ergue as sobrancelhas. É uma expressão que conheço bem. Quer dizer que foi pega de surpresa. Parece que estou sempre causando essa reação nas pessoas.

— Não é, não.

— Sou, sim — digo, insistindo.

— Não é assim que as pessoas ficam amigas.

— Como você sabe? Você disse que não tem nenhum. — O jeito como ela se retrai ao ouvir isso me dói, então continuo: — Somos amigos, Halle. Amigos fazem coisa legais um pelo outro. Eu deixei você usar minha casa pro clube do livro, e você me trouxe comida. Não estou dizendo para morarmos juntos nem nada do tipo, mas você tem amigos.

— Ok, então podemos ser amigos. — Ao responder, seus ombros caem um pouco, relaxando. Não quero que ela fique desconfortável comigo, e eu *quero* mesmo ser amigo dela.

— Ótimo. Esse fim de semana vamos dar a nossa festa anual de pré-temporada. Meu colega de quarto disse que já estava maduro demais para organizar uma festa desse tipo, mas é claro que vai acontecer mesmo assim. Você deveria vir, aí vou saber que está levando nossa amizade a sério.

Acho que eu e Russ somos os únicos que não ficaram em choque quando Robbie falou que queria fazer menos festas. Só que o resto do time, em especial aqueles que Nate não deixava participar e agora estão com a idade certa, sentem que estão perdendo uma espécie de ritual de passagem. Robbie não disse que nunca mais daria uma festa: só disse que quer ser mais responsável e mostrar para o Faulkner do que ele é capaz. Obviamente ninguém prestou atenção nisso, algo que eu aprendo a cada treino, e só ouviram "menos festas".

Antes de Nate e JJ irem embora este ano, o Robbie procurou vários lugares para morar sozinho. Disse que queria manter uma distância entre Robbie, o nosso amigo, e o Robbie que espera ser contratado pela universidade quando terminar os estudos.

Contou que o único motivo de não ter se mudado foi que nenhum dos apartamentos disponíveis era adaptado para cadeirantes, e o estresse de tentar convencer um proprietário a fazer o mínimo, como melhorar a acessibilidade e segurança do prédio, não valia a pena, mas falou que procuraria de novo no ano seguinte.

Halle revira os olhos para o meu convite e enfia o livro de Harold Oscar debaixo do braço antes de se levantar.

— Acho que não. Vai ser estranho ir a uma festa sozinha, e tenho um monte de coisas para fazer. Dever de casa, projeto de escrita, coisas do clube do livro e tal.

— Não vai estar sozinha. Eu vou estar lá.

— Mas vai estar ocupado com seus amigos.

— Já estabelecemos que você é minha amiga.

Ela suspira, mas é um suspiro diferente do que Anastasia deu mais cedo.

— Você é sempre assim, tão... persistente? Convincente? Quem sabe até um pouco teimoso?

— Não sei — admito, sincero. — Não costumo ter tanto trabalho assim. A maioria das mulheres quer ser minha amiga.

— Não tenho dúvida. Preciso ir, tenho que trabalhar mais tarde, mas vou pegar este livro emprestado, tudo bem?

Dou de ombros.

— Claro. Não vou ler mesmo.

— Obrigada de novo pelo jardim.

— Obrigado pelos biscoitos.

Ela se vira para ir embora e, pouco antes de fechar a porta, eu a chamo:

— Halle?

Seu rosto aparece na pequena brecha.

— Oi?

— Gostei muito mesmo do seu cabelo.

Capítulo seis

HALLE

— Achou alguma coisa?

Levanto o olhar do tablet e faço um sinal negativo com o dedo.

— Infelizmente não dá para comprar filhos felizes e saudáveis pela internet nem a habilidade de viver tempo o bastante para vê-los se casarem. Talvez uma cesta de café da manhã?

— Cesta de café da manhã é uma boa ideia. Vai ajudar com a coisa de viver mais tempo — diz Cami, se sentando ao meu lado na sala de funcionários.

Ela se aproxima para ver as opções na quinta seção de "Presentes para ela" que vasculho desde que meu irmão mandou uma mensagem no nosso grupo dos irmãos perguntando o que *nós* vamos dar de aniversário para a mãe semana que vem.

— Talvez você possa prometer levá-la a um spa quando for visitar no feriado?

Decido evitar a explicação de que, graças à péssima negociação com meu ex-namorado, prometi não visitar minha família no fim do ano.

— É uma ótima ideia, mas eu meio que tenho que garantir que meus irmãos tenham algo para dar também.

— Achei que seu irmão fosse mais velho do que você — comenta ela, e não consigo conter o suspiro de pseudoirmã mais velha.

— Ele é, mas, assim como meu padrasto, é incompetente. O que quer dizer que, se eu não planejar algo, minha mãe não vai ganhar presente de aniversário. Tá tudo bem. Eu tô acostumada a ser a gerente da família.

Sei que Cami é a caçula da família dela, então não deve fazer ideia do que é isso. Por ironia, é um apelido que Grayson me deu quando éramos mais novos para ilustrar suas contribuições forçadas com toda e qualquer responsabilidade familiar.

Cami trava a minha tela e tira o aparelho de perto de mim.

— Sabe o que vai ajudar você a decidir? Álcool. Eu tomo as melhores decisões da minha vida quando estou bêbada.

Ainda não decidi se gosto de beber. Gosto de ser convidada para coisas e da confiança que ganho quando estou meio altinha, mas odeio ficar de ressaca. Fico ansiosa, chorona e um pouco sensível demais, mas não sei se os convites vão continuar se eu não entrar na onda.

— Você não estava bebendo quando decidiu pintar o cabelo em casa?

Depois de duas horas no salão, enquanto eu enfrentava a primeira ressaca da minha vida, o cabelo de Cami, que costumava ser loiro, foi consertado e agora está um tom escuro de ruivo.

— Ok, talvez a execução tenha sido ruim, mas vai dizer que eu não fico bem ruiva? Quatro pessoas já me disseram que pareço a Jessica Rabbit. Como acha que está meu ego agora? Se eu tivesse peitões, estaria insuportável.

— A dor nas costas não vale a pena, pode acreditar. — Na hora, jogo os ombros para trás e arrumo a postura, aproximando as escápulas. — Você tá mesmo parecendo a Jessica Rabbit. Deveria comprar logo sua fantasia de Halloween.

Durante nossa ida ao salão, soube que a Cami teve uma relação com o West, o cara que estou substituindo. Ela acha que é besteira ficar chateada porque nem eram um casal de verdade e ela meio que o odiava, mas está lidando com isso do único jeito que sabe: saindo muito.

Cami é dois anos mais velha que eu, mas mudou de curso e não tinha matérias suficientes para se formar com sua turma. Todos os seus amigos, e ela deixou bem claro que isso não incluía West, se mudaram, foram fazer pós-graduação ou começaram a trabalhar. Ela disse que estamos passando por situações diferentes, mas não tão distintas, e por isso foi fácil virarmos amigas.

Vê-la tão abalada por causa do West fez com que me sentisse mal por aceitar qualquer tipo de consolo em relação ao Will. Na hora, tive a sensação de estar enganando Cami, por isso tentei esclarecer que, tirando em um ou outro momento passageiro, não tenho problema algum em ser solteira.

Ela disse que ignoraria isso, porque ter uma amiga passando pela mesma situação a fazia se sentir menos ridícula e solitária. Em seguida riu, falou que estava brincando e que, se esses momentos se tornassem menos passageiros e se materializassem em um instinto de pintar meu cabelo de vermelho, ela me daria todo o apoio.

Com a caixa de tinta em mãos.

Não sei se é a ressaca ou a sensação que vem à tona quando você vê sua vida mudar em um período tão curto, mas nesse momento — literalmente, nessas poucas horas da minha vida — fiquei triste pela Halle do passado que não tinha isso.

— Você tem razão, e eu amo meus botõezinhos — diz enquanto dá tapinhas carinhosos no peito. — Eu deveria colocar um decote quando a gente for à festa mais tarde. Não acha?

Parte de mim quer dizer que não, que vou ficar em casa para finalmente começar a trabalhar no texto para o concurso de escrita. Que a noite será dedicada ao planejamento e à preparação, e que finalmente vou decidir qual ideia seguir e começar a escrever.

Mas uma parte muito maior e mais persuasiva de mim quer dizer "vamos, sim", porque não sabe dizer "não" às pessoas e está argumentando que é o que eu sempre quis. Meus próprios amigos me convidando para sair, por minha causa, não devido a um homem? Não é isso que eu deveria fazer na vida pós-Will? Me colocar em primeiro lugar e me divertir? Como vou decidir se gosto de festas se não experimentar de verdade?

Cruzo os braços e me encosto na cadeira, fingindo resistência, só que na verdade estou animada porque, apesar de todas as dúvidas, quero aprender mais sobre mim mesma.

— Que festa?

Cami bate palmas, empolgada, e pessoas do grupo na mesa ao lado, cujo nome não sei, tiram os olhos dos celulares.

— Ah, você vai amar. As festas do Robbie são as melhores.
— Quem é Robbie?

* * *

A CASA DO TIME de hóquei tem uma vibe completamente diferente à noite, comparada a quando vim para o clube do livro.

Apesar de o Henry ter me convidado antes da intervenção da Cami, continua sendo um pouco estranho estar aqui. Ainda não o vi, o que não deveria ser uma surpresa, porque a casa está lotada desde que chegamos, muitos drinques atrás. O que me surpreende é a intensidade com a qual estou procurando por ele.

Uma variedade de garrafas de álcool e refrigerante cobre a ilha da cozinha, e todas as superfícies da sala de estar estão repletas de garrafas de cerveja e copos plásticos vermelhos. A música alta toca em todo o espaço, dificultando que escute até meus pensamentos, que dirá o que o cara que todos parecem odiar, e com quem estou dançando, está tentando falar.

Acho que, num cenário normal, eu teria me afastado do Mason e pensado em uma desculpa para fugir dali, mas essas não são circunstâncias normais, já que estou sob a forte influência do que quer que esteja na grande tigela de ponche.

A Halle Bêbada de Ponche não está preocupada com o fato de não saber dançar ou conversar com homens — mesmo que esse especificamente possa arruinar minha vida. A Halle Bêbada de Ponche está se divertindo, porque é isso que se deve fazer em festas de faculdade. Ela também decidiu deixar Mason pressionar seu corpo imenso contra o dela e colocar as mãos na cintura dela em vez de responder por que não mandou mensagem.

Eu queria que a Cami estivesse aqui para me salvar, mas ela foi lá fora ligar para sua colega de quarto pouco antes de Mason me encontrar. Aparentemente, a Halle Sóbria e a Halle Bêbada de Ponche têm algo em comum: ambas são covardes.

— Você tá muito gata — grita ele. Sua boca está perto da minha orelha, a respiração aquecendo um ponto sensível no meu pescoço.

Essa é uma cena que já li em vários livros de romance. O *bad boy* gato mostrando interesse na — vamos ser sinceros — virgem inexperiente. Somos um clichê, e o meu alter ego bêbado acha isso engraçado, mas imagino que sóbria eu estaria morrendo de vergonha.

A pior parte é que, quando suas mãos agarram minha cintura, fico esperando que meu corpo reaja de alguma forma. Que minha pele fique arrepiada, meu coração acelere, algo que mostre que minha falta de libido era por causa do Will. Que eu não estou morta sexualmente na presença de um homem bonito. Porque é assim que funciona esse clichê, não é? Desejo sexual imediato e inconfundível. Mas, infelizmente, nada.

Sei que ainda sou jovem e que meu valor não tem nada a ver com o que acontece entre minhas pernas, mas só quero me entender melhor.

Eu *quero* desejar alguém, e isso está começando a me deixar um pouco frustrada.

— Valeu — respondo ao elogio do Mason. — Hum, você também.

Sinto minhas bochechas quentes ao ouvir o que disse, essa não era a reação física que eu queria ter. Pareceu tão ansiosa e falsa. Como quando alguém lhe deseja feliz aniversário e você responde "Pra você também", só para se xingar na hora por ter falado besteira.

Eu me inclino para trás, tentando checar quão envergonhada deveria estar, e fico surpresa ao ver que ele está me encarando como se quisesse me devorar inteira.

— Quer ir pra algum lugar mais tranquilo? — grita ele. — Mais reservado?

— Não, ela não quer.

Nem preciso me virar para saber quem falou por mim, porque, apesar do estrondo da música saindo das caixas de som, reconheço sua voz forte. Meu coração acelera. Olho para cima e vejo a expressão do Mason se desfazer.

— Não sabia que você tinha virado guarda-costas, Turner — responde ele. — Me impressiona que tenha tempo pra isso, capitão.

— Vem, Halle — diz Henry ao colocar as mãos nos meus ombros e me puxar para trás, para longe do alcance de um Mason irritado. — Que você tenha a noite que merece, Wright.

Sou praticamente um boneco. Não resisto quando Henry pega minha mão e me puxa para si ao atravessarmos a multidão até os fundos da casa. A única coisa que penso no caminho até a sala de jantar é que seria muito fácil me sequestrar.

Henry ainda não disse nada e, quando seguimos em direção a uma mesa de *beer pong*, meus instintos de sobrevivência finalmente acordam.

— Espera! — digo com um pouco mais de exaltação do que necessário e paro de andar. — O que foi isso?

Ele se vira para mim com a mesma expressão neutra de sempre.

— Estava te salvando do seu péssimo gosto em homens.

Ai. É como um tapa na cara que me deixa sóbria na hora.

— Aquilo pareceu meio pessoal.

— Eu disse que o Mason Wright é um babaca — diz ele, tranquilo — Se você quiser ficar com alguém só para fazer a fila andar, melhor escolher outra pessoa.

Halle Sóbria deixaria a conversa morrer na hora por pura vergonha de ter feito uma escolha tão ruim para um parceiro de dança. Halle Bêbada de Ponche não é tão comedida.

— Você sempre interfere nas atividades dos seus convidados?

— O que aconteceu com sempre poder falar com você em festas? — Henry está sorrindo, e sinto que estou esquecendo algo até ele usar minhas próprias palavras contra mim. — Eu interfiro nas atividades dos meus amigos, se necessário. Se quiser ficar com alguém, tem opções melhores que ele — completa, e Halle Bêbada de Ponche perde a audácia movida a álcool. — Eu conheço o cara. Estudamos juntos no colégio. Ele é agressivo, irresponsável e não está à sua altura.

— Eu não estava querendo ficar com ele. Ele nem tentou nada — explico como se tivesse que me justificar. — Desculpa.

— Você é linda, Halle. É óbvio que ele estava tentando alguma coisa. Você não precisa pedir desculpa.

Abro a boca para falar algo, mas fecho logo em seguida quando processo o que ele acabou de dizer. Linda. Guardo isso no fundo da mente para digerir amanhã, quando ele não puder ver minha reação.

— Só queria ficar bêbada e dançar com um cara em uma festa. Ter a experiência completa, sei lá. É besteira minha.

— Nada do que você diz é besteira. Você está parecendo meio triste, e acho que eu causei isso sem querer. Podemos começar de novo?

Eu concordo, feliz por termos uma nova chance.

— Oi.

Ele sorri.

— Oi. Que bom que você veio.

— Que bom que você me convidou.

— É a minha vez de pedir desculpa — diz ele ao ficar do meu lado para irmos na direção dos seus amigos que o esperam. — Estou prestes a fazer você jogar *beer pong* contra a Aurora, e ela é muito irritante e competitiva. Além disso, vai passar o resto da noite falando quanto também odeia o Mason, porque foi ela quem viu você com ele.

Sinto como se estivesse prestes a cair numa armadilha e tenho vontade de tomar mais um pouco de ponche. Henry pega a bola, a quica na mesa, segura no ar e entrega para mim. Ignorando minha total falta de coordenação motora, pego a bola da sua mão.

— Passei os últimos dois anos ouvindo a Aurora falar quanto ela odeia poesia. Isso vai ser fácil.

Vários amigos do Henry surgem vindos do jardim, incluindo a Aurora, que vem direto até mim e me abraça forte.

— Estou *tãããããoo* feliz que você veio. Vai jogar comigo? — pergunta ela, seu olhar indo de mim para Henry.

— Ela é minha — responde ele. — Vai achar alguém pra você.

Antes que possa responder por mim mesma, um dos amigos de Henry aparece arrastando uma cadeira.

— Tivemos um pequeno acidente — diz ele.

Ele se chama Mattie, Kris ou Bobby. Eles são completamente diferentes de vários jeitos: altura, tipo físico, raça, cor do cabelo e sotaques de diferentes estados. Mas, quando os conheci no dia do clube do livro, todos se apresentaram quase que ao mesmo tempo, então não sei quem é quem.

— Dá pra ver — comenta Henry, olhando para a cadeira dobrável destruída no chão.

— A gente tava brincando de dança das cadeiras, e pelo visto a cadeira indestrutível é destrutível se você pular nela. Foi mal — diz Mattie, Kris ou Bobby. — Oi, Halle!

Levo um segundo para perceber que ele está falando comigo, e agora todos estão olhando para mim. Henry está agachado no chão, checando se é possível consertar a cadeira, mas se levanta rápido quando também ouve meu nome.

— Oi... — *Meu Deus, qual é o nome dele?* — E aí?

— Você não lembra o meu nome. Estou magoado. Depois de termos curtido aquele livro que lemos juntos — diz ele, fazendo drama. — Henry, está na cara que você não fala de mim o bastante.

"Aquele livro que lemos juntos" é um jeito muito criativo de falar do título que ele pesquisou pouco antes do início da reunião. Por mais que eu adore uma viagem a Inglewild, estou disposta a dar meu próximo salário para ele se provar que leu o livro antes do encontro improvisado do clube aqui sem ser só para impressionar as garotas.

— Nunca falo sobre você, Kris. — Henry dá de ombros daquele jeito tranquilo de sempre. — O único nome de que ela precisa se lembrar é o meu.

Meu Deus.

Concentre-se, Halle. Um e oitenta, branco de cabelo escuro, sotaque misterioso que não sei identificar. Ombros e costas grandes. Enormes, na verdade. Kris. Kris. Kris. Kris. Só preciso me lembrar de mais dois. Hum, e de todos os outros amigos dele que ainda estão olhando para mim.

— Você presta atenção no que diz? — pergunta Aurora para Henry.

— Em geral, sim. Só consigo ignorar uma pessoa de cada vez, e sempre escolho você. Vamos jogar?

Aurora começa a rir e lhe mostra o dedo do meio, mas eu entendo. Há alguma coisa no que Henry fala, e em como fala, que... é difícil explicar porque soa tão bem.

Ela dá um tapa de leve no seu braço.

— Pelo visto você está aprendendo com o meu pai. Emilia e Poppy vão chegar em, tipo, um minuto. Podemos esperar por elas?

— Claro. — Ele se vira para mim. — Você é boa jogando *beer pong*?

Eita.

— Quer que eu te diga a verdade, que vai fazer você se sentir mal agora, ou uma mentira que vai deixá-lo feliz por um tempo, mas triste quando descobrir que era mentira?

— Sempre quero que me diga a verdade.

— Conheço as regras, mas nunca joguei, então devo ser horrível.

— Eu consigo dar um jeito em "horrível" — diz com um sorriso. Ele me guia até eu ficar de costas, encostada nele, e pega minha mão direita, que está segurando a bola. Henry se inclina para a frente até eu sentir sua respiração no pescoço e coloca minha mão na posição para arremessar. Quando fala, sua voz sai grave e profunda:

— Está confortável assim?

Ele cheira à loção pós-barba cara, e sua outra mão está na minha cintura para me colocar na posição certa, e está difícil me concentrar, e...

— Halle?

Minhas bochechas ficam quentes quando sinto um arrepio subir pela espinha.

— Uhum. Confortável, sim.

— O segredo é o pulso. Não precisa se preocupar tanto — comenta ele enquanto guia minha mão para jogar a bola nos copos do outro lado da mesa. Mais uma vez esta noite, é como se eu fosse um boneco. — Perfeito. Você tem talento.

Estou vagamente ciente de que Cami voltou com Poppy e uma menina que presumo ser Emilia, mas minha atenção está voltada ao Henry.

— Ou talvez você seja mesmo um bom líder.

— Vamos ver se ainda acredito nisso daqui a dez minutos, porque não vamos perder pra Aurora. Preciso que você dê tudo de si, ok?

Alguém começa a encher os copos com álcool, e estou rindo de mim mesma quando digo:

— Sim, capitão!

Capítulo sete

HENRY

Acho que nunca li um livro tão rápido na vida.

Passo para o próximo post-it, leio as partes que Halle grifou em azul e ignoro as que não marcou. Quando sua amiga ruiva estava indo embora ontem e Halle, bêbada, disse que tinha um presente para mim na bolsa, não sabia o que esperar.

Aí ela me entregou o livro que pegou emprestado e disse que tinha lido e grifado todas as partes que poderiam ser interessantes ou relevantes para mim.

Já estou na metade do livro quando ela finalmente acorda e se senta de repente, puxando o cobertor contra o peito. Vejo mil perguntas lhe passarem pela cabeça ao mesmo tempo. Seus olhos estão arregalados e os dentes mordem o lábio inferior enquanto pensa em qual fazer primeiro.

— Oi — digo, quebrando o silêncio.

Ela engole em seco, e eu gesticulo para a garrafa d'água e os analgésicos que deixei na mesinha. Ainda segurando o cobertor junto ao corpo, Halle pega os comprimidos e engole rápido. Depois de beber metade da água, ela tampa a garrafa de novo e me encara.

— A gente transou ontem?

Dobro o canto da página que estou lendo e deixo o livro na minha frente. Aponto para o colchão inflável meio vazio debaixo de mim e cruzo o olhar com o dela.

— Não.

— Promete?

— Estou em um colchão inflável que com certeza está furado, Halle. Por que eu transaria com você e não dormiria com você depois?

— Isso não é resposta, Henry.

— Sim, eu prometo que não transamos ontem à noite — respondo, e seus ombros relaxam. A tensão no rosto dela começa a desaparecer. — Eu não transo com mulheres que têm mais álcool do que água no corpo.

— Se a gente não transou — ela limpa a garganta antes de continuar —, por que estou pelada na sua cama?

— Você não quis ir embora com suas amigas e, como sei que mora sozinha, fiquei preocupado de não conseguir se cuidar. Queria deixar você dormindo sozinha no quarto livre ao lado, mas Mattie levou alguém para lá — explico. — Então achei meu colchão inflável e te trouxe para cá.

Ela toma mais um gole da água.

— Sim, mas por que estou *pelada*?

— Não sei. Eu desci para pegar a sua bolsa, que tinha ficado na sala de jantar, e quando voltei você tinha tirado a roupa. Ofereci algo para vestir, e você recusou.

Ela arregala os olhos de novo e, enquanto está tendo sua crise interna, recapitulo tudo o que disse para entender qual foi o gatilho dessa reação.

— Você me viu pelada.

Ah, é isso.

— Já vi muitas pessoas peladas.

— Você me viu pelada — repete ela, mas não acho que está falando *comigo*.

— Às vezes amigos veem outros amigos pelados. Não é nada de mais.

— Para mim, você ter me visto pelada é, sim, *algo* de mais. Ninguém me vê pelada.

Ela não tem por que ficar insegura.

— As pessoas não sabem o que estão perdendo, então. — Tento fazer uma piada para ela se sentir melhor, mas não funciona. Nem um pouco. Seu rosto fica vermelho e sua expressão nervosa volta. Não quero fazê-la se sentir mal, mas às vezes quando abro a boca só pioro as coisas. — Você quer me ver pelado para equilibrar as coisas?

Ela ri, mas nem foi uma piada.

— Por mais maravilhoso que imagino que seja, vou passar. Meu deus, você deve me achar tão ridícula. Me desculpa. Não tenho o hábito de beber e acho que exagerei. De novo.

— Pode parar de pedir desculpa por tudo? Não precisa, de verdade. Não acho você ridícula.

— Aposto que a casa deve estar uma bagunça. Posso ajudar a arrumar se quiser, ou posso ir comprar café da manhã pra todo mundo. Não, isso é idiotice. Posso só parar de te atrapalhar e ir embora, pra ninguém saber que eu estava aqui.

— Não precisa fazer nada. Não está atrapalhando e as pessoas já sabem que você está aqui. Aurora veio ver se a gente queria comer, mas você estava dormindo, e não quis te acordar. Além do mais, está na hora do almoço, e acho que todo mundo saiu.

— Almoço? Meu Deus, nunca dormi até tarde assim. Desculpa, de verdade.

Eu a vejo entrar em uma espiral de culpa e acho que talvez ela nunca tenha acordado na cama de alguém antes, por isso não menciono que acabou de me pedir desculpas de novo.

— Acho que isso é muito mais complicado pra você do que pra mim — digo antes que ela se desculpe de novo. — Gosto de ter você aqui e fico feliz que tenha vindo para a festa. Você não é a primeira pessoa bêbada e pelada de quem cuidei, Halle. Não é nem a primeira pessoa bêbada e pelada que vi *essa semana*. Você não precisa ficar envergonhada. Não é vergonhoso.

— Acho que vou pegar minhas roupas e deixar você em paz. Obrigada de verdade por ser tão tranquilo com isso.

— Somos amigos — digo. — Tome um banho, você vai se sentir melhor. A caixa de coisas está debaixo da pia, e tem toalhas limpas penduradas.

Ela assente, mas não se mexe. Quando nada acontece, ela sorri de verdade pela primeira vez desde que acordou.

— Você pode, hum, cobrir os olhos ou algo assim? Sei que já me viu, mas acho que vou morrer se tiver que fazer isso sóbria.

Merda.

— Aham.

Eu me deito no colchão quase vazio e enfio o rosto no travesseiro. Assim que ouço o chuveiro ligar, volto para o livro.

* * *

— Henry?

— Sim?

— Pode me dar o meu vestido, por favor?

— Quer vestir uma roupa minha? Você parece ser meio contra nudez, e o seu vestido não serve de muita coisa nesse quesito.

Não estou exagerando. Eu quase me engasguei com a bebida quando a vi com aquele minivestido brilhante. Estou acostumado com vestidos florais e cardigãs. Ouvi Halle dizer para Aurora que pegou o vestido emprestado da colega de quarto da Cami. Parece que Halle tem feito mais amigas ultimamente, o que é bom. A julgar pelo resmungo que vem do banheiro, acho que está envergonhada de novo.

— Eu sou um grande fã do vestido e de você com ele — comento. — Mas talvez fique mais confortável com uma roupa minha.

Ela fica em silêncio por alguns instantes.

— Se não for problema…

Pego uma calça de moletom e uma camiseta do cesto de roupa limpa e passo para ela pela brecha na porta.

— Obrigada.

Quando finalmente reaparece, mexendo no cordão da minha calça de moletom, Halle está com uma aparência bem melhor do que quando acordou.

— Deixa eu te ajudar — digo, chamando para onde estou sentado na cama. Coloco os pés no chão e a posiciono entre minhas pernas, pegando o cordão da calça para tentar desfazer o nó. Ela está enxugando as pontas do cabelo com uma toalha de microfibra, e a cena toda parece estranhamente doméstica.

— Você está cheirosa.

Ela ri.

— Obrigada. Você é muito preparado. Só dormi na casa do Will uma vez, e ele nem tinha xampu e condicionador para eu usar.

— Jogador de hóquei ruim. Namorado ruim. Zero surpresa — digo quando por fim desfaço o último nó. Puxo o cordão para que o cós da calça fique do tamanho de sua cintura e amarro com um laço.

— Ele não era um namorado ruim, só era…

— Não tenho interesse em ouvir uma lista das qualidades do seu ex medíocre — digo, fazendo ela dar aquela risadinha roncada, um som do qual tenho gostado cada vez mais. — Achei que você não tinha feito esse barulho antes… Já está ganhando prática.

Volto para a cama, me apoiando na cabeceira do lado oposto de onde ela dormiu ontem. Dou um tapinha na área ao meu lado para ela se sentar, e ela faz isso.

— Não é um som muito comum no meu repertório. É que não estou acostumada a ouvir as pessoas falarem do Will com tanto… ranço. Acho que a única outra exceção é o meu irmão, Grayson. Mas acho que ele não gosta de ninguém.

— Pode se acostumar. Todo mundo no time acha ele um babaca.

Ela olha para mim à sua esquerda com um sorriso discreto.

— Entendi. — Seu olhar recai no espaço entre nós. — Ai, meu Deus, você está lendo?

— É. Só o que você grifou de azul. Está me ajudando muito a prestar atenção. Gostei da parte em que você desenhou um taco de hóquei, mas acho que deveria deixar os desenhos comigo.

Seu sorriso discreto evolui para um completo. Está olhando para mim com um grande sorriso no rosto, e não sei por quê.

— Por que está me olhando assim?

— Fico feliz que tenha ajudado. — Ela puxa os joelhos para o peito e apoia a cabeça ali. — Não tinha certeza de que ia dar certo, mas é uma das coisas que ajudam a Gigi a se concentrar. A gente aprendeu que, quando partes irrelevantes eram retiradas da leitura, ela conseguia processar melhor o que era importante. Ela prefere áudio agora, mas achei que poderia ajudar você. Gigi é minha irmã, aliás; ela tem quinze anos.

— É, eu lembro. E entendi — digo, ao pegar o livro de volta e passar os dedos nos marcadores coloridos saindo pelas páginas. Ela deixou um post-it na primeira página com uma legenda para as cores dos marcadores: amarelo para dificuldades e erros; rosa para vitórias; laranja para coisas que o autor mudaria se pudesse; e verde para conselhos que daria aos jogadores.

— Nem tudo no livro era sobre hóquei, o que já era de se esperar de uma autobiografia. Falou muito sobre a própria família e as coisas que tem feito desde que se aposentou, que achei que não seriam interessantes para você.

— Queria que todas as coisas que não quero ler fossem filtradas assim. Talvez dessa forma eu passasse na matéria do professor Thornton esse semestre.

— Ah, eu amo o Thornton! Era para eu estar na matéria dele de Como a História Moldou a Arte, mas o Will pediu que mudasse a minha grade para ficar com as sextas-feiras livres pros jogos de hóquei, aí não consegui me inscrever. — Fico tão confuso, e acho que isso fica aparente no meu rosto, porque ela continua: — Faço pelo menos uma matéria com ele desde o primeiro ano.

— Não sei o que é mais bizarro. Alguém pedir que você mude os horários das suas aulas por causa de *hóquei* ou você gostar do professor Thornton. Ou o fato de que, se você não tivesse mudado seus horários, a gente teria se conhecido um mês antes, porque é nessa matéria que estou.

— Gosto de imaginar que a gente ainda teria se tornado amigos em outra realidade — diz ela baixinho. — Como você não gosta muito de ler, entendo por que está tendo dificuldade. As aulas são intensas no começo, mas o Thornton é um querido. Ele paga de malvado, mas, depois que você aprende a escrever como ele gosta e a usar as fontes ele prefere, é fácil. Vou ter Sexo e Sensualidade no Século XVIII com ele semestre que vem. Como têm sido as suas redações?

— Só mandei uma. Ele disse que faltavam fontes de verdade e que eu precisava prestar mais atenção aos detalhes.

Ela faz uma careta, e duas rugas aparecem entre as sobrancelhas.

— Que comentário pesado para uma primeira redação. Você conversou com ele sobre isso?

— Sim. Não tinha muito argumento. Escrevi sobre a revolução errada.

Ela baixa os joelhos e cruza as pernas, os dedos brincando com a bainha da minha calça comprida demais para ela. É estranho ver uma mulher usando minhas roupas, mas de um jeito gostoso.

— Com o Thornton, você só precisa saber o que pesquisar. Qual é o prazo do seu próximo trabalho?

Terça-feira, penso.

— Daqui a dois dias.

— Quantas palavras você já tem?

— Catorze. Meu nome e o título.

Ela esconde a cabeça nas mãos e ri antes de olhar de novo para mim.

— Você não facilita a sua vida, né?

— Eu só sou assim com essa aula, juro. Fico ansioso achando que vou errar tudo e não sei por onde começar.

— Deixa que eu te ajudo. Você está com dificuldade para pesquisar, né? Posso destacar as partes relevantes, e você pode usar isso como referência.

— Não vai ser chato pra você? — pergunto.

Sei que quero aceitar a ajuda dela na hora. Estou tão perdido com essa matéria e não estava exagerando quando disse que não sabia por onde começar. Meu plano era deixar o pânico me motivar amanhã depois da academia, quando chegasse em casa.

Halle dá de ombros.

— Não me importo. Não tenho planos para hoje. Ia trabalhar no meu livro, mas não é urgente.

— Como está indo? Já achou seu estilo?

Eu me sinto mal por não ter perguntado isso ontem. É algo que deveria ter me lembrado.

— Tão bem quanto a sua redação, só que a contagem de palavras é mais alta. Era para eu ficar escrevendo ontem à noite, mas, bom, a Cami me convenceu a vir pra cá. Por mais vergonha que eu tenha sentido hoje...

— Deixa disso.

— ... me sinto superinspirada, na verdade. Quero escrever sobre pessoas meio caóticas que têm esse tipo de experiência, mas acho que não consigo começar porque eu mesma não vivi isso. Nunca faço nada — explica ela. — Mas talvez fazer coisas vá me tirar desse bloqueio criativo. Mesmo que eu tenha ficado pelada na sua frente e dançado com o seu inimigo, algo que ainda sinto muito por ter feito.

— Há jeitos melhores de ter experiências do que cair nas garras do Mason. E, se for ajudar com sua culpa má direcionada, podemos definir uma regra para a nossa amizade: você tem permissão pra ficar pelada na minha frente sempre que quiser.

Há regras muito piores para se ter com alguém como a Halle.

Suas bochechas ficam rosadas, mas ela não parece desconfortável como antes.

— Você tem um tablet?

— Tenho, por quê?

Ela sai da cama, minha calça de moletom baixa na cintura dela.

— Porque você está me distraindo e procrastinando escrever sua redação. Eu vou ao banheiro, você pega o tablet, e vamos começar, ok?

— Sim, capitã.

* * *

Pedi comida enquanto a Halle lia meu esboço e, quando a entrega chegou, ela já tinha baixado uma dúzia de PDFs e destacado as partes relevantes para eu usar.

Ela está deitada de bruços ao meu lado, os pés cruzados no ar, apoiada em uma das mãos e passando os olhos por tudo que baixou enquanto eu digito no notebook. A cada vinte e cinco minutos, me obriga a parar de escrever e fazer uma pausa. No começo não entendi e achei que ela estivesse entediada e queria conversar, mas ficamos em silêncio se eu quiser.

Não quero. Tenho usados meus cinco minutos para perguntar mais sobre o livro que ela está escrevendo. Não vou ler — a não ser que Halle grife para mim as partes importantes —, mas gosto muito de ouvi-la falar sobre as coisas. Talvez eu participe do seu clube do livro.

Levamos algumas horas para entrar no ritmo, mas, quando conseguimos, tudo fica muito mais fácil. Ela é inteligente e sagaz, e suas perguntas me fazem pensar melhor antes de responder. Ela diz que devo escrever tudo antes que eu perca a linha do raciocínio.

Quando finalmente fecho o notebook, sinto como se um peso tivesse saído dos meus ombros.

— Obrigado. Não teria conseguido sem você. Você é incrível.

— Você fez o trabalho. Eu só grifei algumas coisas. Fico feliz de poder ajudar. Eu realmente deveria parar de ser folgada e ir para casa.

— Você não está sendo folgada — rebato. — Eu diria se estivesse.

— Diria mesmo?

— Se não quisesse você aqui, te mandaria embora. Você não é uma prisioneira e pode ir embora, mas se quiser ficar e ver um filme comigo, fica.

Halle se levanta para se sentar na cama, de frente para mim, e não sei se está prestes a parar do meu lado ou se vai sair correndo porta afora.

— Que tipo de filme? — pergunta finalmente.

— Terror. A mãe do meu amigo JJ me recomendou um semana passada. Eu ia assistir.

— E uma comédia romântica?

Suspiro.

— Você é igualzinha às outras. Ano passado, quando as namoradas dos meus amigos estavam morando aqui, elas eram impossíveis. Nunca vi tanto filme ruim.

— E se a gente jogar pedra-papel-tesoura? — Ela estica um punho fechado. — Se eu ganhar, vamos ver *Como perder um homem em dez dias*, mas, se você ganhar, a gente assiste à sugestão da mãe do JJ e finge que não vou passar o filme todo chorando. Está pronto?

Estico o punho, balanço três vezes e escolho papel, sabendo que as chances são de que ela vá colocar pedra, que é o que acontece. Minha mão cobre seu punho, e Halle faz um bico.

— Melhor de três?

— Não, sinto muito, isso não foi combinado antes. — Estico a mão para pegar o controle que abaixa a cortina blackout e ligo a TV.

— Você não vai mesmo jogar de novo comigo? — Ela ainda está fazendo bico. Fofa. Está me distraindo. — Conduta antidesportiva.

— Não. Bobeou, dançou. Precisa de mais travesseiros? Cobertores? Arma de autodefesa?

— Não preciso de travesseiros nem armas — diz ela, acomodando-se. — Vou usar você como escudo humano.

Bufo enquanto dou play no filme, afofando os travesseiros atrás dela para deixá-la mais confortável. Também me acomodo, aliviado por não estar naquele maldito colchão inflável, e finjo não perceber quando ela se aproxima de mim.

— Não se eu te usar primeiro.

Capítulo oito
HALLE

Tem um homem bem grande comendo meus biscoitos de novo.

— Você sabe que eu posso fazer alguns pra você, se pedir, né? — falo para Henry quando me aproximo dele, que está sentado ao lado da mesa de lanches na Encantado.

É o primeiro evento que a Inayah faz com um autor da região, e prometi preparar uns doces e ajudar a arrumar tudo enquanto ela atende aos clientes na loja. Eu fazia isso na Próximo Capítulo às vezes, então não me importei de oferecer.

— Você não precisa vir escondido aqui só pra roubar alguns — completo.

— Não tenho seu telefone, senão teria pedido — diz ele com a boca cheia de biscoito com gotas de chocolate. — Por que não tenho seu telefone?

— Não sei por que você não tem o meu telefone. Por que eu não tenho o seu telefone?

— Porque não pediu. Por que não pediu?

Ele está mais alegre do que o normal hoje, mais brincalhão. Cruzo os braços enquanto ele ergue o rosto e sorri para mim.

— Por que você não deu um jeito de me dar?

— Ótima pergunta. — Seu dedo se engancha no passador de cinto da minha calça jeans, me puxando para mais perto, de modo que eu fique de pé entre suas pernas. Ele nem está me tocando e já fiquei vermelha. Com cuidado, Henry pega e puxa meu celular, que está saindo do bolso do cardigã.

— Qual a sua senha?

Tiro o celular das mãos dele e arrasto para cima para liberar o Face ID.

— Não vou falar minha senha pra você.

Desvio o olhar enquanto ele digita seu número na tela.

— Esperta. Eu com certeza faria algo que você não aprovaria.

Quando ouço o celular dele vibrando, finalmente o encaro de novo.

— Você veio comprar mais livros sobre liderança?

Ele me olha como se eu tivesse perguntado algo absurdo.

— Não, estava te procurando. Vi no seu Instagram que você estava aqui.

A ideia de Henry Turner entrando no meu perfil, que basicamente só tem resenhas absurdas de livros, faz com que me sinta mais exposta do que nunca. Para mudar logo de assunto, digo:

— Você está de bom humor hoje. Isso é por causa dos biscoitos ou…?

Ele trava a tela e coloca o celular de volta no meu bolso.

— Adoraria dizer que é só por causa da comida, mas na verdade é porque Thornton amou minha redação. — Henry se inclina para a frente e me olha. — Bom, "amou" é um pouco extremo. Não tenho certeza de que ele seja capaz de sentir algo forte assim. Não estava esperando um retorno tão rápido, mas acho que o treinador perguntou como eu estava indo. Enfim, ele gostou. Vim agradecer sua ajuda e te dar uma coisa.

Ele estica o braço por baixo da cadeira e pega um buquê de margaridas.

— Ai, meu deus.

Henry se levanta e inclina o buquê na minha direção, gesticulando para que eu pegue o presente, o que eu faço. Aí ele enfia as mãos nos bolsos e dá de ombros.

— Não sabia de que flor que você gostava. Anastasia disse girassóis e Aurora disse peônias, mas lembrei que você tem um vestido rosa com margaridinhas, então achei que poderia ser sua favorita. — Acho que vou começar a chorar. Ele percebe. — Você está olhando para mim daquele jeito. Por favor, não comece a chorar. Eu lido com mulheres chorando com *muito* mais frequência do que esperava e ainda não sei ao certo como reagir.

— Esta é a primeira vez que eu ganho flores, Henry — admito, relutante. — São quase lágrimas de felicidade, juro.

Ele se senta de novo e franze o cenho.

— Sinto muito.

Eu afasto o buquê do rosto.

— Pelo quê?

— Por ser a primeira pessoa que te deu flores.

— Não tem problema… Ei, o que a gente conversou sobre dizer que sente muito sem necessidade?

Ele me olha de um jeito que dá a entender que eu não deveria usar suas palavras contra ele. Mas não tem problema, de verdade. Will achava que não fazia sentido dar flores porque elas morrem. O que é verdade, mas ainda assim fico com uma sensação engraçada no estômago.

— E você estava certo: margaridas são as minhas favoritas.

— Tem problema, sim, mas fico feliz que tenha gostado.

De alguma forma, consegui estragar o gesto mais doce do mundo ao revelar que meu último namorado obviamente não se importava o bastante. Será que pegou mal? Presumir que alguém não se importava porque não levava você para sair ou te dava flores? Talvez.

— Eu adorei. E estou orgulhosa de você por se dar bem com o Thornton.

— Por enquanto. Ele já passou o próximo trabalho.

Não consigo conter o riso ao ver sua expressão de desgosto.

— Você parece animadíssimo.

Ele bufa e se recosta na cadeira. Puxa outra cadeira para perto, gesticulando para eu me sentar ao seu lado.

— Quer que eu te ajude de novo? Não precisa me dar flores se tirar uma nota boa.

Eu me sento e apoio o buquê no colo enquanto ele considera minha oferta.

— Você tem tempo pra isso?

A resposta correta é "não, provavelmente não", mas não vou responder isso. Ainda mais porque Henry é a primeira pessoa que me pergunta se tenho tempo. Todo mundo só supõe que sim; minha avó costumava dizer que era sempre desse jeito. Ela entendia porque também era a filha mais velha, sabia como era ser tachada de boazinha. A responsável. A terceira figura parental. É por isso que ela era a única a brigar com Grayson por não ajudar mais.

A questão aqui é diferente. Henry é meu amigo e *quero* ajudá-lo; só preciso remarcar alguns compromissos. Ele parece tão feliz e despreocupado. Durante todo o tempo que passamos juntos, ainda não o tinha visto desse jeito. Acho que é meu momento favorito.

— Claro que tenho tempo. Quando precisa começar?

— Meus instintos me dizem pra deixar pra última hora, mas, ao analisar como você está me julgando, acho que não é a melhor opção.

— Eu não estou julgando nada. Eu *nunca* julgo as pessoas.

— Se está dizendo… Que tal hoje à noite?

— Hum…

— Você pode dizer "não", Halle — insiste Henry. — Não precisa mudar seus planos se estiver ocupada.

— Não é isso. Só preciso fazer um bolo. Uma das meninas do trabalho faz aniversário amanhã e esqueceu de pedir o dia de folga. Eu ia trabalhar hoje, mas elas me convenceram a trocar para o turno de amanhã para comemorarmos no intervalo. Eu disse que faria o bolo.

Atrás do Henry, vejo os clientes que vieram para o evento aparecerem na escada. Eu reconheço as pessoas do clube do livro. Não falam nada sobre nós dois sentados ali, conversando tão pertinho, simplesmente ocupam alguns lugares na primeira fileira e acenam para mim ao passar.

— Então hoje não, e você trabalha amanhã. Que tal sábado?

— Tenho certeza de que o capitão do time de hóquei tem algo melhor para fazer sábado à noite do que estudar — provoco. Sei que o primeiro jogo da temporada é só na semana que vem, então este é seu último fim de semana de liberdade-só-que-não.

— Tenho certeza de que vai ter alguma coisa animada rolando. E que vai acontecer independentemente da minha presença. Sendo sincero, eu odeio festas às vezes. Levo um tempo pra me recuperar de tanto barulho e socialização.

— Sábado, então. Quer ir lá pra casa? Não vai ter barulho e prometo não te fazer virar doses. Nem precisa falar comigo se não quiser.

— Gosto de conversar com você mais do que com quase qualquer outra pessoa. Sim, seria legal. Te mando mensagem quando sair da academia. Posso comprar algo pra gente comer.

Vários segundos se passam antes de conseguir responder. Mais pessoas chegam e ocupam os assentos vazios, e tenho quase certeza de que minhas bochechas estão supervermelhas. Concordo com a cabeça e engulo em seco, nervosa.

— Ótimo. Acho que é melhor eu cumprimentar as pessoas agora em vez de dar toda a minha atenção pra você. Quer ficar e assistir à palestra? É um livro bem interessante sobre um serial killer.

— Tentador, mas a única pessoa que gosto de ouvir falando de livros é você. E tenho treino de hóquei daqui a quinze minutos.

— Ai, meu deus, vai logo! Não pode chegar atrasado.

Ele se levanta devagar, claramente sem pressa.

— Sim, capitã. A gente se fala depois.

Sussurro um "tchau" enquanto o observo roubar mais um biscoito e sair na mesma hora que Aurora chega no topo da escada com suas amigas Emilia e Poppy. Ela semicerra os olhos quando vê Henry passar, o que me diz que não esperava encontrá-lo aqui. Quando desvia seus olhos para mim e vê as flores na minha mão, ela abre um grande sorriso.

Tenho a sensação de que Aurora não vai querer falar sobre serial killers hoje.

* * *

Estou perdendo a minha terceira luta contra cascas de ovos na tigela quando o celular vibra no balcão da cozinha. O rosto de Henry aparece me encarando, porque quando adicionou seu telefone ele também tirou uma foto e mudou meu plano de fundo. Limpo as mãos no avental e abro a mensagem.

HENRY TURNER
Comi biscoitos demais e quase vomitei no rinque.

Fico ofendida que esteja culpando minhas habilidades culinárias
Já considerou que pode estar fora de forma?

Não. Posso provar se quiser.

Não precisa. Acredito em você.

Como está indo com o bolo?

As cascas de ovos estão acabando comigo, mas fora isso, tudo bem.

Quer ajuda?

Você sabe fazer bolo?

Não sei fazer várias coisas.
Não quer dizer não seja bom nelas.

Essa é a desculpa esfarrapada mais confiante que já vi
Você não tá cansado do treino de hóquei?

Exausto. Qual o seu endereço?

Encaro minha tela por pelo menos quarenta e cinco segundos antes de digitar o endereço. Assim que envio, entro em pânico, analisando o caos na cozinha e recapitulando a bagunça no resto da casa. Estava tudo bem quando o plano era ele vir daqui a dois dias, porque eu teria dois dias para deixar o lugar apresentável, mas agora tenho o quê? Uns quinze minutos.

Não está um desastre, mas acho que deve ter uns sutiãs ou umas calcinhas espalhados por aí. Passo sete minutos correndo pela casa atrás de itens perdidos e mais quatro tirando os potes de plástico da bancada. Poderia ter feito em menos tempo, mas Joy me seguiu por cada cômodo.

Não a culpo; ela nunca deve ter me visto andar tão rápido. Henry bate à porta um minuto depois e ainda estou pensando se arrumei tudo. Quando abro a porta, ele me olha de cima a baixo devagar.

— Você está bem suada.

E não diz mais nada.

Quero dizer que é porque estava correndo pela casa como uma louca, tentando me certificar de que ele não encontraria uma peça de renda perdida quando entrasse em um cômodo, ao mesmo tempo que tentava não tropeçar em uma gata, mas não digo isso.

— A cozinha fica quente com o forno ligado — explico. — Pode entrar.

Noto o caderno de desenho debaixo do braço dele antes de reparar na calça de moletom cinza, e acho que mereço um prêmio por isso. Sigo-o pelo corredor, e ele se senta à ilha da cozinha em frente aos ingredientes. Joy, deitada na sua caminha na cozinha, levanta a cabeça e imediatamente vai na direção dele.

— Você não é alérgico a gatos, é? — pergunto e fico aliviada assim que ele nega com a cabeça. — Que bom, porque ela é muito carente.

Ela parece tão pequenininha em seus braços e apoia a cabeça no peito dele. Eu o vejo analisar o cômodo, os olhos passando pelas prateleiras e superfícies enquanto faz carinho na gata.

— Que bom que eu sabia que sua avó morava aqui, senão ia questionar seriamente suas escolhas de decoração — fala ele com um tom tranquilo, virando-se para mim.

— Ah.

Não era minha intenção soltar isso em voz alta, mas a entonação dele me pegou desprevenida. Sempre soube que a casa era velha, então não devia ser uma surpresa, mas acho que não estou acostumada com novas visitas. Minha mãe sempre comenta que vem me visitar, mas fico relutante de apagar as escolhas da Nana.

— Que falta de educação a minha — comenta Henry logo em seguida, enquanto esfrega o queixo com a palma da mão que não está segurando Joy. Pigarreia antes de continuar: — Foi mal. Não devia ter dito isso.

— Está tudo bem — digo, colocando o avental de volta pela cabeça, dando duas voltas na cintura e apertando mais forte, como se isso fosse ajudar a me livrar do embrulho no estômago só de pensar nesta casa sem as coisas da minha avó. — Você tem razão. Eu deveria mesmo redecorar.

— Não precisa dizer que está tudo bem, Halle.

Ele se levanta e vem para o meu lado da bancada, pega o laço amarrado na lateral do meu corpo e o puxa até soltar.

— Eu me esforço para não dizer coisas que não deveria, mas às vezes, tipo quando estou cansado, é mais difícil separar o que devo dizer do que o meu cérebro quer dizer.

O avental se molda a mim quando ele puxa o cordão na parte de trás da minha cintura, não muito solto nem muito apertado, e faz um laço.

— Não precisa se segurar para conversar comigo. Sei que não fala por maldade. Você só diz o que pensa.

— Às vezes é bem cansativo — admite ele, voltando para seu lugar na minha frente. — Assim como a... expressão no rosto dos meus amigos quando falo alguma coisa que os magoa.

— Você não me *magoou*, só... Você tem razão. É uma história longa e estranha.

Ele se volta para o lugar, e Joy tenta subir no seu ombro.

— Me conte a versão resumida.

Volto a misturar os ingredientes, me concentrando nos movimentos.

— Hum. Versão resumida, certo. Meu sonho era estudar em Nova York. No último ano do ensino médio, minha avó sofreu uma queda e minha mãe ficou bem assustada. Nana era velha e teimosa, não queria se mudar para perto de nós nem aceitou que contratássemos uma enfermeira. Mamãe vivia apavorada, e eu queria ajudar, então me ofereci para vir estudar na UCMH e morar com a minha avó para cuidar dela. Já tinha me inscrito aqui como plano B e passei. Nana pegou a Joy — digo gesticulando para a gata dormindo no colo dele, então olho para as minhas mãos — para comemorar minha mudança e lhe fazer companhia até eu me mudar. Mas ela ficou bem doente e morreu antes de eu me formar no colégio.

— Que triste, Halle. Por que você não foi pra Nova York, se esse era seu sonho?

Dou de ombros, me perguntando como posso evitar mencionar que parte de mim queria ficar perto do Will. Henry não gosta quando o menciono, o que é justo, porque eu também não gosto. Acho que seria estranho e complicado tentar explicar como o luto me fez depender dele emocionalmente mais do que nunca.

— Estava triste pela morte da minha avó e não tinha ânimo para mudar os planos de novo. Minha mãe herdou a casa e disse que eu ainda poderia morar aqui e redecorar como quisesse. No começo eu estava sofrendo demais para mudar qualquer coisa e depois não tive tempo nem dinheiro para fazer tudo sozinha. Tem algumas coisas que com certeza mudaria, mas eu meio que gosto de morar no meio das maluquices descombinadas da Nana. Parece que ela ainda está aqui.

— Desculpa ter sido grosseiro — diz ele. — E gostaria que você não precisasse colocar todo mundo antes de si mesma. Se você decidir fazer alguma mudança, eu ajudo. Sou um bom pintor.

— Não achei que você foi grosso... E não priorizo todo mundo. Acho que ela era minha melhor amiga. Morar com a Nana teria sido divertido, mas eu tinha medo de ela querer ir às festas da faculdade. Aposto que teria ganhado de qualquer um no *beer pong*. Sinto falta dela, Henry. Não fiquei triste com o que você disse. Prometo.

Ele assente e fica quieto por um tempo. O silêncio na cozinha é agradável, não desconfortável, e quase pulo de susto quando ele volta a falar:

— Você tem um avental para mim?

A ideia de ver Henry andando pela minha cozinha em um avental florido com babados substitui todos os outros pensamentos na minha cabeça.

— Atrás da porta. E lave as mãos, por favor.

Henry abre um sorriso.

— Sim, capitã.

Ele tira os tênis ao lado da porta dos fundos; depois coloca Joy de volta na caminha, lava as mãos e pega o avental. Volto a atenção para o livro de receitas à minha frente. A escrita em cursiva da minha avó é inclinada da esquerda para a direita, e, de todas as coisas nesta casa, esse livro velho e caindo aos pedaços é o meu favorito.

— Acho que preciso dizer que nunca fiz bolo antes — diz Henry, apoiando-se na bancada. — Mas estou confiante de que minha habilidade de ser bom na maioria das coisas também se aplica à confeitaria.

— A maioria das coisas? No que você é ruim?

— Não vou falar — responde ele. — Até porque não consigo pensar em nada. Só estava tentando ser humilde.

— Agradeço a honestidade, mas acho que não tem como estragar isso, é só se ater às regras, seguir a receita, e vai ficar tudo bem.

Ele usa o polegar para pegar um pouco do creme batido e o lambe devagar.

— Acho que seguir regras deve estar na lista de coisas que não faço bem.

— Bom, você está com sorte, porque seguir regras é o que faço melhor.

Ele suspira, mas está sorrindo para mim. Sorrio de volta, tentando conter uma risada, e nem sei por quê.

— Que uso estranho da palavra "sorte".

Capítulo nove

HENRY

— Turner! Meu escritório! — grita o treinador no vestiário.

Meus colegas de equipe formam um coro de "uuuuuuuuuuh", que ignoro enquanto passo por eles na direção do escritório do Faulkner.

— Sente-se — diz o treinador, sem levantar o olhar do que estava escrevendo. Vejo seus rabiscos irregulares marcarem a página várias vezes antes que ele pare e se recline no assento para me olhar. Esse é o problema do Faulkner: ele deixa bem claro que não se importa com o tempo de ninguém além do próprio. — Como você acha que as coisas estão indo? — pergunta ele, casualmente.

— Queria que o JJ e o Joe ainda estivessem aqui — respondo, sincero. — Mas acredito que estamos bem melhor do que antes. O Matthews e o Garcia estão dando duro... Conversei com os dois sobre isso. Acho que vamos estar bem para a semana que vem.

— Bem ou ótimos? Porque eu preciso que você esteja ótimo, Turner.

Quero soltar um resmungo longo e cansado, mas me controlo. Odeio esse lado das coisas. Claro que quero ser ótimo; o time inteiro quer. Parece que, se eu não usar as palavras-chave, não estou fazendo as coisas direito. Qual a diferença se digo "bem" ou "ótimo"? Assim como todo mundo, quero que a gente ganhe.

— Acho que vamos estar ótimos — respondo, aparentemente mostrando o nível esperado de entusiasmo.

— Que bom. Como estão as aulas?

O Nate tinha que responder a essas perguntas? Provavelmente não. Duvido que ele tenha sido reprovado em alguma matéria na vida. Ele fazia parecer fácil equilibrar hóquei, estudos e um namoro, tudo ao mesmo tempo.

— Ótimas — respondo, lembrando que "ok" não é bom o bastante. — No começo foi difícil, mas segui seu conselho sobre fazer o que era preciso, e encontrei alguém para me ajudar a estudar. É isso que vou fazer amanhã depois do treino; tenho um projeto para entregar na terça.

Ele passa a mão no cabelo inexistente, sem captar que esse era meu sinal de que queria ir embora.

— Você está pagando um tutor?

Acho que Halle seria uma ótima tutora. Ela é muito paciente e gentil; não consigo imaginá-la ficando irritada quando alguém não entende algo.

— Não exatamente. É uma amiga.

— Da sua turma?

Já vi seus desenhos. Não sei se ela sobreviveria ao bacharelado em Artes Plásticas.

— Não. Ela é de Letras.

— Estou confuso. — *Eu também, amigão.* — Como ela pode estar te ajudando?

— Ela já fez várias matérias com o professor Thornton, então sabe o que ele quer. E deixa o material de pesquisa mais acessível para mim. Menos hermético — explico, repetindo o que Halle falou ontem enquanto fazíamos o bolo.

— E o que você está fazendo por ela? — pergunta Faulkner. Não sei o que ele quer dizer, e a expressão no meu rosto deixa isso claro. — Se ela vai fazer todo esse trabalho para você sem ser paga, o que você vai fazer por ela?

Penso alguns segundos antes de finalmente responder.

— Nada. Eu comprei um buquê de flores para ela em agradecimento quando recebi um bom comentário sobre a redação. Somos amigos. Ela é uma boa pessoa.

— Hum... — diz ele, e acho que esse barulho me incomoda mais do que quando grita meu nome. É o barulho de uma pessoa que está prestes a dizer algo que não considerei. Depois, passo o dia inteiro irritado por não ter pensado nisso. — Certifique-se de não estar abusando da bondade dela. Você não quer perder a amizade e não pode se distrair esse ano. É isso, Turner. Aproveite o fim de semana.

As palavras "abusando da bondade dela" ficam dando voltas na minha cabeça quando saio do escritório. O vestiário está vazio agora, meus colegas de equipe ansiosos para começar o fim de semana. Russ está me esperando no saguão, sorrindo para o celular. Talvez precise usar minhas economias para comprar um carro em vez de depender dele. Será que estou abusando da bondade dele ao fazer com que me dê carona para todo lado? Divido o custo da gasolina.

— Tudo bem? — pergunta Russ quando me aproximo.

— Eu te dou dinheiro suficiente para gasolina?

Russ franze a testa e assente. Surpreso, talvez.

— Claro. Por quê?

— Não quero abusar da sua bondade.

Ele se levanta do banco, os olhos estreitos ao me encarar.

— Não está, pode ficar tranquilo. Por que isso?

— Faulkner. Você acha que estou abusando da bondade da Halle ao deixar que me ajude sem dar nada em troca?

— Hum. — Ele esfrega a nuca, desconfortável. — Sinceramente, não sei, já que foi ela que ofereceu. Halle meio que parece ser esse tipo de garota, sabe? Pelo visto a Rory pega as anotações dela emprestadas há anos, e ela também organiza o clube do livro e tal. Acho que é uma daquelas pessoas generosas com o próprio tempo. Vocês são amigos, não são? Amigos se ajudam. Você ainda está fazendo noventa e nove por cento do trabalho, cara. Acho que não seria diferente de entrar em um grupo de estudos e vocês compartilharem as anotações.

— Ela é minha amiga. Gosto muito dela. Só não quero me aproveitar. Nunca tive que pensar nisso até ele mencionar que ela não estava ganhando nada em retorno.

Deveria ter pensado mais nela quando me ofereceu ajuda. Estava tão aliviado de ter uma coisa a menos com que me preocupar este ano que não tive tempo de considerar isso.

Entramos na caminhonete do Russ e ele revira os olhos enquanto liga o carro.

— Eu *realmente* não acho que você precise aceitar conselhos sobre amizade do treinador. Tente conversar com ela quando chegar lá. Talvez tenha algo com que você possa ajudá-la e, assim, ambos saem ganhando.

— Só quero ser um bom amigo — admito.

— Você gosta dela? Tipo *gosta* gosta? — pergunta Russ, cuidadoso.

— Gosto do tempo que passamos juntos. — Há alguma coisa nela que me atrai. Algo que faz sentido. — Ela é tão calma. Passar tempo com ela não é cansativo. Faz sentido?

Russ assente enquanto sai da vaga do estacionamento.

— Faz, sim. Conversa com ela. Pelo menos ela vai saber que você está pensando nela, mesmo se não quiser nada de você.

Ensaio o que vou dizer na minha cabeça pelo restante do caminho.

* * *

Quando estou na frente da porta da Halle com uma sacola cheia de comida chinesa, esqueço tudo o que estava ensaiando desde a conversa com Faulkner ontem.

— Oi — diz ela, gentil, ao abrir a porta. — Que cheiro bom.

Assim que a sigo até a sala de estar, percebo que tem alguma coisa errada. Coloco a comida, junto com meu tablet, caderno de desenho e notebook, na mesa de centro.

Ela parece igual. Lábios brilhantes, cílios escuros e grossos, um brilho nas bochechas. Calça jeans larga, uma regata com botões perto do decote, a renda do sutiã aparecendo no topo e, por fim, o grande cardigã de crochê bege com estrelas nos cotovelos que já a vi usar algumas vezes. Os chinelos de vaquinha são novos, e são muito a cara dela.

Mas tem algo errado.

Halle fecha o notebook quando passa por ele, se jogando no sofá do outro lado da sala. O aparelho estala quando se fecha, o que faz a gata pular e se aproximar dos meus pés. Vejo Halle forçar um sorriso quando me vê encarando.

— Isso foi agressivo — digo ao me sentar ao seu lado, tentando não sentar em cima da Joy.

— Desc… Espera — diz ela, se interrompendo. — Não vou pedir desculpa. Foi agressivo, tem razão. Não era minha intenção.

Não acredito que não foi intencional.

— Você ficou irritada de fome? Não queria ter demorado tanto. Estou tentando fazer minha série completa na academia em vez de ficar enrolando.

Ela se vira no sofá para me olhar, puxando os joelhos para o peito, com a cabeça encostada na almofada.

— Tudo bem. Não estou irritada, mas talvez a gente deva comer antes de começar. Assim não fica frio.

Halle é tão boa quanto o Russ para mudar de assunto. É por isso que acho que tem algo errado.

— Eu queria que você me dissesse qual é o problema. Tem alguma coisa te incomodando.

— É besteira — sussurra ela.

— Não acho que nada sobre você seja besteira — sussurro de volta.

Ela encosta a cabeça nos joelhos.

— Você tem irmãos?

Balanço a cabeça.

— Filho único.

— Sorte sua. Não, não. Não quis dizer isso. *Amo* minha família, mas às vezes… — Ela puxa as mangas do cardigã e fecha os olhos. — Às vezes acho que estou enlouquecendo. É como se nada funcionasse sem mim, e isso é cansativo pra caralho.

Achei que ia mudar quando saísse de casa, mas, na verdade, parece ter piorado... Tipo, como é possível? Eles nem se importam com o que estou fazendo quando ligam, nem consideram que eu posso estar ocupada fazendo algo para *mim mesma*.

Quando abre os olhos de novo e me olha, não sei o que dizer para fazê-la sentir-se melhor.

— Continue.

— É um drama chato, Henry. A gente devia comer.

— Me conta.

— Quando o Will terminou comigo, me prometi que faria mais coisas por mim mesma. O concurso de escrita era pra ser isso, e eu estava muito empolgada. Eu sei que parece que só sei falar disso, mas não estou conseguindo avançar, e isso está me deixando frustrada. Tudo o que sempre quis fazer é escrever, e não consigo fazer isso nem pra uma competição amadora. Nada vai pra frente, e aí minha irmã do meio me ligou porque brigou com minha mãe, depois minha mãe ligou pra contar o lado dela, e minha irmã mais nova ligou porque está chateada que todo mundo está brigando. Quando finalmente terminei de bancar a mediadora, não consegui lembrar a ideia que estava desenvolvendo. Não que isso importe, porque tudo está uma droga, e é impossível escrever qualquer coisa interessante porque o problema não são as ideias. O problema *sou eu*.

Parece que ela está prestes a chorar e fazendo o possível para se conter. Odeio isso.

— Por que você seria o problema?

Seis palavras que fazem sua expressão desmoronar.

— Porque eu não vivi nada, Henry.

— Ah.

— Quero contar a história de um relacionamento e de experiências que nunca tive, e fica óbvio na escrita. Tenho alguns momentos de lucidez, e é como se o sol finalmente saísse de trás das nuvens após uma tempestade; me sinto invencível. Escrevo um pouco, e aí numa parte simples, que não deveria ser difícil, é como se não soubesse mais falar e apago tudo. Encaro a tela e nada vem, porque *nada* acontece na minha vida.

Experiências. Halle falou de ter a experiência quando a arranquei de Mason, mas não achei que fosse nada de mais.

— Mas o Will...

Ela bufa, e me arrependo imediatamente de ter mencionado o nome dele.

— Nosso relacionamento fazia sentido no papel, mas não na prática. Eu não estava apaixonada por ele. Durante o ano inteiro que namoramos, não tivemos um encontro sequer. A gente só saía com amigos ou nossas famílias. Nosso relacionamento mudou de título, mas nunca pareceu avançar romanticamente.

— Eu vou te levar num encontro.

— Henry, não. — Ela parece estar entrando em pânico. — Não estava sugerindo que queria que você me convidasse pra sair. Só estava desabafando, relaxa. Vou superar isso! Juro, tá tudo bem.

— Deixa eu te levar pra sair. Você precisa da experiência pra escrever o livro, certo? — respondo, calmo. — Me deixa ajudar.

— Não posso te pedir isso.

— Na verdade, eu que estou pedindo — argumento de volta. — Você quer experiência, e eu quero passar na matéria do Thornton, então vamos ajudar um ao outro. Não quero tirar vantagem da sua bondade, Halle. Assim ficamos quites.

— Não está tirando vantagem. Gosto de ajudar você — responde ela.

— E eu vou gostar de ter um encontro com você.

Já tive vários encontros e nunca senti muita vontade de fazer isso mais vezes, mas algo me diz que agora vai ser diferente.

Suas bochechas voltam a ficar vermelhas.

— O que as pessoas vão pensar?

A minha vontade é falar que com certeza meus amigos já têm apostas rolando sobre o que está acontecendo entre nós, mas não falo nada, porque acho que ela não gostaria disso. Halle fica com vergonha por coisas bem simples, e acho que essa seria uma delas. Estou tentando pensar antes de falar algo que possa deixá-la chateada.

— Não me importo com o que as pessoas vão pensar. Não é da conta de ninguém.

— Mas seus amigos...

— Vão ficar com inveja de não terem convidado você antes.

Ela morde o lábio, pensativa.

— E se acharem que a gente tá namorando?

— Você sempre se preocupa com o que outras pessoas vão pensar de coisas que não têm nada a ver com elas?

— Sim, acho que sim.

— O que é pior: as pessoas acharem que estamos namorando ou você não alcançar seu objetivo?

Ela arregala os olhos e balança a cabeça.

— Não, eu não estou preocupada por *mim*. Estou pensando em *você*. Eu não quero, tipo, sei lá, atrapalhar suas coisas. Você já é tão ocupado.

— Não precisa se preocupar. Me deixa te levar pra sair, Halle. Vem viver um pouco.

Ela morde o lábio inferior enquanto pensa, e fico observando-a. O movimento devagar dos cílios quando pisca. Reparo como seu cabelo é brilhante quando o coloca atrás da orelha. Seus grandes olhos castanhos me encarando. O jeito como sorri mesmo quando a boca está se mexendo. *Sua boca está se mexendo.*

— Desculpa, repete?

— Não quero te dar trabalho. Se você não tiver tempo, a gente para, ok?

— Sim, capitã.

Ela revira os olhos, mas acho que começou a relaxar. Tira o queixo dos joelhos e para de apertar as pernas com força, deixando-as cruzadas. Me aproximo quando tira o celular do bolso, me inclino e vejo que abriu o aplicativo de notas. Me controlo para não comentar que ainda não trocou o plano de fundo com a minha foto na livraria. Vejo-a digitar "LIVRO DE REGRAS" em negrito no início.

— Ok, o que eu preciso anotar?

— Nada. Não precisamos de um livro de regras.

— Óbvio que precisamos. Regra número um: você precisa ser sincero comigo se estiver muito ocupado. Hóquei e estudos são mais importantes do que inspiração para meu livro idiota.

Tiro o celular das suas mãos e bufo.

— Nova regra número um: temos que ser sinceros um com o outro sobre nossos compromissos, e você precisa parar de diminuir as coisas que são importantes para você chamando tudo de idiota. — Ela tenta pegar o celular de volta, mas o tiro do alcance. — E número dois: você precisa parar de ficar envergonhada comigo. Não vai conseguir me dizer com o que precisa como inspiração se ficar com vergonha de tudo. Por falar nisso, já vi mais quatro amigos pelados desde você.

Dessa vez ela tira o celular da minha mão e começa a digitar freneticamente.

— Continuação da regra número dois: não podemos falar sobre o fato de você ter me visto pelada. — Tento pegar o celular de novo, mas ela se afasta. — Regra número três: se você quiser sair com alguém e o nosso acordo deixar a pessoa desconfortável, a gente para na hora. Não quero estragar seus relacionamentos.

— Apaga essa regra — digo antes que ela termine de digitar. — Pessoas que não entendem amizades não vão durar comigo. Tenho a mesma regra para pessoas que têm problemas com meus amigos, então não pode recusar isso.

— Nova regra número três: como é algo para o meu benefício, eu pago — diz ela, guinchando quando pego o celular.

— Apaguei isso — resmungo enquanto aperto "deletar" com vontade.

Halle fica de joelhos e se aproxima, murmurando meu nome. Meus braços são mais compridos, então suas tentativas de pegar o aparelho de novo não dão certo.

— Nova regra número três — digo quando ela finalmente aceita a derrota e se senta de novo. — O financeiro é resolvido caso a caso. Eu pago os encontros e outras coisas; mas, se uma das experiências que você quer inclui uma viagem para Bora Bora de jatinho particular, aí é contigo.

— E se a gente for de econômica? — Ela abre um grande sorriso e sei que está brincando.

— Pago uma passagem de econômica para qualquer estado vizinho.

Ela ri, e é um som de que tenho gostado cada vez mais.

— Se você me levar para Reno, vou acabar me apaixonando.

— Esta é a regra número quatro — digo, adicionando o número no nosso livro de regras. — Você não pode se apaixonar por mim. Você vai querer. Anastasia me disse que sou muito amável, e quanto mais tempo passar comigo, mais difícil vai ser.

Agora Halle está rindo pra valer e me sinto muito aliviado de ter conseguido reverter seu mau humor de quando cheguei.

— Não consegui me apaixonar pelo meu namorado de verdade, então tenho quase certeza de que não sou capaz.

— É, mas ele é um bosta, e eu não.

Ela me lança um olhar que não entendo. Parece, ao mesmo tempo, irritada e satisfeita. Apesar de Will Ellington ser péssimo, aposto que deve ser difícil saber que ela nunca o amou.

— Como eu disse, muito amável.

— Ok, sr. Muito Amável. — Ela suspira e tira o celular da minha mão, o escondendo perto do quadril. Seu corpo se encosta no meu, e observo seus dedos enquanto digita a regra número cinco.

— Nossa última regra: Henry precisa partir o coração da Halle se ela se apaixonar por ele. Olha, vai ser uma experiência nova em dobro! Vou ter bastante material para escrever.

— Você não parece muito preocupada com um possível coração partido.

— E você parece estranhamente confiante de que vai conseguir derreter meu coração de gelo — diz ela, travando a tela do celular agora que nosso livro de regras está completo.

— Você não é fria, Halle.

Ela não responde de imediato. Só fica me olhando, o rosto a alguns centímetros do meu e o corpo ainda encostado no meu braço, respirando fundo e devagar.

— Sabe o que está frio? — diz ela, se levantando do sofá. — Nossa comida. Vou esquentar pra gente.

Então ela desaparece na cozinha, levando a comida, e fico me perguntando qual era o problema do Will que a impedia de amá-lo.

Capítulo dez

HALLE

Só preciso de uma pesquisa no Google para ter a certeza de que a misoginia segue firme e forte.

Meu primeiro encontro — experimento? Experiência? — com o Henry começa daqui a pouco, e de repente percebo, enquanto espero na sala de casa, provavelmente parecendo a srta. Honey, que não faço ideia de como é ir a um encontro.

Depois de concordarmos que hoje seria o primeiro dia da nossa… Parceria? Armação? Artimanha? Seja lá o que for. Decidi que não contaria para ninguém. Eu acho mesmo que foi a decisão certa, mas isso me forçou a buscar conselhos no Google em vez de falar com alguém como Cami ou Aurora. Quando digitei "como não estragar tudo no primeiro encontro", a primeira coisa que apareceu foram links de artigos de vários "machos alfa" autodeclarados que queriam compartilhar sua "sabedoria".

Por sorte, não me preocupo em ser uma "mulher de baixo valor", então passei direto até chegar aos resultados menos tóxicos. Estou lendo um artigo que ensina a fazer a conversa fluir quando recebo uma mensagem de Henry dizendo que está a caminho.

Sua chegada iminente me deixa mais em pânico do que os artigos dos "machos alfa", e começo a reavaliar minhas decisões.

HENRY TURNER
10 minutos. Saindo de casa agora.

Ainda dá tempo de mudar de ideia!

Eu sei. Não mudei.

Com que roupa você tá?

> Acho que você deveria economizar
> perguntas pro encontro.

>> Só quero saber se exagerei na minha.

> Impossível.

>> Esta conversa não me ajudou em nada.

> Eu compenso depois.

Quando bloqueio a tela e vejo meu reflexo ali, percebo que estou com um sorriso bobo no rosto. Meu celular vibra de novo, abro a tela sem pensar e só reparo que não é o Henry quando leio a mensagem.

WILL ELLINGTON
> Divirta-se no seu encontro.

Suspiro tão alto que até a Joy se assusta. Não tive notícia do Will desde que a gente terminou um mês atrás, e essa não é a mensagem que esperava receber dele depois do silêncio. Começo a analisar todas as possibilidades, desde habilidades psíquicas até clonagem de aparelho, para finalmente perceber que a resposta é a minha mãe.

Quando ela ligou mais cedo para falar sobre o jantar de Ação de Graças mês que vem, fiquei desesperada para desligar e evitar dizer que não ia visitar no feriado. Não menti quando disse que precisava desligar porque estava me arrumando para um encontro.

Graças à minha covardia e, na verdade, ao meu desejo de não ter que lidar com os sentimentos e as reações dos outros sobre meu término, ainda não contei para a minha família.

WILL ELLINGTON
> Divirta-se no seu encontro.

>> Obrigada, vou sim!

> Não quer saber como eu sei?

>> Não.

> Sua mãe comentou com a minha que a gente ia sair.
> Não acredito que ainda não falou pra eles que a
> gente terminou.

Se eu parar para pensar, me incomoda que o único motivo de Will me mandar mensagem, depois de semanas, é eu ter um encontro com alguém. Ele não perguntou como estou, e até sua atitude agora parece estranha. Eu não deveria responder... Mas respondo.

WILL ELLINGTON
Nem você, se sua mãe te ligou.

Você pode contar pra eles quando apresentar esse cara que não sou eu kkkk
Tô doido pra conhecer ele :)

Eu *realmente* não devia responder.

WILL ELLINGTON
Você já conhece :)

Coloco o celular no modo "não perturbe" para nao ver o nome do Will na tela e guardo na bolsa. Quando Henry bate à porta, não sei dizer o que me dá essa sensação estranha no estômago.

Luto com todas as forças para não ficar de boca aberta quando abro a porta e o vejo parado ali, vestindo um terno e camisa branca. Caramba, ele está bonito.

— Você está me encarando — diz ele, calmo. — Muito séria.

— Nunca te vi de terno. Está muito bonito — admito.

Ele não responde ao meu olhar descarado e enfia a mão no bolso interno do paletó, tirando um pedaço de papel dobrado.

— Ia comprar flores pra você, mas já fiz isso semana passada, então, aqui.

A última coisa que eu esperava ver quando desdobrei aquele pedaço de papel era um desenho de mim mesma. Estou na cozinha, sorrindo, apoiada no balcão, cercada de tigelas.

— Henry! Quando você fez isso?

— Fiz o rascunho quando estava te vendo, mas só terminei hoje.

Enquanto esperávamos o bolo de aniversário ficar pronto, achei que o Henry estava rabiscando qualquer coisa, mas isso não é *qualquer coisa*.

— Você é incrivelmente talentoso. Eu amei. Obrigada.

— De nada. E você está muito bonita também. Pronta?

— Pronta.

* * *

Se o Henry percebeu quanto estava inquieta no caminho até o restaurante, não comentou nada. O que me faz acreditar que não percebeu, porque sinto que é algo que ele comentaria.

Assim que vi o terno entendi que não íamos jantar em um lugar como a Blaise, e acertei, porque nem sei pronunciar o nome do restaurante. Quase tive um treco e precisei de toda a coragem para sussurrar para ele, enquanto esperávamos uma mesa, que esse lugar estava completamente fora do meu orçamento.

Como esperado, ele deu de ombros e disse:

— Que bom que as regras dizem que você não vai pagar, né?

Estou encarando o menu por mais tempo do que o necessário, o papel luxuoso uma barreira entre mim e o homem na minha frente. Nunca fiquei sem saber o que dizer, mas talvez a Halle de Encontros seja quieta e misteriosa — ou sem graça, dependendo do ponto de vista.

Depois de mais alguns minutos encarando a descrição do robalo, Henry limpa a garganta.

— Não tenho problema nenhum em passar o resto da noite em silêncio, mas não acho que seria uma boa experiência pra você. Tá tudo bem?

Abaixo o menu, hesitante.

— Acho que estou nervosa.

Henry não parece nada nervoso. Parece mais calmo do que o normal, como se ficasse muito confortável nesse tipo de situação. Tenho medo de tocar em alguma coisa e quebrar, mas aposto que ele está acostumado com restaurantes chiques da lista da avó. Ele toma um gole d'água e se recosta na cadeira.

— A Joy está com saudades de mim?

Essa é fácil.

— Claro que sim.

— Perguntei lá em casa se a gente poderia ter um gato. Aparentemente o Robbie é alérgico.

— Que triste. Você pode visitar quando quiser, ela gosta muito de você.

Não estou exagerando. Gatos ragdoll são muito carentes e manhosos, mas com o Henry ela passou dos limites.

— Isso acontece muito.

— Tenho certeza de que sim. Aposto que ainda mais com você sendo o capitão do time.

Ele faz que não com a cabeça e pega um pão da cesta.

— Não vamos falar de hóquei. Me atualiza sobre o seu livro. Já escolheu do que vai falar?

— Sim! Finalmente. Consegui escrever trezentas palavras antes de começar a me arrumar pro nosso encontro.

Ele parece ficar realmente feliz com isso.

— Me conta.

— Tem certeza?

Ele assente, empolgado.

— Então tá. É um livro com duas linhas do tempo, o presente mostra um cara vendo uma mulher se aproximar do altar da igreja, e o passado é sobre eles se conhecendo e o que acontece entre eles a partir dali. É um relacionamento com altos e baixos, mas os dois continuam a se encontrar ao longo dos anos. E vai mostrar os melhores e piores momentos até chegar ao presente, quando ela sobe no altar.

— E aí? — pergunta ele. — O livro termina com eles se casando?

O garçom vem anotar nosso pedido e nos interrompe. Minha ansiedade para ele ir embora e eu poder contar o final para o Henry é prova de que escolhi a história certa.

— Não. Essa é a reviravolta. Ele a estava vendo subir no altar para se casar com outra pessoa.

Henry fica em silêncio por alguns segundos, arrancando nacos do pão, pensativo, até finalmente falar:

— Anastasia e Lola vão surtar se não tiver um final feliz.

Henry comentou sobre as namoradas dos seus amigos e o amor delas por comédias românticas quando assistimos ao filme de terror juntos. Não consigo conter o riso, porque um surto seria a reação da maioria das leitoras que conheço.

— É só um concurso de ficção, então não precisa ter um final feliz. Quero escrever algo que tenha elementos românticos, mas também quero me destacar. Acho que ter uma reviravolta no final vai chamar a atenção. E é realista que duas pessoas apaixonadas não tenham um final feliz.

— É curioso que você acredite nisso. Você tem a vibe de ser uma daquelas românticas incuráveis.

— Acho que sempre pensei em mim dessa forma. As coisas que leio, as músicas que escuto, os filmes a que assisto etc. Acho que quem acreditamos ser e quem somos pode ser diferente.

— Não entendo isso.

— Isso o quê, o amor? Essa é a parte em que o *playboy* bonitão revela que não acredita no amor? Somos esse clichê?

Henry sorri, e ainda não me acostumei com o jeito que isso mexe comigo.

— Você acha que sou bonitão? Está dando em cima de mim?

— Acho que nem sei flertar de verdade, então não.

— Você pode praticar comigo.

— Que generoso. Vamos lá, *playboy* que não acredita no amor. Me conte mais sobre isso.

Dou risada, mas sinto meu rosto quente. Ninguém quer me ver tentando flertar, ainda mais ele. Henry revira os olhos, mas está sorrindo.

— Você vê filmes demais, e eu não sou um *playboy*. E não, acredito no amor. Só não acho que seja mais valioso do que outros tipos de amor. Há pessoas na minha vida que amo. Amo arte. Amo minhas mães. Vejo meus amigos amarem uns aos outros. Não entendo por que fazer grande caso do amor romântico. Tudo parece ficar mais complicado quando as pessoas se apaixonam.

— Acho que, às vezes, algo complicado fica empolgante. É o que imagino, pelo menos.

— As pessoas valorizam mais o amor romântico do que o platônico ou familiar — diz ele. — Eu não entendia amor platônico até conhecer a Anastasia, e agora acho que prefiro ter isso com alguém. Olho para a arte que as pessoas fazem quando estão apaixonadas, e nunca é isso que sinto.

Não consigo pensar em ninguém que eu ame de forma platônica.

— Como assim?

— Se você fizesse uma obra de arte, um desenho, eu veria sua escolha de materiais, de cores, seu estilo pessoal, sua habilidade. Veria a paisagem, ou a pessoa, ou o evento, ou o que você quis mostrar, mas *sentiria* outra coisa. As pessoas pintam quem amam romanticamente e eu sinto o desejo, a saudade, a alegria, a tristeza. É uma manifestação física de alguém dizendo: "Olha! Olha como estou apaixonado." Mas não acredito que as pessoas olhem para um quadro e *vejam* amor. Só que consigo ver amizade. É difícil de explicar.

— Me lembre de nunca pintar nada pra você. Acho que você seria um crítico muito severo.

Nossa comida chega e preenchemos o silêncio com perguntas sobre meu livro, minha vida e minha família enquanto comemos. Quando nossas sobremesas — plural, porque não conseguimos decidir e o Henry pede várias — chegam à mesa, percebo que só eu estava falando.

— Você está evitando falar sobre si de propósito ou... — pergunto antes de dar minha primeira garfada no cheesecake.

Ele aproxima o garfo e pega uma parte do topo.

— Gosto de te ouvir falar.

— Bom, eu gosto de ouvir *você*. De onde você é? Onde estudou no ensino médio? Quando percebeu que sabia desenhar? Já teve bichos de estimação? Qual é sua cor favorita? Onde iria estudar se não tivesse vindo para cá? Sei lá. Me diga alguma coisa, seu misterioso.

Nenhum dos artigos que eu li dizia para começar um interrogatório no meio do encontro, mas estou superenvolvida agora, então vamos improvisar.

— Cresci em Maple Hills e estudei na Maple Hills Academy desde o jardim de infância até o último ano do ensino médio. Não sei exatamente, mas me disseram que minhas pinturas a dedo pareciam o trabalho do Picasso. Minhas mães me colocaram em um programa de artes para crianças. Fazíamos várias coisas, e descobri que gostava de praticamente tudo. Nenhum bicho de estimação, porque minha babá era alérgica a tudo. Não tenho uma cor favorita.

Estou tentando ter uma reação visível ao Henry usando um uniforme da Maple Hills Academy. É um colégio particular perto do hotel e às vezes vejo alguns alunos no caminho pro trabalho. Um Henry criança de blazer e gravata parece muito *fofo*.

— Não acredito que você não tem uma cor favorita. Você é um artista, oras.

— Adultos não têm cores favoritas, Halle — diz ele, roubando mais um pedaço do meu cheesecake.

Empurro o prato para mais perto dele, mas ele empurra de volta e se levanta. Sem dizer nada, coloca a cadeira ao meu lado e se senta de novo, trazendo o prato para perto de nós.

— E eu ia para a Parsons, mas todo mundo me disse que eu me arrependeria de não jogar hóquei se não fosse para UCMH. Não é verdade, mas estava com medo de me mudar para o outro lado do país e ter que fazer novos amigos.

— Mas você faz amizade com tanta facilidade! — Queria ter dito isso de um jeito mais normal e tranquilo. Principalmente porque a sua perna ao lado da minha está inquieta. Mas não, minha voz sai alta e estranha. — Desculpa. Quis dizer que você tem tantas pessoas por perto. E você virou meu amigo.

— Eu não tinha amigos no primeiro ano e não tinha amigos próximos no ensino médio. As pessoas eram legais comigo, eu tinha alguns conhecidos e os colegas do time, mas preferia ficar sozinho. Às vezes imito os comportamentos de pessoas novas sem querer, mas não consigo manter isso. — Ele empurra o prato com o último pedaço do cheesecake pra mim. — É cansativo ficar perto de tanta gente. Ficava muito tempo na casa das minhas mães porque meu colega de quarto usava a TV, o notebook e o celular, tudo ao mesmo tempo. Sempre havia vários barulhos diferentes e eu achava que ia enlouquecer.

— O que mudou?

— O Nate e o Robbie. Eles são tipo um casal de velhinhos e tratam todos como filhos. Cresceram juntos, o Robbie teve um acidente sério e a mãe do Nate morreu, então acho que o trauma os aproximou mais. Agora são meio que os pais de todo mundo. Me deixaram morar com eles e me deram tempo para me acostumar e processar a vida na faculdade. — Ele pega a próxima sobremesa. — E o JJ também, mas acho que ele é mais um tio irresponsável do que para um pai.

— Que legal, Henry. Que bom que tudo se encaixou no final.

Ele empurra o morango em cima da torta para o meu lado do prato, um gesto inspirado pelo meu comentário de que morangos são minha fruta favorita.

— Eu disse, amor platônico é mais eficiente.

Dou uma garfada no morango.

— Acho que tem razão.

O trajeto de volta para casa é tão silencioso e confortável quanto o da ida. Ele me diz que está pensando em comprar o próprio carro para não ter que pegar o carro do Russ ou da Aurora emprestado e abusar da boa vontade deles. Respondo que acho que nenhum dos dois jamais pensaria isso.

Quando chego em casa, Henry fica atrás de mim enquanto procuro as chaves na bolsa. Ao encontrá-las, abro a porta e dou um passo para a frente, mas ele fica imóvel.

— Não vai entrar?

Ele balança a cabeça.

— Estou sendo um cavalheiro.

— Você não quer ser um cavalheiro aqui dentro?

— Quero, mas você deve mandar o cara para casa depois do primeiro encontro.

— Um encontro e um conselho. Estou tendo a experiência Henry Turner completa.

Henry parece estar prestes a dizer alguma coisa, mas se controla.

— Não exatamente.

Ele se aproxima e quase tenho uma parada cardíaca. Henry pressiona os lábios de leve na minha bochecha e acho que não consigo respirar. Quando ele se afasta, ainda sinto a marca quente na pele.

— Boa noite, Halle.

— Boa noite — respondo, só que, mais uma vez, sai como um sussurro.

Quando volta para o carro e vai embora, tranco a porta e dou uma olhada no meu desenho apoiado em um porta-retratos no corredor ao passar por ele.

Depois de me preparar para dormir, me acomodo debaixo do edredom com o notebook. Deixo *The Great British Baking Show* passando na TV, crio um capítulo no documento e começo a escrever.

Capítulo onze

HENRY

Quando a primeira coisa que vejo esta manhã é a Lola na minha cozinha com uma camisa de hóquei ao avesso, já sei que é um mau presságio.

Nunca entendi por que atletas e fãs de esportes têm superstições. Talvez seja por que foram criados por pessoas que não acreditavam neles. Sempre julguei os hábitos do time; por exemplo, usar uma cueca específica, ouvir apenas certas playlists, a necessidade de dirigir de certo jeito até o rinque.

Mas, quando a Lola para na minha frente, servindo café em duas canecas, sem saber que estou no pé da escada, penso: *Merda. Vamos perder hoje.*

Aquilo me dá uma ânsia de vômito, e percebo quanto estava fingindo não estar nervoso com o primeiro jogo da temporada. Ouvir dizerem "Estreia do Capitão" logo se tornou minha maior irritação nos preparativos para esse jogo, mas, no momento em que penso que vamos perder, percebo quanto me sinto responsável pelo sucesso da equipe.

Passo o dia inteiro com esse sentimento. Estou tão alerta que me sinto enjoado. O jogo corre superbem, mas a vontade de vomitar não passa. Esperava que uma chave virasse, que eu sentisse que sou capaz, que eu mudasse de alguma forma quando saísse do gelo com meus colegas de equipe para comemorarmos juntos no vestiário, mas isso não acontece.

Penso no amanhã, na semana que vem, a semana seguinte e a próxima. Penso nos tiros a gol que perdemos e… Penso demais sobre tudo, parece que estou me vendo afundar nas minhas próprias preocupações.

Ninguém mais está abalado.

Ninguém mais está afundando.

Ninguém vai entender, porque ganhamos e, por enquanto, isso é tudo que importa.

Replico a energia deles e sorrio, fazendo exatamente o que esperam de mim. Digo que podemos fazer isso de novo, de novo e de novo. Não quero me tornar uma daquelas pessoas supersticiosas, mas a última coisa que faço antes de ir dormir é pedir para Lola servir seu café pela manhã com a camisa ao avesso.

* * *

Por que sempre que eu quero ter um pouco de privacidade as pessoas não me deixam em paz?

Não encontro Faulkner no escritório, então entro, fecho a porta e procuro o nome do Nate nos meus contatos.

— E aí, amigão? Parabéns por outra vitória! — diz ele assim que atende. — Estou dirigindo. Tá me ouvindo?

— Você sempre falou "amigão" ou começou quando se mudou pra Vancouver? Estou ouvindo, sim.

Ele fica em silêncio por alguns instantes.

— Não sei dizer. Não lembro… Enfim. E aí?

— Como você fazia isso?

— Isso o quê, Hen?

Não sei o que estou tentando dizer. Só sei que, apesar da nossa vitória hoje, sinto como se pudesse ter feito ou ainda precisasse fazer muito mais. Apoiei os caras do time como eles precisavam? Respondi às perguntas do jeito certo? Como foi meu desempenho comparado ao ano passado? E como raios vou conseguir lidar com isso o tempo todo, para sempre? Como posso não decepcionar meus amigos?

Antes que consiga pensar em como explicar isso pro Nate, a porta do escritório se abre e Faulkner entra comendo um muffin, parecendo surpreso e irritado de me encontrar ali.

— Não importa, tenho que ir — digo rapidamente e encerro a ligação.

— Duas vitórias não lhe dão o direito de usar meu escritório, Turner — diz o treinador. — O que está fazendo aqui?

— Desculpa, treinador. Estava procurando um lugar tranquilo pra fazer uma ligação. Tchau.

Passo correndo por ele antes que possa perguntar mais alguma coisa. O vestiário está vazio, e, depois que pego minha bolsa, dou o fora. A adrenalina ainda não passou, me sinto superestimulado com cada luz e som. Fico aliviado de ver apenas o Russ e a Aurora esperando no corredor, mas nossos celulares apitam ao mesmo tempo antes de eu os alcançar.

LINDOS MELHORES AMIGOS

MATTIE
Vamos ao Honeypot comemorar
o aniversário atrasado?
KRIS
Siiiiiim. Tô a fim de gastar meu dinheiro
de mercado em dois drinques.
LOLA
Arrasou, Rei do Orçamento.
Tô fora, tenho coisa pra resolver.
BOBBY
É o aniversário do seu namorado, como assim?
ROBBIE
É, eu tô fora também, tô ocupado.
ANASTASIA
Não dá. Tenho que acordar cedo amanhã
e quero ligar pro Nate hoje à noite.
Mas parabéns pela vitória, gente!
MATTIE
Não acredito.

— O que tá acontecendo? — pergunta Aurora, nos vendo ler as mensagens. — Vocês vão pro Honeypot quando ganham? O bar do campus não é bom o bastante pro time de hóquei?

— É o lugar favorito do Nate e do Robbie pra beber — explica Russ. — Nate era amigo de uma menina que trabalhava lá, e sempre conseguia uma mesa e coisas com desconto. Acho que nunca fui.

A verdade é que não gosto do Honeypot. Não gosto de baladas, mas o Nate teve tanto trabalho para fazer com que eu pudesse entrar com eles, mesmo sendo menor de idade, que não tive coragem de dizer para as pessoas que amavam o lugar que não acho aquilo nada divertido.

— Acho que tudo bem — digo.

Sabia que iam querer comemorar hoje e que eu precisaria ir junto, mas, no fundo, estava torcendo para que esse fim de semana todo mundo decidisse ir para casa. Não costumo ceder à pressão, mas acho que preciso estar lá para comemorar com o time.

— Vou ver se a Halle quer sair.

— Acho que você ainda a alcança — diz Aurora apontando para a saída. — Ela estava indo pro estacionamento no meio da torcida quando cheguei. Estava com Cami Walker e Ava Jones. Ainda devem estar lá fora.

— Espera, ela tá aqui?

Aurora assente devagar.

— Tá. Ela não comentou?

— Não.

— Você chamou a Halle? — pergunta Aurora, me encarando atenta.

Eu ia perguntar ontem se ela vinha, mas ela comentou que talvez fosse ajudar na livraria enquanto as donas estavam em um evento, então nem falei nada. Ia mandar mensagem e perguntar se estava livre hoje, mas me estressei tanto com a situação da Lola e a camisa ao avesso que me distraí com o Russ colocando um par de meias novas e esqueci.

— Manda mensagem — diz Russ. — Talvez seja melhor não falar que esqueceu de convidar.

HALLE 🍪

Onde você tá?

Eiii! Indo pra casa!
Você arrasou!!

Você tá bêbada?

Ela não responde, só manda uma foto da Joy. E, até onde eu sei, isso é um "sim".

HALLE 🍪

O que vai fazer hoje à noite?

Vou àquele bar novo que abriu do lado da
Encantado.

Não tenho vinte e um ainda, mas Ava disse que
não tem problema.

— Halle disse que vai ao bar novo que abriu no lugar onde o Russ trabalhava, mas que ainda não tem vinte e um.

Fui de não querer ir a um lugar lotado e barulhento a querer conhecer o bar novo.

— Fala que ela pode usar a identidade falsa da Emilia — diz Aurora. — Elas são mais ou menos parecidas. Ninguém vai reparar se ela estiver de decote.

Abro o chat com meus amigos e vejo se a conversa continuou como um debate sobre aonde vamos hoje.

LINDOS MELHORES AMIGOS

HENRY
Que tal o bar que substituiu o bar sinistro?
Halle está indo pra lá com umas amigas
e vai usar a identidade da Emilia.

LOLA
Hum, como é que é?

RUSS
Aurora disse que elas se parecem o bastante e que
"ninguém vai reparar se ela estiver de decote".

BOBBY
Ninguém comenta. Benzinho armou uma arapuca.

MATTIE
Nem sabia que ela tinha peitos, Hen. Juro.

ANASTASIA
Por que vocês são assim?

LOLA
Vamos torcer pra não prestarem atenção na altura.

KRIS
Vai ser de boa. Afinal, o que são dezessete
centímetros entre amigos?

JAIDEN
Foi o que Henry disse pra ela ontem.

JAIDEN
AH HA.

JAIDEN
De nada.

JAIDEN
Quem é Halle?

LOLA
Que susto. Eca.

JAIDEN
Que mal educada, você.

BOBBIE
A Halle é a nova "amiga" do Henry, com quem ele quer passar o tempo todo, mas "é óbvio que não está ficando com ela".
MATTIE
Eu topo dar uma segunda chance pra versão 2.0 do bar sinistro.
KRIS
Idem.
ANASTASIA
É bonito lá, não tem mais nada de sinistro.

Russ está tentando segurar o riso ao mesmo tempo que esconde o celular da Aurora. Volto para a conversa com a Halle.

HALLE 🌑
Nós também vamos. A Aurora vai levar uma identidade falsa pra você.

Brigada! Até daqui a pouco.

Muito relutante, volto para meus amigos.

LINDOS MELHORES AMIGOS
ANASTASIA
Claro que eles podem ser amigos e não se pegarem, JJ.
KRIS
Você é a melhor pessoa para dizer isso?
LOLA
Ela é tão linda que eu quero fazer reverência quando ela passa.
ROBBIE
Queria ver como ela reagiria se você fizesse isso.
MATTIE
Mas então, eu concordo de um jeito superplatônico e que não vai incomodar o Henry de forma alguma.

RUSS
Ela é bem legal.
BOBBY
Isso aí, benzinho.
HENRY
Não sejam estranhos com ela.
Ela é minha amiga.
KRIS
A gente só tá brincando, Capitão.
Ela é gente boa, vamos parar.
BOBBY
Mensagem recebida, *mon capitaine*.
ROBBIE
Foda-se, vou tomar só uma.
MATTIE
Tudo de volta ao normal.

* * *

ACHO QUE TODA A população de Los Angeles decidiu vir conhecer este bar hoje, e ainda não encontrei a Halle.

De acordo com os meninos, que se divertem em contar, quatro pessoas já deram em cima de mim, mas não percebi. Perdi a conta de quantas vezes chequei o celular, mas agora recebo vários soquinhos no braço quando toco na tela. Continuo conferindo a hora, mas não lembro que horas são.

Está quente demais. Lotado demais. Barulhento demais. Tenho a impressão de que minhas roupas estão apertadas e coçando, e parece que sinto todos os fios de cabelo da minha cabeça, mas preciso estar aqui, pelo time. E quero muito ver a Halle. Tivemos sorte de conseguir algumas mesas perto da parede, porque outro grupo grande foi embora na hora que chegamos, mas, mesmo com mais privacidade do que no bar, ainda está bem lotado.

Não percebi que Aurora sumiu até ela voltar seguida por Halle e suas amigas. Na hora, Halle vem na minha direção, sorrindo. Quando se aproxima de onde estou sentado, seu sorriso some e ela franze o cenho.

— O que aconteceu?

Como você explica para alguém que está sentindo partes demais do seu próprio corpo? E que, se o DJ tocar mais um remix repetitivo, barulhento e ruim, você vai gritar?

— Não sou fã do barulho.

Ela assente e coloca a bolsa na mesa ao lado do meu celular.

— Posso encostar na sua cabeça? Só as orelhas e têmporas.

Se fosse qualquer outra pessoa, diria "não" na hora, mas concordo. Ela se aproxima e fica entre as minhas pernas. O banco onde estou sentado nos deixa na mesma altura, e ela é ainda mais bonita de perto.

Halle cobre minhas orelhas com as mãos e faz uma leve pressão. Seus polegares tocam minhas têmporas, e qualquer pessoa vendo aquilo diria que está prestes a me beijar, mas está abafando o barulho. Ela se aproxima da minha orelha esquerda e alivia um pouco a pressão.

— Quer ir embora? Foi um fim de semana cheio pra você. Ninguém vai te julgar por querer descansar.

Seu cabelo faz cócegas na minha bochecha. Eu o coloco atrás da orelha dela e levo a boca até sua orelha para ela me ouvir.

— Você acabou de chegar. As meninas...

— Estamos juntas há horas, e elas não se importam. Vamos!

Antes que eu possa discutir, ela pega a bolsa e vai em direção a Cami e Ava. Ela se inclina e as duas acenam com a cabeça e sorriem, aparentemente indiferentes ao fato de eu estar roubando a amiga delas. Os caras me lançam um olhar curioso quando digo que vou embora e não tenho tempo para argumentar que não estamos indo fazer o que eles pensam. Halle me dá a mão enquanto atravessamos o bar e, assim que sinto o ar puro lá fora, a pressão que sinto no peito começa a aliviar.

— Desculpa por estragar sua noite — digo ao pedir um carro de aplicativo.

— Alguém já te disse que você pede muitas desculpas?

— Nunca. — Tiro a jaqueta e coloco sobre seus ombros. — Toma, suas roupas não esquentam muito e você pode ficar com frio.

— Obrigada. Estou mais sóbria do que depois do jogo e não estou muito protegida com a minha roupa, quer dizer, com a roupa da Ava. — Ela ajusta a jaqueta para se blindar do frio. — Você não estragou minha noite, por sinal. É impossível fazer isso.

— Desculpa não ter convidado você pro jogo. Eu queria, mas fiquei sobrecarregado com algumas coisas. Fico feliz que estava lá.

— Eu me senti meio estranha antes de ir, mas a Cami me convenceu de que não era nada de mais, porque era um jogo. Acho que é porque eu só ia aos jogos do Will *porque* era convidada, então não queria que você achasse que eu... Sei lá. Mas não precisa pedir desculpa.

— Falamos do Will com muito mais frequência do que eu gostaria.

Ela começa a rir, e o som suave me ajuda a relaxar.

— Ele respondeu ao meu story mais cedo. Postei uma foto com uma camisa do time da Maple Hills e ele disse "maria patins kkk". Acho que fiquei uns quarenta e cinco segundos encarando o celular e aí comecei a ter uma crise de riso.

Sei que o Will mandou mensagem para ela antes do nosso encontro, então isso não me surpreende.

— Uma pergunta muito importante. Qual era o nome na sua camisa?

— Não tem nome. Não era minha, peguei emprestada da Ava.

O carro estaciona e abro a porta para ela entrar.

— Tá, segunda-feira vamos consertar isso.

Capítulo doze

HALLE

Há tempos não tinha um dia tão cheio quanto hoje.

Fui para a aula, almocei com a Aurora, fui à biblioteca, espalhei alguns panfletos da livraria, fiz mercado para a minha vizinha, a sra. Astor, ajudei Gigi com a redação sobre Shakespeare, comecei um trabalho da faculdade e agora estou deixando duas pessoas imaginárias chamadas Harriet e Wyn acabarem com meu coração num audiolivro tocado na velocidade dois enquanto faço biscoitos. Estou exausta e continuo atrasada, mas lido com isso depois.

E mesmo assim, apesar de ter tudo isso na cabeça...

Não consigo parar de pensar no fato de que tive um sonho sexual com o homem sentado no meu sofá.

Quando chegamos em casa sábado, depois do bar, estava na cara que o Henry estava sobrecarregado mental e fisicamente. Coloquei um cobertor e almofadas no meio da sala e ficamos deitados vendo meu programa de culinária em silêncio. Joy se acomodou entre nós e dormiu, e em algum momento do primeiro episódio eu peguei no sono. Quando acordei, estava na minha cama com Henry do lado.

Repetimos isso três vezes esta semana, acordando cada vez mais perto.

Só que ontem à noite, quando dormi sozinha, tive o fatídico sonho.

Agora estou me mantendo ocupada para não ter que olhar para ele, porque minha imaginação me fez ver coisas que não consigo ignorar, e sinto que não sou capaz de fazer contato visual sem ficar vermelha.

Estou ouvindo o livro do clube do livro nos fones, então não escuto Henry se aproximar nem percebo que está atrás de mim quando sua mão passa na minha frente para pegar um dos biscoitos quente na forma.

Devagar, ele tira o fone da minha cabeça.

— Você está nervosa. Tudo bem?

Não percebo como ele está perto até me virar e nossos narizes quase se tocarem. Ele dá um passo para trás e coloca a mão embaixo do biscoito para aparar as migalhas.

E geme.

Claro que geme.

— Seus biscoitos ficaram melhores ou é porque não como um há dias?

Dou de ombros e desvio o olhar enquanto ele chupa o chocolate derretido dos dedos.

— Você está estranha.

— Não estou, não.

Estou, sim.

Henry lava as mãos na pia e se vira, se encostando na bancada enquanto enxuga no pano de prato.

— Ver você correndo de um lado pro outro é cansativo. Vem ficar comigo e com a Joy?

— Ah, é você e a Joy, é?

Ele está sorrindo de um jeito que deveria ser ilegal. Henry vem na minha direção e para na mesma distância de antes. Uma distância normal, que nem seria um problema, se não tivesse feito um monte de sacanagem comigo no meu subconsciente ontem à noite.

— Tá com ciúmes?

— Nos seus sonhos.

Com muita, *muita* relutância, deixo-o pegar minha mão e me guiar até o sofá da sala.

— Precisamos terminar a pesquisa para sua redação logo. Só posso ajudar você com isso agora.

— Xiu — diz ele, me puxando para o seu lado no sofá. — Vamos tirar um cochilo.

— Não faz "xiu" pra não ter que estudar. Também preciso escrever minha redação, então a gente vai fazer isso, de um jeito ou de outro.

— Já terminei, Halle.

Eu me sento, surpresa, e olho para ele pela primeira vez hoje.

— O quê?

— Terminei mais cedo. Era sobre algo que já conhecia bem. Tive uma fase. Mantive a estrutura que você me mostrou, então foi fácil. Então vai ter que achar outra coisa para dar uma de mandona comigo, capitã.

— Não estou...

— Gosto quando fica mandona, Halle — diz ele, baixinho. — Você pode ser assertiva. Não precisa fazer sempre o que as outras pessoas querem. Mas não agora. Abra o seu computador e escreva a sua redação. Vou te supervisionar.

Tenho certeza de que devo ter ficado de boca aberta. Eu me levanto do sofá e atravesso a sala para pegar o notebook. Quando volto, Henry está mostrando um vídeo de peixe para Joy.

— Inacreditável — murmuro enquanto me sento sobre os pés e abro a tela.
— Sem distrações, por favor — diz ele. — Estou muito ocupado.

Depois de vinte minutos escrevendo, sinto ele encostar no meu tornozelo. Henry puxa meu pé para colocar no colo, então sou obrigada a me apoiar no cotovelo. Quando ele pega o outro, fico praticamente deitada de lado, uma posição impossível de continuar digitando.

— Posso ajudar você com alguma coisa, Henry?
— Não.

Me viro na intenção de me deitar de barriga para baixo e coloco o notebook na frente, tentando continuar a escrever. Ele usa minha complacência de desculpa para esticar minha perna sobre o colo e subir a barra da minha calça jeans até o joelho. Então sinto alguma coisa me fazer cócegas no pé. Olho por cima do ombro, desconfiada.

— Você está desenhando em mim?
— Me ensinaram a nunca mentir — diz ele.

Quando me viro para o computador, sinto as cócegas de novo. Elas continuam, subindo pelo tornozelo até a panturrilha. Terminar o trabalho vai demorar o dobro do tempo, porque sou forte, mas não forte o bastante para não ser afetada pelo toque gentil do Henry na minha pele. É a pior coisa que poderia acontecer depois daquele sonho ontem.

Após o que parece uma eternidade, finalmente fecho o computador e saio do sofá. Há um coro de resmungos por eu ter interrompido o sono da Joy e a atividade do Henry.

— Não terminei ainda — diz ele enquanto ergo a calça jeans para ver.

Viro a cabeça e tento dobrar o pé num ângulo impossível.

— O que é isso?

Ele olha para mim como se fosse ridículo eu não saber, mesmo de cabeça para baixo.

— Gatos em um campo de grama.

É bem fofo, na verdade. Quem dera fosse feito em um lugar que pudesse guardar, e não decorando minha pele.

— Eu teria raspado as pernas se soubesse que ia dar tanta atenção para elas.

Ele franze o cenho.

— Não é uma surpresa para mim achar pelos onde eles nascem naturalmente, Halle. Você não destruiu nenhuma ilusão de que mulheres são lisas que nem golfinhos.

A feminista em mim está gritando comigo, porque ele tem razão. O que me disse é o que eu diria para as minhas irmãs, já que não quero que cresçam se julgando e sofrendo, mas não faço o mesmo comigo mesma.

— Desculpa, você tem razão. Não é nada de mais.
— Não peça desculpas. Não é sua culpa; você é só outra vítima da lavagem cerebral da indústria dos cosméticos e de homens viciados em pornografia.

Dou uma risada involuntária. Ele tem razão, de novo, mas é o jeito direto e prático como fala que me choca, porque é diferente de todo mundo. Então me lembro de que foi criado por mulheres e não está falando isso só para ganhar elogios ou se fazer de feministão. Antes que eu possa responder, ele muda de assunto:

— O que quer fazer agora?

— Preciso terminar o livro que estou lendo pro clube de leitura e acho que quero um pouco de ar fresco. E estou com fome. Também estou cansada e quero me deitar. E preciso escrever.

Henry assente até eu parar de listar coisas.

— Ok. Vai colocar uma calça de moletom, por favor. Vamos sair.

Tenho muitas perguntas. Muitas, muitas. Mas, em vez de fazê-las, concordo com a cabeça e subo a escada.

* * *

A EXPECTATIVA PELO DESCONHECIDO é o que me mantém em silêncio enquanto subimos a colina na caminhonete do Russ.

O calor da caixa de pizza no meu colo me mantém aquecida, e o barulho de coisas se mexendo na caçamba da caminhonete me deixa curiosa. Henry disse que era surpresa, então não vou perguntar nada — e, para ser sincera, vê-lo dirigir uma caminhonete está me fazendo pensar em várias coisas.

Não entendi ainda se tive o sonho porque me sinto atraída por ele ou se estou atraída por causa do sonho. Claro que sempre o achei atraente — tenho olhos —, mas com certeza tem uma grande diferença entre saber algo e de fato sentir atração. De qualquer forma, fico culpada por estar nervosa e interessada em quem tem sido apenas um bom amigo.

Quando finalmente chegamos ao topo, Henry entra de ré em um estacionamento e sai do carro, dando a volta até minha porta. Pega a caixa da pizza com uma das mãos e segura a minha com a outra.

— O que estamos fazendo aqui?

A vista é da cidade inteira, milhares de luzes brilhando no horizonte.

— Eu disse que era um encontro.

Ele me entrega a pizza enquanto vai até a caçamba. Quando olho pela lateral do carro, há um colchão inflável, cobertores, uma caixinha de som e um cooler.

— Comida e ar fresco, e dá pra ouvir seu audiolivro enquanto fica deitada. Depois, se quiser, pode escrever. Tudo bem se eu pegar seu celular pra conectar o som? Consegue pegar as bebidas na frente e colocar no cooler?

Deslizo a tela para destravar o celular e entrego para ele.

— Henry, isso é incrível. De verdade.

Enfiando as garrafas debaixo do braço, fecho a porta do passageiro com o quadril. Quando me aproximo da caçamba da caminhonete, ouço algo que me faz derrubar todas as garrafas.

É impossível não reconhecer o som de gemidos e pele.

— Ai, meu deus! — grito essas palavras ao mesmo tempo que a voz estranha no meu celular diz o mesmo em um tom mais sensual.

O barulho continua e a pessoa fala de novo enquanto subo no carro do jeito mais estabanado possível e me arrasto pelo colchão para tirar o celular da mão do Henry.

— "Mete de novo, mete de novo" — implora ela quando aperto pausa.

Henry não diz nada ao levantar os olhos do meu celular.

— Aplicativo errado — digo, sem fôlego.

Meu corpo inteiro parece estar em chamas. Não de um jeito sexy. Está mais para "vou morrer de vergonha". Ele está com um sorriso imenso no rosto.

— Então esse não é o seu livro?

— Não é o meu livro — digo e me sento. Nem a escuridão esconde quão vermelha estou.

— O que é? — pergunta ele, curioso. Sua expressão me diz que já sabe o que é. Em minha defesa, tenho, tipo, noventa e nove por cento de certeza de que deixei o aplicativo aberto por acidente depois de ter usado hoje de manhã. Aquele maldito sonho é o motivo de todos esses problemas.

— É um.... Ai, meu deus. É um aplicativo de áudios eróticos chamado Gemido.

— Por que você está tão vermelha?

É uma ótima pergunta. Por que estou tão vermelha? Eu me deito de costas no colchão e encaro o céu para não ter que olhar para ele.

— Só um pouco envergonhada.

— Por quê? Porque agora eu sei que você gosta de ouvir gente transando quando se masturba? — diz ele, tranquilo.

— Eu prefiro que você me mate a ter esta conversa.

Henry ri, mas nem aquele som consegue me acalmar. Ele se deita de lado no espaço vazio e apoia a cabeça com a mão.

— Eu já te vi pelada e agora sei das suas preferências sexuais. Estamos ficando bem próximos.

Meu queixo cai quando me viro para ele.

— Você quebrou uma regra!

— Você também, quando ficou com vergonha.

— E não é uma preferência sexual. Eu só gosto de áudio de... várias coisas, não só de pessoas transando. Meu deus, podemos considerar a opção de você me matar?

— Morei entre os quartos do Nate e do JJ por um ano. Estou acostumado a saber os detalhes da vida sexual dos meus amigos. O JJ não era tão ruim, porque eu nunca mais precisava ver as garotas com quem ele saía, mas tenho que encarar a Anastasia direto. Você gosta de áudios. Aposto que eu gosto também. Não tem nada que eu já não tenha ouvido *meus amigos* fazerem. Mas não precisamos falar sobre nada que te deixa desconfortável.

— Não tenho nada a dizer — admito, tímida. — Eu sou virgem.

Henry não responde na hora, e isso me dá a deixa perfeita para considerar minha rota de fuga. As pessoas se importam muito mais com a minha falta de vida sexual do que eu, então evito contar, não por achar que tem algo errado com isso. Evito contar porque acabo tendo que convencer todo mundo de que não há nada de errado.

— Virgindade é uma construção social — diz ele. — Que bom que não deixei você sair com o Mason. Teriam sido os piores quarenta e cinco segundos da sua vida. Eu sou mesmo um bom amigo.

Posso sempre contar com Henry para me surpreender.

— Como você conseguiu fazer uma conversa sobre a minha inexperiência sexual ser sobre você?

Henry sorri com o canto da boca de um jeito que mexe comigo.

— Posso fazer qualquer coisa ser sobre mim se tiver tempo. Inclusive a sua vida sexual.

— Eu... — Não tenho uma resposta para isso. — Nossa pizza já deve estar fria, e acho que é bom colocar o livro para tocar agora. Mas quem sabe é melhor eu fazer isso pra evitar problemas com o áudio.

— Que pena. Estava ansioso para saber se ele finalmente ia me...

Eu me viro de lado mais rápido do que achei que era possível e pressiono a palma da mão na boca do Henry.

— Quieto. Eu vou colocar isso no nosso livro de regras como um dos assuntos que não podemos comentar.

Ele segura meu pulso e tira a mão da sua boca. Beija a palma de um jeito delicado e a coloca no colchão entre nós.

— Boa sorte para passar isso pela comissão.

— A comissão do nosso livro de regras? — Ele assente. — E quem faz parte dessa comissão?

— Eu e você. E não vou colocar isso na lista.

— Você é inacreditável, sabia?

— Estou sabendo.

Capítulo treze

HENRY

Nate Hawkins está sentado no sofá da sala. Eu o encaro, confuso, tentando me lembrar se bati a cabeça hoje.

— Pelo menos finge estar feliz em me ver, amigão — diz ele quando a surpresa de vê-lo ali me paralisa no batente da porta.

— Você diz *amigão* porque é um canadense fajuto? — pergunta Robbie. Os dois estão bebendo das suas canecas favoritas, e sinto uma onda de nostalgia quando percebo como a cena é familiar: Nate e Robbie sentados na sala fofocando e tomando café.

— Que tal eu enfiar o pé na sua bunda e você me dizer se isso é fajuto? — retruca Nate. — Hen me perguntou a mesma coisa algumas semanas atrás.

— Você vai entrar? — pergunta Russ atrás de mim. Largo minha bolsa ao lado do sofá e me sento perto do Nate, controlando o impulso de cutucá-lo para saber se é real.

— Então. — Ele começa a falar, se virando para me encarar. — Como estão as coisas, capitão? Como está indo com o Faulkner?

Robbie e Russ resmungam alto, mas antes que eu possa responder Russ mostra o celular para nós.

— JJ está me ligando por chamada de vídeo. Você disse pra ele que vinha?

Nate faz que não com a cabeça enquanto Russ aceita a ligação.

— Eu senti que estava acontecendo alguma coisa — diz JJ na hora. — Estão fazendo uma reuniãozinha sem mim, é? Seus egoístas.

— Você não tem um jogo na Flórida hoje? — pergunta Nate. — Sentiu alguma coisa o caralho. Você viu no meu story.

— Por que você tá com um sotaque canadense? — pergunta JJ, fazendo uma careta.

— Viu? — comenta Robbie, o que me faz dar um pulo e Nate murmurar entredentes. — Falei isso quando ele chegou, e ele disse que eu estava inventando.

O sorriso do JJ fica ainda maior. Acho que é por ter conseguido irritar o Nate com sucesso mesmo estando do outro lado do país.

— Você está com um ar muito suspeito, Nathan. Muito estranho. Então, do que estão falando? Qual é a boa? Ou, como os jovens dizem, conta mais.

— Quando você diz "como os jovens dizem", você está falando de como você falava uns dois meses atrás? — pergunta Robbie. — Nate estava perguntando pro Hen como está sendo ter o posto de capitão e aí você ligou.

JJ faz o mesmo resmungo que Russ e Robbie fizeram há alguns minutos, e sinto como se meus amigos entendessem meus sentimentos sem eu ter que explicar.

— Por que caralhos tá todo mundo resmungando pra mim? — pergunta Nate, confuso.

Eu deveria me meter e explicar como me sinto, mas, para ser sincero, estou cansado demais. Falar sobre meus sentimentos faz com quem meus amigos ofereçam um monte de conselhos que não funcionam. Não consigo me livrar da preocupação constante de que tudo vai dar errado e vai ser minha culpa.

— Só tô cansado da necessidade infinita do Faulkner de falar comigo sobre hóquei — digo, começando pelo menor dos meus problemas. — Não quero vê-lo com tanta frequência.

— O Henry leva tudo pro pessoal — explica Robbie para Nate. — Ele tá internalizando todos os erros e se colocando como responsável, mesmo depois que todo mundo já disse que ele não deveria fazer isso.

Isso dá início a uma conversa cuja maior parte posso só ouvir, relaxado, enquanto, como previsto, todo mundo opina. Robbie explica que está tentando mediar as coisas entre mim e Faulkner, Russ fala coisas boas da nossa temporada, e Nate faz um discurso sobre trabalho em equipe.

JJ limpa a garganta.

— Ninguém vai comentar que o nosso capitão do ano passado se retirou por vários meses pra patinar de collant? Hen, desde que você jogue, já está se saindo melhor do que o Nate. Nem se preocupe.

Mal consigo ouvir o que os outros estão dizendo enquanto JJ ri da própria piada e Nate lista tudo que já fez para livrar JJ de problemas durante os quatro anos que moraram e jogaram juntos. Quando terminam, sinto como se minha cabeça fosse explodir com todos os conselhos que recebi. Consigo abstrair de tudo isso e só presto atenção de novo quando Nate mostra o dedo do meio para o celular do Russ.

— Amigos podem ter opiniões diferentes sobre como lidar com as coisas, Jaiden. Não preciso concordar com você porque sei que está errado.

JJ responde na hora, mas já parei de prestar atenção de novo.

— Você vai no show hoje? — pergunta Russ para Nate quando tudo se acalma outra vez.

A banda do irmão do Russ, Take Back December, vai tocar hoje, e Russ conseguiu ingressos para todo mundo. Eu disse que não queria ir porque não gosto das músicas deles e, mais importante, acho o irmão do Russ um babaca.

— Não. Só vou ficar vinte e quatro horas, talvez menos. Preciso sair daqui a pouco pra ver Tasi no rinque e depois vou levá-la a uma livraria. Ela tá bem estressada. Bom, acho que vocês devem ter percebido. Além disso, a distância tem sido bem difícil pra ela. — Ninguém diz nada. — Porra, pra nós dois. É muito ruim. Mas vou dar total atenção pra ela enquanto estiver aqui. Ela está em reunião com um professor agora, então deu pra passar aqui.

Não sabia que a Anastasia estava estressada porque não parei para perguntar. Ela está sempre ocupada e mal a vejo desde que comecei a estudar com Halle e não precisei mais do seu grupo de estudos. Era mais fácil quando ela morava aqui e eu a via todo dia. É mais simples checar se os meninos estão bem porque eles aparecem em casa quase todo dia. Isso me fez perceber que não sou muito bom em manter amizades mais distantes, e que preciso dedicar uns momentos para checar como ela está.

Quando Nathan se despede e vai embora, Robbie é a primeira pessoa a falar.

— A gente precisa ficar mais de olho na Tasi. Vou falar com a Lola. Não sei por que ela não comentou nada. Ela tem estado bem ocupada também; talvez não tenha notado.

— Me sinto mal com isso — admite Russ. — Eu sabia que ela estava com saudades do Nate, mas achei que estava bem.

— Eu não sabia — digo. — Não perguntei pra ela como estava.

— Bom, eu sabia — diz JJ, e eu tinha até esquecido dele. — Acho que sou melhor do que todo mundo.

— Tchau, Jaiden — rosna Robbie. — Vai fazer o seu trabalho.

— Tchau, amigos. É sempre um prazer.

Quando ficamos só nós três na sala, me deito no sofá.

— Acho que vou dormir.

— Tem certeza de que não quer ir hoje? Aurora me pediu pra colocar o nome da Halle na lista.

Era pra eu ter visto a Halle ontem à noite, mas tive que ir ao ateliê terminar um projeto e depois vim para casa.

— Por que ela não me pediu pra colocar o nome dela na lista?

Russ dá de ombros.

— Não sei. Você vem então? Já que ela vai? É pra eu colocar o seu nome na lista? Seria legal se você viesse. Sem pressão nem nada. Mas posso colocar seu nome na lista, sem problemas.

Continuo sem querer ir, mas quero ver a Halle, e o Russ está meio estranho. Além disso, Robbie está me olhando daquele jeito que vivia olhando para o Nate. O JJ brincava que eles estavam se comunicando telepaticamente, mas não estou ouvindo nada. Odeio quando as pessoas me olham de um jeito estranho e esperam que eu saiba o que caralhos estão tentando me dizer.

Todo mundo está estranho hoje.

— Tá bom, eu vou. Mas vou cochilar aqui antes de me arrumar. Tô cansado demais pra subir a escada.

Meus colegas de quarto acenam com a cabeça, deitam as poltronas reclináveis, e Robbie liga a TV para assistir a *Judge Judy*.

— Vou colocar um alarme. Ah, esse episódio é bom.

* * *

— Por que você parece tão sério e misterioso? — pergunta Kris com a mão no ar, tentando chamar a atenção do bartender.

— Pensando. — Tentando desassociar para ignorar a música. — Não estou misterioso.

— Bom, não quero interromper o plano que você está armando nesse seu cérebro lindo, mas a Halle acabou de chegar com as amigas — diz ele, gesticulando para onde está o nosso grupo de amigos. — Nossa, eu deixaria a Cami Walker acabar com a minha vida.

Por mais empolgado que eu esteja de vê-la ali, algo em como Kris fala que Halle chegou *com as amigas* me deixa feliz. Acho que é porque pouco tempo atrás ela disse que não tinha amigos.

— Chama ela pra sair de novo.

Kris bufa.

— Eu chamei. Na festa de aniversário do Robbie, ano passado, e ela disse que não sai com gente mais nova. Gostar de mulheres mais velhas é uma maldição.

Kris continua a falar sobre seu período de seca mais recente, mas já parei de prestar atenção. Não sei se um ano de diferença conta como "mulheres mais velhas", mas não tenho energia para discutir com ele agora.

Halle se senta no lugar vazio entre Jimmy e Brody, dois novos membros do time que amam a banda, então Russ lhes ofereceu ingressos. Queria que o Russ tivesse pensado mais antes de ser tão generoso. São bons jogadores, mas têm o visual clássico de atletas babacas e se aproveitam disso.

Talvez seja porque fui criado com duas mães ou talvez porque eu *realmente* respeito mulheres, mas não gosto do jeito como alguns dos meus colegas de equipe agem.

— Acho melhor você ir lá antes que o Coisa 1 e o Coisa 2 ataquem — comenta Kris. — Eu espero o resto dos drinques aqui.

Quando me aproximo deles, o Brody já está dando em cima da Halle, o que quer dizer que preciso fazer a única coisa que funciona com homens que respeitam mais uma hierarquia idiota e a misoginia do que outros seres humanos.

— Fora daqui, vocês dois.

Sinto como se estivesse fingindo ser outra pessoa quando o tom severo sai da minha boca, mas realmente quero que vão embora. Embora do local, de preferência.

— Foi mal, capitão — diz Brody, batendo no ombro do Jimmy para chamar a atenção dele. — Não sabia que ela era sua.

A frase "era sua" diz tudo que alguém precisa saber sobre esses dois, e fico com vergonha de conhecê-los enquanto os vejo irem embora.

Na hora que Halle ri e me abraça, percebo que está um pouco alta.

— Meu herói. Estou tão feliz que *sou sua*. — Sua risada sai tão alta, que parece mais aguda do que o som instrumental tocando antes de a banda entrar. — Desculpa, isso pareceu uma cena de tipo, *90210* ou uma série adolescente daquela época. "Fora daqui." Meu deus, acho que nunca te vi ser tão intimidador antes.

Sua risada faz com que me sinta melhor instantaneamente.

— Posso ser intimidador quando necessário.

— Posso ser a donzela em perigo se você for o sr. Sério.

Ela aperta meu queixo e balança minha cabeça um pouco, fazendo bico, então percebo que ela está mais do que apenas alta.

— Você está tão bêbada assim? — pergunto e coloco uma mecha de cabelo atrás da sua orelha enquanto ela mexe na bolsa, procurando algo. — Quer ajuda?

— Eu tô muito bêbada. Trouxe um presente pra você e não consigo encontrar. — Ela bufa de um jeito dramático enquanto continua a mexer na bolsa, que não é grande o bastante para justificar tanto esforço.

Acho que nunca a vi tão agitada. Finalmente, pega um saquinho de pano e o coloca na palma da minha mão.

— Abre.

Não sei o que esperar ver naquele saco.

— São sementes?

— Amo que te entreguei um saco misterioso no meio de um show e você pensa em sementes e não drogas. Abre, Henry.

Ela me observa atentamente quando dois discos pretos caem na minha mão.

— Obrigado, mas não tenho as orelhas furadas.

Halle começa a rir de novo, pega os discos e os enfia nas minhas orelhas. O barulho ao redor diminui de imediato.

— São protetores auriculares. Assim consigo dividir meu tempo entre dançar com a Aurora, como prometi, e proteger seus ouvidos. Estou fazendo jornada dupla, Turner. Você tem que me dividir com os outros.

Consigo ouvir tudo, mas é como se tivessem abaixado o volume. Não parece mais que estão martelando na minha cabeça. Ela passa os braços ao meu redor quando a puxo para um abraço, muito grato por isso.

— Obrigado.

Ela sorri para mim e beijo sua testa, algo que choca nós dois.

— De nada.

Na mesma hora, as luzes diminuem e todo mundo começa a gritar. Halle se vira para o palco, mas não se afasta de mim. Minhas mãos estão paradas na sua cintura e ela se encosta em mim.

Talvez essa banda não seja tão ruim, afinal.

Capítulo catorze

HENRY

— Ei, sonhador — sussurra Halle quando cutuca meu joelho com o dela para chamar minha atenção depois de eu me perder em pensamentos. — Preciso ir ao banheiro.

Ela está me encarando como se eu devesse ler sua mente, mas não consigo. Como não respondo, ela gesticula para a porta.

— Pode me ajudar a encontrar?

Dois membros da banda — não lembro seus nomes — estão conversando com o Russ sobre quando ele era criança e eles ensaiavam na sua garagem. Aurora está se divertindo, mas já estou pronto para ir embora faz uns vinte minutos; Russ está esperando o irmão aparecer. Não entendo por que, sendo que eles nem parecem gostar um do outro, mas sou filho único e não sei como funciona a dinâmica entre irmãos.

— Vou fazer xixi na calça se não formos agora — sussurra Halle.

— Você não está usando calça — respondo.

Levamos apenas dois minutos para achar uma porta com a placa "banheiro", e diria que Halle não precisava da minha ajuda. Estou prestes a comentar isso quando ela abre a porta e encontra Ethan, irmão do Russ, cheirando pó na beira da pia com uma mulher.

Há vários sacos plásticos ao redor com pó, comprimidos e uma garrafa de vodca pela metade. Ethan não presta atenção em nós e Halle entra correndo em uma das cabines. Estou me controlando para não perguntar que porra ele acha que está fazendo.

— Fecha a porra da porta, cara — grita ele para mim, sem nem olhar na minha direção.

Relutante, entro no banheiro e deixo a porta se fechar. Não quero ficar perto disso, mas não quero deixar Halle aqui sozinha. Sei que o Russ suspeita que tem algo acontecendo com o irmão porque ele me contou durante o verão.

Ele disse que seria típico da família encontrar algo para dar errado agora que o pai está indo tão bem tratando o vício em apostas. Russ achou que talvez o irmão estivesse usando calmantes para ajudar com as longas viagens da banda, e é por isso que parecia tão cansado quando se viram no verão passado. Não acho que ele suspeitava disso aqui, e realmente não quero ser quem vai contar para ele de mais um problema familiar.

A porta da cabine da Halle se abre e, agora que ela se virou para mim, consigo ver sua expressão horrorizada. Acho que este não era o tipo de experiência que ela queria ter hoje. Não olha para Ethan ou sua companhia enquanto lava as mãos.

— Que porra foi essa? — diz ela depois que saímos do banheiro.

Halle não sabe nada sobre a família do Russ além do que todo mundo que veio hoje sabe: que o Russ tem problemas com o irmão, mas o apoia. Não contei para ela e sei que Aurora também não.

— É, que loucura — respondo, sem saber o que dizer. O dia inteiro foi exaustivo e, quando estou cansado, falo o que não devo. *Preciso* não falar algo errado agora.

Não quero trair a confiança do Russ.

— O Russ sabe? — pergunta ela. Dou de ombros. — Você deveria contar para ele. Não quero ser dedo-duro, mas, tipo, não parece algo recreativo. Você viu a pia? Tinha muita coisa ali.

— Russ não precisa disso agora. Ethan é adulto.

— Eu deveria contar pra Aurora, então — diz ela, e sinto um embrulho no estômago. — Ela tem sido tão legal comigo, acho que somos amigas agora, e isso é perigoso. E se a gente não contar pra ninguém e ele tiver uma overdose? Ela pode decidir o que Russ precisa saber, mas pelo menos a gente vai ter dito alguma coisa.

— Não. — Não sei como lidar com isso. — A gente precisa cuidar da nossa vida. Isso não tem nada a ver com a gente. Se o Ethan aparecer aqui daquele jeito, o Russ vai entender por conta própria.

— Mas e se...

— Halle, *não*. Eu conheço esses dois melhor do que você. Você tá bêbada e não tá me ouvindo. Não é hora disso.

Vejo sua expressão ficar triste e me odeio por isso.

— Ok. Você tem razão, são seus amigos e você sabe o que fazer.

Vejo toda a confiança que ela desenvolveu nas últimas semanas sumir como um balão murchando.

— São *nossos* amigos — digo, mas não adianta. Ela já está magoada.

Ela se mexe, claramente desconfortável.

— Acho que vou procurar a Cami e pedir um Uber. Eu tô cansada, e sei lá. Acho que sair com a banda e ver essas coisas não é para mim. Devo ser muito inocente, porque tô me sentindo bem estranha e desconfortável.

— Eu também não gosto. Vou com você.

Quando encontramos Cami e alguns amigos no bar ao lado, ela decide que não quer ir embora. Nenhum de nós fala durante a viagem de volta para a casa da Halle. Fico feliz pelo silêncio, e nosso motorista não é daqueles que gostam de puxar assunto. O carro encosta na frente da casa e ela começa a sair. Quando não me mexo, uma ruga se forma entre suas sobrancelhas.

— Você não vai dormir aqui?

— Hoje, não. Quero dormir em casa. — Se conseguir fazer meu cérebro desligar logo, vou dormir antes de todo mundo chegar em casa. — Mas te levo até a porta.

— Não, tudo bem. Fica aí. Tchau, então — diz ela com um tom estranho. — Obrigada por tudo.

Ela fecha a porta antes que eu possa responder à sua despedida estranha, e nessa hora o motorista olha para mim pelo retrovisor.

— Eita, cara. O que você fez?

Não me dou o trabalho de responder e faço um lembrete mental de lhe dar quatro estrelas.

Maldito Ethan Callaghan.

* * *

Preciso contar para o Russ o que aconteceu ontem à noite, mas não quero.

Halle tem razão: ele precisa saber e, se descobrir que eu sabia e não comentei, vai ficar chateado. Porém, como falei, não quero ter essa conversa com ele. Não confio em mim mesmo para compartilhar essa notícia de um jeito que não piore tudo, mas sei que a Halle não pode me ajudar nessa.

Talvez seja por isso que sinto como se nem o alarme de incêndio tocando me faria sair do meu quarto.

— Henry? — Russ me chama enquanto bate na minha porta. — Você tá aí?

Anastasia diria que é um sinal do universo.

— Tô, pode entrar.

Russ enfia a cabeça pela porta com o celular na orelha.

— Ela não tá aqui — diz Russ no celular. — Ok, espera que vou perguntar pra ele, Rory. Você levou a Halle pra casa ontem, né?

— Levei. Por quê?

— Ele levou, Rory. Não precisa ficar em pânico. Ela só deve estar de ressaca. Não, não, eu falo pra ele. Vai dar tudo certo, meu bem. Sim, ele te liga. Ok, também te amo. — Desliga a chamada enquanto entra no meu quarto e se senta na cama. — Ela tá surtando porque colocaram "boa noite, cinderela" na bebida de algumas pessoas ontem à noite, e Halle não apareceu pra aula hoje. Uma das pessoas foi a Poppy, e a Rory tá bem chateada. Ela tá bem, nada aconteceu, ainda bem.

Enquanto Russ continua falando, entro no modo automático e troco de roupa. Ele me dá uma carona até a casa da Halle e só quando bato na porta da frente e a vejo sinto que consigo respirar de novo.

— O que você tá fazendo aqui? — pergunta ela, esfregando os olhos com a manga do cardigã. Dou um passo para a frente e imediatamente a abraço, apoiando meu queixo no topo da sua cabeça. — Henry, você tá me deixando nervosa. Alguém morreu?

Eu me afasto e a olho dos pés à cabeça. Tirando os olhos vermelhos, parece tão não Halle, mas não sei dizer por quê.

— Você está bem? Tá com uma cara péssima.

— Eu tô bem — sussurra, mas o lábio inferior treme quando se força para sorrir. — Muito bem.

— Halle, por que você tá chorando?

— Não estou — diz ela na mesma hora que solta um soluço. — Tá tudo bem.

Eu a levo até a sala de estar, e ela me deixa me sentar no sofá e colocá-la no colo.

— Por que você tá chorando? Aconteceu alguma coisa?

— Achei que você não queria mais ser meu amigo — confessa. — Achei que estava chateado comigo.

Não era isso que eu esperava.

— Por que eu não ia querer mais ser seu amigo?

Seco as lágrimas descendo pelas bochechas vermelhas. Ela parece tão triste.

— Fui insistente e estranha ontem. Tentei me meter na sua relação com seus amigos. Sei que passei do limite, Henry.

— Não, você tinha razão. Eu devia ter contado pro Russ; ele tem uma relação complicada com a família, e às vezes não sei lidar com isso. Só escuto enquanto ele desabafa e não preciso dar conselhos. Vou falar com ele sobre isso. Você não fez nada de errado.

Mais lágrimas caem e a observo atentamente enquanto evita me olhar. Pego seu queixo de leve e inclino seu rosto na minha direção.

— O que aconteceu?

— Não sei. Nossa amizade é tão recente, e você tem razão, você conhece seus amigos melhor do que eu, e só de pensar em perder todo mundo e não ter amigos de no...

— Amigos podem ter opiniões diferentes sobre como lidar com as coisas, Halle. Isso não me faz não querer mais falar com você e, mesmo se alguma coisa acontecesse, as pessoas não querem ser suas amigas por minha causa. Elas gostam de você por quem você é.

Levanto um braço e, depois de pensar por um instante, ela se apoia no meu corpo e me deixa abraçá-la. Sua cabeça se encaixa perfeitamente na curva do meu pescoço.

— Não sei por que estou chorando tanto — resmunga ela. — É que acordei tão triste e ansiosa, e agora você está aqui, não consigo parar.

— Você está sendo dramática porque está de ressaca, Halle.

— Não estou sendo dramática — responde ela de imediato, então sinto seu corpo tremer. Merda. — Não de propósito.

Acaricio seu cabelo e a aperto contra mim.

— Álcool é um depressor. É por isso que você se sente tão mal quando está de ressaca. Isso acontece toda vez que você bebe?

Ela balança a cabeça; o perfume do xampu irradia do seu cabelo. Tem cheiro de baunilha.

— Só se eu beber muito. Acho que não gosto de beber.

— Então por que faz isso? — O jeito como seu corpo se mexe já me diz que está chorando de novo antes mesmo de ouvir. — Calma. Você vai se sentir melhor depois que isso passar. Só para de chorar.

Fungando, ela limpa o nariz com as mangas.

— Não quero que pensem que sou chata e parem de me convidar. Nunca bebia em festas quando estava com o Will, e todo mundo me achava chata. Beber me deixa mais confiante, e gosto nos primeiros dois drinques, mas, se for além disso, acabo me sentindo assim no outro dia. Acho que todo mundo me odeia e também sinto que vou morrer.

— Você não prestou atenção naquele papo do ensino médio sobre pressão social, né? Vamos parar de falar do Will, senão *eu* vou sentir que vou morrer e aí não vou poder cuidar de você. — Finalmente consigo fazê-la rir um pouco e sinto um alívio imenso. — Halle, ninguém com mais de dois neurônios vai te achar chata por não beber se você não quiser. Não faça coisas que não gosta só por causa de outras pessoas.

— Eu sei. Ninguém tá me pressionando. É tudo coisa da minha cabeça, e é óbvio que estou sendo ridícula.

— Às vezes você não pode confiar no que a sua cabeça diz, ainda mais se estiver cheia de tequila. As pessoas gostam de você, a versão sóbria, não a versão superconfiante de quando bebe. Achar um novo grupo de amigos de uma vez é puxado, mas não precisa mudar por eles.

— Ah — diz ela. Ficamos sentados em silêncio, e finalmente para de chorar. Passo a mão na sua perna e tento me lembrar da última vez que ficar assim tão perto de alguém foi tão natural. O silêncio se prolonga por alguns minutos, e quando acho que pegou no sono, ela fala baixinho: — Posso te perguntar uma coisa?

— Claro que pode.

Ela se senta para me olhar, sua bunda escorrega da minha perna para ficar no espaço entre a minha coxa e o braço do sofá. As pernas ainda estão jogadas sobre as minhas, e seguro suas canelas.

— Se você não está chateado comigo, por que não quis dormir aqui ontem?

— Quando me sinto sobrecarregado, preciso ficar sozinho para processar tudo e dormir. Desculpa, eu poderia ter explicado isso pra você. Vou fazer isso na próxima vez.

Ela assente.

— Faz sentido. Desculpa perguntar e ser carente ou sei lá. É que, como você não quis ficar e nem tinha me convidado, achei que talvez não me quisesses lá, e as meninas diss… Não importa. Obrigada por explicar.

— Não convidei você porque eu não ia. Só fui porque queria ver você. — Dou risada quando seus olhos se abrem um pouco. — Nem gosto da banda. E o irmão do Russ é um babaca, como você sabe agora. O que suas amigas disseram?

Ela se encosta em mim, enfiando o rosto no meu peito como se fosse algo natural para ela. Murmura na minha camiseta:

Se-você-quisesse-teria-me-convidado-mas-eu-disse-que-não-é-assim-que-a-gente-funciona.

— O quê?

Ela levanta a cabeça para que eu possa olhar seu resto enquanto fala, e as bochechas estão rosadas de novo.

— Que, se você quisesse, teria me convidado; mas eu disse que a gente não funciona assim. E agora sei que você nem ia, e me sinto meio idiota.

— Como assim?

— É tipo como quando homens não se esforçam para fazer algo, e todo mundo diz "ah, se quisessem mesmo, fariam". Porque as pessoas sempre se lembram de fazer coisas para quem é importante para elas. Então, se não fazem o esforço, quer dizer que não é uma prioridade. É como quando você disse que se esqueceu de me convidar pro jogo, e aí não me convidou pra isso, sei lá. Não é importante, elas só estavam falando disso enquanto a gente se arrumava.

— Sempre quero e sempre vou querer convidar você, mas, vou ser sincero, às vezes não percebo que deveria. Preciso que me diga se achar que estou dando mancada, porque vai acontecer. Eu faria qualquer coisa por você, Halle. É só que nem sempre eu noto, porque minha cabeça não funciona assim. Fico ansioso com as coisas e nada além daquilo em que estou me concentrando me vem à cabeça. Você é prioridade para mim.

— Isso foi uma conversa muito profunda para ter ao mesmo tempo que sinto como se fosse vomitar a qualquer momento. Talvez eu seja dramática — diz ela enquanto se aconchega em mim de novo.

Não acho que ela precise confirmar para mim que é. Estou lhe dando passe livre porque ela obviamente não sabe lidar muito bem com ressacas. Ouço o ritmo da sua respiração enquanto brinco com uma mecha do seu cabelo.

— Como você sabia que eu estaria em casa?

— Aurora estava preocupada porque você não foi pra aula. Algumas pessoas foram drogadas ontem à noite, e ela começou a surtar quando não conseguiu falar com você. Preciso mandar mensagem pra ela.

— Não sei onde meu celular foi parar. Desculpa, não queria deixar ninguém preocupado. Que horror. — Não conto sobre a Poppy porque não sei se deveria e não quero que ela comece a chorar de novo. — Avisa pra ela que eu estou bem, por favor.

Pego meu celular e abro a conversa com a Aurora.

AURORA

Ela tá bem. Só ressaca.

Ai, meu deus. Posso relaxar agora. Diz que ela pode copiar minhas anotações.
Obrigada, Príncipe Encantado.

Preciso conversar com você sobre o Ethan depois. Não sei como falar isso pro Russ.

❄️ 💊 ?

Isso.

> Russ já sabe. Descobriu ontem depois que você foi embora.
> Ele já suspeitava que tinha algo errado desde o verão, então não foi surpresa.
> A gente conversa mais tarde. Tenho uma reunião com um professor agora.

— Por que você tem quatrocentas mensagens não lidas? Você não fica com, tipo, uma ansiedade absurda de não abrir as mensagens, ou só eu sou assim?

— É só você. A maioria é de grupos, promoções e mulheres que querem transar quando estão entediadas ou com tesão. Nada importante.

Ela bufa em resposta.

— Ah, sim, igualzinho às minhas mensagens.

Mudo a postura.

— Pessoas querendo transar?

— Várias. Sempre quando estão entediadas ou com tesão. Meu celular está cheio dessas mensagens. Que inconveniente, né?

— Algum cara que eu conheço?

Acho que ela está brincando. Ênfase no "acho".

Ela me olha de um jeito estranho, mas não sei o que significa.

— Fala sério. Literalmente ninguém me manda mensagem atrás de sexo.

Fico aliviado e não entendo ao certo por quê. Sei que não devia me sentir assim, já que ela é só uma amiga.

— É algo que você queira? Essa experiência?

— Depende do que você está perguntando. Eu faria muita coisa pelo concurso de escrita, mas transar com uma pessoa aleatória para ficar inspirada é demais. Agora, se eu gostaria de ter essa experiência com alguém de quem eu gosto? Sim.

— Faz sentido.

É um ponto-final natural para esta conversa. Halle ainda está aconchegada no meu colo, qualquer sinal de que vai sair me faz segurá-la mais firme até relaxar de novo. Joy entrou no meio e se aninhou em cima dela. Por algum motivo estranho, é uma cena muito confortável para mim. Gosto de como me sinto calmo, o que me faz considerar matar minhas aulas da tarde para ficar aqui. Bom, até eu lembrar que, se fizesse isso, teria que lidar com o Faulkner.

— Preciso pesquisar por que ficar perto de você me dá tanto sono — diz ela depois de um longo silêncio.

— Oxitocina.

— Não sei o que é isso.

— Nem eu. Estava pesquisando por que não conseguia dormir tão bem quando estou sozinho como quando durmo contigo, mas me distraí com um anúncio de travesseiro para grávidas. Vai chegar na segunda.

— Pode dormir aqui sempre que quiser, Henry — diz ela, gentil. — É sempre bem-vindo, gosto de ter companhia. É legal ter amigos. Mesmo se eu entrar em pânico achando que vou perder todos eles diariamente e tiver surtos dramáticos e constrangedores quando estiver de ressaca.

— Você não é constrangedora. Mas é dramática. Não sei se isso faz você se sentir melhor, mas não está nem no meu top três de amigos mais dramáticos — respondo, lhe apertando um pouco. — Só que você quebrou uma regra; por favor, pare de ficar com vergonha quando estiver comigo. Talvez suas amizades pareçam menos frágeis à medida que for conhecendo melhor as pessoas. Precisamos te dar uma experiência nova. Já saiu em um encontro em grupo?

— Na verdade, sim. Foi horrível e me senti uma alienígena.

— Ótimo, é melhor que já tenha feito isso antes. Assim não vou me sentir mal por roubar você para mim assim que chegarmos lá. Vamos jogar fora de casa esse fim de semana, mas vamos à praia no domingo, quando voltarmos.

Halle ri e seu corpo vibra contra o meu.

— Então não é um encontro em grupo. É só um encontro com testemunhas.

— Testemunhas irritantes.

Quando ela se solta do meu abraço, parece mais feliz do que quando cheguei, e fico contente por não ter piorado a situação.

— Testemunhas irritantes? Ora, o que poderia dar errado?

Capítulo quinze

HENRY

De todas as coisas chatas que preciso fazer esta semana, a pior de todas é ver a Anastasia pesando arroz.

Eu apoio a mão na bancada da cozinha dela e a observo pegar o pote de vidro e colocá-lo na balança. Quando finalmente começa a pesar o peito de frango, estou quase dormindo. Às vezes ela se vira para mexer o molho que inventou para essa comida toda, mas fora isso é como um robô cozinhando, mal abre a boca.

— Santa Monica vai ser mais divertido do que isso — digo, torcendo para que seja o suficiente para convencê-la. A verdade é que qualquer coisa seria mais divertida do que isso.

— Não tenho tempo para diversão na minha agenda. Então, como disse, não vai rolar.

— Você só patina e estuda. Precisa descansar.

— Não é verdade. Também tenho que comer dezessete mil vezes por dia, que nem a porra de uma doninha. — Ela para de colocar brócolis nas marmitas e se apoia na bancada. Acho que não tem noção de quanto parece cansada. — O Nathan pediu pra você fazer isso?

— Não — respondo. Ela me encara daquele jeito que faz com que me sinta como se estivesse levando uma bronca de uma das minhas mães. — Não pediu. Ele comentou que você estava estressada, e percebi que fazia um tempo que não te perguntava como estavam as coisas. Não te negligenciei de propósito.

— Você não me negligenciou, Hen. Sei que está bem ocupado com as aulas e o hóquei, e ainda tem passado bastante tempo com a Halle... — Ela abre um sorriso bizarro. — Ainda quero saber mais sobre ela. Tive que descobrir que você estava namorando pelo Mattie e passei a aula inteira em choque. Não aprendi nada.

— A gente não tá namorando. Somos amigos.

Sua expressão arrogante me irrita.

— Eu sou sua amiga, e você nunca beijou minha testa ou segurou minha mão. Maldito Mattie.

— Isso é culpa sua. Cresça mais quinze centímetros e podemos conversar. Não vou ficar me abaixando para ser legal contigo.

Ela me dá o dedo do meio e suspira.

— Só estou dizendo que existem regras especiais para amigos especiais e tal. Adoraria que você tivesse uma namorada. Fico preocupada quando está muito saidinho.

— Não beijo ninguém há mais de um mês, então pode ficar tranquila. Você ficou preocupada quando era você a saidinha?

Não sei por que não beijei ninguém nos últimos tempos, então não tenho uma resposta se Anastasia perguntar o motivo. Poderia inventar milhares de desculpas sobre estresse e hóquei. Não quero admitir para ela que seria estranho beijar alguém na frente da Halle, e estamos passando bastante tempo juntos. Nem quero beijar ninguém. Talvez eu tenha exagerado no verão passado e agora esteja em um momento diferente. Talvez eu goste da ideia de só beijar a mesma pessoa. Não sei.

Ela revira os olhos e pega uma uva do saco na sua frente, balançando a mão no ar enquanto fala.

— Eu nego o fato de ter sido saidinha, mas a questão é que sexo é divertido...

— Eu sei que acha isso. Ouvi você transar um milhão de vezes.

Ela joga a uva em mim.

— E, se está transando porque é divertido, ótimo. Mas você começa a sair com várias mulheres quando se sente sozinho.

— Queria não ter te contado isso.

— Bom, supera, porque você contou. E seria ótimo se pudesse ter os dois. A companhia e as outras coisas. Você gosta dela, né? Mesmo que não estejam namorando oficialmente.

— Gosto, mas não sei como nem se quero namorar alguém. E se estragar algo que já está bom?

Tenho pensado muito nisso desde o surto da Halle. Tudo o que eu queria era abraçá-la e cuidar dela. Odiei ter que ir embora por ter outros compromissos. Também já pensei muito que me incomoda pensar nela com outra pessoa, mesmo que fosse brincadeira. E agora quero vê-la fazer amigos e ter a confiança que vai mantê-los por perto.

Anastasia pega outra uva e coloca na boca.

— Como você se sentiria se ela começasse a namorar outra pessoa?

— Não sei... Sei, sim. Eu ficaria bem chateado. Mas não sei o motivo.

Anastasia ergue os ombros e sorri para mim como se tivesse solucionado um grande mistério. Não é verdade; eu já tinha pensado nisso tudo.

— É porque você gosta dela, Hen. O que é maravilhoso, mas entendo que seja difícil de processar, considerando que você nunca gostou de ninguém assim antes. Se a ideia de Halle ficar com alguém o deixa infeliz, faça alguma coisa antes que outra pessoa faça.

— Você não está ajudando tanto quanto pensa — resmungo.

— Estou, *sim*, você que é teimoso. Para de procrastinar seus sentimentos, Henry. Se ela é tão incrível a ponto de você querer passar todo o seu tempo com ela, outra pessoa também vai perceber isso e querer passar todo o tempo com ela.

— Você deveria vir para Santa Monica com a gente e passar um tempo com ela — digo, sem me dar o trabalho de responder ao que ela falou. — Ver o que acha dela pessoalmente.

— Boa tentativa, mas não. O píer parece um ótimo lugar para dar o primeiro beijo. Bem romântico.

— Com certeza é mais romântico do que contra uma porta.

Desta vez, várias uvas voam na minha direção.

* * *

— Respira fundo. Você está livre — diz Halle para mim enquanto esperamos todo mundo sair dos vários carros no estacionamento.

— Não me sinto livre. — Ela me cutuca com o quadril e faz um "xiu" para eu falar baixo. — Eles não vão voltar no carro com a gente.

Kris e Bobby disseram que um encontro em grupo era discriminação contra solteiros, ou seja, eles, e exigiram ser convidados. Mattie disse que ficaria feliz em ser discriminado porque seu medo de gaivotas o impede de gostar de praias. Também acho que ele está saindo com o ex. Para equilibrar as coisas, porque aparentemente precisamos fazer isso, Halle convidou sua amiga do trabalho, Cami, e a colega de quarto dela, Ava.

Bobby e Ava são da Califórnia, então, com base somente nisso, ignorando o fato de serem de lugares completamente diferentes do estado, Aurora e Halle acharam que eles poderiam se dar bem. Não deu certo. Acabei de passar a viagem toda ouvindo os dois discutirem sobre times.

— Ainda acho que combinam. Toda essa raiva pode ser usada para outra coisa.

— É a mesma coisa que dizer que combinam porque os dois têm sangue. Não faz sentido.

— O amor não faz sentido.

— A única coisa que o Bobby ama é *happy hour* e comida de graça.

Halle me cutuca de novo com o ombro, mas está segurando o riso. Estamos vendo os dois continuarem a discutir, agora sobre basquete em vez de beisebol, e está na cara que não vejo o que Halle vê. Cami, em compensação, não está falando com o Kris; no lugar disso, conversa com Emilia e Poppy.

— Suponho que vocês vão nos deixar para trás — diz o Robbie assim que se aproxima de nós com a Lola.

— Exatamente — digo, e não fico surpreso ao vê-lo revirar os olhos.

— Só você mesmo para convidar todo mundo para um passeio e então ir embora — diz Lola. — É como se não quisesse que eu fique amiga da Halle.

— Não quero mesmo. Halle é a pessoa mais legal que eu conheço, e você é a mais assustadora. Não quero aproximar as duas.

Lola dá uma gargalhada, mas quando olho para Halle ela está em choque.

— *Você não pode falar isso* — diz ela só mexendo a boca, mas conheço a Lola bem o bastante para saber o que posso ou não dizer. Ela gosta; não entendo, mas evito perguntar.

Depois de algumas negociações, a gente — na verdade, Halle — concorda em se encontrar mais tarde depois de um tempo à sós. Os outros querem ir à praia mesmo, e prometi a Halle que iria ajudá-la a ganhar um prêmio.

— Não venho aqui desde que era criança — diz ela na hora que pego sua mão e começamos a andar pelo píer.

Ela olha para a mão na minha e depois para mim.

— Amo o seu comprometimento com a experiência completa de um encontro.

Demoro alguns segundos para entender o que quer dizer. Realmente não me lembro de ter decidido dar a mão para ela.

— Esqueci que era pra ser uma experiência. Eu gosto disso. Não temos que...

Ela segura minha mão mais forte quando começo a soltar seus dedos.

— Não, eu gosto também.

— Ótimo. Primeiro os jogos ou *funnel cake*? — pergunto ao nos aproximarmos da entrada do Pacific Park, o parque de diversões do píer. Ela considera a oferta, seus olhos indo e vindo entre as várias barracas até pararem em mim.

— Jogos, depois tacos, depois *funnel cake*, que tal? Acho que preciso confessar que sou péssima com qualquer coisa que envolva coordenação motora.

— Este é um bom momento para te dizer que sou bom em tudo.

— De novo. Me dizer que você é bom em tudo *de novo*. A sua humildade é o que mais gosto em você, por sinal. Literalmente nunca ganhei um ursinho nessas coisas, nem um dos pequenos.

Passo o braço por cima dos ombros dela e a puxo para perto de mim, beijando o topo da sua cabeça enquanto vamos em direção ao primeiro jogo.

— Vou te ajudar a ganhar o maior de todos.

* * *

Quando era mais novo, minhas mães disseram que é melhor ser a pessoa que ajuda alguém a alcançar seus objetivos do que a pessoa que faz as coisas pelos outros.

Sempre segui essa lição, e elas me lembravam com frequência disso para me ajudar a conter o instinto natural de fazer as coisas eu mesmo por ser mais rápido e fácil. Porém, ao ver Halle perder pela quinta vez, está ficando cada vez mais difícil lembrar que eu deveria ficar feliz por a estar ajudando a alcançar seu objetivo de ganhar em vez de ganhar por ela.

— Pelo visto você não estava exagerando — digo, cauteloso.

Halle olha para mim por cima do ombro com uma careta antes de jogar a bola no alvo de novo. Quando a bola passa entre os dois palhaços que deveria acertar, ela xinga alto. É o quarto jogo em que encontramos o mesmo problema: a capacidade atlética da Halle.

— Você sabe que esses jogos são todos armados, né? — murmura ela, vindo até mim pisando forte e apoiando a cabeça no meio do meu peito. — Nem você consegue ganhar isso.

— Não acho que pode dizer isso sendo que a sua bola nem chegou perto de acertar nada. Você quer que eu tente?

Coloco as mãos nas laterais do pescoço dela, e Halle olha para mim.

— Não quero dar mais dinheiro pra eles. Estão roubando a gente. Vamos ser roubados por outra pessoa.

Quando solto seu pescoço, a mão dela encontra a minha como se fosse a coisa mais natural do mundo, e lembro o que Anastasia disse sobre eu nunca segurar a mão dela. Ela tem razão, mas acho que a maior diferença entre Halle e Anastasia é que nunca me senti atraído pela Anastasia. E agora sei que a Halle também gosta de segurar minha mão.

Paramos em frente a um jogo de argolas e, na mesma hora, já sei que não vai dar muito certo. Não vou aguentar.

— Deixa eu ajudar — digo e me posiciono atrás dela. — Você precisa jogar assim.

Arrumo sua posição até chegar ao ponto de ter alguma chance.

— Eu preciso daquele pato gigante.

Arregalo os olhos, incrédulo, porque achei mesmo que ela tinha dito outra palavra que começa com "p".

Na parede há um pato do tamanho de uma criança e não consigo não imaginar o bicho no canto do quarto dela enquanto dormimos. Por sorte, Halle também não é boa nesse jogo. Quando suas chances acabam, ela parece decepcionada. Mais do que quando se mostrou ruim nos outros jogos. Por que eu me importo tanto?

— Podemos tentar de novo? — pergunto para o cara da barraca.

— Mas eu sou muito ruim.

— Você é péssima. Seu tempo de brincar acabou, agora dá licença.

Nem é tão difícil, e quanto mais argolas caem nos pinos, mais empolgada Halle fica, o que resulta em uma torcida personalizada.

— Por favor, para de gritar.

— Desculpa, desculpa. Vai, Henry — sussurra ela. — Você consegue.

Ela tem razão e consigo sim, o que me leva a dizer algo que nunca pensei que iria dizer.

— Vamos levar o pato gigante, por favor.

— Meu herói. — Ela pega o bicho de pelúcia e precisa abraçar o pato junto ao peito para conseguir carregá-lo. — O nome dele vai ser Henry.

— Por favor, não faça isso. — Ela está tão feliz que chega a doer. — O que mais você quer?

Refazemos nossos passos, parando em cada barraca das quais saímos sem nada. Jogo argolas, bolas, atiro pistolas de água e chuto bolas de futebol até você nem conseguir mais ver Halle por trás da pilha de bichos de pelúcia. Ela está me encarando como se eu tivesse feito cada um deles especialmente para ela.

Estou com uma vaca gigante debaixo do braço e dois ursos nas mãos quando achamos um banco no final do píer. Eu me sento e Halle coloca seus prêmios ao meu lado, e só então percebe que não tem onde se sentar.

— Não planejei isso muito bem — murmura ela, tentando empilhá-los para abrir espaço.

Entrego-lhe os ursos e dou um tapinha no meu colo para que se sente ali. Ela olha a pilha de bichos, depois para mim, e escolhe se sentar no meu joelho.

— Esse é meu dia favorito desde que me mudei para Los Angeles. Não sei se isso é bom ou ruim. Acho que é bom. Obrigada, Henry.

— Eu que agradeço por não me fazer continuar assistindo a você perder.

Ela apoia o braço nos meus ombros e olha para mim. Seu rosto está perto do meu e me concentro na sua boca enquanto ela fala.

— Olha, eu sei que o hóquei é sua praia e tal, mas... Já considerou uma carreira profissional jogando em feiras e parques? Porque você é bom demais nisso. E nem vem me dizer que é bom em tudo, porque nem todo cara consegue vencer todos os jogos.

Meu olhar encontra o seu.

— Se ele quisesse, é o que faria.

— É o que dizem.

Coloco uma das mãos na sua coxa e ela se encosta em mim enquanto ouvimos o som do mar debaixo do píer. A diferença entre encontros com a Halle e todos os outros encontros a que já fui é que, com ela, não quero que acabem. Com todas as outras, eu ficava ansioso para ir para casa — para ficar sozinho ou para transar. Com ela, apesar de não ser um encontro de verdade, não quero que acabe.

— Você tá muito quieto — sussurra ela.

— É o meu estilo.

— Você está sonhando acordado, com o quê?

Você. É sempre você.

— Com o fato de que vou ter que falar pro Bobby que não vai ter lugar pra ele no carro por causa do pato gigante e seus amigos.

Ela começa a rir, e é o único som que prefiro além do silêncio.

— Vou deixar o Bobby escolher o nome, então. Acho que está na hora de ir explorar o lado em grupo desse encontro em grupo, né?

— E se eu dissesse que gosto de não ter que compartilhar você com os outros?

Ela se mexe no meu colo para me olhar melhor, e sua bunda pressionada contra mim me lembra de que faz um bom tempo desde a última vez que transei com alguém.

— Eu diria pra me compartilhar agora e que vamos poder ficar só nós dois de novo depois. Preciso escrever, mas você pode ir lá para casa... se quiser, claro.

Não sou muito bom decifrando expressões faciais, mas sinto que consigo entender as da Halle. Ela parece esperançosa, e sei que tem a ver com sua vontade de conhecer melhor as pessoas. Halle acha que é introvertida, mas não é. Eu sou introvertido. Claro, ela gosta de fazer coisas como ler e escrever, que são atividades solitárias, mas fica mais feliz quando está rodeada de pessoas.

Imagino como os últimos anos têm sido difíceis para ela. Ansiando desesperadamente por conexão, mas acabando sozinha ou sem ser valorizada por causa de pessoas que não a entendem.

— Eu quero ir, sim — digo. — Vamos ficar um tempo com outras pessoas, então. Mas só para você saber, estou fazendo isso apenas para melhorar suas experiências românticas.

— Tenho quase certeza de que há outras coisas que poderíamos fazer para melhorar minhas experiências românticas em vez de sair com o Kris e o Bobby, mas tudo bem.

A brisa assopra seu cabelo, o sol brilha no seu rosto. Devagar, ergo a mão para colocar atrás da orelha as mechas dançando na sua bochecha. Ela é tão bonita; queria poder desenhá-la agora, mas, mesmo com um pincel ou caneta em mãos, acho que não lhe faria justiça. Me pergunto se ela acreditaria se eu dissesse isso.

É algo que ela deveria ouvir. Deveria ouvir isso todos os dias, mas será que ia gostar que fosse eu a dizer?

— Existem mesmo — digo. — Posso fazer uma lista.

Meus olhos pousam nos lábios dela.

Ouço a voz da Anastasia na minha mente repetindo que o píer seria um ótimo lugar para um primeiro beijo. A Halle quer ser beijada? Nunca me senti tão inseguro assim.

— Você está linda. Tudo bem eu dizer isso?

A mão do braço ao meu redor segura minha nuca, e ela se mexe um pouco no meu colo.

— É verdade? — pergunta ela. Eu faço que sim com a cabeça. — Então tudo bem você dizer isso.

Eu me pergunto quantos outros elogios eu poderia fazer. Estamos tão perto que nossos narizes quase se tocam. Ela cheira a algodão-doce e baunilha dos seus produtos para cabelo. Me aproximo *um pouco* mais.

— Halle...

— Henry — diz ela baixinho do único jeito que quero que use para falar meu nome.

Seguro sua bochecha e a mão livre dela toca a minha. Seus olhos olham para algo atrás de mim.

— Temos uma plateia.

Quando me viro para aquela direção, lá estão nossos amigos tomando sorvete a poucos metros de onde estamos sentados. Assim que percebem que os vimos, começam a se aproximar. Quero gritar que sumam.

Halle afasta o braço e coloca a mão no colo, junto à outra. Quero cortar toda e qualquer relação com meus amigos. Quando Bobby para na frente do nosso banco, dá uma lambida longa e intencional no sorvete.

— Não me diz que esse pato vai do meu lado no carro.

Capítulo dezesseis
HALLE

Quando Henry perguntou se eu queria almoçar com ele depois da aula, não pensei que não me sentiria descolada o bastante para andar pelos corredores do prédio de artes.

Assim como Grayson roubou todos os genes atléticos, minha mãe guardou todos os genes artísticos para Maisie. Claro, às vezes eu consigo formar frases e ler um livro de romantasia de quinhentas páginas em um dia, mas, ao ver as obras ao redor, acho que não é a mesma coisa.

Sigo as orientações que Henry me deu e acho o ateliê de escultura sem problemas. Por mais que odeie admitir, estou um pouco decepcionada de encontrá-lo ali, pronto para sair, sentado com a mochila. Ele tira os olhos do celular quando me aproximo, sorrindo de um jeito que me faz acreditar que está mesmo feliz em me ver.

— Achei que ainda estaria falando com o professor, aí eu podia ver sua obra — digo, fazendo um bico forçado enquanto ele se levanta e coloca a mochila no ombro.

Ele passa o braço sobre meus ombros daquele jeito superamigável que fazemos um com o outro. Aquele jeito superamigável que não me faz questionar minha existência, nem um pouco.

— Você está sessenta segundos atrasada, capitã. Acabei de acabar.

Ele usa o braço para me guiar até a saída.

— Você não vai mesmo me deixar ver? Fico chateada que você não me mostra sua obra.

— Ah — diz, mas o tom não é simpático. — Você vai ter muita dificuldade para ficar chateada comigo para sempre, hein?

Ainda estou sendo guiada como a boneca que sou nas mãos desse homem.

— Nunca na minha vida quis tanto ver algo.

— Eu desenho pra você toda hora.

— Você desenha *em* mim toda hora. Ou *me* desenha toda hora. Não é a mesma coisa. Já sei qual é a minha cara.

Ele suspira, mas de novo não há nada de simpático no seu tom ou atitude que me faz pensar que não está se divertindo.

— Arte é uma coisa muito íntima para mim. Não mostro para ninguém voluntariamente, então não é pessoal. Mas, se quiser discutir, eu também não li seu livro.

Droga. Ele está dando um sorriso bem grande porque sabe que me pegou.

— É porque não é bem um livro e sim pensamentos caóticos de uma mulher que sonha muito e passa tempo que deveria estar escrevendo em busca da playlist perfeita. Enfim, não me distraia do assunto.

— Mas eu amo distrair você.

Henry segura a porta do corredor para mim, e passar por ali parece uma admissão de derrota. Mesmo assim, eu sigo, mas só porque estou considerando o que aconteceria se entrasse escondida naquele ateliê mais tarde.

— Para de fazer planos, Halle.

— Não tô fazendo nada!

— Está, sim. Você faz bico quando está armando algo. Você faz isso quando está escrevendo. Aonde quer ir almoçar? — pergunta ele ao apertar o botão do elevador.

— Não vou falar com você até concordar em me dizer no que está trabalhando.

— Você está subestimando quanto eu gosto de silêncio.

Abro a boca para discutir, mas não tenho argumentos. Henry aperta o botão do térreo e cutuca minha boca fechada com os nós dos dedos.

— Meu projeto é recriar uma escultura famosa no meu estilo, a partir de influências de outro período artístico. Minha peça é a versão de uma escultura renascentista, com influência de artistas da Renascença do Harlem, como Augusta Savage. Minha versão é bem menor do que o original e estou usando argila. Feliz?

— Se seu objetivo era fazer com que eu quisesse vê-la ainda mais, conseguiu. Não vai me dizer mais nada? Nem em qual escultura você está se inspirando?

— Nem isso. Não confio em você para não pesquisar. E eu sempre ganho, Halle. — As portas do elevador se abrem e ele me guia para fora. Esperto, porque eu quero muito voltar lá para cima. — Agora, o que vai querer almoçar?

A ideia de Henry estar criando algo tão especial e eu nunca ver o que é me deixa triste, mas entendo não querer que pessoas vejam o que você fez. Ele está esperando minha resposta, e só consigo pensar nele trabalhando sem parar para criar algo lindo.

— Algo que possa comer com as mãos. Você me inspirou.

— Tenho uma sugestão, mas vai precisar das duas mãos.

Ele abre a porta para o pátio e passo por debaixo do seu braço. Olhando para ele por cima do ombro, observo a porta se fechar. Sua expressão fica mais escandalizada, mas também zombeteira. Amo como ele fica feliz depois de passar um tempo no ateliê em comparação a uma aula comum.

— Hambúrguer, Halle. Conheço esse olhar, para de pensar besteira. Vamos na Blaise.

— Não estava pensando besteira. — Estava, *sim*, e o frio na minha barriga confirma. — Tá bom, vamos. Mas você não pode me julgar se não couber na minha boca.

Pela primeira vez nos dois meses em que nos tornamos amigos, eu o peguei desprevenido. A expressão em seu rosto é... agradável.

— *Touché.*

* * *

Quando chegamos à Blaise mais cedo, a lanchonete estava fechada para consertos, então fomos para outro lugar perto da faculdade.

Depois de quinze minutos discutindo com a Aurora sobre o livro que estávamos estudando na nossa aula, meu celular começou a vibrar com mensagens do Henry, que estava passando mal. As mensagens continuaram a tarde toda, com níveis crescentes de autopiedade, até ele terminar o treino de hóquei, ir para casa buscar suas coisas para passar a noite e aparecer na minha porta.

Nunca o tinha visto doente antes, mas estou aprendendo que ele é um grande bebezão. Olhando para onde está esparramado no sofá, vejo Joy ronronando feliz em seu colo enquanto ele faz carinho nas orelhas dela. Os dois se tornaram melhores amigos e está ficando cada vez mais difícil não sentir ciúmes.

— Precisa de alguma coisa? Vou ajudar a Gigi com o dever de casa daqui a pouco.

A última coisa que eu quero é ele passando sem camisa atrás do meu computador.

— Atenção. Compaixão. Uma cura — diz, com a voz grave e sem vida enquanto lista seus desejos. — Poder voltar atrás e não comer aquele hambúrguer com um cheiro estranho.

— Estou me sentindo muito bem sobre o hambúrguer de frango que você chamou de sem graça. Posso oferecer uma canja congelada e, no máximo, um tapinha nas costas. — Ele faz uma careta para mim. — Não, falando sério agora. Sinto muito que esteja se sentindo assim. Prometo que vou te dar atenção e compaixão quando terminar.

— Obrigado. Não preciso de nada. Já tomei canja, e a sua não vai ser tão boa quanto a minha.

— Onde você conseguiu canja? — pergunto enquanto ligo meu notebook e nem me dou o trabalho de defender a reputação da minha sopa. Henry estica os braços para cima; os músculos bem-definidos do abdômen flexionam. Ele se vira, afofando as almofadas antes de se deitar de lado e reposicionar Joy perto do peito, assim os dois conseguem olhar para mim.

— Minha mãe me entregou a caminho do trabalho quando liguei para ela querendo atenção, compaixão e uma cura.

— Você é tão mimado. — Ele sorri como se já soubesse. — O que a sua mãe faz? Qual o nome dela? Para eu não confundir as duas.

— Yasmine. É cirurgiã no Cedars-Sinai, mas é voluntária numa ONG no tempo livre, então estava indo fazer algumas horas na clínica quando deixou a sopa.

Quero saber tudo sobre Henry e acho que ele não entende quanto.

— O que a ONG faz?

— Defende mulheres negras que precisam de apoio médico. Elas são muito mais afetadas por negligência médica ou atendimento inadequado e têm mais chances de não serem diagnosticadas por causa do racismo institucional.

Parece que vai parar de explicar, mas acho que é o olhar curioso no meu rosto que o encoraja a continuar.

— Ela se voluntaria na clínica para pessoas que não se sentem ouvidas por seus médicos ou que não têm acesso a tratamentos. Às vezes ela vai a eventos e dá palestras sobre preconceito racial na medicina. Mamãe também é médica e costumava se voluntariar na clínica, mas não vai tanto agora que está dando aulas.

— Ela parece incrível, Henry. As duas. Onde sua outra mãe dá aulas? Qual o nome dela?

Ele me olha como se eu tivesse acabado de lhe perguntar os próximos números da loteria.

— Maple Hills. O nome dela é Maria. Você ainda não sabia disso?

— Óbvio que não — digo, revirando os olhos de um jeito brincalhão. — O que fez ela querer ensinar?

Ele boceja, cobrindo a boca com as costas da mão, e juro que faz isso porque sabe quanto estou interessada.

— A época da faculdade foi difícil para ela porque foi quando os pais se afastaram. Ela diz que não tinha professores *queer* que mostrassem que ela podia ter sucesso. Foi por isso que resolveu ser essa pessoa para os alunos que precisam. Ótima carreira, esposa, filho etc.

— Já teve vontade de seguir seus passos e fazer medicina também? Ou você sempre quis estudar arte?

— Minha mãe fez medicina porque meus avós eram médicos e era importante para ela carregar o legado e ajudar a comunidade. Eles a tiveram quando eram mais velhos e ela também é filha única. Mamãe fez medicina porque queria um trabalho que pagasse bem o bastante para nunca precisar de apoio financeiro dos pais homofóbicos, e também queria ajudar as pessoas. Nunca senti esse tipo de pressão, então pude seguir minhas paixões, que são esportes e arte.

— Amo ouvir você falando da sua família — admito, sincera. — Poderia te ouvir falar o dia todo.

Ele sorri, mas enfia a cabeça na Joy para se esconder. Levanta a cabeça, limpa os pelos brancos do nariz e se apoia na mão.

— Você tinha que esperar até eu ficar doente para fazer um interrogatório sobre a minha vida?

— Eu preciso que você esteja incapacitado para ficar quieto por tempo suficiente para ouvir minhas perguntas. Uma última pergunta, porque a Gigi vai me ligar a qualquer minuto. Por que arte? Sei que você é talentoso, mas por que não foi estudar algo ligado a esportes ou algo assim?

Henry fica em silêncio enquanto pensa, e rezo em silêncio para Gigi não ligar antes de ele responder.

— Sempre foi um jeito de expressar coisas que não sabia como dizer. Em especial quando era mais novo e não era tão comunicativo quanto agora. Não faz essa cara pra mim; esta é minha versão comunicativa. Arte conta uma história; faz as pessoas mudarem de ideia ou reafirma seus valores. Passei a vida inteira me preocupando se diria a coisa errada. Não dá para errar com a arte.

O toque da chamada de vídeo começa a tocar no meu notebook e nunca quis tanto jogá-lo na parede quanto agora.

— Eu menti! Tenho muitas perguntas pra fazer — digo, agitada.

— Seu tempo acabou, capitã — retruca ele, se deitando nas almofadas. — E estou muito doente, então vou tirar um cochilo até você terminar.

— Isso não acabou — respondo ao colocar o cabelo atrás das orelhas e pôr o notebook no braço da poltrona.

— Estou ansioso para o segundo round — diz ele, fechando os olhos.

Clico no botão para aceitar e a imagem da Gigi preenche minha tela.

— Você demorou.

— Oi pra você também — digo para ela enquanto a vejo andar pela casa dos nossos pais. — Você está me deixando tonta. O que tá acontecendo?

As fotos emolduradas ao longo da escada aparecem quando ela desce.

— Sua mãe quer falar com você. Pode convencê-la a me deixar fazer um piercing no umbigo?

— Hum, não. Isso não é proibido?

Gigi se senta na escada e se aproxima da câmera do computador.

— Não com a permissão de um adulto. Por favor, Halle. Eu quero *muito* fazer um. Todas as minhas amigas têm piercing, não é justo.

— De jeito nenhum que ela vai deixar você fazer isso. Você deveria pedir pra sua mãe quando ela voltar para casa.

Gi suspira de um jeito dramático e calculado que usa quando está tentando me fazer me sentir mal por não ajudar com os seus esquemas.

— Já perguntei quando ela ligou, e ela disse não.

Essa menina.

— E por que você acha que minha mãe vai agir contra a vontade da sua, hein?

— Porque você é muito persuasiva, Hallezinha. Se você realmente quisesse, me ajudaria! — Grayson tem tanta sorte que nunca fiz isso com ele... — Por favor, por favor, por favor. Nunca mais vou pedir nada.

— Você não deveria me levar até a minha mãe por algum motivo?

Gigi revira os olhos, se levanta de novo, e até pelos alto-falantes básicos do notebook consigo ouvir seus passos fortes. Escuto a TV e Maisie falando com o pai enquanto Gigi anda pela casa até eu ser colocada na frente da minha mãe, que não esperava me ver, na cozinha.

— Ui. Eu levo de volta pra você quando acabar, Gi.

Ela não diz nem um "até daqui a pouco" antes de — quem diria — sair batendo o pé.

— Oi, mãe.

Minha mãe coloca o notebook da Gigi na mesa da cozinha e sinto uma pontada de saudade quando me lembro de que não vou para casa faz um bom tempo.

— Oi, meu amor. Acredita que aquela menina quer que eu passe por cima das vontades da Lucia e a deixe fazer um piercing no umbigo?

— Acredito. O que rolou? Tenho muita coisa pra fazer hoje e nem comecei com o dever de casa dela ainda.

Minha mãe começa a falar sobre o recital de dança da Maisie, que aparentemente não a é coisa sobre a qual queria falar, antes de comentar como seria bom se o Grayson fosse comprado por um time da costa oeste. Continua falando tanto que nem ouve quando o Henry boceja alto.

— Enfim, Gianna decidiu que *quer* ir para a faculdade, e pretende visitar algumas com as amigas. Consegue arranjar um tempo para ir com ela? Ela disse que quer estudar na Califórnia, já que é onde a mãe dela vai ficar quando comprar uma casa. Uma viagem de irmãs parece divertido! Não acha?

Quando Grayson e eu fomos para a faculdade, Gianna sempre disse que não ia, desde pequena. Disse que queria aprender a cuidar de plantas; então, quando perguntava, focávamos escolas profissionalizantes. Estava tudo indo bem até percebermos que ela odiava a escola porque não tinha o apoio necessário e achou que não precisaria estudar tanto para cuidar de plantas.

— Está cedo demais para ela visitar faculdades, mãe. Ela ainda tá no segundo ano. Por que não pode esperar até o ano que vem?

— Eu sei, querida. Mas não quero desencorajar. As amigas novas dela estão falando sobre faculdade, então ela ficou empolgada, e, se é isso que deseja, não quero que pense que não estou dando apoio.

Eu me sinto mal porque minha mãe está fazendo o possível para ser uma boa madrasta. Sei que se preocupa muito em não fazer algo errado, ou a Lucia achar que ela trata a Gigi diferente das próprias filhas, a apoia menos.

— Eu posso, mas que tal falarmos sobre isso depois das férias da primavera? Converso com ela quando estiver de férias e aí vamos ver.

— Claro! Obrigada, Hallezinha. Vou deixar você voltar para sua sessão de estudos.

Quando volto para o quarto da Gigi, ela parece ter superado o momento de birra.

— E aí? Conseguiu convencer ela?

Nem imagino por que Gigi quer tanto fazer um piercing.

— Estou trabalhando nisso.

— Você mente muito mal — diz ela, revirando os olhos.

Quando finalmente fecho o computador depois de ter terminado meus trabalhos e os dela, parece que meu cérebro está derretendo. Henry, que ainda diz estar doente, mas também com fome, me dá uma longa lista do que quer quando vou pedir comida.

— Você precisa de atenção, compaixão e uma cura? — pergunta Henry, olhando para mim debaixo do seu antebraço.

Esfrego os olhos cansados com as palmas das mãos.

— Sim.

— Junte-se ao clubinho dos dramáticos — diz ele, colocando Joy no seu peito e se encolhendo para abrir um espaço entre si e o recosto do sofá.

É impossível entrar naquele espaço sem dificuldade e, quando tento, Henry me puxa para cima dele, então fico metade no espaço vazio e metade sobre ele. Sempre fico pensando quando esse nível de contato físico virou um padrão para nós, mas tenho medo de que acabe se eu questionar.

— Por que a Joy faz parte desse clube? — pergunto, fazendo carinho nas costas dela.
— Ela tem hiperempatia — responde.
— Ah, é? Eu tenho uma gata com hiperempatia e nem sabia.
— Pois é. O fato de você não saber isso é outro motivo para ela vir morar comigo — resmunga ele, apoiando o queixo no topo da minha cabeça.

Abro a boca para argumentar, mas ele me interrompe:
— Não quero saber sobre as *supostas* alergias do Robbie.
— Por que você gosta tanto dela? Tipo, eu amo a Joy porque ela é minha gata, mas por que você gosta tanto dela?
— Acabou a hora das perguntas — diz ele enquanto coloca uma mecha de cabelo atrás da minha orelha.
— Por favor, Henry. Só mais uma. Você me prometeu um segundo round.

Nós três ficamos deitados no sofá na casa silenciosa. Começo a achar que ele está me ignorando ou que pegou no sono, mas nessa hora ele segura Joy no peito enquanto se vira de lado para ficarmos praticamente cara a cara.

Ela odeia ficar apertada entre nós e sai correndo para se acomodar no lugar de sempre, em cima do encosto do sofá, nos deixando um de frente pro outro com meu nariz na altura do seu queixo. Ele olha para baixo e olho para cima, observando sua boca enquanto ele umedece o lábio inferior com a língua.

— Porque ela é gentil e gosto da sua personalidade engraçada. Gosto de que seja carinhosa e me deixe pegá-la à vontade. Ela me acalma, e gosto de que também goste de mim.

— Ela é uma ótima gata — sussurro, porque falar alto parece demais para a distância entre nós.

— É mesmo — sussurra de volta.

Há um momento, quando nossas respirações ficam sincronizadas e os olhares se encontram, em que acredito que talvez eu não sobreviva à experiência que seria Henry Turner. Que ouvi-lo falar de mim como fala da Joy me destruiria.

Mas nessa hora a campainha toca, avisando que nossa comida chegou. E me lembro de que ninguém nunca listou vários elogios ao falar de mim.

Capítulo dezessete

HALLE

O ESPAÇO INTEIRO EXPLODE em vivas quando os Titans garantem a vitória nos últimos dez segundos.

Venho a jogos de hóquei há anos, mas nada se compara a ver esse resultado *sabendo* o alívio que Henry vai sentir. Aurora está pulando também, e realmente parece que *a gente* teve algo a ver com essa vitória.

Henry me disse que eles ganhariam se eu usasse o presente que me deu — uma camisa de hóquei. Sempre sinto que estou comparando os dois, mas estar aqui com Aurora é tão diferente de quando eu me sentava com as outras namoradas nos jogos do Will.

A gente ficou o jogo inteiro conversando — ok, praticamente discutindo sobre qual é o melhor esporte —, com os meninos sentados do nosso lado. Tenho uma família apaixonada por futebol americano por causa do Grayson; Aurora é obviamente fã de esportes automobilísticos; e o cara cujo nome não lembro tem um irmão que joga beisebol. Ainda bem que tínhamos o hóquei como ponto em comum. Por mais bobo que tenha sido, foi divertido interagir com pessoas novas sem ficar estressada.

Ao pegarmos as bolsas e nossos copos do chão para ir embora, o cara me interrompe:

— Ei, pode me dar o seu telefone? Quero continuar o debate de futebol americano contra beisebol. Você parece legal.

Fico bem confusa. Olho para Aurora, que simplesmente me olha de um jeito curioso.

— Ah, desculpa. Hum. Não? Desculpa, que grosseria. É que eu...

Não faço ideia do que quero dizer.

— Ela gosta de outra pessoa — comenta Aurora com um sorriso no rosto, me livrando desse sofrimento, mas me colocando em outro.

— Entendi — diz ele. — Prazer em conhecer vocês.

— O que foi isso? — pergunto quando ele se afasta.

Aurora dá de ombros.

— Me diz então que queria dar seu telefone para ele que eu peço desculpas. Bufo em resposta.

— *Touché.*

Assim que chego ao carro, pego o celular para mandar uma mensagem para Henry.

> **HENRY TURNER**
> Ainda estou torcendo pela sua carreira profissional em jogos de feira, mas essa vitória foi maravilhosa.

Valeu, capitã.
Cadê você?

> Cami tá doente. Vou levar um kit de melhoras para ela.

Por que não ganhei um kit desses quando fiquei doente?

> Te dei dim sum e não reclamei quando você vomitou.

Justo.
Posso compensar mais tarde?

> Aham. Te mando mensagem quando estiver saindo da casa dela.

O pato gigante tem que dormir em outro cômodo.

> Quack Efron mora lá, você não.

Odeio tanto o Bobby.
Vai logo. Tô com saudade da Joy.

Várias mulheres em Maple Hills dariam um rim para que Henry Turner falasse delas como fala da minha gata.

Depois de passar no mercado, paro no estacionamento do prédio da Cami e o nome do Will aparece na tela do celular. Quase bato o carro na cerca-viva ao redor. Depois que o choque inicial passa, é a rejeição mais fácil da minha vida. Ele deve ter jogado hoje também e provavelmente viu o meu story do jogo. Estou com zero vontade de discutir com alguém que só quer falar comigo para me fazer me sentir mal. Ciúmes? Nem sei dizer.

Quando chego à porta do apartamento da Cami, já me convenci a retornar ou não a ligação umas quinze vezes. Sim, porque algo pode ter acontecido com ele ou sua família, e não, porque, se fosse o caso, minha mãe também estaria me ligando. Sim, porque e se ele quiser consertar nossa amizade? E não, porque, se fosse o caso, ele mandaria mensagem primeiro.

Cami abre a porta e está um caos. Seu cabelo ruivo está trançado e jogado sobre o ombro e ela está de pijama. Tem estado meio estranha no trabalho, mas ainda não consegui decifrar o que é. Está mais quieta, acho. Como se sua confiança tivesse sido apagada.

O maior sinal de que algo está acontecendo é que começou a chegar ao trabalho pontualmente. Ela *nunca* chega na hora para nada. E, quando um hóspede gritou com ela, Cami nem tentou responder. Mostro o saco de papel na minha mão:

— Trouxe canja e algumas coisas para você se sentir melhor.

— Ah, Halle — diz ela, baixinho. — Pode entrar, vem se sentar.

Sei que suas colegas de quarto não estão em casa porque estava com elas há pouco tempo e foi a Ava quem me disse que ela estava doente. Ela concordou comigo que Cami parece estranha, mas quando perguntei se sabia o motivo mudou de assunto. Acho que uma pequena parte de mim está preocupada de ter feito algo e ninguém ter me avisado.

— Como está se sentindo? — pergunto, me sentando no sofá.

Ela se senta na minha frente e abraça as pernas contra o peito.

— Já estive melhor. Obrigada por me trazer comida.

— Fiz alguma coisa que a deixou chateada? — pergunto. Odeio como isso parece desesperado. Odeio quão desesperada me sinto. — Se fiz, me desculpe.

A expressão de Cami muda na hora para choque.

— O quê? Não, meu deus. Claro que não fez nada que me deixou chateada.

— Pode me falar. Não tenho muita experiência com amizades, como você sabe. E, bom, não quero ser o tipo de amiga que não pede desculpas quando deveria.

— Halle, você não fez nada. Sou eu. É minha cabeça. Estou toda fodida. Eu... — Ela passa uma mão pelo rosto. — Alguém colocou alguma coisa na minha bebida no show do Take Back December e não, não, não entre em pânico, não aconteceu nada. Fizeram com a Poppy também, e Ava percebeu na hora que tinha algo errado e nos levou ao hospital. A gente teve sorte.

— Acho que não dá pra falar de "sorte" sobre alguém ter colocado algo na sua bebida. Sinto muito que isso tenha acontecido. Juro que não sabia, senão não teria vindo aqui e falado sobre mim.

— Você não fez isso! E eu não queria que ninguém soubesse porque, bom, já aconteceu antes. No último ano do ensino médio. Não tive tanta sorte daquela vez — conta ela, e sinto meu estômago se revirar. — Não quero falar sobre isso, pra ser sincera. Isso mexeu comigo, e vou superar. Só não quero que pense que fez alguma coisa, Hals. Não fez nada. Só preciso ficar sozinha para processar tudo e depois vou voltar ao normal, juro. Mas não vou amanhã. Acho que uma festa de Halloween não é o melhor lugar pra eu ir, mas juro que volto ao normal em breve.

Saber que isso aconteceu me faz sentir um milhão de coisas diferentes. Nenhuma é maior do que a raiva que sinto em nome da minha amiga.

— Você não precisa voltar ao normal; só quero que fique bem. Tem alguma coisa que eu possa fazer para ajudar? Posso ficar com você hoje à noite se não quiser ficar sozinha.

Ela balança a cabeça.

— Eu processo melhor sozinha, mas obrigada. Sou boa em compartimentalizar.

— Isso é bom ou ruim?

Ela ri, mas ainda vejo a dor no seu olhar.

— Não sei, mas vamos descobrir.

— Quer fazer alguma coisa no domingo? Podemos ir tomar café da manhã ou fazer compras. Entendo que goste de processar as coisas sozinha, de verdade, mas também acho que não deveria fazer isso sozinha. Sei que suas melhores amigas não moram mais aqui e não sou uma delas, mas… — Estou divagando. *Muito*. Ela morou com Summer e Briar por quatro anos até elas se formarem, e não quero que ache que me considero igual em termos de confiança e amizade. — Só acho que…

— Halle — diz ela, rindo enquanto me interrompe. — Um café da manhã seria ótimo. Na Blaise? Que horas é cedo demais pra você se for ao Honeypot hoje? Nunca ouço meu alarme quando estou de ressaca.

— Qualquer hora. Não vou ficar bêbada. — Ela não suspira em choque nem faz qualquer coisa além de mexer no saco que trouxe para ela, tirando os salgadinhos. — Aprendi que fico muito ansiosa e emotiva quando estou de ressaca. Espero que não seja chata e as pessoas ainda queiram passar tempo comigo.

Ela para de mexer no saco e olha para mim.

— Summer não bebia pelo mesmo motivo. Na verdade, eu e Briar a convencemos a parar porque não conseguíamos lidar com ela achando que o mundo ia acabar toda vez que bebia mais do que duas taças de vinho. Isso não te torna chata.

— Eu sei. Tipo, falando sério, sei que estou sendo ridícula, que não deveria pensar em pressão social sendo literalmente adulta. Mas…

— Mas está preocupada que, se não quiser fazer o que todo mundo faz, não vão mais convidá-la e você vai ficar sozinha — diz ela como se estivesse lendo meus pensamentos. — Entendo. Aquele ex e seus amigos mexeram muito com a sua autoestima, né?

Uau. Não esperava por essa.

— Acho que sim. Não sei, meio que sempre pensei assim. Sobre a minha autoestima... Pensando bem, eles com certeza me achavam uma chata.

— Só porque não entendiam como é incrível ser sua amiga, não quer dizer que a gente não entenda. Além disso, estatisticamente, existem menos casos de "boa noite, cinderela" em refrigerantes do que em drinques, então mata dois coelhos com uma cajadada só. — Acho que não consegui esconder o choque, porque ela faz uma careta. — O quê? Como vou processar as coisas se não puder fazer piada?

— Campbell, você precisa de um abraço? — pergunto.

— Ai, meu Deus, você usou meu sobrenome. — Ela está rindo, mas vejo como pensa na minha oferta e então faz que sim com a cabeça. — Aham. Acho que preciso.

Vou para o lado dela que não está cheio de lanches saudáveis e a abraço. Ela me abraça também e ficamos assim, em silêncio, até ela falar.

— Seus peitos são muito confortáveis.

— Valeu.

— É melhor você ir, antes que eu durma em você.

— Tem certeza? Posso ficar. Só preciso mandar mensagem pro Henry e dizer que estou ocupada.

— Não, tudo bem. Preciso voltar ao meu processo de compartimentalizar. Café às dez?

— Sim. Vejo você lá.

* * *

Quando chego em casa, ainda estou pensando na Cami e nas outras pessoas que tiveram suas noites impactadas do pior jeito possível.

Henry está sentado na minha varanda e, como um puta mau presságio, o nome do Will aparece na tela do meu celular. Fico no carro mais um tempo, então Henry se levanta com o caderno e a bolsa para passar a noite, mexendo a boca para perguntar se está tudo bem.

Relutante, aperto o botão para atender, pensando que é melhor resolver logo isso do que correr o risco de passar a noite inteira com ele ligando.

— Oi. E aí?

— Desde quando preciso ligar seis vezes pra você atender?

— Desde quando você me liga?

— A sua irmã tá aqui — diz ele de forma seca.

Isso chama a minha atenção.

— Como assim, *minha irmã está aí*? Onde? Onde você tá?

— Você esqueceu meu cronograma rápido, né, Hallezinha? — diz, e queria poder enfiar a mão pelo celular e chacoalhá-lo.

— O que raios a Gigi está fazendo em San Diego em uma sexta-feira à noite? Você está tentando me estressar de propósito ou só é sem noção assim mesmo?

— Não me chamaria de sem noção, considerando que sou eu que sei por que sua irmã está no estado errado, e não você.

Eu o odeio. Eu o odeio muito.

— Will, passa o telefone pra Gigi, por favor.

— Ela não sabe que estou te ligando. Na verdade, pediu pra não te ligar. Ela não achou que você ficaria de boa, e acho que concordo com ela. Mas está a salvo. Estou cuidando dela.

— Acho que você pensa que eu não iria até San Diego para te matar, mas eu iria, sim. Me diz o que está acontecendo agora.

Ele ri, e a vontade de pegar a estrada aumenta mais.

— Gosto quando você fica irritadinha. Gianna mentiu pros seus pais e disse que visitaria uma faculdade com uma amiga e os pais dela. Claramente ninguém falou com os pais da garota, porque a amiga é mais velha do que a Gi e já dirige, e na verdade as duas vieram visitar a irmã mais velha da amiga. Gi e a amiga brigaram sobre ir a uma festa, e a amiga foi embora. Recebi uma ligação da sua irmã depois do jogo… que eu ganhei, por sinal, obrigado por perguntar… querendo saber se você estava comigo, e, quando disse que não, ela perguntou se podia dormir aqui. Como sou um cara legal, deixei.

O interesse repentino da Gianna em visitar faculdades faz sentido agora.

— Onde ela está agora? — pergunto para Will.

— Está lá embaixo, vendo TV com o pessoal.

— Você deixou minha irmã mais nova sozinha com seus colegas de quarto? Puta merda, Will. Tira ela de lá! Minha mãe vai surtar.

— Acho que você deveria vir para cá. Podemos pensar em um plano para levá-la de volta e talvez evitar que sua mãe descubra.

Quando olho pelo para-brisa, Henry parece preocupado de verdade, parado do lado de fora da minha porta.

— Tá bom. Um segundo. Não a perca de vista. Tô falando sério, Will. Fala pra todo mundo que ela é menor de idade. Se eu chegar aí e alguém estiver olhando estranho para ela, eu vou tacar fogo na casa.

— Nossa. Meu Deus, Hals — diz ele, e fico chocada com a surpresa dele.

Acho que ainda estou chocada por descobrir que minhas amigas foram drogadas, e nunca gostei dos colegas de quarto do Will. Por mais que essa situação não seja nada engraçada, é curioso pensar que, se Gigi tivesse aparecido na porta do Henry, eu não ficaria preocupada em deixá-la sob os cuidados dos amigos dele.

— Vou vendar todo mundo se você quiser. Só vem pra cá.

Assim que saio do carro, Henry vem na minha direção.

— Preciso ir para San Diego. Longa história, posso te ligar da estrada pra explicar?

— Quer que eu vá com você? — pergunta Henry.

— Não, não. É só um problema com a minha irmã mais nova, e você tem jogo amanhã. Pode dar comida pra Joy e ficar um pouco com ela? Se não puder, peço pra sra. Astor.

— Babá da gata. Pode deixar — diz ele. Coloca as mãos no meu pescoço e, por instinto, me aproximo. Seus lábios tocam o topo da minha cabeça. Quero que faça isso mais um milhão de vezes. — Me ligue se precisar. Tenho quase certeza de que Aurora consegue fretar um helicóptero ou um jatinho.

Ainda não sei quando o toque do Henry se tornou tão calmante para mim, mas aproveito e apoio a bochecha no seu peito.

— Já te ligo, prometo.

* * *

A ÚNICA COISA BOA em ter que dirigir até a casa do Will é que isso me dá a chance de ouvir meu audiolivro pro clube de leitura. Literalmente a *única* coisa positiva.

Quando liguei para o Henry e expliquei tudo, a primeira pergunta dele foi como uma criança viaja para outro estado e seus pais não fazem ideia de que está mentindo. Minha mãe e meu padrasto não são negligentes, mas admito que esse não é o melhor momento deles. Nunca nem considerei fazer isso quando tinha a idade da Gigi, e Grayson não precisava fazer nada escondido porque se safava de tudo. Eles só não têm experiência com a situação.

O segundo argumento do Henry é que ela teve sorte de ir para uma faculdade onde conhecia alguém, mas a alternativa é algo que não consigo nem imaginar.

Estou com uma sensação muito ruim no estômago quando paro na frente da casa do Will. Já estive aqui várias vezes; porém, depois de um tempo longe e de fazer um novo grupo de amigos, percebi que não era indesejada, mas também não era bem-vinda. Nem se compara à recepção que tenho quando vou à casa do Henry ou da Cami. Só não percebia isso na época.

Bato na porta e consigo ouvir a risada da minha irmã lá dentro. Quando Will finalmente abre a porta, vejo a Gigi e os colegas de quarto dele.

— Oi, amor — diz ele, se aproximando para me beijar. Acho que nunca me chamou de "amor" antes.

Desvio dele como se fosse um tiro.

— O que você tá fazendo?

Ele me puxa para perto pela cintura e se aproxima de novo, mais devagar, para beijar minha bochecha. Fala baixinho desta vez:

— Você não contou pra ela que terminamos, então finge que me ama. Não deve ser difícil pra você.

Seu rosto se demora perto do meu, mas a proximidade me deixa inquieta. Não me lembro se eu costumava me sentir assim ou se apenas conseguia fingir melhor.

Dou a volta nele e vou direto para cima da Gigi, que está com cara de culpada no sofá.

— Que merda foi essa que você fez?

— Não é nem culpa minha — responde ela na hora.

— Nunca é culpa sua, né, Gianna? As coisas acontecem com você e nunca é culpa sua. É sempre assim!

Os colegas de quarto do Will se levantam e vão para o quintal.

— Você não é a minha mãe, Halle. Não pode falar assim comigo. Não sou criança!

— Eu sei que não sou sua mãe. Você acha que quero bancar a sua mãe? Acha que queria cancelar meus planos sexta-feira e vir para cá com você?

— Você adora me dizer o que fazer, então talvez quisesse, sim.

— Tem noção a sorte que você teve de ter o Will aqui? Faz ideia do que acontece com meninas que saem sozinhas à noite? Ou no meio do dia? Você é uma irresponsável, Gianna, e na verdade é, sim, uma criança. É literalmente uma criança, e o fato de achar que vou aceitar esse tipo de atitude sua quando está em outro estado é *absurdo*. Como pode ter sido tão irresponsável com a própria segurança? E se o Will estivesse fora? O que você teria feito?

— Ok, tudo bem... — diz Will, se aproximando de mim. Fica atrás de mim e passa as mãos pelos meus braços. — Acho que talvez você esteja levando as coisas muito mais a sério do que necessário, Hals. Não vamos deixar a coitada com medo. Ela errou e sente muito.

— Já falei com minha amiga — retruca Gianna. — Ela disse que vai me dar carona pra casa que nem a gente tinha planejado, mas quer ficar sozinha hoje pra esfriar a cabeça. Você nem precisava ter vindo. Não foi nada de mais.

Imediatamente me viro para encarar o Will. Ele ergue as mãos para se defender.

— Não quero uma menor de idade sem responsável na minha casa tanto quanto você. Ela não me disse que estava tudo resolvido até você já estar no caminho, e eu não queria te distrair enquanto dirigia. Para de olhar pra mim como se fosse arrancar minha cabeça, Hals.

— Ah, tadinha, você teve a chance de ver seu namorado — resmunga Gigi, e isso mostra quanto ela não entendeu minha raiva. — Pobrezinha da Halle.

— A gente terminou, Gi. Há dois meses — digo em um tom seco, e sinto uma leve satisfação ao ver como ela arregala os olhos. Não porque é um assunto divertido, e sim porque seu comportamento está nojento. — Eu não queria ter que vir.

Pela primeira vez nos dez anos desde que Gianna se tornou minha irmã, ela não sabe o que dizer.

— Fico feliz de te ver mesmo que você não esteja feliz em me ver — comenta Will enquanto se senta ao lado da Gigi no sofá.

Vou até a poltrona do outro lado da sala. De todas as pessoas no mundo, essas são as duas de quem mais estou com raiva.

— É como nos velhos tempos: nós três passando um tempo juntos. Você dizendo pra Halle que ela não é sua mãe. Halle sendo exagerada. É meio nostálgico. Vocês podem dormir na minha cama, e eu durmo em outro quarto.

— A gente não vai ficar — respondo rápido, olhando para o Will e não para Gigi, cuja postura ficou bem mais calma nos últimos trinta segundos. Os braços que antes estavam cruzados estão ao lado do corpo, as mãos no colo. Sua cabeça está baixa e os lábios apertados.

— Halle, escuta. Sei que está chateada, e eu entendo. É como se ela fosse minha irmã mais nova também, mas durmam aqui. Você não vai conseguir um hotel e não pode dirigir até Maple Hills e trazê-la de volta de manhã. Então fiquem. Sinto falta de passar tempo com você.

— Tá. Gi, sobe, por favor. Eu vou daqui a pouco — digo para ela e, ainda bem, ela obedece sem reclamar. Então me viro para o Will. — Você tem alguma coisa que eu possa usar pra dormir, por favor? Vou precisar ir direto pro trabalho de manhã, então não quero dormir com essas roupas.

Ele me olha como se tivesse ganhado alguma coisa, e não sei por quê.

— Uma leva de roupa limpa acabou de sair da máquina. Te dou uma camiseta. Se não quiser dormir com ela, pode dividir a cama comigo.

Eu o ignoro. Isso nem merece uma resposta. Tiro o celular do bolso quando ele desaparece na lavanderia e vejo que Henry me mandou um vídeo. Começa com a minha TV ligada no meu programa de culinária e se vira para ele, sem camisa, com Joy dormindo no meio do seu peito.

HENRY TURNER

Mensagem de vídeo

A gente tá com saudades.

Como estão as coisas por aí?

> Vou dormir aqui com a Gigi e volto amanhã de manhã.
>
> Queria estar aí com vocês. Liguei pra sra. Astor no caminho e disse que você deixaria a Joy lá quando fosse embora.

Queria ter ido com você.

> Não sei se faltar o jogo amanhã seria uma boa atitude de liderança.
>
> Vou dormir. Boa sorte amanhã 🖤

Boa noite, capitã. Tranca a porta.

— É o cara novo? — pergunta Will quando reaparece segurando uma camiseta com o brasão da sua faculdade.

Travo a tela às pressas, mas não adianta, porque meu plano de fundo é uma foto do Henry que nunca mudei depois que ele colocou. Acho que ele só teve um vislumbre, então ajo rápido antes que comece a perguntar.

— Obrigada por me ligar, Will. De verdade.

— Por que você está sendo tão formal? Você nunca foi assim comigo.

Sinceramente, é porque parece que não o conheço mais. Me sinto estranha e desconfortável com ele, e mal lembro que, em algum momento, éramos bons amigos.

— Desculpa, eu tô cansada da viagem, coisas da faculdade e…

— É — diz ele, me interrompendo. — Eu quero conversar mais, Hals. É sério. Não gosto dessa distância entre a gente, e não tem motivo pra isso. A gente deveria fazer alguma coisa, só eu e você, quando formos pra casa pra Ação de Graças. Sair pra jantar e ver um filme, talvez.

Não sei se é a surpresa ou o estresse do dia, mas demoro quatro vezes mais tempo para piscar.

— Mas não vou pra casa no feriado… A gente combinou isso há meses.

Ele dá de ombros como se não fosse nada de mais e, por algum motivo, isso me deixa enfurecida.

— Acho que a gente estava sendo dramático na hora.

Inacreditável.

— Mas já aceitei um turno de trabalho no feriado... Você não podia ter mencionado antes que achou que estávamos sendo dramáticos?

— Não sabia que você levaria tão a sério. É só trocar de turno com alguém.

— Não posso simplesmente trocar de turno. Todo mundo tem planos pro feriado. Nem contei pra minha mãe ainda porque sei que ela vai ficar chateada. Não acredito que você simplesmente mudou de ideia e não me falou nada.

— Amor...

— Por que você tá me chamando assim? — Não aguento mais. Fico de pé, pego a camiseta e vou em direção à escada. — Obrigada por ajudar minha irmã. Vou dormir.

Ignoro os chamados dele e, quando chego ao quarto, Gigi já está na cama. Tranco a porta, como Henry disse.

— Sinto muito — diz Gigi, baixinho.

— Eu sei.

— Não vou ser irresponsável de novo — continua depois que me deito ao seu lado.

— Vai, sim.

— Sinto muito por vocês terem terminado.

Desligo o abajur e puxo as cobertas sobre nós duas.

— Eu, não.

Capítulo dezoito

HENRY

— Não foi isso que a gente combinou — replica Bobby ao olhar Russ dos pés à cabeça.

— O que aconteceu com a atitude colaborativa? — Mattie entra na conversa e coloca as mãos na cintura. — O que aconteceu com nosso plano?

Aurora bufa enquanto ajusta a tiara.

— É, foi mal, gente. Não vou beijar um cara vestido de Guy Fieri. É a primeira vez que tenho um namorado. Vou usar uma fantasia fofa de casal.

— Seus bigodes estão manchados — aviso para ela.

Russ fica vermelho, como fica por tudo, então não me dou o trabalho de dizer que seu rosto está manchado de bigode. Está na cara porque eles chegaram atrasados.

— Por que você é um hamster dentro de um chapéu de chefe? — pergunto para Aurora.

— Eu sou o Remy! — Ela parece ter ficado ofendida, como se esperasse que entendesse sua fantasia. Acho que entende minha falta de reação, porque continua a falar. — *Ratatouille!* O Russ é o Linguini. E eu sou um rato, não um hamster.

— Se eu soubesse que havia outras opções além dessa, teria aceitado.

— Cadê a sua coelha? — pergunta Aurora, olhando para o grupo usando camisas de flanela pretas, perucas de cabelo loiro espetado, cavanhaques e óculos de sol.

— Ali, falando no telefone — digo, gesticulando com a cabeça para a parede do lado de fora do Honeypot, onde Halle está com Poppy e Emilia.

Aurora está com a nova identidade falsa da Halle, que, pelo visto, é perfeita, então estávamos esperando por ela para entrarmos juntos.

— A mãe dela ligou porque ela sem querer perdeu uma chamada de vídeo da irmã fantasiada. Acho que está levando uma bronca.

— Como está a fantasia dela? — pergunta Aurora.

— Não vamos comentar a fantasia — responde Kris antes de mim, enquanto cofia os bigodes que nem um vilão do *James Bond*. — É a melhor solução para todos os envolvidos.

— Tão boa assim? — Aurora suspira, aliviada. — Sabia que eu tive que convencê-la a não se vestir de palhaço?

"Tão boa assim" é um belo de um eufemismo. Nunca tive nada com personagens fictícios, mas ver a Halle vestida de Lola Bunny em *Space Jam* mexeu comigo. Quando ela me disse o que vestiria, achei que usaria um pijama tipo macacão de coelho, parecido com o de Minion que usei ano passado, talvez com um uniforme de basquete por cima.

Eu acertei em parte, mas não a parte do pijama.

O uniforme de basquete também não é exatamente certo, porque ela está com um short minúsculo, um rabo de coelho, meias que vão até a coxa e um top combinando.

Por causa do trabalho e do hóquei, não conseguimos conversar hoje depois que ela voltou pra casa. O desespero de saber como foi para ela ver o ex pela primeira vez desde que terminaram, somado ao fato de estar bonita pra caralho, não está me ajudando a acreditar que meus sentimentos são só de amizade.

O fato de eu não ter transado há um bom tempo também não vai ajudar quando eu precisar olhar para as curvas e a bunda da Halle a noite toda. Que saudade de sexo.

Não é nem que ela está bonita; ver sua confiança depois de todo mundo dizer que ela estava ótima me deixou tão orgulhoso. Ela se dá muito bem quando está em grupo, e fico muito aliviado por meus amigos terem aceitado sua presença sem problemas.

— Terra para Henry — diz Aurora, balançando a mão na frente do meu rosto. — Meu Deus, aquelas orelhas de coelho mexeram mesmo com você. Quando vai aceitar que gosta *gosta* dela e vai convidá-la pra sair?

O que eu fiz para ter duas mulheres tão intrometidas na minha vida?

— Você sabe que ratos não falam, né?

— Quik, quik, amigo. Alguém vai chegar primeiro.

— Você e a Anastasia fazem um revezamento para ver quem se mete mais na minha vida? — pergunto em voz baixa quando vejo as meninas se aproximando de nós.

A Anastasia e a Lola estavam no nosso jogo mais cedo, e a primeira coisa que a Anastasia fez foi me perguntar onde estava a Halle. Não "Sinto muito pelo empate", ou "Você jogou muito bem". Ainda bem que a Lola admitiu que não tomou seu café da manhã com a camisa virada ao avesso e isso me ajudou a mudar o assunto.

— Sim. — Aurora sorri e se vira imediatamente para cumprimentar Halle, Emilia e Poppy. Ela entrega o cartão para Halle. — Trouxe um presente.

— É, atrasado — resmunga Emilia, dando um peteleco na testa da melhor amiga. — Sei que você tem vários relógios; por que é assim?

— Culpar um homem vai me isentar? — pergunta ela. — Porque eu topo jogar a culpa no Russ.

Mattie aparece atrás de mim e coloca o braço por cima dos meus ombros enquanto olha para Emilia e Poppy. Ele usa a ponta dos óculos de sol para mexer em uma mecha da peruca loira da Emilia.

— Do que você está fantasiada?

— Elas são Dionne e Cher de *As patricinhas de Beverly Hills* — respondo, olhando para o combo de blazer e saia quadriculados. — Odeio saber disso.

— É impossível controlar vocês — resmunga Bobby, recolocando os óculos escuros nas costas da cabeça.

Ele passou o dia se gabando de que não teve que usar peruca porque já é loiro. Considerando todas as fantasias, acho que causamos uma escassez de perucas loiras em Los Angeles.

— Ok, equipe Fieri e amigos, vamos *nos mover* para a entrada. Nesse ritmo eu só vou conseguir começar a beber em novembro.

Não sei por que fico tão nervoso toda vez que venho ao Honeypot, mesmo sabendo que vou entrar. Daisy, a irmã mais nova da Briar, assumiu o cargo dela quando Briar se formou. Ficamos uma vez e é sempre tranquilo quando nos vemos no ateliê. Como a irmã, ela não se importa de nos colocar para dentro porque não damos trabalho.

Estou fazendo isso pelo time. Um bom líder está presente nas vitórias e derrotas, e nos empates também. Estou fazendo isso pelo time, apesar de não querer. Tudo o que li sobre liderança diz que devo aproveitar qualquer situação, achar o lado bom das coisas, então é isso que vou fazer hoje, embora prefira ficar em casa.

Aurora reservou uma mesa, então entra primeiro e nós a seguimos. O DJ está tocando R&B, e não a música techno que me faz sentir como se minha cabeça fosse explodir, então isso conta como ponto positivo. Talvez até consiga aproveitar esta noite se a música não mudar.

Daisy para na minha frente quando está saindo da nossa mesa e tira o microfone do *headset*. Ela fica na ponta dos pés e aproxima a boca da minha orelha.

— Gostei da camisa. Se ainda estiver aqui quando a gente fechar, vem me procurar.

Ela vai embora antes que eu possa responder, um lampejo de cabelo loiro e pernas longas enquanto a vejo voltar para seu posto na entrada. Quando olho de novo para a entrada, Halle e Poppy estão me olhando. Halle me dá um sorriso rápido e se vira. Poppy não desvia o olhar, e é nesse momento em que ficamos nos encarando que percebo quanto ela me lembra da minha mãe.

Talvez seja seu jeito tranquilo e os olhos castanhos na mesma cor. Ou porque têm o mesmo tom de pele escuro e cabelo preto em tranças finas. Mas deve ser porque me olham exatamente do mesmo jeito quando faço algo errado.

Não estou interessado na Daisy, mas talvez isso não esteja óbvio para as pessoas. Sorrio para Poppy, mas acho que o charme que todo mundo diz que tenho não funciona em pessoas que não gostam de homens, porque a vejo sussurrar para Emilia, que revira os olhos.

— Não entendo as mulheres — grito para Robbie por cima da música alta ao me jogar no lugar ao seu lado, saindo do campo de visão de todo mundo.

— Eu ficaria surpreso se fosse o contrário — responde ele, indo até a ponta da mesa para preparar seu drinque e me servir um copo de refrigerante antes de voltar para o meu lado.

Sei que a Halle está preocupada com as pessoas acharem que ela é sem graça se não beber. Ninguém vai achar isso, mas, se acharem, vão dizer o mesmo de mim.

— Você tem dois objetivos este ano. Passar nas suas matérias e não se dar mal com o Faulkner. Pode se preocupar com o resto depois.

Estou ouvindo a explicação bêbada do Robbie de como é certo que vamos ganhar semana que vem quando Aurora reaparece na entrada do nosso espaço com alguém que eu não esperava ver hoje à noite.

— O que o Ryan Rothwell está fazendo aqui? — pergunta Robbie para mim, confuso.

Na hora, a Aurora acena para o Russ e, baseado no aperto de mão amigável mas desconfiado entre o Russ e o Ryan, aposto que ele conhece a Aurora do mesmo jeito que conhece toda mulher no país. Olho para outra mesa perto dali e reconheço alguns dos jogadores do LA Rockets, o time da NBA no qual Ryan joga, com Kitty Vincent e algumas pessoas que não conheço.

Dou de ombros antes de responder ao Robbie.

— Parece que ele conhece a Aurora.

Ela chama Halle e, assim que esta se aproxima, Ryan puxa assunto com ela.

Halle começa a rir, e nunca senti ciúmes tão rápido na vida. Robbie está observando a cena com tanta atenção quanto eu.

— Ele conhece a Halle?

Eu respondo confiante:

— Halle não conhece ninguém.

Por que todo mundo está rindo? O que é tão engraçado que está deixando todo mundo feliz? Estou prestes a me levantar para ir até lá, mas, quando Aurora sai da frente, percebo que Ryan está fantasiado do Pernalonga em *Space Jam*, a fantasia combinando com a da Halle.

De canto de olho, vejo Robbie tomar um grande gole do drinque.

— Parece que ele está tentando conhecer a Halle. Estão praticamente usando uma fantasia de casal.

— O que eu faço? — pergunto para ele. Nunca pedi conselho sobre mulheres antes, mas também nunca me importei com a pessoa com quem alguém fala antes ou depois de mim.

— Isso depende se você quer ficar parado e deixar o Ryan pegar a sua garota ou se quer fazer algo a respeito. Ele consegue. O cara tem um pau mágico.

— Ela não é minha garota. É minha amiga.

— Não te entendo — diz Robbie, se aproximando para eu ouvi-lo melhor. — Eu entenderia se você quisesse ficar com outras pessoas e por isso estivesse com medo de começar algo com ela, mas não vi você levar ninguém para casa desde... Porra, nem sei. Você levou alguém para casa desde o começo das aulas?

— Como você sabe qual é a diferença entre gostar de alguém como amiga, mas estar atraído por ela, e alguém com quem você quer ter um relacionamento? Como você sabe quando está *pronto* para ter um relacionamento?

— Eita. Cadê o Jaiden quando preciso dele? Acho que você tem que arriscar. Olha, não sou muito bom com essas coisas. Imagine que a amizade com ela vai continuar a mesma coisa, vocês ainda passam tempo juntos, mas o Ryan vai pra casa dela hoje. Semana que vem, talvez alguém a convide para um encontro, mas ao mesmo tempo vocês ainda fazem seja lá o que raios vocês fazem para quererem passar cada minuto do dia juntos. Como isso te faz sentir?

— Com ciúmes.

— E o lado não tão bom é que ela não vai ter mais muito tempo pra passar com você.

— Ela não faria isso — argumento. Eu conheço a Halle. Ela não me deixaria de lado por causa de um cara.

— Quanto tempo você passa com a Tasi agora que é amigo da Halle? Não estou tentando fazer você se sentir mal, mas relacionamentos mudam as pessoas. Sabia que ontem alguém pediu o número da Halle? E que ontem ela dormiu na casa do ex? O que precisa acontecer para que você tome uma atitude e faça alguma coisa a respeito dos seus sentimentos?

Ele disse isso como se fosse óbvio, mas na verdade não entendi que sentia algo por ela até poucos dias atrás e ainda estou processando isso. Só que o Robbie tem razão, apesar de eu não gostar de como falou.

Quando volto a olhar para a Halle, ela está tirando uma foto com o Ryan e eles formam um belo casal. Odeio como eles parecem combinar. Odeio pensar que ela pode ter experiências com outras pessoas. Não quero que ela olhe para outras pessoas do jeito que olhou para mim quando ganhei aquele maldito pato ridículo no píer. Ou qualquer outra coisa que ganhei para ela.

Ryan passa o braço por cima dos ombros dela enquanto posam para a foto, e Aurora tira outra foto deles. É um sinal de que preciso fazer alguma coisa.

— E aí, cara? Adorei a fantasia — diz Ryan quando me aproximo deles. Ele me dá o tapinha amigável nas costas que estou acostumado a receber. — Tasi não veio com vocês?

— Hoje, não. Os pais dela vieram passar o fim de semana aqui.

A pior coisa sobre Ryan Rothwell é que ele é legal. Nate sempre disse isso, e nunca entendi como a pior coisa sobre alguém pode ser o fato de ser legal. Agora entendo. Não está fazendo nada de errado, e mesmo assim quero pedir que Daisy o ponha para fora. Seria uma opção interessante se eu não soubesse que falar com a Daisy faria as amigas da Halle me atacarem.

Halle para ao meu lado e ergue os olhos para mim, as orelhas caindo para trás.

— Você tá bem?

— Quer dançar? — pergunto para ela.

Ela ergue as sobrancelhas. Fico tão surpreso quanto ela.

— Hum, claro.

Halle segura minha mão e me guia pela multidão até um lugar mais vazio, longe do campo de visão dos nossos amigos.

— Pode falar.

— Falar o quê?

— O que te deixou nervoso? Você com certeza não dança por vontade própria. Está com os protetores auriculares?

— Não é isso. Eu... — Ela continua a olhar para mim, me esperando falar. — Você já foi a alguma festa de Halloween antes?

— Só quando era criança. E nunca fui a uma balada antes.

Claro que não.

— Então isso é uma experiência nova pra você?

Ela assente e as orelhas balançam.

— É meio que perfeito, porque estou escrevendo um capítulo que começa em uma festa.

— Do que você precisa para escrever? O que seus amigos imaginários estão fazendo?

Era isso que eu devia estar fazendo. Devolvendo toda a ajuda que ela tem me dado, não pensando sobre com quem está falando. Não pergunto sobre o livro dela tanto quanto deveria. Ela sempre muda de assunto.

— Não são amigos imaginários! Ok, bom, talvez sejam imaginários, mas enfim. Nada. Só preciso tentar escrever, acho. Meus personagens, não amigos, estão brigando feio, e ela vai embora. Ele a segue, diz que ela é teimosa e estranha, e que isso o enlouquece. Eles se beijam. É meio difícil visualizar a cena quando estamos vestidos assim. Talvez a gente possa só dançar? E aí você pode me dizer por que está estranho? Vamos.

Não sei dançar, então sigo os passos de Halle enquanto ela me guia da parte mais tranquila da pista de dança até o meio. Ela entrelaça as mãos no meu pescoço, seu corpo contra o meu para ainda podermos conversar mesmo com pessoas ao redor. Os sapatos de salto alto dela nos deixam quase com a mesma altura.

— Tudo bem eu te tocar assim? — pergunto quando coloco as mãos na cintura dela e sinto seu corpo se mover no ritmo da música.

Ela assente e sua boca toca minha orelha quando se aproxima para eu ouvi-la.

— Você não precisa pedir.

— Preciso, sim. Eu deveria pedir. Todo homem deveria. — *Como transformei esta conversa na Halle pensando sobre outros homens a tocando?* — Você merece ter apenas boas experiências.

— Você não é todo homem, você é você. Eu gosto quando você me toca. Só tenho boas experiências com você. Henry?

— Oi?

— Eu sei que você está fantasiado, mas pode tirar a peruca? — diz ela, gesticulando para o meu cabelo. — Até gostei da camisa, mas não consigo me concentrar quando olho para você.

Música para os meus ouvidos. Penduro os óculos na gola da camisa e fico *radiante* ao arrancar da cabeça aquela merda de plástico que os meninos compraram na loja de fantasia.

— Você gostou da camisa?

— Uhum. — Apesar de sua boca estar perto da minha orelha, sei que ela está sorrindo. É muito bom sentir seu corpo colado ao meu. Ela cheira bem. Cada parte dela é uma delícia.

— Também gostei da sua fantasia. Muito.

Se ela se aproximar mais, vai sentir quanto eu gostei da sua fantasia. Quanto gosto dela.

— Você viu o meu rabo?

— Eu vi o seu rabo. E as meias. E o salto alto. E as orelhas. Eu sempre presto atenção no que você está vestindo, mas hoje você fez com que fosse impossível não notar.

— Eu queria que você gostasse — diz ela simplesmente.

E passo o restante da noite pensando nessas cinco palavras.

* * *

Ainda consigo ouvir meus amigos bêbados cantando uma música sobre carma no Uber que está se afastando da casa da Halle.

— Eles vão me dar problemas com a sra. Astor. Posso jurar que o aparelho auditivo dela tem um raio de dois quarteirões — diz Halle, indo até a porta com os sapatos na mão.

Estou logo atrás dela, tentando não me concentrar no seu rabo de coelho ou na curva da sua cintura, onde minhas mãos passaram mais cedo.

— A sra. Astor me ama. Eu te protejo dela.

Ela procura as chaves na bolsa e, assim que entramos, joga os sapatos e a bolsa no chão e na mesa ao lado da porta.

— Existe alguém que você não consiga encantar?

— O professor Thornton. — Tiro os sapatos e deixo ao lado dos dela. — Você.

— Você acha que não me encantou? Você tá na minha casa, Henry. Prestes a dormir na minha cama.

Eu me aproximo e vejo seus olhos me analisarem. Me inclino por cima dela para colocar os óculos de sol na mesa ao lado da sua bolsa. Posso jurar que a ouço prender a respiração.

— Tenho certeza de que você me encantou muito bem.

Ela não se mexe quando volto e fico perto o bastante para ver seus cílios escuros quando ela pisca. Cada sarda no seu nariz. Cada movimento no seu peito enquanto tenta controlar a respiração.

— Eu não tentei te encantar, Halle.

— O que você faria? Se quisesse me encantar?

— Eu te diria que você é bonita pra caralho. E aí diria que, quando você ri, quero passar a eternidade ouvindo esse som. Eu diria que, quando fico sonhando acordado, penso em nós dois. E todas as coisas que quero que a gente faça juntos. E tudo que quero fazer com você.

Seus grandes olhos castanhos estão fixos em mim.

— Tenho certeza de que isso funcionaria.

É inegável que seus olhos acompanham meus lábios. Tiro a tiara com as orelhas de coelho da sua cabeça e jogo no chão do nosso lado.

— Isso não é pela experiência, Halle — digo, baixinho, traçando seu rosto com o polegar. — É porque eu quero, e só quero se você quiser.

Eu me aproximo dela, mais devagar do que nunca, porque, se eu estiver enganado, se todo mundo estiver enganado, vou estragar tudo. Meu coração está disparado e sinto que vou explodir de nervosismo. Depois, ela suspira e diz:

— Eu quero.

E eu finalmente a beijo.

Capítulo dezenove

HALLE

Não tenho vergonha de admitir que já tinha pensado em como seria se Henry Turner me beijasse.

Meu subconsciente foi gentil o bastante para me dar uma versão para maiores de dezoito algumas semanas atrás; mas, agora que tenho a experiência real, posso deixar registrado que meu subconsciente não sabia de nada.

Seguro sua camisa com todas as minhas forças e me apoio nele como se, do contrário, Henry fosse desaparecer. Ele envolve meu rosto com as mãos, a boca se mexendo até deixar meus pulmões sem fôlego e o espaço entre minhas coxas quente e pulsando. Decido, então, que é assim que deveria ser.

A vontade, o desespero, o desejo de fazer alguma coisa — *qualquer coisa* — para aliviar essa sensação.

A voz na minha mente está dizendo... não, *gritando* que isso parece perfeito, eu e ele juntos.

— Halle — murmura ele quando se afasta e encosta a testa na minha. O jeito gentil como meu nome sai da boca dele deveria ser ilegal. — Vamos pra cama.

— Vamos.

— Pra dormir.

Henry nunca precisa ficar preocupado com não me dar novas experiências, porque elas acontecem a todo momento. Como agora, que fico *decepcionada* por ele não querer me levar até a cama para continuarmos isso. Posso garantir que nunca aconteceu antes.

— Ah. Você não... — *Aonde eu quero chegar com esta pergunta?* — ... quer? Espera, não precisa responder. Eu que...

Henry coloca as mãos na minha cintura e me puxa para perto enquanto me faz andar para trás, até minha bunda encostar na mesa. Ele pressiona o quadril contra o meu e recebo sua resposta. Sentir como ele está duro e saber que é por minha causa me deixa zonza.

— Eu quero — diz ele, me beijando de leve. — Mas não precisamos ter pressa.

Aceno com a cabeça, mas não tenho certeza de que concordo.

Pego sua mão conforme ele se afasta e deixo que me guie para o quarto. Cada passo alivia o torpor de tesão na minha cabeça, até finalmente chegarmos ao topo da escada e a Halle prática assumir o controle. Por enquanto.

— Você precisa de uma caixa de coisas no seu banheiro — diz Henry quando me agacho na frente da pia, procurando os produtos que ele usou na primeira vez que dormiu aqui.

Eu guardei tudo, caso ele quisesse dormir aqui de novo, e agora não sei onde estão as coisas. Nunca precisei porque ele sempre traz uma bolsa, mas, com o trabalho, Will e... Ele está tirando a calça.

— Halle?

— O quê?

— Por que você está com essa cara de surpresa?

Ótima pergunta. Ele dobra a calça por cima do braço duas vezes, até virar um quadrado, e apoia a peça na tampa do cesto de roupa suja. Seus dedos tocam o botão da camisa e volto a procurar debaixo da pia.

— Não estou.

— Você não quer que eu durma de cueca? Posso dormir de ca...

— Não! Tudo bem. Cueca é bom. Cueca é *ótimo*. Não quero que você fique desconfortável. — Na primeira vez que Henry dormiu aqui, quando dormi na sala e ele me trouxe para a cama, acordei com ele dormindo em cima do edredom, totalmente vestido. — Não tem regra de vestimenta aqui.

— É por causa da visão das minhas coxas que você está agindo estranho ou é por que a gente se beijou?

Henry tem coxas bem bonitas. Provavelmente as mais bonitas que já vi. Depois que finalmente encontro o que estou procurando, fico de pé com a escova de dentes e a toalha de rosto e coloco tudo do seu lado da pia.

— Um pouco da coluna A, um pouco da coluna B.

Olhamos um para o outro pelo espelho. Bom, eu o vejo tirar a camisa e ele me vê observá-lo com um sorriso no rosto. Ele para atrás de mim, abraça meus ombros e beija um ponto sensível entre meu pescoço e ombro.

— Toma um banho e processa isso. Depois vem deitar comigo.

— Ok. Boa ideia.

Depois de beijar minha têmpora, Henry pega suas coisas e vai para o outro banheiro, me deixando a sós para "processar" e tomar banho. Escolher o que vou vestir para dormir demora mais do que deveria, mas o tempo que levo para tirar o glitter de mim ajuda e fico feliz de ter ouvido seu conselho. Porém, mesmo depois de tomar uma ducha gelada, o meio das minhas pernas continua sensível e inchado.

— Peguei uma garrafa d'água pra você. E obrigado por comprar fronhas de seda — diz Henry quando saio do banheiro. Ele tira os olhos do celular depois que fecho a porta ao passar. — Melhor?

— Uhum.

Ele começa a dizer algo, então para. Subo na cama ao seu lado e coloco meu celular na cabeceira, então Henry se inclina sobre mim, seu peito nu sobre o meu, e coloca o celular com o meu.

— Boa noite, Halle.

Enquanto ele está sobre mim — e não sei de onde veio essa confiança —, aproximo o corpo do dele e estico a mão para a curva do seu pescoço. Minha boca se mexe ao tocar a dele. Fico menos em choque dessa vez, mais presente, quando sua língua se move no ritmo perfeito contra a minha. Parece que cada centímetro da minha pele está brilhando enquanto abro as pernas e ele fica entre elas.

O corpo do Henry é só músculos firmes e linhas definidas, mas ele se posiciona sobre mim como se eu fosse delicada demais, e tudo o que quero é sentir o peso dele entre minhas pernas. Minha mão desce do pescoço para as costas dele, e, quando meus dedos acariciam sua coluna de leve, ele estremece.

— Toques firmes — diz, beijando minha bochecha. Ele pega minhas mãos, uma de cada vez, e as coloca do lado da minha cabeça, entrelaçando as suas ali. — Não gosto de cócegas nem de toques suaves.

Aceno com a cabeça.

— Entendi.

Com nossas mãos juntas, seu corpo se abaixa sobre o meu. O peso dele entre minhas coxas só piora a dor quando percebo que ele está ereto de novo. Meus quadris se movem contra ele por vontade própria; ele se mexe até estarmos nos esfregando um contra o outro, os tecidos finos que nos separam não conseguem conter a sensação.

— Nunca me senti assim com outra pessoa — digo quando sua boca viaja do meu queixo até meu pescoço. Aquilo sai como um gemido, mas faz com que ele pare.

— Isso é bom? Ou você quer que eu pare?

— É bom. Gosto quando você me toca. Mas não estou pronta para fazer tudo.

Seus quadris param de se mexer, mas ele continua em cima de mim.

— Pode me dizer o que você já fez? Foi só com ele?

— Sim, só com ele. Eu deixei ele enfiar os dedos em mim uma vez e fiz oral algumas vezes.

— E você gostou? — Meu rosto deve ter feito uma expressão estranha, porque ele beija minha bochecha. — Seja sincera.

— Não gostei de fazer oral, mas não era muito sexy quando ele implorava e era um pouco grosseiro. Eu tentaria de novo se você prometesse ser mais paciente e mais gentil, acho. Não gostava de como ele me tocava também, mas acho que sou uma daquelas pessoas que só consegue gozar sozinha.

— Ele nunca fez você gozar?

Qualquer outra pessoa em cima de mim faria com que me sentisse presa, mas ter Henry tão perto enquanto temos uma conversa íntima me deixa segura.

— Não. Como eu disse, acho que o problema sou eu. Posso fazer a mesma coisa em mim mesma e gozar, mas com ele não funcionava.

— É isso que você faz quando ouve pessoas transando naquele aplicativo do celular? Ele tem um brilho satisfeito no olhar quando abro a boca.

— É.

— Posso te fazer gozar, Halle?

Concordo com a cabeça.

— Mas não fique chateado se não conseguir.

Henry me beija de novo e mexe os quadris mais uma vez; sinto um arrepio me percorrer.

— Estou bem confiante. Vamos trabalhar juntos. Talvez demore um pouco para chegar lá, mas vamos conseguir.

Henry solta minhas mãos, sai de cima de mim e se deita de lado. Eu resmungo em protesto, mas ele me silencia com um beijo forte.

— Me dá seu celular — diz.

Passo para ele sem resistência.

— Por quê?

— Para você ter algo melhor do que estranhos gozando para ouvir quando pensar nisso. — Depois que destravo a tela, ele clica no gravador de voz e coloca o aparelho na minha barriga. — Me mostra como você quer que eu te toque, Halle.

Todo o calor do meu corpo vai para minhas bochechas. Aquelas dez palavras são o bastante para me fazer deletar o aplicativo Gemido.

— E você?

— Sempre pensando nos outros.

Ele sorri e se aproxima para me beijar de leve, quase um gesto reconfortante, mas não é suficiente para controlar a sensação vibrando dentro de mim.

— Quero ver você ter o que quiser. Sem distrações.

Quando estou tirando meu short, Henry usa a mão livre para me ajudar e joga a peça para o lado. Fico grata por ele ter me convencido a tomar banho, senão estaria admirando a calcinha temática de Halloween que estava vestindo em vez da de renda.

Estou respirando bem alto e sinto como se meu coração fizesse o corpo inteiro tremer.

— Estou nervosa — sussurro e sorrio, porque quero muito que isso aconteça.

— Se você mudar de ideia ou não gostar, é só falar que eu paro — sussurra ele de volta, passando a mão pela minha coxa. — Só quero fazer você se sentir bem.

— Eu sei. Confio em você.

Pego sua mão e o guio para dentro da renda. Minha respiração acelera, meu abdômen fica tenso quando seus dedos tocam meu clitóris. Com meus dedos sobre os seus, aplico uma leve pressão e esfrego devagar.

— Gosto disso.

— O que mais você gosta? — murmura ele, sem tirar os olhos de mim.

Se este homem quer que eu lhe dê alguma resposta decente, precisa parar de me olhar desse jeito. E me tocar desse jeito. E existir no mesmo universo que eu, porque ele me distrai demais, e minha cabeça está cheia de corações e cupidos em nuvens. Mas meio que uma versão adulta disso.

— Não sei. Vou saber quando você tentar.

Henry me beija, a língua se mexendo no mesmo ritmo perfeito que os dedos. Tiro a mão, porque ele não precisa de mim para guiá-lo. Ele absorve cada gemido, cada respiração, cada movimento das minhas pernas. Eu corro as mãos pelo seu rosto, seu pescoço, seu corpo. Qualquer lugar em que puder tocá-lo para me sentir mais perto.

Sua mão vai mais fundo e eu arqueio as costas, meus quadris se mexendo, frenéticos para acompanhar. Ele espera até eu assentir para colocar um dedo em mim.

— Você tá tão molhada, Halle. Minha mão tá encharcada.

É incrível como algo tão pessoal me deixaria envergonhada, mas, com ele, parece um elogio. Sinto uma pressão crescer: tudo parece mais inchado e molhado, e consigo ouvir o quanto, assim como Henry me falando como fico bonita com a cabeça jogada para trás. Meu corpo se mexe contra a mão dele, meus gemidos ecoando e de olhos fechados.

— Você vai me fazer gozar — sussurro com um gemido, sentindo minha pele formigar.

E, do jeito mais Henry possível, ele diz três palavras:

— Eu sei. Goza.

Minhas coxas se fecham na sua mão quando o orgasmo se espalha por mim. Isso me choca tanto quanto me abala. Não acredito que passei um ano inteiro achando que só podia fazer isso sozinha. Sua boca encontra a minha, absorvendo os gemidos com seu nome, sem mudar o ritmo até eu ficar exausta e sensível demais, e ele para, tirando a mão devagar.

Ele coloca minha calcinha no lugar, me puxa para o seu peito e beija minha testa de leve.

— Foi encantador o bastante pra você?

Aceno com a cabeça.

— Sim, você sabe mesmo como encantar alguém.

* * *

— Finge que você morreu — sugere ele.

Reviro os olhos pela milionésima vez.

— Você parece a Aurora.

— Isso é muito cruel de se dizer depois de eu ter te feito gozar ontem. O melhor jeito de se desculpar é não indo.

— Posso colocar esse argumento como proibido no nosso livro de regras? — pergunto enquanto visto o cardigã.

Ele se senta apoiado na cabeceira da cama e se cobre até a cintura como se estivesse na capa de um livro de romance.

— A comissão disse que não, sinto muito. Vem aqui, capitã.

— Você precisa se levantar e voltar pra sua casa. Não confio em você sozinho aqui, vai jogar o Quack Efron fora.

— Halle — repete, esticando a mão. Quando cometo a besteira de tocá-lo, me puxa para a cama, rindo.

— Isso era necessário? Podia ter pedido.

— Halle, pode, por favor, se sentar no meu colo pra eu te olhar? — diz ele em um tom supereducado.

Eu me levanto e ele guia minhas pernas até eu estar montada nele. Henry tira o cabelo do meu rosto, depois coloca as mãos nos meus quadris.

— Como se sente?

— Estressada por estar atrasada para tomar café com Cami e Aurora, porque você não me deixa sair da cama.

Tentei muito, de verdade. Mas Henry ficou em cima de mim e me beijou, e eu gosto demais da sensação dele em cima de mim. Depois, pediu desculpas por ficar duro toda vez, e perguntei se queria que eu fizesse algo a respeito, mas ele questionou se eu estava oferecendo porque era justo ou porque eu queria.

Quando disse que me sentia mal por ter gozado e ele não, ele saiu de cima de mim e explicou em detalhes como isso era besteira e que sexo não é uma troca de favores. Eu disse que ele era muito sábio, e ele explicou que leu isso na internet. Depois, continuou dizendo que não sabia por que alguns homens eram tão sem-noção, sendo que tudo que alguém precisa saber sobre sexo está no Google.

— Você podia ter se esforçado mais para sair da cama. E nós dois sabemos que Aurora e Cami não vão chegar na hora. — Ele aperta meu quadril com a mão e faço o possível para ficar parada. — Você está bem depois de ontem à noite?

Assinto com a cabeça, talvez um pouco empolgada demais.

— Muito bem. E você, tá bem?

— Preciso bater uma assim que chegar em casa; mas, sim, estou bem — diz ele, erguendo os quadris para eu saber que está falando a verdade. — Você deveria colocar uma senha naquela gravação.

Sei que estou vermelha.

— Quer que eu te mande? Pode te ajudar com seus planos.

Ele passa as mãos pelas minhas coxas. Realmente acredito que, se ele tentasse um pouco mais, me convenceria a ficar.

— Ajudaria, mas não. Só você deve ter isso. Tenho a lembrança de você se esfregando e apertando minha mão, então vai ser o bastante.

— Estava prestes a dizer que esta é uma conversa formal demais sobre algo muito informal, e aí você disse isso — falo, balançando a cabeça.

Sinto como se estivesse em uma reunião de revisão, mas gosto de Henry ter me perguntado como estou. É mais do que o Will já fez. Ele não conseguia me fazer gozar, e agora percebo que nem tentou de verdade, então não deveria nem estar pensando nele.

— Mas obrigada por se preocupar se estou bem.

— Eu aceito te mostrar quanto me importo sempre que quiser. Tenho muitas ideias que vão te agradar.

Eu me aproximo devagar e o beijo de leve.

— Vou liberar um pouco de memória no meu celular para essas gravações.

* * *

Chegando à Blaise, já inventei três desculpas diferentes para justificar o atraso.

Aurora e Cami estão sentadas do mesmo lado da mesa, braços cruzados e com a mesma expressão. Eu não teria convidado Aurora para tomar café se soubesse que se viraria contra mim.

Eu me sento no banco vermelho, pronta para fingir inocência e usar alguma desculpa esfarrapada, quando Cami arfa, surpresa.

— Você transou ontem!

— O quê? — digo com a voz esganiçada. — Eu, não.

— Então por que está brilhando assim? — pergunta Aurora, se inclinando sobre a mesa.

— Talvez seja por causa do glitter. Talvez eu não tenha tirado tudo — respondo enquanto as duas me examinam como se eu fosse um animal.

— Mentira. Você chegou aqui com o maior ar de "gozei gostoso ontem". Foi por isso que chegou atrasada? — pergunta Cami. — Foi com o Henry?

— Claro que foi com ele — interrompe Aurora, com o maior sorriso no rosto.

— Olha essas bochechas rosadas. Quero todos os detalhes, claro, mas ao mesmo tempo é o Henry, então não quero todos os detalhes. Você pode filtrar os detalhes específicos pra mim?

— Eu quero todos os detalhes sem filtro, por favor — diz Cami.

Dou de ombros; o que mais posso fazer?

— Não tem nada para contar.

— Ter integridade não é divertido, Halle — comenta Aurora, servindo um copo d'água e empurrando-o para mim. — Pode pelo menos me dizer se está feliz?

— Estou feliz.

Cami me abana com o seu cardápio, algo que em outro momento eu questionaria, mas consigo praticamente sentir o calor exalando do meu rosto.

— E vocês usaram proteção?

— Estou falando sério, não transei ontem à noite, gente — digo, baixando a voz para não incomodar os outros clientes na Blaise com minha nova vida sexual não solitária. — Nunca transei, na verdade. Mas estou feliz e acho que estou mesmo brilhando.

Parece que Aurora acabou de ganhar uma competição.

— Estou tão feliz por você, e ao mesmo tempo com nojo porque é o Henry e parece que estou descobrindo que meu irmão pegou minha amiga. Mas estou tão feliz por você! Aposto que ele foi muito gentil, né? Ele gosta tanto de você... Não, espera, não me diga se ele foi gentil ou não. Não quero saber.

— Dane-se ela, eu quero saber se ele foi gentil — pede Cami, apoiando a cabeça na mão.

Sei que estou vermelha, mas também me sinto bem.

— Ele foi *muito* gentil, e paciente, e me disse que não precisamos nos apressar, porque ele sabe que sou virgem. E, por falar nisso, não esperava que reagissem assim com essa notícia.

— Que notícia? Que você nunca transou antes? — pergunta Cami, abaixando o menu. Concordo com a cabeça. — Por que reagiríamos de outro jeito? Não é nada de mais. E só considerar sexo com penetração como "primeira vez" é uma coisa tão heteronormativa. Minha primeira experiência sexual foi com uma mulher. Além do mais, acredito na ciência e, não quero ser muito técnica falando disso no café da manhã, mas virgindade não é um conceito médico real.

É a segunda vez que ouço algo parecido nos últimos dias. Aurora está concordando com a cabeça até Cami parar de falar.

— Isso aí, e o Will parece ter sido um babaca. Eu também não teria transado com ele.

— Essa conversa está sendo muito esclarecedora — digo e tomo um gole da água. — Várias pessoas me deixaram envergonhada por eu ser virgem. A namorada de um menino no time do Will me disse uma vez: "Você não fica preocupada de seu namorado te trair porque você não está transando com ele?" A ironia é que foi o namorado dela que traiu.

Aurora arregala os olhos.

— Por que as pessoas se importam tanto com o que acontece entre as pernas das outras? É tão bizarro... Tipo, sim, sou sua amiga e quero saber tudo que acontece com você, mas, meu Deus, não vou te falar o que fazer com a sua genitália.

— Por favor, não diga genitália num domingo tão cedo — peço.

— O Will fazia você se sentir mal com isso? — pergunta Cami. — Estou superdisposta a fazer algo que não vou verbalizar para me certificar de que ele nunca mais tenha uma carreira jogando hóquei ou, tipo, um momento de felicidade na vida.

— Acho que, se eu responder com honestidade, vou acabar sendo cúmplice de um crime.

— Você só seria cúmplice se eu contasse o que estou planejando fazer — responde Cami, com uma piscadela. — Sinto muito por ele ter sido tão escroto com você, Hals. Espero que você saiba que não existe um prazo para essas coisas. Não quero soar como um adesivo de para-choque que eu compraria se tivesse um carro, mas ter autonomia corporal inclui coisas que você quer e não quer fazer. Fico muito feliz que Henry seja um cara legal e experiente para ajudar você com isso.

Também fico feliz que o Henry seja legal. Por algum motivo, toda vez que o mencionamos, quero enfiar o rosto nas mãos e soltar um gritinho. Nunca pensei que o fato de ele ser mais experiente fosse positivo.

— Ele é. E eu quero transar com ele. Só não quero me apressar, sabe? Estou nervosa.

— Não quero parecer sua mãe, mas alguém te explicou sobre essas coisas? Você sabe como se proteger? — pergunta Aurora e, sinceramente, sinto como se estivesse sendo interrogada pelos meus pais. — E sabe como fazer testes e tal? Você toma anticoncepcional?

Ela parece estar falando sério, mas é difícil não rir. Não é assim que imaginei que este café da manhã seria.

— Sim, já me explicaram essas coisas. Não tomo anticoncepcional porque tinha medo que o Will achasse que isso era um sinal de que eu estava pronta quando não estava. Eu deveria pesquisar sobre isso antes de começar, né?

— Talvez só decidir se é algo que você quer fazer. Nem todo mundo toma. Se precisar de ajuda com isso, já testei todos. Minha menstruação é foda, então tomo desde os catorze anos — diz Cami.

— E, se você decidir tomar, posso ir ao médico com você — complementa Aurora. — Uma vez tive que comprar uma pílula do dia seguinte em uma cidadezinha aleatória na Suíça, falando um italiano bem ruim, então sei tudo sobre contraceptivos agora.

— Eu... — Estou tão confusa. — Tenho muitas perguntas sobre isso. O que você estava fazendo em uma cidadezinha na Suíça?

— Eu vivi uma vida inteira antes do Russ me transformar na pessoa responsável e elegante que vocês conhecem.

Cami parece tão confusa quanto eu. A vida pré-Russ da Aurora está bem documentada na internet, então não é difícil de imaginar.

— Ok, ainda não faço ideia do que aconteceu. Era para eu estar na Itália. Tinha um cara do trabalho do meu pai com quem eu gostava de sair. É uma história pra outro dia. Enfim... Estamos falando sobre Halle e Henry. Espero que a gente tenha ajudado você a se sentir melhor.

É bom ouvi-las dizer coisas que eu já sabia, mas que nunca me disseram antes. O Will me fazia me sentir como se estivesse atrasada, como se tivesse algo errado comigo. Ao relembrar essas conversas sob nova perspectiva, fica claro que, mesmo descontando o relacionamento, ele nem era um bom amigo, acho. Cami e Aurora são boas amigas.

— Obrigada. De verdade.

— Parece que você está tendo um momento aí, então vou falar sobre mim mesma pra você poder digerir tudo — diz Aurora, apoiando o queixo na palma da mão.

— Sem mais papo de relacionamento. Meu aniversário tá chegando e não planejei nada. Eu disse pro Russ que não queria organizar porque ele está muito ansioso por causa do bosta do irmão, mas eu meio que quero e não quero. Minha mãe vai pagar tudo, só preciso decidir logo, mas não sei o que fazer.

Alguém anota nossos pedidos e, enquanto trocamos ideias e eu como metade das panquecas, decidimos que não temos tempo para organizar um festival de música.

— Que tal uma festa do pijama? — digo, estendendo o prato para Cami pegar meus morangos. — Tipo uma festa do pijama de cinema? Podemos ir pro hotel. Se for um dia de semana, a cobertura deve estar livre.

— É, se a sua mãe esfregar o cartão diamante na cara da organizadora de eventos, eles vão fazer de tudo para preparar algo legal. Eles são muito bons, na verdade, você só precisa decidir o tema — diz Cami, empolgada. — Já os vi montarem coisas elaboradas em poucos dias. Além disso, não quero compartilhar informações sigilosas, mas sei que o Pete já mudou reservas para a pessoa certa ter acesso à cobertura quando queria.

— Posso fazer um *moodboard* para eles e uma lista de tudo de que você precisa. Vou garantir que seja perfeito. Tenho certeza de que tem um milhão de empresas que alugam camas, telas etc. Não deve ser tão difícil de organizar.

— Você tem tempo pra isso? — pergunta Aurora. — A sua agenda me dá dor de cabeça.

Quero ter tempo para ela.

— Claro, posso fazer a maior parte das coisas durante o trabalho. Vai ser fácil.

— E um festival está mesmo fora de cogitação?

— Sem chance — responde Cami.

— Ok. Vou falar com a minha mãe mais tarde e pedir que ligue pro hotel. Obrigada, gente. Então, o que acham do tema Reese Witherspoon?

Capítulo vinte

HALLE

Um dia que começa com uma ligação do meu irmão nunca é um bom dia.

— Quem morreu? — pergunto quando atendo ao telefone e coloco no viva-voz. Estou transferindo o bolo de aniversário da Aurora para uma caixa que vai sobreviver à viagem até o hotel e, ao mesmo tempo, tentando terminar de ouvir o livro para o clube de leitura e não cair em cima da Joy, que está se enroscando nos meus pés.

O único motivo para Grayson me ligar fora o meu aniversário ou um feriado nacional é uma emergência, e sinceramente não acho que tenho capacidade para lidar com mais nada.

— Você, provavelmente. Eu sou o seu alerta de tsunami. Corra para as colinas, Hallezinha — diz Grayson.

— Vi o seu jogo ontem, então sei que não bateu a cabeça. Tente usar outras palavras, Gray. Bem diretas, por favor.

— A mãe disse que você não vai pra casa no feriado de Ação de Graças. Ela ligou pro pai e ele disse que você não vai passar com ele. Ela me ligou e eu disse que não sabia do que ela estava falando. Então imagino que ela vá ligar pra você a qualquer minuto.

Não tenho tempo para lidar com as emoções da minha mãe hoje.

— Valeu pelo aviso. Olha, eu tô superocupa...

— Você não vai me contar o que tá rolando? — pergunta ele, me interrompendo.

— Não tem nada pra contar. Vou trabalhar. — E evitar a mãe. E o Will. E todo mundo, na verdade.

— E o Babacão? Ele não tá puto que você vai trabalhar? Você sabe que a mãe vai pedir para ele insistir que você falte.

— Babacão e eu terminamos há dois meses, então acho que ele não liga, na verdade. — Meu celular começa a apitar, sinalizando que estou recebendo outra ligação. — A mãe tá me ligando, Grayson. Vou atender.

— Espera! Nunca estive tão feliz na vida. Por que demorou tanto? Por que eu não sabia disso? Tô tão orgulhoso.

Grayson nunca disfarçou que não gostava do Will, então eu não esperava que escondesse a felicidade com o término. Sei que ele gostaria do Henry, mas não vou falar nada porque a primeira coisa que ele vai perguntar é por que eu só fico com amigos.

— Porque eu não contei, não queria ser julgada. Seguinte, tenho que ir. Valeu pelo aviso.

Desligo a ligação com Grayson e aceito a da minha mãe.

— Oi, mãe! Tô me arrumando pra sair agora, posso te ligar depois?

Considerando como minha mãe ignora o fato de eu ser uma adulta com compromissos e coisas a fazer, vou presumir que a resposta é "não". Como sempre faz, minha mãe não vai direto ao assunto que, graças ao Grayson, sei que é o motivo da ligação.

Ela pergunta qual projeto Maisie deveria fazer para a feira de ciências, aí me pede para ajudá-la com isso. Depois, pergunta se deveria escurecer o cabelo para o inverno. Conta como ela e meu padrasto tiveram que ir à escola da Gigi para conversar sobre ela não andar com ninguém da sua idade, e isso é preocupante para o desenvolvimento social dela. Minha mãe quer que eu converse com ela. Então pergunta se já comecei a planejar o itinerário para a viagem em família nas férias da primavera, o que não fiz porque sei que ninguém vai segui-lo.

Enquanto ela fala, começo a listar na minha cabeça todas as coisas que preciso fazer antes de ir para a festa do pijama da Aurora no hotel. Dou as respostas que minha mãe quer ouvir em vez de dizer que estou ocupada demais para conversar, mas a minha concordância por fim a leva ao assunto principal da ligação.

— Quais são os seus planos para o Dia de Ação de Graças? Sei que você e o Will costumam vir de carro com a Joy, mas ele disse que vem de avião *sozinho*.

Ela quase se engasga quando diz "sozinho".

— Eu ia te ligar para falar sobre isso; vou trabalhar no feriado, então não vou passar o Dia de Ação de Graças em casa. Vou trabalhar na época do Natal também. É porque sou nova; tenho que fazer isso se não quiser perder o emprego — minto. — E as outras pessoas da equipe têm filhos, então já marcaram viagens e tal. Sei que é chato, mas é só esse ano.

Depois de um longo silêncio, ela fala:

— Você não faz ideia de quanto fico decepcionada com isso. Todos nós. As suas irmãs vão ficar arrasadas. E o Will? Isso é muito egoísta da sua parte, Halle.

Há uma responsabilidade que cai sobre a filha que assume um papel parental: nunca atrapalhe a ordem natural das coisas. Você é o pilar que mantém tudo em ordem. Existe uma exigência subentendida de nunca ter problemas que não possa resolver sozinha, e é uma condição que não deixei de cumprir até agora.

Por mais que não tenha contado à minha mãe sobre Will por autopreservação, evitar ouvir os pensamentos e as emoções de todo mundo sobre uma situação que só afeta a mim também foi um fator. Não me entenda mal: se eu ligasse para a minha mãe aos prantos, ela pegaria o primeiro voo para vir me confortar. Minha família me ama tanto quanto eu os amo, mas nunca senti que as minhas necessidades eram a prioridade de ninguém, e não seria diferente com o meu término.

Se eu fizesse isso, estaria atrapalhando a ordem natural das coisas, e como a família pode continuar funcionando se eu não estiver ali para organizar tudo? Como pude terminar com o Will sem que todo mundo participasse da decisão?

Está na hora de deixar tudo isso para trás, e me concentro para juntar finalmente a coragem que me faltava havia dois meses.

— A gente terminou, mãe. Foi mútuo; nenhum de nós dois estava feliz. Tenho certeza de que o Will não está nem aí para o que eu vou fazer.

Silêncio.

— Todo casal passa por momentos difíceis. Veja só meu caso com seu pai: ficamos seis meses separados na faculdade. É normal.

Não preciso de um espelho para saber como estou, porque sinto os músculos do meu rosto tensionarem. Sou a personificação da palavra "quê?".

— Mãe… Vocês se divorciaram.

— Depois de duas filhas e muitos anos felizes juntos, Halle. Um divórcio não apaga isso. Sei que você tem altas expectativas por causa dos livros que lê, mas pessoas reais têm defeitos. Inclusive você. Tenho certeza de que vocês conseguem se resolver, amor. Ele é seu melhor amigo.

— Preciso mesmo ir. É aniversário de uma amiga e vou dar uma festa num hotel. Vai ser muito ruim se as entregas chegarem e eu não estiver lá — respondo, e consigo ouvir o tom de derrota na minha voz.

— Ok, meu bem. Me ligue depois, preciso que você explique uma coisa boba de ciências pro dever de casa da Maisie.

— Não dá pra pesquisar no Google?

— Provavelmente, mas você sabe que prefiro quando você explica. Enfim, até mais tarde e feliz aniversário pra sua amiga.

— Tchau, mãe.

A ligação termina, e solto um longo e alto resmungo antes de continuar com meus planos.

* * *

A COBERTURA DO HOTEL Huntington é maior do que a minha casa.

É maior do que a minha casa e a casa da sra. Astor somadas, na verdade. Ainda bem que o Pete, meu gerente, me ajudou a trazer várias decorações enquanto a organizadora de eventos do hotel coordenava as outras entregas.

Adoro fingir que é porque eles querem me ajudar, mas tem mais a ver com a organizadora de eventos ter recebido instruções claras da mãe da Aurora para fazer tudo o que eu mandasse e eu estar com o cartão de crédito dela para pagar por tudo. Acho que a organizadora ficou um pouco incomodada por eu estar envolvida, mas Aurora tem gostos bem específicos, e a mãe dela disse que eu precisava aprovar tudo primeiro.

Ajudar a montar tudo é o meu jeito de me desculpar por invadir seu espaço.

Com mais uma pessoa ajudando, tudo fica pronto com antecedência, o que me dá tempo suficiente para ler a redação da Gigi, ficar em dia com as mensagens das pessoas que querem entrar no clube do livro da livraria e revisar duas linhas do capítulo que escrevi ontem à noite. Tinha grandes objetivos quando comecei esse clube do livro, mas sinto que os encontros estão passando num piscar de olhos. Quero dar mais atenção ao projeto, mas não sei como.

Sinto a mesma coisa com a escrita, apesar de eventos recentes terem me inspirado bastante. Claro, reescrevi cada palavra, mas pelo menos tenho alguma coisa no papel. Mesmo que, para ser sincera, até a semana passada eu não estivesse de fato trabalhando nisso tanto quanto deveria.

Quando as portas do elevador da cobertura se abrem de repente, alguém muito mais interessante do que um entregador aparece.

— É bem rosa — diz Henry ao analisar a sala de estar da suíte.

Ele tem razão. Contando com balões, comida e colchões infláveis na frente da tela de cinema, está parecendo a casa da Barbie.

— Parece que entrei em um algodão-doce.

— Que jeito criativo de dizer: "Nossa, Halle, você é muito boa decorando!" — digo, provocando-o enquanto ele atravessa a sala até onde estou. — Além disso, não era pra você estar no barbeiro? Seu cabelo não parece recém-cortado.

Quando chega até mim, ele se inclina para beijar minha testa de leve e jogar a bolsa ao lado da mesa onde estou trabalhando.

— Você tá cheirosa.

Sinto um impulso forte de me jogar em cima dele. Não faço isso porque não sei se posso, mas quero muito. De certa forma, é estranho ainda não termos conversado sobre o que somos agora, se é que somos algo, mas também gosto de não ter que cumprir certas expectativas.

Ele esteve ocupado com um projeto de arte e o hóquei, e eu estive organizando esse evento e lidando com as minhas outras responsabilidades, então parece que mal temos passado tempo juntos, mas tudo bem. No final das contas, eu precisava de um tempo sozinha para processar meus novos sentimentos. É disto que eu gosto no Henry: ele não cria expectativas sobre o que eu devo fazer.

— Não me distraia. Por que você não foi no barbeiro?

Ele suspira e se joga na cadeira ao meu lado, se inclinando para ver o que está na tela do meu notebook.

— É por ordem de chegada e não saí de casa na hora certa. Aí não consegui sair no segundo horário que dava para ir e só fiquei encarando o relógio por tanto tempo que, se fosse ao barbeiro e esperasse pelo único cara que deixo cortar meu cabelo, com certeza chegaria atrasado aqui.

— Como você consegue resolver qualquer coisa? — pergunto, sincera. — Eu teria deixado você lá se quisesse uma ajuda para se lembrar.

Ele passa a mão pelo cabelo, e os cachos, agora mais longos, se mexem.

— Eu costumava ir com um cara do time, Joe. Eu o convenci a ir ao meu barbeiro porque a textura do cabelo dele era parecida com a minha, e ele ainda não tinha achado uma pessoa boa. Era uma coisa que a gente fazia juntos. Depois a gente ia assistir a um jogo e ficar de boa. Ele se formou e foi pra Connecticut estudar Direito, então agora eu preciso ir sozinho.

— Você tinha um encontro com seu amigo? Que fofo!

Estou sorrindo de verdade, mas ele não. Henry revira os olhos.

— Não era um encontro. Eram só dois caras indo à mesma barbearia para cortar o cabelo na mesma hora. E depois passando um tempo juntos.

— Então você teve toda uma experiência de encontro com o Joe e agora está passando os ensinamentos para mim? Adorei. Que fofo.

Henry se inclina para a frente a fim de puxar minhas mãos e me coloca sobre o joelho. Com nossos rostos na mesma altura, se aproxima, e os lábios pairam sobre os meus.

— Não tem nada de amigável nas coisas que eu penso quando estou com você. Ou longe de você.

Esfrego meu nariz no dele e sua respiração fica mais lenta. Respondo baixo:

— Você disse a mesma coisa pro Joe?

Isso o faz rir.

— Não, mas tem muita coisa que eu digo para você que nunca disse pra mais ninguém. Quanto tempo temos até começarem a chegar?

Os dedos dele passeiam pela minha coxa, fazendo pequenos círculos enquanto presta atenção em mim. É tão difícil formar uma frase desse jeito.

— Menos de uma hora. Aurora está jantando com a mãe e a irmã, e eu chamei um carro para buscar todo mundo na casa dela depois. A organizadora de eventos foi muito eficiente, então está tudo pronto e entregue.

— O que você quer fazer com esse tempo livre e a sós em um hotel? — pergunta ele, baixinho, enquanto passa os lábios de leve pelo meu queixo até chegar ao pescoço. — Depois de uma semana sem mim?

Minha pele está elétrica. Todas as células do meu corpo ficam em alerta quando estou perto do Henry e, quanto mais ele me toca, mais alto elas gritam por ele. Mais toque, mais pressão. *Mais.* É tão empolgante quanto assustador.

— Eu quero ir pro meu quarto... — ele solta um gemido de aprovação — ... e tirar nossas roupas... — ele me beija no pescoço, e meu autocontrole diminui a cada milésimo de segundo — ... e colocar nossos pijamas rosa personalizados para o aniversário da Aurora.

Ele para e se afasta para que eu o veja com as pupilas dilatadas.

— Precisamos melhorar o seu discurso, mas gosto do plano. E faz muito tempo que não te vejo nua... — Seu braço passa por debaixo dos meus joelhos e, antes que eu possa reagir, ele me carrega em direção aos quartos. Qual é o nosso?

— Você quebrou uma regra! — grito, nervosa por ser carregada como se não pesasse nada. — A mesma regra que vive quebrando!

— Reclama pro conselho, capitã.

Aponto para a porta entreaberta.

— Aquele é o *meu* quarto. Você vai dormir aqui com os meninos.

Henry empurra a porta com as costas e entra até me colocar devagar na cama. Cruza os braços, pega a barra da camiseta e a tira, devagar, por cima da cabeça. Ela cai na cama ao meu lado.

— Nós dois sabemos que não vou, não.

Sinto desejo e ansiedade lutarem dentro de mim para ser a sensação dominante. Sim, quero repetir a última vez, mas aqui? Quando vamos ter que ser rápidos e depois passar a noite entre amigos? Não sei se fico confortável com isso. Até o desejo de fazer *qualquer coisa* com alguém é uma sensação nova para mim.

— Henry... — digo, e odeio como a minha voz soa fraca. Eu me apoio nos cotovelos para olhar na sua direção.

— Eu sei o que você quer, Halle. Confia em mim? — Eu assinto. — Ótimo. Feche os olhos.

Eu devia dizer que me sinto insegura, mas também estou curiosa para saber o que vai acontecer. É diferente de como acontecia antes; minha ansiedade tem como base o nervosismo diante do desconhecido. No fundo, ela é tanto entusiasmo quanto apreensão.

Henry não me toca assim que fecho os olhos. Eu o ouço se mover pelo quarto e o barulho de um zíper, seguido por som de coisas se mexendo. Meu coração não sabe o que esperar, e ele ainda não fez nada comigo.

— Abra os olhos, Halle — diz ele em um tom gentil.

Respiro fundo, tomara que discretamente, e abro os olhos.

Na mesma hora, começo a gargalhar.

— Estou me sentindo um marshmallow — comenta Henry, olhando para os pijamas de cetim que está vestindo.

A pequena sensação de alívio que sinto me deixa mais confusa ainda.

— Rosa-bebê fica bem em você.

Henry puxa a barra da camisa e balança a cabeça. Amo que o nome dele está bordado acima do bolso, assim como nas suas camisetas dos Titans.

— Tudo fica bom em mim. Não quer dizer que eu deveria vestir qualquer coisa.

— Sua modéstia é o que eu mais gosto em você. — provoco. Me sento para ter uma visão completa; ele está realmente fofo vestido de rosa.

— De que adianta eu ser modesto se fico bem com qualquer coisa?

Ele se aproxima de mim, agarra meus joelhos para me puxar até a beirada da cama e se posiciona entre minhas pernas.

— Eu fico bem sem nada também. Não acho que vai querer descobrir isso pouco antes de as pessoas chegarem.

Parece uma pergunta e uma confirmação de que ele entende como me sinto.

— Eu quero muito que me prove isso. — Desafio-o e na mesma hora me arrependo da minha confiança quando suas mãos tocam o cós da calça.

Ergo as mãos na minha frente, como um protesto dramático, e grito:

— Mas não hoje!

— Eu sei. Estou me esforçando para lembrar disso, Halle. Estou prestando atenção em todas as coisas para fazer tudo certo com você.

Henry pega minhas mãos esticadas e as coloca atrás de seu pescoço, se aproximando de mim. Beija minha testa e depois a ponta do meu nariz antes de se afastar o suficiente para eu ver seu rosto inteiro.

— Só porque fizemos algo uma vez não quer dizer que precisamos fazer de novo, ou em um momento em que não está confortável.

— Eu sei. Sério, sei disso, e entendo a coisa do consentimento contínuo. É que... — *Como posso explicar isso?* — Eu nunca tive a experiência de me sentir assim com alguém. A experiência de querer a experiência é uma experiência nova, entende? Então o nervosismo de não ter experiência, mas querer ter estão ocupando bastante espaço na minha cabeça.

Ele entende? Eu entendo? Com certeza eu, não.

— Tudo o que entendi é que sou muito bom em lhe proporcionar experiências que você tem experimentado com experiência de experiências nas experiências. Quero te entender. Pode me explicar de outro jeito? Às vezes é difícil para mim ler nas entrelinhas. É melhor você ser direta. — Eu amo quanto ele se importa em entender o que digo. — Talvez explicar com mais detalhes. Comece com a primeira parte.

Estou bem ciente de que se sou adulta o bastante para querer fazer sexo, que deveria ser madura o suficiente para falar sobre sexo, mas, nossa, quero enfiar minha cara em um travesseiro.

— Nunca quis alguém como quero você. Por um tempo, achei de verdade que tinha algo de errado comigo. Sei que não tem, mas era assim que me sentia, e foi difícil desaprender isso. Essa é a primeira experiência nova.

— O Will nunca deixou você com tesão? E eu, sim? — pergunta Henry com uma expressão convencida no rosto. — A sua primeira nova experiência é ficar com tesão?

Por que ele tinha que usar essa palavra?

— Isso.

— E depois?

— A outra experiência é querer fazer algo sobre querer você. As coisas estavam bem comigo e o Will nas primeiras semanas... Dá pra parar de rir quando eu falo dele, por favor? Mas nunca tive vontade de fazer nada além de beijar. Agora, com você, eu quero, mas também não sei quais são os limites. Tipo, o que está fora dos limites pra nossa amizade? A última vez que comecei a beijar um amigo, ele virou meu namorado, e a gente sabe no que isso deu. Sei que você nunca namorou antes, mas e se o rótulo fizer isso dar errado? Eu meio que gosto de não ter expectativas.

— Quais você quer que sejam os nossos limites? Que rótulo vai fazer você se sentir mais confortável? — pergunta ele em um tom tão calmo, que me dá vontade de chorar. Ele se esforça muito pra me agradar, mesmo quando não sei o que quero. — Não é que eu não namore por ter um problema com namoros. Nunca me importei com rótulos, Halle. Só sei que quero você do jeito que você me quer. Não me importo de fazer o que for necessário para acalmar as vozes na sua cabeça.

— É fofo que você ache que é possível acalmar as vozes na minha cabeça — digo, brincando, tentando aliviar o clima pesado da minha tentativa de me explicar. — Mas isso me leva à próxima experiência, ou melhor, inexperiência.

Eu devia continuar falando, mas não sei como explicar. Ele acena com a cabeça, me encorajando.

— Continua. Estou ouvindo. Estou tentando entender.

— Estou nervosa, Henry. Não sei o que estou fazendo. E se eu não for boa? — digo, baixinho. — Estou acostumada a ser a pessoa que resolve problemas, e isso aqui é algo que não sei resolver. Você tem experiência, e eu não. E se você decidir que quer sair com alguém que já teve mais do que uma experiência sexual sem precisar transformar seus pensamentos em uma apresentação de slides? Acabei de dizer que gosto de não ter expectativas; ao mesmo tempo, sei que, se você me dissesse que ficou com outra pessoa, ficaria triste.

— Fico feliz que você tenha deixado isso por último, senão eu não teria prestado atenção no resto. Por que eu ficaria com outra pessoa?

Semicerro os olhos.

— Fiz um discurso emocionante e vulnerável e foi só isso que você captou?

— É a única coisa que você disse que não faz sentido pra mim, Halle. Não quero mais ninguém. Não fico com ninguém desde que conheci você. Não tinha percebido até recentemente que era porque só queria você.

— Sim, mas isso pode mudar. Will cansou de esperar e...

— E o Will é um otário. — Ele me interrompe. — Mas continue.

— E eu não quero perder sua amizade se você quiser ficar com alguém menos... não sei o que eu sou. Ansiosa?

Henry segura meu rosto, as palmas quentes aquecem minha pele.

— Espero que você passe tanto tempo imaginando coisas pro seu livro quanto passa imaginando coisas que não vão acontecer na vida real.

— Henry!

Ele passa o polegar pela minha bochecha.

— Halle, você já pensou em relaxar por cinco minutos?

Por sorte, ele me beija antes que eu possa rebater, e sua piada, somada ao jeito carinhoso como me toca, ajudam muito a aliviar a tensão gerada pela conversa. Quando minha boca se afasta da sua, ele me abraça apertado. Algo que eu nem sabia que queria, até fazer.

Ele murmura no meu cabelo, fazendo carinho na minha nuca com uma das mãos.

— Talvez eu seja o cara que lhe dá todas as suas experiências, Halle. Isso é importante para mim também. Não quero alguém com mais experiência; quero *você*. E, se decidir que não vou ser esse cara, ainda vou estar aqui, tentando decifrar charadas para te entender e continuar sendo seu amigo.

— Como você consegue pegar todas as minhas besteiras e transformar em algo fofo?

Ele se afasta, suas mãos segurando meu rosto.

— Talvez eu tenha entendido tudo errado e acho que estamos prestes a nos casar. Devemos refazer seus passos mentais para ter certeza de que estamos de acordo?

Eu resmungo.

— Precisamos mesmo? É vergonhoso demais repetir em voz alta. Talvez eu devesse ter entrado em um convento depois do ensino médio.

— Você não pode ficar com vergonha; é uma das nossas regras. Como você chamou isso? Seu discurso emocionante e vulnerável. Vou resumir. Experiência um: eu te deixo com tanto tesão que você está reavaliando sua vida inteira. — *Deus me dê paciência.* — Experiência dois: pela primeira vez na vida, você quer fazer algo sobre esses desejos com alguém, de preferência comigo, não sozinha nem com seu aplicativo de sexo. E experiência três, que é inexperiência três: você está nervosa com tentar coisas novas.

— Isso.

Se isso fosse um game show, uma buzina teria tocado. Concordo com a cabeça, empolgada, porque ele explicou tudo muito melhor do que eu, embora ache que ele estava tentando me fazer rir.

— Basicamente, sou uma lasanha de inexperiências, e meu cérebro está muito confuso agora.

— A gente dá um jeito nisso, capitã. Somos uma equipe, então você tem todo o tempo do mundo. Já tem a vantagem de que eu sou muito melhor para você do que seu ex. E tenho uma ótima ideia para te livrar desses pensamentos. Você só precisa se deitar e tirar a calça. Tenho certeza de que consigo ajudar a relaxar por cinco minutos.

Era disso que eu precisava e fico feliz que podemos ter esse tipo de conversa de um jeito saudável. Com o Will, tudo virava uma briga. Sorrio para Henry.

— As suas habilidades para resolução de problemas são incomparáveis, mas acho que vou passar dessa vez, obrigada. E, não, eu cuido da minha família desde pequena. Nunca tive um dia tranquilo na vida. Minha reação natural é pensar em todas as possibilidades.

— Pode tirar a ideia de "eu com outra mulher" da sua lista. Esperar não é grande coisa como o Will fez parecer, prometo.

O elevador apita no outro cômodo, seguido pelos barulhos de várias pessoas que chegaram cedo.

— Deixa eu beijar você e mostrar quanto não estou nem aí para outras pessoas.

Ele acaba com o espaço entre nós e me beija com a vontade de um homem que está tentando provar algo.

Bem na hora que a porta do quarto se abre.

Capítulo vinte e um

HENRY

Aurora fecha a porta com força, bloqueando as expressões de surpresa, embora eu ache que a maioria não seja verdadeira.

— Não sabia que vocês estavam aqui! — grita ela pela porta fechada. — Estava fazendo um tour pelo lugar.

Halle coloca as mãos sobre a boca para conter a expressão de choque. Quero beijá-la de novo, mas não sei se é um bom momento. Limpo a garganta.

— Que bom que você não tirou a calça.

Ela assente, concordando.

— Acho que você tem razão. Que vergonha.

Quero lhe dizer que ela está quebrando uma regra de novo, mas sempre dizem que regras foram feitas para serem quebradas, então vou deixar essa passar.

— Eles achavam que a gente estava mentindo quando dizia que era só amigo e não estava ficando. Isso ajuda?

Ela leva as mãos da boca para a testa enquanto balança a cabeça.

— Não. Não ajuda.

— É porque você está preocupada com o que as pessoas pensam de você? — Ela assente, deixa as mãos caírem na cintura e apoia a cabeça no meu peito. — Ok, bom, não faça isso.

— Me dizer para não me preocupar com algo não faz com que eu não me preocupe.

Faço carinho no seu cabelo para reconfortá-la porque não sei mais o que dizer. Finalmente, ela levanta a cabeça para olhar para mim.

— Estou fazendo drama. Vai ficar tudo bem, podemos rir de nós mesmos, né? Ainda somos apenas amigos, então não estávamos mentindo.

Hum. Não gosto disso. É isso que ela achou que eu quis dizer quando falei de não usar rótulos? Mudo de assunto.

— E eu sei todos os segredos deles; então, se começarem a nos irritar, eu começo a espalhar.

— E como você sabe todos os segredos? — pergunta ela.

Dou de ombros.

— As pessoas me contam as coisas. Acho que é porque sabem que eu não me importo o bastante pra contar pra alguém.

— Ou talvez seja porque você é um ótimo amigo e um bom ouvinte?

Depois que se acalmarem, sei que meus amigos vão gostar da situação com a Halle. Eles gostam dela. Se não ficarem de boa, vou tacar o terror na vida de todo mundo. Kris e Bobby porque Bobby ficou com a irmã do Kris, mas ele não sabe; Robbie e Lola porque eles brigam toda semana sobre ela se mudar para Nova York quando se formar; Mattie por sua ex tóxica, que ele jurou que tinha bloqueado, mas com quem está conversando de novo; e Emilia e Poppy, que terminam toda vez que brigam, mas não contam para ninguém porque voltam no dia seguinte. Tenho anos de informações que as pessoas me contaram sem que eu quisesse saber.

— Com certeza é porque eu não me importo o bastante pra contar pra alguém — resmunga e se joga de novo na cama. Subo na cama ao seu lado, quase escorregando por causa da falta de fricção entre os lençóis e o tecido do pijama. Me deito e me aproximo para beijar sua bochecha, e esses malditos pijamas prendem meu braço. Estou morto de calor e ainda nem fiz nada.

— A Aurora não quis pagar por pijamas de seda ou...?

Halle ri.

— Alguns vegetarianos não usam seda, então não quis vacilar. Pode pesquisar; é um buraco da internet muito interessante de investigar.

— Sei como a seda é feita. Só esqueci que a Aurora era vegetariana. Você lembra tudo sobre todo mundo; não sei como consegue. Você é uma boa amiga, Halle. Ela com certeza vai te proteger de todo mundo se começarem a fazer piadas.

Ela suspira e esfrega as mãos no rosto.

— Vamos acabar logo com isso. Tá tudo bem, não precisa revelar os segredos de todo mundo.

— Pode deixar, capitã.

* * *

Quando saímos do quarto, temos uma reviravolta inesperada: ninguém comenta nada.

Nem uma palavra.

Fiquei desconfiado até encontrar o Russ do lado da máquina de pipoca e ele me confirmar que, depois que a porta fechou, Aurora ameaçou todo mundo, então ninguém faria Halle ficar desconfortável nem envergonhada.

Halle foi tomar café da manhã com ela depois que a gente ficou, e, a julgar por aquela atitude protetora, acho que ela sabe de tudo. Não me importo, Halle pode gritar do alto de um prédio se quiser. Gosto que ela tenha amigas próximas para conversar sobre isso. Ela tem tanto com que lidar, e quase tive um aneurisma tentando entender.

Quando fico sobrecarregado, costumo me desligar, mas a solução de Halle parece ser se amarrar em nós mentais e verbais. Sei que ela acha que precisa resolver todos os problemas sozinha, mas não é verdade.

Não sei por que fiquei incomodado quando ela disse que ainda éramos só amigos, sendo que estou acostumado com isso. Sei que às vezes imito as pessoas, mas não quero começar a criar problemas como a Halle faz.

Aurora também me ameaça quando resmungo porque vamos assistir a *Legalmente loira*, então tenho uma ideia do que ela deve ter feito mais cedo.

Halle e eu nos aconchegamos em um dos futons que ocupam o chão da sala de estar da cobertura, e me pego olhando as várias pinturas nas paredes em vez da tela gigante que foi montada para uma festa do pijama exagerada.

— A organizadora precisa ser demitida — sussurro para Halle, que está concentrada no filme e em seu saco de doces.

— Hum?

— A arte deste cômodo não faz sentido — digo.

— Como você se sente quando olha para ela? — pergunta, finalmente tirando os olhos da tela para me olhar. Está vestindo o seu conjunto de pijama rosa, fez duas tranças no cabelo e tirou toda a maquiagem. Está tão bonita… E feliz. Esta é minha parte favorita.

— Inspirado — respondo.

— O quê? Você disse que não gostou — sussurra ela depois que Mattie e Cami se viram e fazem "shhh" para nós dois.

— Deixa pra lá.

Dou um beijo na sua testa e ela arregala os olhos, olhando ao redor para checar se alguém estava nos vendo. Queria que não se preocupasse tanto com o que as outras pessoas pensam.

Quando volta sua atenção para o filme, tiro o celular do bolso.

JAIDEN

                                        Preciso de um conselho.

Então veio falar com a pessoa certa.
Ótima escolha.

                                     Você foi minha última escolha.

Sou a sua única esperança.
Manda. Estou pronto pra impressionar
com a minha sabedoria.

                      Como você sabe se está na friend zone?

Isso é sobre a Halle?

                                                               Sim.

Kkkk, você não tá na friend zone.

                                                    Como vc sabe?

Quem tá na friend zone não é pego se beijando
em quartos de hotel com a pessoa que
teoricamente o colocou na friend zone.

                                     Como você sabe disso?

Sou onipresente e onisciente.
Mas, não, você tá de boa, irmão. Bem fora da zona.
Por que a pergunta?

                                     Bobby é um dedo duro.

Na verdade foi a Emilia.
Agora ela me deve dinheiro porque
eu disse que isso aconteceria há semanas.

                                   Ela achou que talvez eu
                          quisesse ficar com outras pessoas.
            Depois disse que ainda éramos só amigos.

Você quer pegar outras pessoas?

                                                            Não.

Você quer estar em um relacionamento?

Não me importa do que a gente chamar isso.
Foi justamente porque não quero que ela fique
com outras pessoas que tomei uma iniciativa.
Depois do discurso do Robbie,
quando fiquei com ciúmes.

Aquele lá adora fazer um discurso.
Bom, isso não te coloca na friend zone.
Mas talvez vocês precisem conversar sobre
o que querem.
Tipo, é só sexo? É companheirismo? Os dois?
É só porque os dois estão solteiros?
Ela já teve um relacionamento ruim antes?

Sim. Will Ellington de San Diego.

Eca. Alguém já disse pra ele que ele é um bosta?

Eu pretendo.

Talvez ela não queira criar expectativas porque
ainda está decidindo quais são os limites dela.
Lembre-se de que você pode definir
os seus também.
Vai devagar. É algo novo e, se ela for tão gentil
quanto todo mundo diz que é,
você deveria continuar.

Então eu tô exagerando?

Parece que sim. Mas você sabe o que eu sempre digo...

Tias são mais gatas do que mães?

Não.
Bom, sim.
Mas não.
Comunicação é tudo. Sempre conversem.
Sobre tudo.

Nunca ouvi você dizer isso antes.

Eu digo isso toda hora.

> Não diz, não. Você me diz pra ser tóxico.

Era um teste, e você e sua personalidade não tóxica passaram.
Conversa com ela, Hen. Vai dar certo.

> Ok. Valeu, JJ.

De nada, irmão.
Posso perguntar como está indo com o hóquei?
Ok, então você vai me ignorar agora.
Entendi.
Que bom que eu te amo.

> **Também te amo, J.**

Eu me sinto muito melhor quando travo minha tela e coloco o celular de volta no bolso. Ao meu lado, Halle pegou no sono. Deixo Aurora colocar mais um filme antes de eu admitir a derrota e levar Halle para a cama. Ela nem acorda quando não a seguro direito por causa desse pijama de cetim ridículo que estamos usando e a deixo cair na cama sem querer. Está respirando, com certeza — chequei duas vezes.

Assim que me deito ao seu lado, ela dá sinal de vida e se vira para se deitar no meu peito com a coxa em cima de mim, como sempre. Afasto seu cabelo do rosto e ela dá um grunhido, feliz; seus olhos se abrem devagar.

— Por que você está tão cansada?

— Fiquei acordada até tarde. Dia cheio. Estamos no quarto? — murmura ela.

— Não. Você está tentando montar em mim no meio da sala na frente de todo mundo.

Parece que joguei água fria nela; ela abre os olhos de repente e se levanta, apoiada nos cotovelos, para olhar ao redor.

— Você é um idiota — diz quando volta a se deitar no meu peito. — Que belo jeito de me acordar.

— Quer voltar pra lá? Você dormiu entre o final de *Legalmente loira* e o início de *Segundas intenções*, mas acho que estão prestes a assistir *E se fosse verdade*... Aurora gosta muito desses filmes velhos da Reese Witherspoon.

Halle boceja e balança a cabeça.

— Estou bem com você aqui. Sozinhos. Nessa cama imensa.

— Está tentando me seduzir?

Ela me olha, curiosa. Passo o polegar pelo lábio inferior dela e a vejo respirar devagar. Me aproximo, e ela inclina a cabeça para me beijar.

— Eu nem saberia como te seduzir — diz ela.

Lembro o que ela falou mais cedo sobre inexperiência.

— Quando nossos amigos não estiverem do outro lado da porta, deixo você praticar quanto quiser.

— Meu *herói*. — Ela olha para cima, sorrindo, mas consigo ver que está cansada pelo jeito como se deita de novo. — Você acha que a Aurora está gostando da festa do pijama de aniversário?

— Ela disse que é a melhor que já teve. E você? Qual a sua nota?

Halle se aproxima ainda mais de mim, colocando a cabeça no meu bíceps para nos olharmos enquanto conversamos.

— Nunca fui a uma festa do pijama.

— Sou muito bom em fornecer novas experiências pra você.

Enfio uma das mãos debaixo da minha cabeça para lhe dar mais espaço de apoio e coloco a outra mão na coxa dela.

— Eu também não podia ir. Mas não me importava com isso. Não queria dormir na casa de outra pessoa.

— Hum, se você prestar atenção, vai perceber que eu organizei tudo, então eu me dei essa experiência. E não era porque eu não podia, só não tinha outros amigos quando era criança além do Will. O Grayson sempre dormia na casa dos amigos. Gigi também, mas agora estou pensando se era isso mesmo que ela fazia ou se estava aprontando algo, como no outro dia.

— Sua família me deixa feliz por ser filho único — comento. — Não tenho capacidade de cuidar de tantas pessoas assim.

— Tenho certeza de que ser capitão de um time é como ter um monte de irmãos, não é? E não é ruim assim. Eu vivo reclamando deles. Devia falar mais de como são legais comigo.

— Se parece mais com ter uma fazenda do lado de uma autoestrada, e todos os animais ficam fugindo toda hora.

Amo a sensação do corpo dela no meu quando ela ri de algo que eu disse. Mesmo sob a luz fraca do quarto, vejo que está olhando para mim como se eu fosse a pessoa mais engraçada do mundo.

— Me diga algo legal que sua família fez por você recentemente.

Ela pensa por mais tempo do que acho que seria capaz de justificar se eu questionasse. Não a questiono porque não quero que ela se feche. Gosto de ouvi-la falar sobre qualquer coisa, é uma das raras pessoas de quem penso isso.

— Grayson me ligou hoje de manhã para avisar que minha mãe ficou chateada quando soube que não vou pra casa no Dia de Ação de Graças.

Não acho que isso conte como algo legal.

— Por que você não vai pra casa pro Dia de Ação de Graças?

— Quando eu e o Will terminamos, sabíamos que nossos pais iam querer se meter, porque é isso que fazem. Concordamos que, se eu não fosse pra casa no fim do ano, eles já teriam superado isso quando a gente se encontrasse de novo. Mas só hoje contei pra ela que a gente terminou.

Tudo que ela diz gera mais perguntas.

— Por que *você* não vai pra casa pro Dia de Ação de Graças? Por que não ele?

— Acho que tenho outras opções. Tenho meu pai e minha madrasta em Nova York. Ele não tem outro lugar para ir. Era mais fácil eu abrir mão disso.

— Mais fácil pra ele.

— Quando a gente se encontrou, ele disse que nós dois devíamos ir pra casa, mas eu já tinha aceitado trabalhar no feriado. Não tem torta de abóbora no mundo que me faça ir pra casa lidar com a decepção da minha mãe. Ela vai superar. De preferência até março.

Sou muito grato pelas minhas mães, e fico mais grato ainda quando ouço meus amigos falarem sobre os pais deles. Minhas mães nunca me fizeram me sentir como se não fosse suficiente, nunca me fizeram pensar que eu não era capaz de tomar minhas próprias decisões, nunca me desencorajaram ou exigiram demais de mim. Só quando comecei a faculdade e expandi meu círculo social que entendi que nem todo mundo teve a mesma sorte que eu. Claro, elas trabalhavam muito, mas sempre achavam tempo para mim quando eu precisava e me davam o melhor de tudo.

— O que vai acontecer em março?

Halle se vira para bocejar e me lembro de que ela deveria estar dormindo.

— Pode voltar a dormir se precisar. Vou parar de fazer perguntas.

— Tudo bem. Gosto de conversar com você e acho que deveria aproveitar essa cama o máximo possível, já que nunca mais vou pisar nessa cobertura de novo. O que vai acontecer em março? — repete minha pergunta. — Minha dor de cabeça anual. A minha família e a do Will passam as férias da primavera juntas. Sou a responsável por organizar a viagem todos os anos, o que exige milhares de horas de pesquisa e debates; quando finalmente decidimos, eles ignoram meus planos e passam a viagem toda reclamando. É uma delícia.

Mais uma vez, me sinto eternamente grato pela minha família.

— Parece ser o oposto de uma delícia.

— É mesmo. Todo ano fico dividida entre planejar a viagem deles e fazer um plano para viajar sozinha para outro lugar. Infelizmente, tenho certeza de que eles não conseguiriam se virar sem mim e acabariam perdidos, largados e brigando. Quer dizer, eles brigam quando estou lá também, mas pelo menos sei onde estão.

— Minhas mães usam agentes de viagem para planejar as nossas férias. Seus pais nunca ouviram falar disso?

Ela ri de novo e sai de cima de mim para se deitar de costas. Eu viro para o lado e apoio a cabeça no braço.

— Você não deve ir se não quiser.

— A Aurora me convidou para uma viagem com as meninas na primavera. Nunca fiz uma, nem fui convidada para uma, e quero muito ir. Mas a reação não vale a pena. Talvez ano que vem, se ela ainda quiser que eu vá, eu consiga.

— Sei que famílias são complicadas, e eu tive sorte, mas estou com dificuldade de entender por que você não diz "não" e faz o que é melhor pra você. Por que precisa fazer sacrifícios para agradar todo mundo?

— Bom, eles pedem muito de mim, mas pelo menos sempre me querem por perto. Dizem que mantenho tudo em ordem.

— Mesmo que signifique sacrificar o que você quer?

Ela fica em silêncio por um instante.

— Se tudo desmoronar porque mexi na ordem natural das coisas, quem vai perceber se eu precisar de ajuda? Quem vai me segurar se eu cair?

Entendo quanto Halle ama a família e, pelas conversas que já ouvi, eles a amam também. Só queria que ela não tivesse que carregar o peso dos problemas dos outros. Conversas como essa me ajudam a entender mais sobre ela, algo que quero muito, mas não consigo deixar de sentir que estou dando conselhos ruins.

— Eu vejo o quanto você se esforça, Halle. E você já viu como sou forte.

Ela se vira para me olhar, nossa barriga se tocando, pertinho na cama imensa.

— Bem que você disse que é bom em tudo.

— E o Russ é responsável demais para deixar algo assim acontecer. Aurora deve poder comprar uma equipe de resgate inteira — digo. — Os caras fizeram treinamento de primeiros socorros no ensino médio para atrair as meninas. Robbie adora coordenar as coisas. Você não vai cair, capitã. Não vou deixar.

— Diferente do que você acredita, Henry, você sempre sabe a coisa certa a dizer.

— Vai dormir; podemos conversar mais sobre como sou incrível quando você acordar.

Halle se aproxima e me beija devagar. É um beijo doce e gentil, como ela. Ela se vira e se mexe para trás até encostar as costas no meu peito, e foi então que aprendemos que é impossível disfarçar uma ereção usando um pijama de cetim.

Capítulo vinte e dois

HENRY

— Estamos pensando em começar um podcast.

Ainda estamos no norte do estado e, depois da nossa derrota mais cedo — a terceira nas últimas duas semanas —, decidimos enfrentar a fúria do treinador e usar a hora livre para visitar o JJ antes de voltar a Maple Hills. Estou tentando ignorar o barulho constante das conversas dos meus colegas de equipe e me concentrar na redação que meu cérebro não quer escrever de jeito nenhum, mas ouvir a palavra "podcast" saindo da boca do Mattie me faz fechar o notebook.

— Podemos chamar de *O Trio Gelado* — continua Kris.

Bobby assente.

— Vai ser sobre hóquei.

JJ esfrega as têmporas.

— Senhores, se perguntem o seguinte: o mundo precisa de mais três homens héteros falando?

O barulho dos outros ao nosso redor fica ainda maior enquanto Mattie, Kris e Bobby refletem sobre a pergunta do JJ. Por mais que eu queira ficar sozinho em casa, em um quarto escuro, fico feliz por estarem falando dos prós e contras de um podcast em vez de sobre meu desempenho terrível.

Os caras insistem que não foi minha culpa, mas não consigo me livrar da sensação de que os decepcionei. Não sei como consertar isso. E tem mais: se eu não terminar essa redação ou se tirar uma nota ruim, não vai fazer diferença alguma quanto me esforcei para ser um bom capitão, porque o Faulkner vai me matar.

Halle tentou me fazer estudar, mas pensar nela tirando a roupa torna impossível me concentrar em uma redação chata sobre um assunto que não me interessa. Só quero tocá-la sem parar, e isso me distrai, principalmente porque ela quer ser tocada o tempo todo também.

Agora, meu tempo livre é preenchido por muita pegação (estritamente vestidos) e punhetas no chuveiro. Ela não pediu nada além disso, então acho que ainda está com muita coisa na cabeça como na semana passada.

Quando me volto para o notebook, os meninos ainda estão falando de um podcast, e aquela linha piscando na tela me incomoda. Não posso falhar duas vezes na mesma semana, com isso e como capitão. Não posso. Quanto mais pressão coloco em mim mesmo, menos consigo me concentrar na tela; os meninos ficam cada vez mais barulhentos, até ser demais.

Quando chegamos à frente da casa, estou mentalmente exausto. O treinador pediu que eu me sentasse com ele no ônibus e ficou falando sem parar. Mesmo quando o Robbie tentou assumir as rédeas da conversa, tive que ouvir. Estava ansioso para ficar sozinho, mas o universo tinha outros planos, e o carro da Halle está estacionado na frente da minha casa.

É difícil lidar com tempo de qualidade e companhia quando estou sobrecarregado. Saber que essa pessoa com quem me importo e que se importa comigo vai se esforçar muito para que eu me sinta melhor com sua paciência e seu carinho pode ajudar. De todas as pessoas no mundo que eu gostaria que estivessem me esperando sem avisar, ela é quem eu escolheria.

Ao mesmo tempo, a ideia de ter *alguém* perto de mim, existindo no mesmo espaço e querendo ter interações humanas básicas comigo, parece o maior peso do mundo.

Halle se aproxima com um pote de vidro em mãos assim que saio da caminhonete do Russ. Eu a encontro no caminho até a garagem para sair da frente do Russ enquanto ele pega a cadeira de rodas do Robbie na caçamba, e também porque não tenho certeza ainda de que quero convidá-la para entrar.

— Você parece muito cansado — diz ela, baixinho, me entregando o pote de biscoitos. — Sei que deve estar exigindo demais de si agora e também que minha opinião não deve valer muita coisa, então queria trazer algo gostoso pra você.

Fico feliz por ela não estar tentando fazer o mesmo discurso que todo mundo sobre como times perdem às vezes.

— Obrigado.

— Vou embora porque parece que você precisa descansar. Vou controlar a minha vontade de encontrar uma solução para o seu problema porque sei que você não gosta de atenção quando não está bem — diz ela, sorrindo. — Me liga se precisar de alguma coisa, ok? Vou tentar te dar um espaço.

Ela não me abraça nem tenta me beijar. Acena, se despedindo, dá meia-volta e entra no carro. Uma grande parte de mim fica aliviado; não quero que perguntem como estou me sentindo nem que me toquem, nem mesmo ela, que é praticamente a única pessoa de cujo toque eu gosto. Mas, quando a vejo ir embora, começo a sentir sua falta.

Robbie já mora comigo há tempo suficiente para saber que precisa me dar espaço quando estou assim. Russ tem um sexto sentido para qualquer tipo de atmosfera negativa e me deixa a sós depois de me entregar uma xícara de chá.

No começo, julguei a Aurora quando ela disse que uma boa xícara de chá podia resolver muita coisa, mas, por mais que odeie admitir, é reconfortante. Assim que ela nos deu uma chaleira para pararmos de esquentar água no micro-ondas, a vida ficou melhor.

Ainda sinto o documento do Word rindo de mim e das minhas quatrocentas palavras enquanto encaro a tela do notebook. Em geral, um prazo se aproximando me deixaria com uma ansiedade horrível para fazer algo, mas pelo visto nem o fato de Thornton esperar que eu entregue algo amanhã é o suficiente para me motivar.

Eu me odeio por não ter me concentrado quando Halle estava aqui, pronta para me ajudar, no começo da semana. Ela me avisou que eu teria dificuldade se não terminasse o trabalho com ela porque tinha certeza de que eu não conseguiria fazer com o time por perto.

Não sei por que sou assim, e isso me faz querer arrancar os cabelos.

Na minha cabeça, tenho um cenário perfeito de como tudo vai acontecer. Como vou agir, como vai ser o meu dia, o que vou comer — tudo se encaixa em perfeita harmonia, e tudo acaba bem. Não sinto que estou hiper-consciente de todos ao redor nem completamente distraído. Não preciso me concentrar tanto nos trejeitos, nos comportamentos e nas escolhas das pessoas para que eu também possa agir. Faço tudo com antecedência para não ter que me preocupar depois. Sou um bom amigo que não tem dificuldade em acompanhar a vida das pessoas que amo.

Na minha cabeça, eu só existo, em paz, e isso é o bastante. Tenho uma rotina, e é bom pra caralho.

Digo a mim mesmo que vou me esforçar para ser minha melhor versão por dentro. Fico tão paralisado com a possibilidade que não faço nada, nem as coisas que teria feito antes, e deixo tudo pior.

Tiro o celular do bolso, ignoro as centenas de mensagens em vários grupos que não tenho energia para responder, e ligo para Halle.

— Oi — diz ela ao atender, poucos segundos depois.

— Não consigo escrever minha redação. Não tô conseguindo tirar as ideias da cabeça.

Espero ouvir um "Eu avisei", ou "É culpa sua"; é o que mereço, dadas as circunstâncias. Além das outras coisas que me deixam frustrado sexualmente, passei nosso tempo juntos ontem à noite desenhando na coxa dela a pintura sobre a qual deveria estar escrevendo.

Mas é a Halle, então presumo que não é o que vai acontecer.

— O que posso fazer para ajudar?

— Você tá ocupada? — pergunto, ouvindo o barulho no fundo que me faz acreditar que não está em casa.

— Perguntei primeiro. O que posso fazer para ajudar, Henry?

Sei que ela está em algum lugar fazendo alguma coisa, mas tenho um lado egoísta que está desesperado para que ela me faça sentir que essa redação não é impossível.

— Pode vir aqui me ajudar? Se não estiver ocupada.

— Chego aí em vinte minutos — responde ela. — Já comeu alguma coisa?

— Tomei uma xícara de chá que a Aurora comprou na Inglaterra e um shake de proteína.

Ela ri e, mesmo pelo telefone, ouvir isso me dá o mesmo pico de serotonina que pessoalmente.

— Então não. Algo saudável ou porcaria?

— Quero coisas crocantes, tipos picles ou salgadinho. Nada grudento.

— Pode deixar. Já, já tô aí, então tenta relaxar um pouco. A gente resolve isso, Henry. Não deu errado ainda, e sinto muito que isso esteja sugando sua energia.

— Você é maravilhosa.

* * *

Encaro o teto pelos trinta e cinco minutos que Halle leva para chegar e, assim que a vejo na minha porta, já sinto como se tudo ficasse mais fácil.

As sacolas que ela trouxe estão tão cheias que ela está com dificuldade de carregar, mas tenta erguê-las mesmo assim.

— Comprei tudo que parecia crocante.

Eu me aproximo para pegar as bolsas, beijo sua bochecha e me abaixo. Quero dizer que ela faz tudo melhor, mas Russ e Robbie aparecem, vindo à sala de jantar como dois cachorros respondendo ao barulho de um saco sendo aberto. Robbie para do lado da ilha da cozinha.

— Você comprou?

Acho que está falando comigo até Halle responder que sim. Olho para meus amigos depois de colocar as sacolas na bancada.

— O quê?

— Preciso de cerveja para sobreviver a essa sessão de estudo — diz Robbie. — Mas Halle estava com medo de usar a identidade falsa que não é falsa.

Halle começa a tirar as coisas das sacolas sem fazer contato visual comigo até não aguentar mais o meu olhar. Ela limpa a garganta, se aproxima de mim e me encara com seus olhos grandes.

— Aurora me convidou para jantar com ela, Poppy e Emilia mais cedo. A gente tinha acabado de comer quando você ligou, e esqueci de te perguntar se mais alguém queria alguma coisa, então liguei para o Russ...

— E o Russ estava assistindo TV do meu lado — explica Robbie, interrompendo. —Decidimos que deveríamos fazer algo produtivo em vez de assistir às reprises de séries. Então, vamos estudar juntos, beber cerveja e comer. E você não vai sofrer sozinho no seu quarto e se culpar por uma merda que não é sua culpa quando tem pessoas que querem ajudá-lo.

— Não estou me culpando por uma merda que não é culpa minha.

Russ pega um saco de salgadinho e o abre do jeito mais barulhento possível.

— Ganhamos como um time, perdemos como um time. Não tem uma única pessoa responsável pelo jogo. É literalmente um trabalho em equipe.

— O Faulkner quer me ver no escritório dele na segunda-feira. Ele não vai fingir que não é culpa minha.

— Ele quer ver se você tá bem, Hen — diz Robbie, abrindo uma cerveja e entregando para mim. — O Faulkner pode até fingir que não se importa com nada, mas não é verdade. Ele vê como você se fecha quando perde, e fica preocupado. Pode pagar de durão, mas tem a responsabilidade de cuidar de nós. É por isso que não deixou você em paz no ônibus. Essa porra é difícil, mas não deveria estragar sua vida.

É exatamente por isso que fico sozinho no quarto. A expressão de Halle é de culpa. Talvez ela não soubesse que isso aconteceria quando pedi ajuda e ela envolveu mais gente. Pessoas que querem respostas, querem ajudar e querem que eu aja de certa maneira.

Quero sair dali e trancar a porta do quarto. É o que meu corpo está me mandando fazer. Lutar ou correr, e ele escolheu correr. É muito difícil dizer como me sinto de um jeito que vá tranquilizar todos ali, sendo que nem *sei* exatamente como me sinto para responder.

Dizer que me estou sobrecarregado não é mais suficiente para descrever meu sentimento porque sei que esse peso angustiante de uma desgraça iminente vai me acompanhar até eu me formar, ou até Faulkner perceber que me tornar capitão foi um grande erro e que decepcionei todo mundo.

Russ está mexendo no saco de novo e a TV está ligada e Robbie está batucando os dedos na lateral da garrafa de cerveja e os dedos da Halle tocam as costas da minha mão por acidente, e é como se insetos estivessem rastejando pela minha mão e não consigo pensar.

Não consigo pensar.

— Quer subir? — pergunta Halle, seus olhos me estudando enquanto esfrego os nós dos dedos sem parar, tentando acabar com a sensação de que minha mão é algo separado do resto do corpo. — Vai se você precisar.

Aceno com a cabeça, e a ideia de lhe responder de verdade parece impossível quando passo ao seu lado e vou até a escada. Assim que entro no quarto, me jogo de bruços na cama, enterro a cabeça no travesseiro e me permito apagar.

* * *

Não sei por quanto tempo durmo, mas quando acordo há uma xícara de chá morno e alguns salgadinhos ao lado de dois comprimidos de Tylenol na minha mesa de cabeceira.

Dizer a Halle que não fique envergonhada é bem natural para mim, mas ainda assim não consigo me livrar da mesma sensação quando tomo o remédio e me levanto para descer.

Quando chego à sala de estar, Russ está assistindo à TV sozinho, e não vejo nem ouço Halle ou Robbie na casa. Ele não diz nada quando me sento do outro lado do sofá; só abaixa o volume. Está assistindo ao programa de culinária com britânicos do qual a Halle gosta.

— A Halle que colocou.

— Faz quanto tempo que ela foi embora? — pergunto.

— Umas duas horas. Ela levou o Robbie pra casa da Lola, então estamos sozinhos hoje. Tá com fome?

Por mais que eu não me culpe por ela ir embora enquanto eu dormia em vez de lhe fazer companhia, agora a questão da redação para a aula do Thornton ficou ainda pior.

— A gente não estudou. Vou me dar mal porque não tenho nada para enviar.

Russ não tira os olhos da TV.

— Robbie falou com o treinador e contou que você não estava bem. Ele disse que faria um pedido de extensão de prazo para entregar sua redação. Por motivos médicos ou algo assim. Pode entregar na terça, e Halle vai ajudar você amanhã. Quer pedir pizza?

— Motivos médicos?

— Isso. Ajudaria você se eu decidisse o jantar? Tem alguma coisa específica que você não queira?

Russ finalmente me olha, e é a minha vez de olhar para a TV. Aceno com a cabeça.

— Nada que faça bagunça.

Na mesma hora ele pega o celular do braço do sofá para pedir algo.

— Valeu, Russ.

— Relaxa.

Ele me entrega o controle remoto, mas gosto desse programa.

— Tem mais alguma coisa que eu possa fazer hoje pra te ajudar a chegar até amanhã?

É uma pergunta estranha, mas uma das coisas que o Russ aprendeu desde quando o pai começou a lidar com o vício é que você só precisa lidar com um dia de cada vez. Ele toma cuidado com as palavras, mas eu gosto.

— Não. Nada que você possa fazer.

— Me avise se isso mudar, ok?

É tudo que ele diz até nossa comida chegar, e comemos sentados aqui, assistindo ao programa de culinária da Halle, e não preciso pensar em mais nada a noite toda.

Capítulo vinte e três

HALLE

Em todos esses meses desde que Henry e eu nos tornamos amigos, nunca fiquei tão nervosa para vê-lo como estou hoje.

Não me entenda mal, estou empolgada para vê-lo — sempre fico —, mas o nervosismo está mais forte hoje do que nunca. Sugeri que a gente se encontrasse na biblioteca em vez de na casa um do outro. Parece um território neutro e reduz a chance de termos distrações.

Ontem, depois que ele subiu para o quarto, esperei uma hora para o caso de ele acordar e querer me encontrar ali. No momento em que o Robbie e o Russ se juntaram a nós na cozinha, soube que tinha feito besteira. Quando a Aurora ligou pro Russ, foi o Robbie que disse que o Henry precisava saber que ele podia contar com os amigos. Ele o conhece há muito mais tempo do que eu, então acreditei que ele sabia o que era o melhor para o Henry, apesar de meu instinto me dizer que não parecia ser uma boa ideia.

Aprendi a lição, acho. Fiquei tão preocupada de dizer para Robbie que ele estava errado e de ele me ver como uma intrometida que não protegi Henry. Mesmo sem lágrimas ou gritos, logo percebi que as coisas não estavam bem.

Estava inquieta, nervosa, sem saber como interferir propondo algo melhor, e toquei na mão dele por acidente. Nunca fiquei com tanta raiva de mim mesma. Acho que aquilo foi o fim. A gota d'água para alguém que já estava exausto e superestimulado. Sabia que seria difícil conseguirmos fazer a redação, por isso sugeri ao Robbie que verificasse se poderia ser feita alguma exceção. O Thornton me deu uma extensão de prazo ano passado quando eu não estava bem, então não há por que o Henry não conseguir uma também, dadas as circunstâncias.

Fico feliz que podemos tentar de novo hoje. Henry foi tão bem este semestre, e o nosso sistema funciona; só precisamos ter certeza de que, depois que eu faço a minha parte, ele faça a dele.

Meu nervosismo me fez sair de casa mais cedo, então estou sentada nessa mesa nos fundos da biblioteca com dois copos de chocolate quente há vinte minutos. Mesmo depois desse tempo de espera, ainda não sei como cumprimentá-lo quando chegar aqui ou se devo comentar sobre ontem. Meu instinto me diz para deixá-lo conduzir a conversa, assim não vou ultrapassar algum limite.

Depois de mais dez minutos, vejo os cachos cobre aparecendo pelas laterais de uma touca dos Titans.

— Desculpe o atraso. Não queria vir — diz ele, colocando a bolsa na mesa e tirando o notebook. Ele puxa a cadeira do meu lado e beija o topo da minha cabeça antes de se sentar.

Ai.

— Nesse caso, sinto muito que tenha que fazer isso — respondo, com todo o cuidado possível, tentando não deixar a dor transparecer na minha voz.

Ele torce o nariz e suspira.

— Não foi isso que quis dizer.

Ainda bem que, durante os trinta minutos de espera ficando obcecada em como agir, reli o material que vamos estudar hoje, assim talvez a gente termine rápido.

— Quis, sim, e tudo bem se é assim que se sente. Você não precisa filtrar o que diz comigo. Vamos começar?

— Halle... — diz ele, e a gentileza na sua voz me faz derreter.

Só por como diz meu nome, já consigo sentir quanto está cansado. Henry puxa minha cadeira para mais perto e apoia o queixo no meu ombro.

— Eu disse do jeito errado. Não queria ter que encarar você depois de ontem. Estou com vergonha de ter convidado você e depois desaparecido sem dizer mais nada. Estava no ateliê e fiquei procrastinando para sair. Me desculpe por chegar atrasado.

— Ficar envergonhado é contra as regras, Henry. Você tem o direito de fazer o que o seu corpo manda. Instinto é instinto. Você precisava ficar sozinho, tudo bem. Não é nada de mais.

Ele se recosta na cadeira e meu corpo fica desejando seu toque de novo.

— Às vezes parece que meu cérebro não funciona como deveria. Faço o possível para lutar contra isso, mas de vez em quando ele ganha.

— Seu cérebro cria as mais belas obras de arte e diz coisas que fazem com que eu me sinta tão segura e tão querida... Seu cérebro faz de você um amigo em quem pessoas como Russ podem confiar. Rory me disse que foi você quem o ajudou a se abrir. E Nathan confia em você para cuidar da namorada dele quando ele está fora, e...

— E mal tenho falado com ela. Que tipo de amigo faz isso?

— Não é uma via de mão única, Henry — digo, e fico um pouco enojada quando percebo que estou parecendo a minha mãe falando. — Você está passando por um período estressante, e ela também pode checar como você está. Os dois são responsáveis. O que quero dizer é que você e esse seu cérebro com quem diz estar lutando são muito especiais. Você diz que ele não funciona direito e eu não entendo disso, mas sei que as coisas que você vê como diferentes o tornam alguém que todo mundo ama muito.

— Você estava praticando esse discurso enquanto me esperava?

Sorrio porque não há mais nada que eu possa fazer depois de tentar dizer quanto ele é maravilhoso sem ser muito constrangedor, e essa foi a resposta dele.

— Fui improvisando. Ficou impressionado?

— Não foi o melhor que já ouvi, mas reconheço seu esforço.

Quero beijá-lo, mas estou com um pouco de medo de tocá-lo, então vou considerar que, se quiser, ele vai fazer o resto.

— Sinto muito por não saber como fazer você se sentir melhor ontem. Sinto muito que você esteja aqui sendo que não queria estar.

Ele se aproxima também, seu rosto tão perto do meu que consigo sentir o perfume.

— Você tá se desculpando de novo.

— E não vou parar até terminarmos.

— Meu corpo está mais sensível do que o normal hoje, então não vou beijar você apesar de querer muito. Também não quero ser expulso da biblioteca por carícias em excesso.

Estou prestes a dizer que ninguém usa mais o termo *carícias em excesso*, mas ele se vira e aponta para uma placa que diz exatamente isso.

— Se terminamos isso aqui em menos de duas horas, posso ir com você falar com o treinador. Só tenho uma aula hoje à tarde.

Fico com medo de ter ido longe demais, mas ele sorri e concorda.

— Seria bem legal.

* * *

Só quando já estamos a caminho é que percebo que sou tão pouco atlética que nem sei onde fica o prédio de esportes.

Henry explicou que é como uma caverna do mal de vários supervilões que ele costuma evitar. Aparentemente, ficou trancado aqui por duas horas com o treinador quando estava no primeiro ano porque a porta emperrou. Ele nunca superou isso.

Ao caminharmos pelo campus em direção à reunião de Henry, tudo parece bem tranquilo, mas a calmaria não me impede de me preocupar com a preocupação dele com a reunião. Decido que a distração poderia ser o melhor caminho.

— Como você acabou jogando hóquei? Por que não futebol, ou beisebol, ou, sei lá, xadrez?

— Meu tio Miles jogava hóquei até entrar na faculdade de medicina. Tecnicamente ele é meu pai biológico, então acho que herdei o talento. É o melhor amigo da mamãe desde o ensino médio, depois fizeram faculdade juntos, então são bem próximos. Ela cresceu jogando vários esportes, então queria achar algo de que eu também gostasse.

— Ele ensinou você a jogar? — pergunto.

— Aham. Ele sempre me falou que, se eu quiser, posso ser o melhor de todos. Ele me deu meu primeiro par de patins. Me levou no meu primeiro jogo. Me inscreveu na liga júnior. Fiquei um pouco obcecado, como costumo ficar com tudo de que gosto. Minha mãe gostou de eu estar em um time por eu também gostar de coisas criativas, mas só fazer isso sozinho.

Tenho uma imagem mental de um Henry miniatura jogando hóquei.

— O Miles mora em Maple Hills? Ele tem filhos agora?

Henry pega minha mão e me puxa de leve para me desviar de alguém que estava andando enquanto mexia no celular. Entrelaça os dedos nos meus e não solta mais.

— Morava aqui quando eu era mais novo, mas voltou para o Texas. A mãe dele ficou doente, então agora ele é professor da faculdade lá. Eu o vejo algumas vezes por ano. Nunca soube dele saindo com ninguém, não tem filhos. É um cara legal; acho que você gostaria dele. Lê muito.

— Ler é com certeza o melhor hobby que alguém pode ter. — Henry me cutuca com o ombro e revira os olhos. — Aposto que ele está orgulhoso de você agora.

— Andando pelo campus de mãos dadas com uma menina bonita? Provavelmente.

Agora é minha vez de revirar os olhos.

— Ah, agora você faz piada.

— Não era piada.

— Quis dizer sobre você ser capitão do time.

— Por enquanto.

— Henryyyy...

— Halleeeeee — repete ele, me imitando.

— Sei que você vai ver suas mães essa semana pro Dia de Ação de Graças e eu vou trabalhar, mas vou assistir ao seu jogo no fim de semana. Vou dar um jeito de mudar meu horário, sair mais cedo ou algo assim. Quero estar lá quando você sair do rinque. Vou estar com a sua camisa, gritando seu nome.

— Pode não me deixar de pau duro antes dessa reunião, por favor?

Eu me engasgo um pouco.

— Talvez seja bom esperar para ver se o Faulkner vai me expulsar do time antes de começar a fazer planos.

— Você sabe que isso não vai acontecer.

Ele me olha quando paramos na frente de um prédio que nunca vi antes.

— Não?

Henry segura a porta aberta para mim e me guia para um banco no saguão.

— Seja sincero com ele, por favor. Qualquer que seja o assunto sobre o qual ele quer conversar com você, diga que você está sendo muito duro consigo.

— Serei o mais rápido que puder.

* * *

Meu Kindle mal ligou e Henry já está de volta. Olho para o relógio e só se passaram dez minutos.

— Tudo bem? — pergunto, com cuidado.

— Sim. Você pode ir incomodar seus colegas de turma — diz ele, como se eu não estivesse esperando ansiosamente para saber o que aconteceu.

— O que ele disse? Foi muito rápido.

— Ele perguntou: "Você tá bem?" Eu disse "Sim". Ele respondeu "Você não parece bem". Eu falei "Não gosto quando a gente perde". Ele disse "Nem eu, então o que vamos fazer a respeito?".

— Ok...

— E eu falei "Vencer" de um jeito bem empolgado, porque ele gosta de entusiasmo. Ele respondeu "Ótimo. Ontem foi uma coisa pontual?", eu disse que sim, ele explicou "Você tem direito de ter um dia ruim. Você é humano, não um robô". Aí eu disse "Bom saber". Depois ele me perguntou se eu já me inscrevi nas matérias para a primavera e falei que não, e aí ele disse "Vai fazer isso então", e eu respondi "Ok".

Henry coloca as mãos nos bolsos e evita contato visual comigo.

— Então você não explicou que está com medo de decepcionar seus amigos e com dificuldade de processar a conexão entre as derrotas do time e seu papel como capitão e que isso tem deixado você muito infeliz?

— Não. Não deu tempo — diz ele, tranquilo.

— Henry, pelo amor de Deus, por favor, volta lá e diz pra ele como você se sente.

— Temos que ir, senão você vai chegar atrasada à sua aula.

— Henry. — Estou quase implorando. — Por favor, fala que você precisa de mais apoio. E se vocês perderem de novo este fim de semana? Odeio te ver se cobrando tanto.

— Não vamos perder. Você vai estar lá, e você é meu amuleto da sorte. É praticamente ciência.

— Henry, não é ciência. Acho que não digo vezes suficientes quanto você é irritante — resmungo, passando por debaixo do seu braço enquanto ele segura a porta aberta para mim.

Saímos do prédio de esportes, mas, diferente dele, estou relutante em ir.

— Minha presença nos seus jogos não é uma boa estratégia para vencer.

— Você é a única pessoa que me acha irritante. Todo o resto me acha adorável.

O cara mais bonito desta faculdade? Sim. Adorável? Acho que não.

— Meus amigos me veem como o irmão mais novo que eles precisam manter vivo e longe de problemas. Você tem um áudio de quando eu te fiz gozar. São dinâmicas de relacionamento completamente diferentes.

É surpreendente que eu não tenha caído no chão agora. Com certeza meus joelhos tremeram um pouco.

— Meu Deus, você não pode dizer isso do nada, no meio de uma conversa, com pessoas por perto.

Ele olha ao redor para a única pessoa — talvez duas — que está perto o bastante para ouvir nossa conversa.

— Por que não? Não falamos disso desde que aconteceu. Fiquei me perguntando se imaginei tudo, porque esperei você comentar algo. Você já ouviu a gravação?

— Henry, você quer mesmo falar disso agora? Depois de como você estava ontem, é *disso* que quer falar?

— Eu falaria de qualquer coisa para você não falar de hóquei.

— Estou tentando ajudar você a conseguir o apoio de que precisa.

— Você não respondeu à minha pergunta. Já ouviu? — Ele olha para mim e sorri. — Por que está vermelha?

Dou mais uma olhada ao redor, me certificando que ninguém está ouvindo. De qualquer forma, falo mais baixo.

— Porque você está me perguntando sobre masturbação enquanto me acompanha até minha próxima aula.

— Não perguntei. Perguntei se você ouviu a gravação. Você que está criando teorias sobre o que eu acho que está fazendo enquanto geme meu nome naquele áudio.

— Eu te odeio.

— Me odeia o suficiente para não querer fazer aquilo de novo?

Talvez ele esteja fazendo aquilo de fingir estar bem e talvez seja tudo falsa ousadia, considerando quanto está mal. Ou talvez ele goste mesmo de me irritar e isso esteja de fato melhorando seu humor.

Claro que eu já ouvi aquele áudio. Se fosse em outros tempos, teria literalmente destruído aquilo. É a experiência mais erótica da minha vida, e eu tenho a gravação. Não sei o que a torna tão excitante além do fato de ser o Henry. Uso aplicativos de áudio há um bom tempo, e nada chega nem perto daquilo.

Não aconteceu mais nada entre nós além de carícias em excesso, como diz a placa na biblioteca, e muitos banhos gelados.

E ouvir aquele áudio com o meu vibrador, claro.

Pode ser porque isso faz com que eu me sinta poderosa em uma área da vida na qual nunca me senti assim antes. Talvez tenha feito eu me sentir desejada, satisfeita e feliz.

Ou pode ser porque é o Henry Turner.

— Já ouvi a gravação, Henry. Na cama. No banho. Quando deveria estar estudando.

Chegamos ao prédio e ele segura a porta aberta para mim.

— E qual é a sua opinião profissional?

— Opinião profissional? Dez de dez. Candidato a um EGOT por excelência.

— Agradeço à Academia, então — diz ele.

Aqui está muito mais cheio do que lá fora, o que diminui exponencialmente minha vontade de falar sobre o que faço quando estou sozinha em casa. Não sei se assisti a séries ambientadas em faculdades demais quando era mais nova, mas parece que todo mundo olha para Henry quando passamos. Sua postura fica tensa; sua expressão, mais séria. Isso prova que não estou imaginando coisas, e talvez ele não queira ser notado agora.

— Ei, minha sala é logo ali. Por que não vai indo? Tá muito cheio aqui hoje.

— Ok. Valeu. Tô bem cansado, então acho que vou ficar quieto hoje, mas a gente pode se falar amanhã?

— Obrigada por compartilhar isso comigo. Sim, a gente se fala amanhã.

Ele não hesita em fugir do corredor e não o culpo, porque as pessoas parecem não tirar os olhos dele. Ninguém olha para mim depois que ele vai embora. Quando me sento na aula, pensando além da conta sobre aquele áudio no meu celular, Aurora se joga na cadeira ao meu lado.

— Espero que você esteja pronta pra me ouvir reclamar sobre Chaucer.

Meu humor está oficialmente arruinado.

Capítulo vinte e quatro

HALLE

Tinha expectativas de como seria minha vida adulta.

Seria sofisticada e cheia de aventuras. Conheceria pessoas interessantes e faria coisas interessantes; seria bonita e feliz.

Com certeza não imaginei que ficaria deitada no chão da sala de estar, numa terça-feira à noite, com um saco de salgadinhos murchos e uma caixa de lenços porque ouvir "Marjorie" faz com que eu sinta saudades da minha avó e não consigo parar de chorar. Mas também não consigo parar de ouvir.

Há vinte minutos ergui minhas pernas para apoiá-las no sofá e equilibrar o notebook na barriga, e estou confortável o bastante para ficar nessa posição para sempre. Joy também adora quando me deito no chão e começa a enfiar as patas no meu cabelo para se aninhar.

Eu deveria estar estudando para as provas finais. Deveria estar com o Henry. Deveria estar ajudando a Gigi. Deveria estar fazendo doces para o clube do livro e terminando as perguntas de discussão porque prometi que faria uma sessão com os membros que não viajaram no feriado. Deveria estar fazendo faxina. Deveria dar uma carona para a sra. Astor até o mercado. Deveria mandar mensagem para a Cami quando não estamos trabalhando. Deveria pesquisar um projeto de ciências para a Maisie. Deveria planejar as férias da família. Eu deveria encontrar o presente de Natal da minha mãe logo — apesar de faltar um mês, porque meus irmãos são inúteis e impacientes. Deveria estar escrevendo.

Meu Deus, eu deveria estar escrevendo muito, mas, como todo o resto, é uma causa perdida.

Depois de declarar, com toda a determinação de uma mulher com metas de vida concretas que pretende cumprir, que me colocaria em primeiro lugar, parece que falhei miseravelmente. De forma tão, tão desastrosa, que, quando percebi que estava lendo o livro errado para o clube — porque esqueci de ter dito que ainda faríamos mais um encontro e depois confundi os meses — e vi que não conseguiria lê-lo e fazer todas as outras coisas, tive que me deitar no chão.

Não chega nem perto da vida que imaginei para mim, mas, num estado de quase delírio, aceitei essa realidade bem rápido. Meu ângulo aqui do chão me dá uma vista perfeita da porta, então é fácil ver quando Henry entra, para e me encara com uma expressão confusa por um bom tempo antes de se aproximar e se deitar ao meu lado.

Tenho certeza de que não é isso que estava esperando quando acabou o treino e me perguntou se eu queria passar um tempo com ele.

Joy se levanta na hora e sobe no peito dele, ronronando feliz enquanto ele a acaricia. Henry vira a cabeça e me olha.

— Você caiu?

— Sim.

Estico a mão para pegar o celular e abaixar o volume da playlist de músicas tristes de Taylor Swift porque Henry acabou de sair da fossa e não precisa me ver chorando se tocar "This is me trying".

— Por que você tá triste, capitã?

— Não estou triste — respondo. — Estou brilhando como um raio de sol, como sempre.

— Você não é um raio de sol — diz ele, casualmente, erguendo a perna para colocá-la ao lado da minha no sofá. — Você é a calmaria depois de uma tempestade ou, tipo, sei lá, um panda bem-alimentado.

Ronco enquanto rio, e já desisti de fingir que não é algo que costumo fazer, porque pelo visto é, pelo menos quando estou com o Henry.

— Que poético. Vou colocar na minha bio. Halle Jacobs: aspirante a escritora. Especialista em agradar aos outros. Calma como um panda bem-alimentado.

— Halle Jacobs: escritora. Ótima doceira. Calma como um panda bem-alimentado. Bunda mais bonita de Los Angeles.

Odeio que ele esteja me fazendo rir quando, na verdade, só quero ter um colapso dramático e caótico.

— Ok, agora tenho certeza de que está zoando comigo.

— Já vi muitas bundas. Posso confirmar que a sua é a minha favorita.

Faço uma careta para ele enquanto se levanta. É óbvio que Henry tem um plano em mente, e observo todos os seus movimentos enquanto tira o laptop da minha barriga e o coloca no sofá. Depois é a vez do meu celular, do Kindle, e, quando o ninho que construí ao meu redor está vazio, ele me pega do chão e me joga no sofá. Ao se sentar ao meu lado, me puxa para perto, colocando minhas pernas sobre si. Isso exige um pouco de esforço, já que não estou cooperando, mas ele consegue, e não tenho escolha a não ser apoiar o queixo no peito dele enquanto me sento no seu colo.

Ele coloca meu cabelo atrás das minhas orelhas e suspira.

— Por que você está tão infeliz?

— Porque você não me deu bambu suficiente, óbvio — murmuro, me recusando a levantar o olhar.

Ele coloca um dedo no meu queixo, erguendo minha cabeça para me olhar.

— O que aconteceu, capitã?

De todas as coisas que eu poderia começar a explicar, escolho a mais absurda.

— Você me chama de capitã porque estou no comando? Não quero ser responsável por tudo. Estou cansada de ser responsável por tudo e todos, e ser uma líder. Não quero ser a capitã ou organizadora da família. Estou muito cansada, e tudo está indo de mal a pior.

— Então quando não quero ser capitão é um problema, mas pra você tudo bem?

Acho que ele está fazendo piada para aliviar o peso da situação, mas estou triste demais para rir. Henry afasta a mão do meu rosto e me abraça. Acaricia meu cabelo, e é uma sensação gostosa, ainda mais depois de Joy passear por ele.

— Acho que no começo foi por isso, mas agora é porque estamos no mesmo time e somos iguais. Ser capitão é mais fácil quando acredito que estamos juntos nisso. Sinto muito que você esteja fazendo a maior parte da liderança; vou me esforçar mais por você.

Sinto como se fosse quebrar por dentro.

— Na verdade, isso foi bem fofo.

— Se não quiser mais ser chamada de capitã, eu paro. Posso dar infinitos apelidos para você. Panda é fácil de falar.

— Não quero que pare — admito. — Quero estar num time com você.

— Agora que você já disse qual era o *maior* problema, o que mais te fez chorar no chão?

De um jeito bem calmo, contido e nada choroso, explico que tudo vem se acumulando aos poucos e agora parece que estou carregando o peso de tudo e de todos.

Todas as bolas que tentei manter no ar, num malabarismo para garantir que todo mundo estivesse bem, começaram a cair e explodir. Ao perceber o tanto de responsabilidade pela vida dos outros que eu assumo, de repente fez sentido sentir falta da minha avó, a única pessoa que nunca fez com que me sentisse sobrecarregada. Deixo de fora a parte sobre meu livro, ou a falta de livro, na verdade, porque sei que ele vai atribuir isso às experiências, e não é esse o problema.

Eu sou o problema. Minha falta de compromisso com algo importante para mim é o problema. Henry não me levar a encontros porque passamos nosso tempo juntos fazendo outras coisas não é o motivo do meu caos interno. Ele me perguntar como as coisas estão indo e eu dizer "Ótimas", sendo que não estão, é um problema que eu mesma criei.

Se eu contar a verdade, ele vai achar que está me decepcionando, algo que já é difícil para ele por causa da pressão do hóquei, e não posso vê-lo se martirizar por mais uma coisa que não é culpa dele.

— Ok. Primeiro, acho que você devia parar de ouvir essa música sobre avós — diz Henry em um tom firme. — E você precisa começar a dizer "não" pras pessoas. Pra mim também.

— Você fala como se fosse fácil. Não é fácil, Henry — murmuro, com a cabeça ainda enfiada no calor do seu peito.

— É, sim. Eu digo "não" toda hora. Me manda ir embora.

— Não, não quero que você vá embora — digo, me afastando para olhar seu rosto com uma expressão de medo.

— Viu? Viu como é fácil dizer "não"? Acabou de dizer. Você aprende rápido. — Ele usa os dois polegares para enxugar minhas lágrimas e depois segura meu rosto. — Pessoas chorando me deixam ansioso, então você tem dois minutos para desabafar e depois vamos dar um jeito em tudo, combinado? Você tem o direito de ter um dia ruim, Halle. Você é humana, não um robô.

Balanço a cabeça.

— Não. Eu preciso de pelo menos cinco minutos.

— Viu? Disse "não" de novo. Continue, campeã.

Em vez de chorar, passo meus cinco minutos me agarrando a ele e deixando que me faça carinho na cabeça. As batidas consistentes do seu coração me tranquilizam, e, assim que as primeiras notas de "Marjorie" começam a tocar de novo, ele pega meu celular e pula a música. Quando os cinco minutos terminam, ele me força a me levantar. Não vou mentir — ainda quero continuar deitada no chão.

Henry também se levanta, se posicionando na minha frente de um jeito que de fato me impediria de me jogar no chão.

— Troca de roupa, coloca uma mais confortável. Espera, antes toma um banho e lava o rosto, você está com os olhos borrados de maquiagem. Depois, volte pra cá.

Vou para o corredor, obedecendo, e dou um pulinho quando ele dá um tapa na minha bunda. Quando olho para trás por cima do ombro, Henry está sorrindo.

— Eu disse. A bunda mais bonita de Los Angeles.

Eu me viro para ele, que segura a parte traseira das minhas coxas para me levantar. Envolvo seu pescoço com os braços e enrosco as pernas no seu quadril.

— Eu gosto de você.

Ele me beija de leve.

— Também gosto de você.

Eu me solto e subo a escada. Quando finalmente desço de novo, me sentindo bem melhor, Henry está no telefone com alguém na cozinha.

— Pode fazer ou não? Sim, entendo. Não, não me importo. Sim, tenho certeza de que ela acha que é sexy. Sim, vou ajudar. Só manda por e-mail para ela quando terminar. Você tem o número dela para mandar a mensagem de áudio? Não, ela não quer fotos de você lendo. Ok, obrigado. Tchau.

Olho a bancada na frente dele, cheia de ingredientes espalhados, e o forno está ligado.

— O que está acontecendo?

Henry pega um avental do gancho na parede e o veste.

— Vou fazer os biscoitos para o seu clube do livro amanhã. Já vi você fazer um milhão de vezes, então é fácil. Tenho a receita da sua avó e muita vontade de não ser assombrado por ela se eu errar.

"Ah" é a única coisa que consigo dizer quando ele dá a volta na ilha da cozinha e puxa um banco para mim, gesticulando para que eu me sente ali.

— Falei com a sra. Astor enquanto você estava no banho, e ela me deu a lista de compras dela. O Russ está indo ao mercado agora fazer as compras para ela e a Aurora vai preparar uma lista de possíveis presentes de Natal para a sua mãe. Ela pediu que mande o orçamento por e-mail. A Cami está bem; eu liguei, mas ela estava na aula de pilates e só atendeu porque achou que era uma emergência. Talvez seja bom você ligar de novo depois.

Não vou chorar. *Não* vou chorar.

— Tá bom.

— Jaiden disse que ganhou todas as feiras de ciências na escola. Não acredito, mas ele se formou em Química, e a irmã dele tem oitos anos, então deve ficar tudo bem. Ele vai mandar algumas ideias e fazer umas pesquisas quando chegar em casa. Bobby *diz* que já leu o livro do seu clube, mas que vai dar uma olhada de novo para relembrar e te mandar uma mensagem de áudio detalhada com tudo que acontece, além de algumas perguntas que você vai poder fazer. Ele se ofereceu para tocar essa reunião, mas achei que você não ia querer. Recomendo recusar.

— Mas todo mundo tem planos para o feriado, não? Ou vão estudar? As provas finais estão chegando, não quero desperdiçar o tempo de todos eles.

— As pessoas querem te ajudar, Halle. E acho que você é a única pessoa que já começou a estudar.

Eu o encaro, admirada, e ele, por sua vez, me olha como se eu fosse uma aberração.

— Obrigada.

— Por que você está me olhando assim?

— Porque você me segurou — digo, tomada por alívio e gratidão.

— Não sei do que você está falando — comenta ele, ligando minha balança eletrônica. —Tomei a decisão executiva de ignorar o planejamento das férias em família. Então agora você só precisa falar com a Gigi e depois estudar, se quiser.

— Pode me beijar? — peço. — Já parei de chorar, juro.

— Não — diz ele, e isso me pega de surpresa. — Porque, se eu te beijar, vou querer fazer mais, e já lavei as mãos. Pede de novo quando eu terminar.

— Sim, capitão.

* * *

Gigi passa nossa chamada de vídeo inteira perguntando quem está fazendo barulho na minha cozinha.

Que bom que Henry me pediu que colocasse os fones de ouvido porque, de acordo com ele, se quisesse ouvir uma criança reclamando do dever de casa, ficaria em casa com seus colegas de time. Eu disse que ele passou os últimos três meses reclamando também, mas ele respondeu que não conta porque ele é um gato.

Não sei se uma coisa tem a ver com a outra, mas concordo que ele é mesmo um gato.

Depois de vê-lo concentrado no livro de receitas por cima do meu notebook, acho que preciso admitir que ele é bom em tudo. Demora mais do que o normal para Gigi desligar, não porque de repente desenvolveu um interesse na minha vida, e sim porque é fofoqueira.

Fecho o notebook, observo Henry encarar os biscoitos pela porta do forno, me levanto e me alongo um pouco. Ele juntou os ingredientes mais devagar do que eu porque está determinado a acertar tudo de primeira.

— Demoram mais para assar se você ficar olhando.

Ele vira a cabeça para me encarar, as sobrancelhas se juntando.

— Isso deve ser mentira.

— É verdade — digo com o máximo de confiança que consigo sem rir. Ele fica em pé, dá a volta até o meu lado da bancada e se inclina para beijar minha têmpora. — Toda doceira sabe.

— Como está se sentindo? — pergunta, colocando uma mecha de cabelo atrás da minha orelha e fazendo carinho no meu rosto com o polegar.

— Melhor. Muito melhor, mas também sinto que preciso de uma massagem completa para me livrar de toda a tensão.

Suas mãos descem da minha mandíbula para o pescoço e a clavícula.

— Tem uma coisa que posso fazer que com certeza vai liberar a tensão no seu corpo, e aposto que consigo fazer antes que o timer apite.

— Acho que vale a pena tentar.

Primeiro Henry me beija de leve, depois fica de joelhos, e talvez esta seja a cena mais impressionante que já vi. Nunca fiquei tão feliz de estar de vestido. Ele sobe as mãos pelas laterais das minhas coxas, deslizando pela barra do vestido, e agarra a calcinha.

Você já fez isso antes?

Ele me observa e passa a língua no seu lábio inferior enquanto espera uma resposta.

— Não, mas quero saber como é.

— Ótimo. Eu também. Se encoste na bancada.

Ele puxa a calcinha, levantando meus pés pelos tornozelos para tirar. Enquanto beija a parte interna da minha coxa, coloca uma das minhas pernas no ombro, e sua cabeça desaparece debaixo do tecido.

É difícil não me perguntar em que momento minhas pernas vão ceder. Ou o meu coração vai parar. Não sei qual vai se desmanchar primeiro.

Ele passa um tempo beijando minhas coxas e bunda, me prendendo ali para eu não desviar quando estremeço com a sensação da barba por fazer na pele sensível.

Sua língua me abre e prendo a respiração, minha cabeça cai para trás enquanto ele lambe e chupa. Minha pele parece estar efervescendo e agarro a bancada atrás de mim para não cair. Tomo um tapa na bunda ao gemer seu nome e, quando repito, devagar, Henry enfia um dedo em mim, me abrindo até conseguir colocar outro.

Tudo que acontece depois é num piscar de olhos. O prazer se espalha por mim, crescendo e crescendo enquanto me acostumo a me sentir tão satisfeita. Henry geme quando eu me aperto em torno dele, usando a língua na velocidade e pressão perfeitas.

— Henry — gemo. Ele solta a mão da minha coxa, pega a minha e segura firme.

Minhas pernas quase cedem e vejo estrelas; ele é cuidadoso ao me soltar, sensível e inchada, então coloca minha calcinha de volta e fica em pé para me encarar.

Eu devia dizer algo, qualquer coisa, talvez escrever uma carta de agradecimento ou erguer um monumento em sua honra. Mas não tenho que fazer nada disso porque o timer do forno dispara e o olhar presunçoso no rosto dele demonstra toda a apreciação de que parece precisar.

Capítulo vinte e cinco

HALLE

O BARULHO DO SAGUÃO da arena ainda não cessou, mesmo após o jogo acabar e as pessoas terem começado a sair.

Consigo me sentar a uma das mesas altas na lateral para tentar terminar o rascunho de um capítulo. Henry me mandou dizer "não" mais vezes, algo que estou colocando em prática dizendo "não" a mim mesma e não fazendo mais nada além de me dedicar ao meu "trabalho em progresso" após o feriado.

O manuscrito foi uma boa distração da tristeza que senti quando, depois do trabalho, fui para minha casa vazia, e Gigi e Maisie estavam com sono demais para conversar no telefone. A sra. Astor recebeu a família e fez a gentileza de me deixar um prato de comida na geladeira. Também roubou minha gata, mas pelo menos me avisou antes. Uma das netas dela é autista, e Joy a ajuda a administrar as emoções em eventos em família, então não me importo de dividi-la.

Um trabalho em progresso precisa pelo menos estar em progresso, e agora o peso parece menor, mesmo que seja temporário. Preciso parar de ficar com pena de mim mesma por estar atrasada com tudo e começar a efetivamente *fazer* alguma coisa.

Depois do meu surto emocional, por incrível que pareça — ou talvez não, dependendo do ponto de vista —, tenho sido muito produtiva. Percebi que não estava sem inspiração, algo que tem sido um desafio para mim; estava distraída.

Duvido que alguém me julgaria por passar tanto tempo debaixo de um jogador de hóquei gostoso e gentil, mas, ainda assim, sou uma mulher determinada. Posso ter tudo e vou conseguir, só preciso me esforçar. Não posso continuar sendo distraída por um rosto lindo e uma personalidade maravilhosa. Mesmo que seja o rosto *mais* lindo e a *melhor* personalidade do mundo.

Por falar no rosto mais lindo, Henry passa pela porta que agora tem dois avisos de "Proibido entrar", para a felicidade das pessoas que ainda estão por aqui. Quando o veem, há gritos e comemorações, e, por mais que eu fique feliz de vê-lo ser celebrado, estremeço ao pensar no quanto é sensível a barulho.

Tento me concentrar no plano de como fazer minhas pessoas imaginárias se beijarem e brigarem em vez de tentar não rir da expressão impassível de Henry quando as pessoas param para falar com ele. Fica um pouco mais difícil conseguir me concentrar ao ver duas mulheres se aproximam dele com camisas com seu nome nas costas.

Consigo ouvir uma delas rir alto do outro lado do saguão, e a outra coloca a mão no braço dele. Não escuto o que Henry responde, e ainda estou fingindo trabalhar quando o vejo vindo na minha direção. Ele para ao meu lado; a cadeira em que estou sentada nos deixa quase na mesma altura, então consigo ver seu sorriso quando me viro para ele.

— Oi. Você ganhou — digo. — Dois jogos seguidos, e eu vi os dois. Isso me torna sua fã número um?

— Claro que eu ganhei. — Ele me beija com vontade, largando a bolsa no chão para enfiar os dedos no cabelo da minha nuca. Só se afasta quando os fãs de hóquei passam por nós comemorando. Encosta a testa na minha. — Você é meu amuleto da sorte. Eu disse: é ciência.

Não costumamos nos beijar na frente de outras pessoas, ainda mais depois do incidente no hotel, mas, ao ver as duas mulheres com as camisas com o nome "Turner" nas costas irem embora, acho que o beijo não foi por mim.

— Você pode rejeitar as pessoas, sabia? Não precisa dar um show como desculpa.

Ele se afasta para me olhar, a mão ainda apoiada na minha nuca.

— Do que você está falando?

— Me beijar. As meninas com a sua camisa. É só dizer "não".

— Eu disse. Depois vim aqui comemorar nossa vitória.

— Hum — resmungo. Ainda sinto que ele estava me usando para mandar uma mensagem às pessoas com quem não tem energia para lidar. — Se você diz.

— Você está sendo insensata para começar uma briga? — pergunta ele. — Tudo bem se for isso, mas pode guardar sua raiva até chegarmos em casa? Se vamos brigar por causa disso, deveríamos brigar em um lugar onde possamos fazer as pazes direito depois.

Encaro seu peito e dou de ombros.

— Não estamos brigando e não estou sendo insensata.

— Desculpa. Quis dizer dramática.

Murmuro que não estou sendo isso também e ele puxa meu rabo de cavalo de leve, me forçando a olhá-lo.

— Está, sim. — Ele me beija e eu me derreto como a trouxa que sou. — Mas não me importo. A gente ainda não brigou. É uma boa experiência pra você.

— Se você disser que estou sendo dramática mais uma vez, a gente vai, *sim*, brigar.

Ele sorri, e, depois uma série de derrotas, vê-lo feliz de verdade após um jogo é quase um sonho.

— Você não está se ajudando muito.

— Estamos oficialmente brigando — declaro. Na minha mente, pareço séria e intimidadora, mas ele dá aquele maldito sorriso e beija a ponta do meu nariz, e fica na cara que não se importa.

— Duas vitórias e uma briga com você? Tenho muita sorte. Preciso voltar, mas você vai me esperar aqui, né? — Ele olha para o documento do Word aberto no meu notebook. — O que seus amigos imaginários estão fazendo hoje?

Parece paternalista, e é mesmo, mas Henry começou a chamar meus personagens de amigos imaginários quando eu disse que era estranho chamá-los pelos nomes. Gosto quando ele demonstra interesse, agora que tenho algo para mostrar.

— Não estão se comunicando. Em vez disso, estão dando voltas sem falar o que querem um do outro.

Ele bufa.

— Parece a gente.

— Nós nos comunicamos muito bem — argumento. — Acabamos de comunicar que estamos brigando porque você me beijou pra se livrar de mulheres com quem não queria lidar.

— Halle — diz ele, gentil. — A única pessoa com quem quero lidar é você. Você e seu drama já me mantêm ocupado o bastante. Te beijei porque gosto muito de te beijar. Alguns dizem que sou obcecado com isso. É a primeira coisa que pensei em fazer quando saí do gelo. Ficar aqui ouvindo você criar conflitos imaginários vai me causar um conflito *real* com o Faulkner, mas vale a pena.

— "Obcecado" parece bem dramático na minha opinião — resmungo, enfiando a cabeça no seu peito para esconder meu rosto dele. — Acho que você deveria ir fazer suas tarefas de capitão e me deixar com meus amigos imaginários.

— Não vejo a hora de brigar com você quando terminar — retruca ele, beijando minha testa.

— Podemos adiar a briga para outro dia? Eu sou muito fã de não brigar nunca — digo, provocando-o.

Ele assente enquanto ri e vai embora. Só depois que ele entra pela porta com as placas de "Proibido entrar" que percebo quantas pessoas estão me encarando.

Acho meus fones de ouvido na bolsa e me concentro nos meus personagens, que estão dando voltas para falar o que querem um do outro, e *definitivamente* não no fato de que o Henry disse que isso parece a gente.

* * *

Não há nada mais estranho do que a casa do Henry em silêncio.

Todos estavam aqui mais cedo, comemorando as vitórias, mas se arrumaram para sair, e Henry disse que ia ficar em casa comigo. Tenho quase certeza de que disse "com a Halle" para não discutirem, e não me importo de ser sua desculpa quando está cansado demais para lidar com toda a adrenalina.

Assim que me acomodo na cama com meu notebook, Henry vai para outro cômodo. Ao voltar, está com sua calça de pintura e carrega uma tela em branco debaixo do braço. Não deu atenção para a minha empolgação de vê-lo fazer mais do que um rascunho. Em vez disso, se sentou no chão, abriu um pequeno godê de tintas e está ali desde então.

Não sei o que está pintando, mas, como nunca me deixou ver seu trabalho antes, estou com medo de perguntar e isso fazer com que ele e sua tela saiam dali.

— Consigo sentir você me observando — diz ao passar o pincel pela tela.

— "Observando" parece meio assustador. Estou admirando. Mesmo com o pouco que você me mostra, amo seu trabalho.

Só vejo as coisas que ele faz para mim, não para si mesmo. Os desenhos da Joy, as flores que pintou porque prefiro imagens a flores reais, o retrato de Quack Efron todo arrumadinho de terno e gravata, sem falar nos desenhos que faz em mim.

Henry coloca o pincel entre os dentes e se levanta do chão com o godê e a toalha onde estava sentado. Joga a toalha na cama ao meu lado e coloca a paleta ali. Com uma das mãos, fecha meu notebook e o põe na mesa de cabeceira, depois tira o pincel da boca com a outra, deixando-o ao lado do godê.

— O que você tá fazendo?

Ele fica em cima de mim, uma perna de cada lado do meu quadril, me prendendo ali.

— Pintando. Pode levantar sua camisa?

— Você vai pintar minha barriga? — pergunto e já sei a resposta antes de ele concordar com a cabeça. — Não é reta.

— Eu já vi sua barriga antes — diz ele, como se meu comentário fosse ridículo.

— Por que isso importaria?

— É que não é definida, e eu tenho algumas marcas.

E tenho certeza de que tenho alguns pelos debaixo do umbigo que não depilei.

— Não é estranho ter estrias. — Ele puxa a manga da camisa e flexiona o braço, virando-o até eu ver linhas brancas no bíceps. — Também tenho. Não precisa se sentir insegura com isso.

Eu não diria que fico imediatamente na defensiva, mas há um aspecto de como quero reagir que é de me defender. Sei que meu corpo não é o que a sociedade chamaria de perfeito, mas me esforcei muito para me amar ao longo dos anos, quando parecia que tudo era feito para me convencer do contrário.

— Não estou insegura. Gosto do meu corpo — respondo. — Só não estou acostumada com outras pessoas olhando pra ele. Estava preocupada de que não seria uma boa tela.

— Você é minha tela perfeita, Halle. Tudo em você. Mas tudo bem. Também gosto do seu corpo, e gosto de ser o único que o vê.

Tela perfeita.

— O que você vai pintar?

— Vai ter que esperar pra ver.

Levanto a camisa e a enfio embaixo do sutiã para que não atrapalhe. Ele não fala enquanto trabalha. Henry começa com grandes pinceladas nas minhas costelas e embaixo do umbigo, seguidas por centenas — não, milhares — de toques menores e mais rápidos. Cantarola para si, às vezes para e se afasta a fim de analisar o trabalho.

Cada pincelada parece um beijo na minha pele, e, quando checa se estou bem, só assinto, pois mal consigo suportar a delicadeza de tudo. Parece tão pessoal e especial, e ele quer fazer isso comigo.

Ele sai de cima de mim e começa a pintar a lateral do meu corpo, deitado de barriga na cama. Depois o outro lado, depois entre minhas pernas. Às vezes me pergunta se preciso de algo, mas recuso porque não quero que isso acabe.

Quando acaba, ele me faz ficar deitada na cama até secar para não arruinar sua *obra-prima*.

— Posso pintar em você depois? — pergunto, me mexendo bem devagar enquanto ele me ajuda a sair da cama e ir em direção ao seu espelho de corpo inteiro.

— Não. Já vi seus desenhos antes. Você não desenha bem.

— Você é muito grosso às vezes, sabia? — resmungo, fazendo uma careta para ele por cima do ombro enquanto atravessamos o quarto.

Ele cobre meus olhos conforme damos os últimos passos.

— Todo mundo me diz que não filtro o que digo até que chega a hora de dizer que são ruins de desenho. Tá pronta?

— Tô, sim.

Henry tira as mãos, mas continua perto de mim; pressiona o rosto no meu pescoço, me beijando onde minha pulsação bate forte. Lilás e lavanda se entrelaçam com nuvens brancas brilhantes na minha costela; tons suaves de rosa, azul e verde decoram minha pele de um jeito delicado. Branco e amarelo se misturam naturalmente no meio de tudo. Demoro um pouco para entender o que é aquilo.

— Você gosta de campinas. Foi a primeira coisa que desenhou em mim.

— Passo muito tempo sonhando acordado com um campo onde possa deitar. Acho que seria muito tranquilo. Também comecei a gostar muito de margaridas.

Tem um H no canto inferior esquerdo da minha barriga, escrito em uma letra cursiva preta. É a única cor forte no meu estômago.

— Você me assinou.

Ele passa os dedos na pele abaixo da sua inicial.

— Como se sente ao ver isso?

— Bonita — respondo, sendo sincera e me sentindo mais vulnerável do que nunca. — Você sempre me faz me sentir bonita.

— Você se sente assim porque *é* bonita, Halle.

— Promete que vai me deixar ter a experiência de ir a uma campina com você um dia?

— Prometo.

Capítulo vinte e seis

HENRY

O PERÍODO DAS PROVAS finais é a única época do ano em que sinto que tenho uma vantagem acadêmica sobre todos os meus amigos.

Sempre me dou bem nas provas porque achei um sistema que me ajuda a fazer o melhor possível. Trabalhos manuais nunca foram estressantes para mim porque adoro, e meu sistema cuida de trabalhos escritos. É simples: deixo o medo constante crescer mais e mais, até eu começar a acreditar que, se não começar a fazer *alguma coisa*, não vou conseguir, e aí começo a estudar.

É a melhor estratégia? Não. É perfeita para mim? Sim, nunca deu errado.

Poppy me encarou com a boca entreaberta quando expliquei isso para ela e a Halle. Eu disse que queria reagir do mesmo jeito quando descobri que ela queria ser professora do jardim de infância.

Claro, meu método não é tão organizado quanto a tabela identificada por cores da Halle ou os dois — *sim, dois* — planners da Anastasia... Mas sou o único que não surta com as nossas provas finais se aproximando e, caralho, como é bom.

Minha relação com o professor Thornton está prestes a acabar, e nunca fiquei tão feliz por nunca mais ter que falar com alguém de novo. Eu sobrevivi, em grande parte graças à bondade e à determinação da Halle, mas sobrevivi.

Agora só preciso continuar sobrevivendo ao hóquei e talvez não estrague toda a minha vida acadêmica. Halle me olhou com uma expressão de pânico quando eu disse que passaria mais tempo treinando na academia em vez de acompanhar seu plano de estudos. Com certeza, não acredita em mim quando digo que me dou bem sob pressão.

Ela explicou que sua preocupação não tem a ver com uma descrença em mim, e sim com o fato de que, toda vez que estou sob pressão no hóquei, como em uma derrota, tenho o que ela chama de "colapso nervoso".

Não entendi o que ela quis dizer.

* * *

Quando todo mundo concorda em se concentrar nos estudos hoje em vez de jogar *beer pong*, faço o possível para parecer decepcionado.

Halle e Aurora riem na minha frente, sussurrando uma para a outra que nem crianças.

— O quê?

— Nada — Halle responde rápido e volta os olhos para o papel.

Olho para Aurora sem dizer nada porque sei que não preciso. Ela vai me contar se eu continuar a encarando. Costuma demorar doze segundos.

— Você é um péssimo ator, Hen. Nunca vi alguém tão aliviado de não ter que sair de casa.

— Estou arrasado, Aurora. Fico surpreso que não consiga ver isso.

Para mim, pareço convincente, mas por algum motivo elas começam a rir de novo. Não sei de quem foi a ideia de fazer um grupo de estudos tão tarde, mas, se isso quer dizer que não preciso ir a uma festa de fraternidade lotada, eu aceito.

A porta de entrada se abre, e Russ e Robbie entram com sacolas cheias de comida. Russ me olha e usa a cabeça para apontar para a sala de jantar.

— Posso falar com você?

— Claro.

Eu o sigo, me sento à mesa e estico a mão para Russ me entregar o burrito que comprou.

Na mesma hora, ele coloca um notebook na minha frente. Quando o abre, entendo o que está acontecendo. O portal do estudante está me encarando como se estivesse nos meus piores pesadelos.

— Faz logo, Henry. Ou vai ficar sem comida. Agora você não pode fugir pra casa da Halle nem me evitar. Estamos todos aqui e vamos fazer isso. Prometi que ia te obrigar a resolver isso.

Ele tira minha comida da sacola e segura o embrulho de alumínio fora do meu alcance. Nós dois sabemos que sou mais rápido. Se tentasse, poderia pegar antes que ele conseguisse resistir.

— Você está sendo ridículo.

— Aperte os botões, Hen. Faz logo essa porcaria, ou vou jogar seu jantar no lixo.

— Você me ofereceu o burrito antes de pensar nisso tudo? — pergunto, passando o dedo pelo mouse pad, mas sem clicar.

— Sim.

— Não sou um cachorro — resmungo.

— Já foi? — grita Robbie da cozinha, então rola a cadeira até a sala de jantar onde estamos sentados, na qual aparentemente vou me inscrever para aulas, não comer um burrito.

Robbie me dá um prato para a comida que não tenho e para ao lado do Russ.

— O que *eu* preciso fazer para *você* fazer o que precisa fazer no próximo semestre?

— Como? — pergunto, e ele responde revirando os olhos.

— Você me prometeu um mês atrás que se inscreveria nas suas matérias dentro do prazo. É importante que não fique com isso o incomodando. É importante que não seja dispensado pelo treinador se tiver que repetir uma matéria no próximo semestre. Te dou qualquer coisa, Hen. Diz o que quer e termina logo com isso.

Eu devo ter me esquecido de comentar que Halle me forçou a fazer isso duas semanas atrás, mas sempre vou aproveitar uma oportunidade de ganhar algo do Robbie.

— Eu vou fazer o login e você me diz quais matérias quer cursar. Eu me inscrevo por você — diz Russ. — E aí pode esquecer isso até o Ano-Novo.

— Ainda não decidi quais quero fazer — digo, me deliciando com o fato de os dois arregalarem os olhos — Talvez pegue outra matéria do Thornton.

— Como assim? Você reclama dele literalmente há meses — objeta Robbie.

Russ desembala seu burrito devagar e eu encaro o meu, triste.

— É a aula que a Aurora e a Halle estão fazendo agora? Sobre sexo?

Robbie para de comer e me encara.

— *Por favor*, me diz que você não está considerando passar por toda aquela desgraça de novo só pra estudar sexo com a Halle. Façam isso no banheiro como qualquer outro casal. Não precisa escrever redações a respeito.

Ignoro Robbie e Russ quando eles murmuram "Não somos um casal", baixinho, antes que eu possa dizer o mesmo.

Dou de ombros, tranquilo.

— Parece interessante. É arte do século XVIII.

— Você precisa transar — diz Robbie, como se eu não soubesse disso. — Você está perdendo o juízo. Henry, me promete que não vai fazer isso. Pode passar todos os minutos livres do seu dia com ela se quiser; não precisa vê-la durante as aulas também. Você não gosta dele, lembra? Só porque Halle é um gênio da porra e facilita a sua vida, não quer dizer que você deva passar por aquilo *de novo*.

— Não foi tão ruim — digo.

O rosto dele fica vermelho.

— Acho que você está com a memória curta — fala Russ, com cuidado. — Sei que Halle facilitou pra você, mas quando ela não estava aqui você reclamava demais.

— Não me lembro disso — digo.

Agora Robbie está vermelho mesmo. Há uma veia saltando na sua testa que só costumo ver quando ele está prestes a explodir.

— Bom, eu lembro — retruca Robbie. — Você reclamou pra caralho. Tanto que parecia que eu estava na aula com você.

É mais divertido do que parece.

— Se o JJ estivesse aqui, ele concordaria comigo. E me deixaria comer meu burrito.

Robbie ronca.

— JJ disse que você deveria fazer um piercing no pinto, e você falou que prefere nadar com tubarões famintos a seguir um conselho dele. Mas, claro, segue a opinião dele sobre isso. É engraçado como você diz "pergunte ao JJ", e não ao Nate, que com certeza não o deixaria pegar uma aula sobre sexo.

O Robbie tem razão, foi exatamente isso que eu disse. Entretanto, segui o conselho de JJ outro dia, e as coisas ainda não deram errado.

— Você começou a fazer treinamento mental ou algo assim? Por que de repente está com a memória de um elefante? — pergunto a Robbie. — E você sabe que não é uma aula sobre sexo, né? É sobre arte e literatura.

Robbie olha para seu relógio e depois para mim.

— Já estamos nessa insanidade há cinco minutos em vez de passar esse tempo priorizando sua educação. Estou falando sério, Hen. O que você quer?

— Quero meu burrito. Me dá aqui — digo para Russ, puxando o notebook para mim em um ângulo em que não possam ver a tela. Russ me entrega a comida e ambos ficam sentados, suspirando em alívio, sem saber que estou escrevendo um e-mail para a Halle sobre meu burrito.

* * *

Depois de algumas horas com todo mundo fingindo estudar, Halle e Aurora vão embora junto com outros integrantes do time para suas respectivas casas. Quero que Halle fique, mas também preciso trabalhar no seu presente de Natal, que só decidi fazer há algumas semanas. Ela não se importou e disse que usaria o tempo livre para estudar sem que eu tentasse distraí-la.

Percebi que ela fala com frequência que eu a distraio e fiquei um bom tempo decidindo se está me dando dicas de que eu deveria parar. Se fosse qualquer outra pessoa, perguntaria na lata, mas no caso da Halle sei que ela diria o que acha que quero ouvir.

Quando pergunto se está arrependida de não ir para a casa dos pais no feriado, ela diz que não, mas minha sensação é de que não é verdade. Ela olha para baixo, sorri e dá de ombros, inclinando a cabeça para o lado antes de sair.

— É a vida.

Cami e Aurora disseram que Halle falou a mesma coisa para elas, o que me faz querer bolar algo especial para ela. Uma coisa boa sobre a Aurora é que ela adora interferir nos planos.

Estou prestes a achar meu tablet para continuar o presente da Halle quando ouço alguém gritar meu nome lá embaixo.

— O quê? — grito em resposta.

— Halle tá te ligando. Tira o celular do silencioso — grita Russ de volta.

Merda. Seis ligações perdidas.

— Desculpa! Estava no silencioso — digo quando Halle atende à minha ligação. — E aí?

— O carregador do meu notebook tá na sua casa? — diz ela, nervosa.

Olho ao redor e o encontro no chão, ao lado dos chinelos que ela deixou ali.

— Aham.

— Estou num ritmo bom escrevendo um capítulo e meu computador tá prestes a morrer. Vou esquecer tudo se não escrever. Meu Deus, não acredito que eu saí daí sem ele! O que estava pensando? — reclama ela. Consigo ouvi-la andando de um lado para o outro. — Pode trazer aqui, por favor? Eu iria pegar, mas preciso botar isso no papel.

— Tô indo — digo, orgulhoso por ela me pedir. — Vou ser rápido. Não se esqueça de nada.

— Rápido! — grita ela. Pego um moletom e coloco o carregador no bolso.

Russ me deixa pegar o carro emprestado para não ter que andar até lá, e é outro lembrete de que preciso mesmo arrumar um carro para mim em algum momento. Essa pesquisa é chata, e toda vez que tento escolher um, me distraio.

Dez minutos depois, estaciono na frente da casa da Halle. Ao entrar pela porta que ela sempre deixa destrancada, mas não deveria, a vejo deitada no chão da sala, cercada por folhas de papel pautado cobertos de uma versão frenética de sua caligrafia bonitinha.

— O notebook morreu! — diz ela, arrancando uma página do bloco de notas e jogando-o numa pilha. — Não posso falar.

Não digo uma palavra enquanto ligo o carregador na tomada e o conecto ao computador dela. Pego Joy, que está passeando perigosamente perto da pilha de papéis, a coloco debaixo do braço ao passar pela cozinha, coloco alguns salgadinhos em um prato e pego uma garrafa d'água na geladeira.

Coloco tudo no chão ao lado de onde Halle está deitada e me jogo na cadeira com Joy.

É fascinante ver seu processo tão de perto. Geralmente, ela fica apenas resmungando em frente ao notebook ou tão focada que nem escuta quando falo com ela. Nas vezes que me lembro de perguntar como o livro está indo, Halle costuma mudar de assunto ou ignora se fez algo bom.

Joy está ronronando no meu peito enquanto vejo Halle largar a caneta e se apoiar nos antebraços.

— Oi.

— Oi. Coloquei seu notebook para carregar.

Ela levanta a cabeça e olha para todas as folhas de papel espalhadas ao redor.

— Estava com medo de esquecer a cena.

Coloco Joy ao meu lado e abro os braços.

— Vem me contar.

Halle sai do chão para o meu colo, jogando as pernas por cima do braço da poltrona.

— Não sei bem o que dizer. Provavelmente não vai fazer sentido quando eu ler de novo.

— Me conta qualquer coisa. Gosto de te ouvir falar.

Passo a mão pela canela da Halle e ela pensa em como começar.

— Estou tentando terminar o segundo ato, mas, como a reviravolta da história é ela se casar com outra pessoa, estou escrevendo o relacionamento sem saber com quem ela vai se casar.

— Ainda estou torcendo para o meu amigo, mas ok.

— E aí eu estava pensando, ele está no altar da igreja. Para começo de conversa: por que o ex dela estaria no seu casamento? Um baita furo na história, mas *por que* ele estaria no altar? Então pensei: e se ela estiver se casando com alguém que ele conhece, tipo, seu melhor amigo?

Não sei aonde isso vai dar, mas ela está tão empolgada, que não quero a interromper.

— E isso me fez pensar que, quando eu e o Will terminamos, ele ficou com todos os amigos, mas e se, quando eles terminassem, ela ficasse com o amigo? O melhor amigo dele. Ou eles ficassem mais próximos, porque os dois queriam algo diferente da mesma pessoa, e a coisa que faltava fez com que *eles* encontrassem paz um no outro enquanto processavam o fim de uma relação platônica e romântica?

— Então é isso que você estava escrevendo? Ela e o amigo?

— Mais ou menos. Começando, pelo menos. O que fico pensando é: qual é o preço do amor? E quando ele cobra muito? Em que momento você olha para as escolhas que está fazendo e decide que é um preço alto demais a se pagar? Quanto devemos nos sacrificar por alguém que amamos?

Halle está brilhando e não consigo tirar os olhos dela.

— Estou quase no ato final e, sinceramente, não faço ideia do que vai acontecer, só queria tirar tudo da minha cabeça enquanto consigo, antes de ficar bloqueada de novo. — Ela segura meu rosto e me beija de leve. — Obrigada por vir tão depressa.

— Quando você soube que queria ser escritora? — pergunto.

Não acredito que nunca perguntei isso.

— Quando eu tinha uns seis ou sete anos. Minha mãe me levou a um evento na biblioteca em que uma escritora estava fazendo uma leitura, e achei muito legal e especial. Não lembro quem era a autora, mas todo mundo estava ouvindo tudo que ela dizia com tanta atenção... Aí decidi que queria fazer aquilo.

— Quero ver pessoas ouvindo com toda a atenção tudo que você diz numa biblioteca — digo e coloco a mão na coxa dela.

Ela pega minha mão e beija os nós dos meus dedos de leve.

— Tomara.

Capítulo vinte e sete

HALLE

Algo sobre passear em meio ao ar frio de dezembro sabendo que não preciso me preocupar com a faculdade até a primeira semana de janeiro faz a vida parecer muito melhor.

Henry está sentado em um banco, concentrado no celular, quando saio do prédio de Letras com a Rory. Nem vê o grupo de mulheres falando sobre ele à esquerda ao nos aproximarmos. Levanta o olhar para mim, sorrindo daquele jeito que faz meu coração parar.

— O oxigênio tá oxigenando mais hoje? — pergunto depois que ele se levanta, enfia o celular no bolso e beija minha bochecha. — Ou sou eu?

— Halle está estranha hoje — diz Aurora. — Tipo, muito estranha e feliz de um jeito fora do comum.

Henry franze o cenho e seu nariz se move.

— É você. O ar é ar.

— Tenho muitas coisas para fazer nas férias de inverno e estou animada pra não me sentir mais um fracasso — respondo. — Vou ficar em dia com tudo e organizar a minha vida.

— Parece chato. De quanta organização sua vida precisa? — comenta Henry, puxando minha bolsa do ombro e colocando no seu.

Não me dou o trabalho de lhe responder porque ele não faz ideia de quantos capítulos pela metade tenho acumulando poeira no meu computador. Também preciso digitar o capítulo que, por algum motivo, decidi escrever à mão. Meu primeiro rascunho devia estar pronto para eu poder passar os próximos meses na edição antes de enviar para o concurso em março. Ainda não terminei o segundo ato, e sabe-se lá o que vai acontecer quando chegar ao terceiro.

Estou muito atrasada, mas decidi aceitar que passar o Natal trabalhando é uma bênção, não uma frustração, e que, quando as aulas recomeçarem, voltarei a ser organizada e focada.

— É, concordo. Você é a pessoa mais organizada que conheço — diz Aurora e depois se vira para Henry. — Mas por falar em pessoas que precisam dar um jeito na vida... Como está indo com o pânico desesperador? Quando é sua última prova?

— Você está sendo muito crítica para alguém que precisa urgentemente de terapia — responde Henry, e, embora meu instinto seja ficar em choque com o comentário, Aurora ri. — Hoje à tarde, e não estou preocupado.

— Também acho divertido mentir. — Ela olha para o celular e sorri. — Russ acabou de mandar mensagem dizendo que já está livre. A gente vai fazer compras de Natal; precisa de alguma coisa?

Primeiro acho que está falando com o Henry, mas depois percebo que está me olhando.

— Desculpa, o quê?

— Você já fez suas compras de Natal ou precisa de ajuda? Vamos ao shopping, mas, se tiver algo específico de que precisa, posso usar o serviço de *personal shopper* da minha mãe. Eles embalam e dão um jeito de enviar a Phoenix para você.

Sei que não é nada demais, mas a oferta da Aurora me pega de surpresa. Ela já me fez um grande favor me ajudando a achar um presente quando meus irmãos estavam me enchendo o saco; jamais esperaria que ela ajudasse com mais alguma coisa.

Acho que não me lembro de ninguém ter se oferecido para me ajudar com preparativos de Natal. Sempre tomo cuidado para que todo mundo receba o presente certo, e as pessoas nem se lembram disso.

— Já fiz, mas obrigada por se oferecer.

— Sem problema! Mande mensagem se precisar de alguma coisa. Tchau, casal.

Aurora leva o celular à orelha conforme se afasta, e quando está longe o bastante Henry finalmente fala:

— Tenho duas horas livres. Quer quebrar a regra de "sem carícias em excesso na biblioteca" comigo?

Dou uma risada espontânea e ele me puxa para perto, rindo. Coloca as mãos no meu pescoço e ergue meu rosto para si.

— Por mais festivo e nada voyeurístico que isso seja, prometi que iria trabalhar na Encantado por algumas horas para ajudar com o pessoal que deixa os presentes para a última hora antes de viajar.

Ele faz um bico. Literalmente.

— Está dizendo "não" para mim?

— Você fica me falando que preciso dizer "não" para as pessoas.

Ele passa o polegar pelo meu queixo.

— Eu quis dizer para *outras* pessoas, não eu.

— Ah, bom, as instruções não foram claras, então de agora em diante vou dizer "não" para tudo que você pedir.

— Isso não vai acontecer, né? Vamos sair mais tarde pra comemorar eu ter sobrevivido à matéria do Thornton.

Sinto como se todos estivessem olhando para nós, mas tento me convencer de que é coisa da minha cabeça. Estamos bem perto um do outro e falando baixinho, Henry toca meu rosto de leve. Não sei como acabamos assim, mas não quero que pare.

— Eu só disse que vou dizer "não" para tudo que você me pedir — provoco.

— Eu não pedi nada.

Abro a boca para rebater e depois a fecho, abro de novo, mas não tenho nada para usar de argumento porque ele me pegou.

— Você está fingindo ser um peixe? O que tá acontecendo?

— Você, Henry Turner. Você tá acontecendo. Você sempre faz algo acontecer comigo.

Ele se inclina devagar, sorrindo antes de me beijar de um jeito que faz meu corpo inteiro arrepiar.

— Isso é bom?

— Sim.

— Eu disse que você não diria "não" para mim.

— O que devo vestir mais tarde? — pergunto, e pelo visto aceitei seu não convite sem reclamar. — Para os nossos planos.

Ele enfia uma mecha de cabelo atrás da minha orelha.

— Algo de que você goste.

— Ajudou muito.

— Eu sei. É um dos meus vários talentos.

* * *

O DIA PASSA VOANDO e sou muito grata por não trabalhar no comércio em tempo integral.

Em uma tentativa de relaxar depois do caos na livraria, escrevo mais um pouco, e o resultado é que não tenho tempo para encontrar os dois pés do mesmo sapato. Quando Henry entra na minha casa, só estou com um. Uso todo o meu autocontrole para não babar quando levanto o olhar, de joelhos no chão do closet, e vejo Henry parado, de terno e camisa branca.

— Você tá me fodendo com os olhos? — pergunta ele, se encostando no batente da porta.

— Não tô, não! — rebato, mas com certeza estou. — Tá, é o terno.

— Você me vê de terno toda semana.

— *Aquele* terno é diferente.

Não sei nada de moda masculina, mas esse terno parece ter sido feito para moldar cada músculo do corpo de Henry. Não é muito apertado, só o suficiente para destacar seu corpo.

— Você tá muito bonito.

Ele apenas sorri, e vou aceitar isso como concordância. Enfia a mão no bolso interno do paletó e tira um pedaço de papel.

— Eu ia fazer flores, mas acho que você já se cansou delas.

— Nunca vou me cansar de nada que você faz.

Abro o pedaço de papel que ele me entrega e vejo um desenho de mim. Estou na minha sala de estar lendo um livro com Joy no colo. Parece uma fotografia.

— Você fez isso de memória?

— Aham. Comecei há algumas semanas, mas terminei ontem à noite.

— Achei que você tinha dito que estava estudando ontem à noite — digo, e minha voz sai mais aguda do que deveria.

— Não, eu disse que estava ocupado. Nunca disse que era estudando.

Meu queixo cai.

— Halle, se você vai ficar ajoelhada no chão na minha frente com a boca aberta assim, vamos ter uma noite bem diferente do que eu planejei. Só agradece e vai logo.

Cada pedacinho do meu corpo fica mais quente.

— Obrigada.

— De nada, e você também está muito bonita.

Henry me observa até eu finalmente encontrar o outro sapato e segura minha mão para me ajudar a me levantar.

— Estou com dois sapatos. Tô pronta. Agora posso saber aonde a gente vai?

— Não — responde, sorrindo. — É surpresa.

Colocamos uma barreira improvisada de papelão ao redor da minha árvore de Natal para evitar que Joy a escale e deixamos um álbum de Natal do Destiny's Child tocando para lhe fazer companhia. Eu acredito mesmo que, se eu deixasse, Henry a levaria para todo lugar com a gente em uma daquelas mochilas para gato.

Ficamos sentados em um silêncio confortável, deixando o rádio preencher o silêncio entre nós enquanto estamos parados no trânsito. Sua mão está segurando a parte interna da minha coxa, e estou tentando me controlar.

Ele desliga o rádio do carro, se mexendo no banco para me olhar quando pegamos a autoestrada.

— Escreveu algo hoje?

— Acho que umas mil palavras antes de começar a me arrumar. Estava bem cansada depois de ajudar na livraria.

— E o que seus amigos imaginários estão fazendo naquelas mil palavras? — pergunta ele, seus olhos indo da estrada para mim. — Ela já está namorando o amigo?

— Não, o livro acontece em tempos diferentes, então você acompanha só os momentos importantes. Estou escrevendo o passado, quando ela está preocupada com o fato de gostar dele mais do que ele poderia gostar dela, porque ele não é um cara de relacionamentos. Ela tem medo de se magoar e está escondendo um pouco de si mesma, algo que ele odeia. Quer que ele prove que merece conhecê-la por inteiro antes de se entregar. Ele quer que ela acredite que pode ser a pessoa de que ela precisa, porque o que os dois têm é especial.

— E ele pode mudar por ela?

— Não.

Ele continua alternando o olhar de mim para a estrada e é assim que vejo sua careta confusa.

— Por que não?

— Você está me pedindo que estrague o final para você? — Ele assente. — Não sei ainda. Vou resolver isso mais para a frente. Sobretudo porque questiono se uma pessoa *deve* mudar para se apaixonar por outra. Em que momento você acaba voltando a ser quem era? E será que o amor é sincero se você tiver que se tornar outra pessoa para conquistá-lo?

— Discordo — diz ele. — Acho que a pessoa certa faz você se tornar quem deveria ser. Não acho que você se torna alguém diferente. Isso sugere que as pessoas não podem mudar por todos os outros fatores não românticos que as fazem evoluir.

— Por que acha isso?

— Vi meus amigos melhorarem porque se apaixonaram pela pessoa certa. Se as pessoas só se apaixonassem quando a outra se tornasse o par perfeito, não existiriam relacionamentos complicados. A gente não controla em qual momento se apaixona. Você queria amar Will, mas não conseguiu.

Reflito sobre o que ele está dizendo, e parece bem diferente do nosso primeiro encontro, quando conversamos sobre a minha ideia.

— O que aconteceu com não colocar relacionamentos românticos acima dos outros?

— O que aconteceu com complicado é empolgante? — Ele aperta minha perna para me provocar. — Ela se casa mesmo com outra pessoa?

— Ainda não escrevi isso, mas sim. Esse é o plano.

— Vou continuar perguntando. — Ele balança a cabeça, sem acreditar. — Ainda tenho esperança no meu amigo imaginário. Ele vai dar um jeito de conquistá-la.

O trânsito volta a andar e recaímos no nosso silêncio confortável. Percebo para onde estamos indo quando Henry pega uma saída que já conheço e, na mesma hora, fico feliz por ter encontrado minha outra sapatilha. Sempre quis ir à galeria de arte Byrd & Bolton, mas não tinha ninguém para me acompanhar.

Henry sai do carro e dá a volta às pressas para abrir a porta. Estica a mão para mim.

— Você sabe muito bem essa coisa de cavalheirismo.

— É o terno. — Entrelaça os dedos nos meus como fez mais cedo. — Estar de terno ajuda.

Quando chegamos à entrada, Henry pega dois ingressos.

— Sempre quis vir aqui — admito. — Obrigada por me trazer.

— Faz tempo que quero te trazer aqui. Só queria ter algo especial pra te mostrar.

Deixo que me guie pelo térreo; ele pega na minha cintura e gentilmente me tira do caminho de alguém que passa por nós encarando um panfleto. Desce o dedo pelo meu braço.

— Você tá arrepiada. Tá com frio?

— O ar-condicionado está meio forte — minto na hora. Mentir pode ser ruim, mas admitir que meu corpo faz coisas estranhas e incontroláveis quando estou perto dele também é. — É culpa minha por escolher este vestido.

— O vestido é perfeito e você está maravilhosa nele — diz Henry enquanto tira o paletó. Antes que eu possa rejeitar, ele o coloca nos meus ombros. — Não quero que fique com frio.

— Obrigada — digo, mas sai quase como um sussurro.

— Por que está sussurrando?

— Não sei.

Henry me olha de um jeito estranho e pega minha mão de novo.

— Deve ser logo depois dessa curva.

Passamos por placas de uma exposição de artistas locais em ascensão que ficará disponível até dezembro. Ele para na frente de uma pintura grande.

É tão detalhada, que poderia ser uma foto. As mulheres estão sentadas à mesa ao ar livre; no fundo há o mar azul-claro e alguns prédios brancos baixos. Suas mãos entrelaçadas estão na mesa, em meio a taças de vinho e viradas uma para a outra. A mulher na esquerda tem pele branca bem clara e cabelo loiro-escuro na altura dos ombros. Os primeiros botões da camisa azul e branca estão abertos e consigo ver um Y e H pendurados na corrente delicada no seu pescoço.

Fico encantada com a forma que o artista pintou seu sorriso; sinto como se estivesse interrompendo um momento particular.

A outra mulher tem pele marrom quente e um cabelo castanho-avermelhado comprido trançado até o peito, onde vira cachos idênticos e perfeitos. Sua estrutura óssea é familiar, como se a conhecesse. Posso ver parte de sua roupa, num tom pastel de amarelo, mas não consigo tirar os olhos do seu sorriso.

É hipnotizante e, mesmo não tendo nenhum conhecimento de arte, entendo o tempo e cuidado para fazer essa obra. Tenho certeza de que quem pintou isso é alguém que ama essas mulheres.

Embaixo do nome da tela está um retângulo bem menor com letras pretas em um fundo branco.

DUAS MULHERES APAIXONADAS
HENRY TURNER

— Você pintou isso? — Estou tentando não parecer tão surpresa porque sinto que passo muito tempo boquiaberta na frente desse homem. — Henry, é maravilhoso. São as suas mães?

Ele assente.

— Fico feliz que gostou. Ok, podemos ir agora — diz ele e coloca a mão na minha cintura.

— Espera! — sussurro e me viro para encará-lo. — Você tá me mostrando a sua arte, Henry.

— Por que está me dizendo isso como se não tivesse sido planejado?

— Porque é um grande momento pra mim. Você não gosta de que as pessoas vejam seu trabalho e está voluntariamente me mostrando algo que não sou eu ou foi feito em mim. Entende quanto isso faz com que me sinta especial?

— Você é especial, Halle — responde ele, se aproximando para beijar minha testa.

— Por favor, me fala sobre essa pintura, Henry. Quando você pintou isso? Deve ter levado horas. Onde é?

— Pintei nas férias de verão. Russ estava trabalhando no acampamento; Nate, JJ e Joe tinham se mudado; Robbie estava com Lola e visitando os pais. Tive muito tempo livre. Foi no aniversário de casamento delas do ano passado, na Grécia. Elas pegaram minha câmera emprestada para a viagem e achei a foto quando estava procurando outra coisa. Elas pareciam muito felizes na foto. Decidi que queria pintar isso.

— O que elas acharam?

— Nossa, você está cheia de perguntas hoje. Elas ainda não viram. Me esqueci de dizer que estaria aqui. Elas têm um tempo livre no Natal, então vou perguntar se querem vir quando eu estiver em casa.

— Elas vão querer ver, Henry. Com certeza, vão querer. Estou muito orgulhosa de você e muito honrada por ter compartilhado isso comigo. Quer que eu tire uma foto sua com a pintura ou algo assim? É muito especial. Sinto como se a gente precisasse comemorar ou algo do tipo.

Henry me olha como se eu fosse de outro planeta.

— Não precisa.

— Não quer uma foto para mostrar às pessoas? Ou para se lembrar disso?

Eu *vou* convencê-lo a tirar uma foto, nem que tenha que carregá-lo eu mesma e colocá-lo do lado do quadro.

— Se alguém quiser ver, pode vir aqui. É uma galeria de arte — responde ele, tranquilo. Visitantes passam por nós, sem dar atenção para as duas pessoas debatendo entre si. — Não me importo com essas pessoas hipotéticas. Queria mostrar pra você e já fiz isso.

— Mas eu quero a experiência de tirar uma foto sua ao lado da sua linda tela — digo, fazendo uma careta. Infantil, mas espero que seja eficiente.

Ele balança a cabeça e o canto da sua boca sobe.

— Estou ocupado demais para tirar uma foto. — Ele dá de ombros e inclina a cabeça, como se dissesse: "Qual é a sua desculpa agora?"

— Está ocupado demais? — repito.

— A regra número um do livro de regras do Henry e da Halle: temos que ser sinceros um com o outro sobre estarmos ocupados ou não.

— Você... — Nossa, ele está sorrindo de verdade agora. — Insuportável.

— Que tal fazermos um acordo?

Ele pousa as mãos na minha cintura, e minha pulsação vibra pelo corpo enquanto ele me faz andar para trás, devagar. Não há nenhum outro som além dos meus pés batendo no chão e da nossa respiração. Quando sinto que encostei na parede, ele para de se mover, soltando-se de mim para dar alguns passos para trás. Tira o celular do bolso e o segura.

— Eu tiro uma foto sua.

— Tá brincando.

— Se você quer uma foto boa, recomendo que pare de falar e comece a sorrir, porque você saiu irritada na última.

— Você é ridí...

— Opa, mais uma.

— Tá bom! — respondo, irritada, e sorrio ao lado da sua pintura.

Dez segundos depois, ele abaixa o celular.

— Linda.

— Posso ver? — Ele assente e se aproxima para me entregar o celular. — Vou deletar as ruins.

— Mas são as minhas favoritas — resmunga Henry quando abro seu rolo da câmera.

Ele não estava brincando — pareço mesmo irritada. Passo mais tempo deletando fotos ruins do que vendo boas, mas pelo menos sei que não vou vir aqui um dia e ver alguma delas exposta.

— Você já terminou de bancar a crítica de fotografia? Temos reserva pro jantar e estou morrendo de fome.

— Não terminei de olhar a sua arte — digo.

Ficamos em pé, lado a lado, em silêncio, com nossos cotovelos se tocando, olhando para as duas pessoas que fizeram Henry Turner ser quem é.

— Como você se sente quando olha esse quadro?

Ele reflete um tempo, mas não me importo de esperar.

— Sortudo. E você?

— Grata.

Capítulo vinte e oito

HENRY

Não costumo amar nossa festa de Natal, mas este ano é diferente.

Desde que começou a pós-graduação, Robbie relaxou um pouco com a organização de festas. Sei que está lidando com muita coisa ao mesmo tempo que tenta provar ao Faulkner e ao conselho da faculdade que é responsável o bastante para receber uma oferta de trabalho fixo no final do ano. Ainda é nossa festa chique, mas ele não exagerou como nos anos anteriores.

Ele disse que isso mostra maturidade e não gostou quando eu falei que parece mais um problema de gerenciamento do tempo por ter esquecido de encomendar as decorações com antecedência.

Dito isso, nossa casa parece uma festa da própria Mariah Carey. Mariah está tocando há uma semana — fui forçado a ouvir tanto as músicas dela que sinto que posso chamá-la pelo primeiro nome. Entre uma prova e outra, decoramos a casa aos poucos até atender os padrões de Robbie. Lola tentou ajudar, mas se distrai fácil e não aceita ordens muito bem. Irônico para alguém que quer trabalhar com teatro. Foi pelo mesmo motivo que bani Aurora e Poppy, mas Halle, Cami e Emilia foram muito úteis.

Quando os convidados começam a chegar, já estou bêbado, o que torna o fato de todo mundo me dar um tapinha nas costas pela leve melhora no nosso desempenho mais tolerável. As pessoas continuam parando para me cumprimentar e conversar enquanto tento preparar uma tigela de ponche para Halle. Muitas mulheres com quem já fiquei tentam falar comigo. Tenho dito, com muita educação, que não estou disponível, o que as faz ir embora com uma expressão triste.

É claro que, tecnicamente, não tenho uma namorada, mas não estou disponível, e a pessoa que me torna indisponível gosta muito desse ponche que estou tentando fazer.

Depois de alguns conhecidos nossos terem suas bebidas batizadas alguns meses atrás, paramos de fazer misturas de drinques coletivos, mas hoje é uma exceção, pois vou proteger isso aqui com a minha vida.

Cami está vindo e é sua primeira festa desde outubro, então criamos um sistema e vamos manter seus drinques separados do resto da festa, para ajudá-la a se sentir mais confortável. Poppy parou de beber bebidas alcoólicas de vez desde que entrou em pânico quando a droga começou a fazer efeito.

Russ se apoia na bancada ao meu lado.

— Partir corações não combina muito com o clima natalino.

A única coisa que quebrei hoje foi o visco na entrada de casa. Foi direto pro lixo. Nem pensar que vou arriscar que um dos meninos beije a Halle quando ela chegar.

— Do que você tá falando?

— Tem, tipo, umas três mulheres lá fora comparando suas teorias da conspiração sobre o motivo de você não estar nem aí para elas. — Ele toma um gole da cerveja e segura o riso. — Talvez precisem de um grupo de apoio depois de verem aquela postagem.

— Por que todo mundo está sendo tão irritante?

Acordei hoje com um milhão de mensagens no nosso grupo porque uma página de fofocas ridícula da UCMH postou uma foto minha e de Halle nos beijando ontem depois da prova dela. Não olhei direito porque não me importo, mas Halle ficou bem envergonhada até eu lembrá-la do nosso acordo.

Coloco a última dose de vodca e pego um copo para provar minha mistura. Depois que Russ toma um gole com o olho tremendo e o rosto tenso, percebo que esqueci de adicionar os sucos de laranja e de abacaxi, então lhe dei praticamente álcool sabor limão.

— Foi mal, cara.

— Sinto como se minha língua estivesse suando. Isso é possível?

— É o limão... Ou talvez a tequila e a vodca, não tenho certeza — digo, rindo de como seu rosto treme.

— Não quero criar um climão, mas estou muito feliz de te ver feliz de novo depois daquele momento ruim — comenta Russ, aí percebo que também está um pouco bêbado. — Você é um ótimo amigo e um ótimo capitão.

— Por que você está criando um climão? — pergunto.

Ele esfrega minha nuca com a palma da mão, depois finge arrumar seu chapéu de Papai Noel.

— Já disse, então agora já era. Só vou ficar esperando Rory aparecer e Robbie anunciar o jogo.

Se Halle fica vermelha às vezes, Russ fica sempre. Até a ponta das orelhas. Não sou muito fã de conversas sinceras assim — parecem sempre estranhas e desnecessárias —, mas acho que é preciso um grande esforço para começar uma.

— Obrigado por dizer isso.

Ainda bem que as meninas não demoram para chegar.

Halle me disse que sua parte favorita de qualquer saída é se arrumar; ela sempre quis ter um grupo de amigas com quem pudesse fazer esse tipo de coisa, e agora tem.

Posso ver a auréola branca em sua cabeça balançando em meio à multidão enquanto ela vem em direção a mim na cozinha. Seu vestido branco vai até a metade das coxas e ela tem asas com penas brancas nas costas.

— Você é Quack Efron? — pergunto, olhando-a de cima a baixo.

Ela joga os braços ao redor do meu pescoço e me beija, o que me pega desprevenido. Quando se afasta e me olha, reparo que está altinha. Halle disse que meu trabalho hoje era não deixar que fique bêbada para não ter uma ressaca daquelas. É óbvio que eu aceitei.

— Um pato? Sou um anjo.

Aurora aparece atrás dela com um vestido verde.

— E o que você é? — pergunto-lhe.

— Uma árvore de Natal, óbvio.

Ela mostra o vestido verde como se eu devesse saber disso só de olhar.

— Vocês estão ótimas para uma galinha e uma planta. — Emilia e Poppy aparecem atrás delas com Cami, e tento adivinhar suas fantasias antes de passar por isso de novo. — Vocês eram para ser peças de dominó?

Emilia ronca, rindo, mas Poppy, que eu acredito ser a responsável pelas fantasias, parece estar ofendida.

— Somos bonecas de neve!

Finalmente, olho para Cami e quero desistir.

— Você começou a fazer colchas de retalhos durante seu hiato de festas?

— Está na cara que eu sou a Sally de *O estranho mundo de Jack*. — Ela cruza os braços. — Do que você está vestido?

— Primeiro que isso é um filme de Halloween. — Aponto para o mesmo chapéu que uso há três Natais. — E está na cara que sou o Papai Noel.

As cinco me encaram com a mesma expressão, mas não consigo entender o que quer dizer. Respeito, talvez? Admiração e curiosidade? Os braços de Halle saem do meu pescoço e descem pelo meu corpo até ela tocar a barra da minha camiseta e puxar.

— Você nem está fantasiado.

Dou de ombros.

— Sou um Papai Noel disfarçado. Estou checando a lista de quem foi bonzinho ou algo assim.

— Você é o auditor do Papai Noel. — Aurora balança a cabeça devagar. — Inacreditável e, ainda assim, combina muito com você. Parabéns pela dedicação a fazer sempre o mínimo.

— Vou além quando é algo importante.

— Ouvi dizer, moço apaixonado — diz ela, e Halle se vira devagar para encará-la. Olho para as cinco.

— Ninguém pensou em uma fantasia de Spice Girls? Spice Girls versão Natal?

— Como *raios* você sabe quem são as Spice Girls? — pergunta Aurora, balançando a cabeça.

Acho que ela está irritada porque eu vi a semelhança e ela não. Não sei como não pensaram nisso, considerando que todas têm algo em comum com alguém do grupo.

— Joguei com o JJ por anos. Você não sai de uma experiência como essa sem saber quem são as Spice Girls.

— Por que não me disse isso? Teria sido uma fantasia muito boa.

— Não posso fazer tudo por você, Aurora. Estava ocupado pensando na minha fantasia. Pelo menos vocês têm algo pro próximo Halloween. E estão com sorte, porque a Cami já está pronta.

— Eu nem estou fan... Não. Não importa — Aurora se interrompe ao falar. — Quer saber? É Natal. Não vou deixar você me irritar só por diversão. Vou encontrar meu namorado, porque aposto que ele sabe que sou uma árvore.

— Ele está na sala de jantar — digo, gesticulando para o cômodo ao lado. — Também é um Papai Noel disfarçado.

— Não se eu puder evitar — responde ela antes de sair andando.

Explico a situação com os drinques e asseguro a todas que vão poder se divertir em segurança. Emilia, Poppy e Cami me agradecem e seguem Aurora, me deixando a sós com Halle.

— Você está linda. O cisne mais bonito que já vi.

Ela me encara e arruma as asas.

— Ah, agora sou um cisne? Queria ser um burro, mas não era permitido. *Aparentemente*, um burro não faz você cair de joelhos tomado por desejo. Porque isso é bem importante.

— A Aurora diz umas coisas estranhas às vezes.

— Ah, não foi ela. Foi o Jaiden. Ele ligou para a Emilia enquanto eu estava lá e quis saber qual era a minha fantasia.

Halle fecha os olhos quando passo o dedo nas bochechas brilhosas e coloco uma mecha do cabelo dela atrás da orelha. Faço isso porque gosto do barulho que ela faz para tentar controlar a respiração ao ser tocada por mim.

— A gente deveria ter uma regra sobre ouvir qualquer coisa que o JJ fala.

Ela olha para seu vestido e depois de novo para mim com um ar inocente.

— Acho que você tem razão. Definitivamente não fez você cair de joelhos.

— Quis ficar de joelhos para você assim que chegou, mas não foi por causa do vestido. É porque eu gosto muito de fazer você gozar.

Na mesma hora suas bochechas ficam vermelhas e sinto uma satisfação arrogante de conseguir essa reação dela.

— Acho impressionante como você consegue ir de fofo, reassegurando minhas amigas sobre suas bebidas estarem seguras, para isso em menos de cinco minutos.

Pego o ponche e a concha do balcão e começo a ir em direção à sala de jantar com Halle.

— Você ficaria impressionada com o que posso fazer em menos de cinco minutos.

* * *

A FESTA SE ESPALHOU para o jardim e parece que todo mundo da UCMH está na nossa casa.

Sentei no sofá mais cedo, coloquei o ponche na mesa ao lado e foi ali que fiquei. Percebi que, agora que eu e Halle estamos juntos, as pessoas não falam mais tanto comigo porque só querem falar com ela.

Isso me deixa *tão* feliz.

Se alguém tenta me incluir com alguma pergunta, eu redireciono a pergunta para a minha extrovertida favorita e volto à minha zona de segurança. A única parte ruim é quando ela vai ao banheiro e tenho que me defender sozinho por um período indeterminado de tempo. Ela vai com as amigas, e aí demora para um caralho.

Mattie se joga no assento ao meu lado.

— Você sabia disso?

— Defina *isso*.

Mattie gesticula para o Robbie no outro lado do cômodo conversando com uma versão mais empolgada do que o normal do Bobby.

— Não estamos jogando!

— E daí?

Robbie segue Bobby até onde estamos sentados e revira os olhos de um jeito dramático.

— Ele não tá brincando — diz Bobby quando se joga no sofá.

— Sinto que estou perdendo alguma informação importante — comento, olhando meus amigos discutirem.

— Não estamos jogando — Robbie e Bobby falam ao mesmo tempo.

Me esforço para entender o que está acontecendo com base nas várias queixas que recebo todos os dias. Nate era o mediador e agora é minha responsabilidade, mas não consigo decifrar esta.

— E daí?

— Se não tem um jogo rolando, qual é o objetivo disso tudo? Por que estamos aqui? — resmunga Mattie.

O círculo cresce quando Russ e Aurora aparecem e Halle volta do banheiro com Cami.

— O que está acontecendo?

— Essa é a minha nova personalidade tranquila — explica Robbie, sem explicar de verdade. — Meus dias de Jenga bêbado acabaram. Além disso, sabemos o que aconteceu na última vez.

— Hum, o que aconteceu? — pergunta Cami, enchendo o copo com o ponche ao meu lado.

— Russ e Aurora transaram, e Henry saiu correndo pelado pela avenida Maple — conta Mattie. — Duas coisas maravilhosas que não teriam acontecido se você não fosse quem é, Rob. Nate e Tasi, você e Lols... tudo isso aconteceu nas *nossas* festas. Quando tínhamos jogos! Hen e Halle também. *Você* é o fio condutor de tudo, meu irmão. Por que está nos privando disso?

— Por que ele sempre fala assim? — pergunta Cami, olhando para Mattie com uma expressão que é uma mistura de nojo e divertimento. — Como se as pessoas pudessem mesmo acreditar no que ele diz se só continuar falando? Porque eu tenho quase cem por cento de certeza de que não é assim que funcionam fio condutores. Eu e Halle ouvimos sobre isso no trabalho toda hora.

— Pois é — várias pessoas respondem ao mesmo tempo.

— Quando está muito bêbado, ele gosta de inventar coisas que se encaixam no que está tentando fazer — Robbie complementa a resposta em grupo. — Você não precisa de um jogo de bebida para se divertir, Mattie.

— Calma aí, a gente não se conheceu numa festa — tento argumentar, olhando para Halle, que parece estar questionando por que quis ter amigos. — Nos conhecemos numa livraria.

— Aonde você foi com a Aurora, que você não conheceria se o benzinho não tivesse se prostituído para ela depois de... rufem os tambores, por favor: um jogo na festa de despedida e bota-fora do Robbie — diz Bobby. — Estou tendo uma visão. Robbie, você precisa inventar algo rápido. A expansão do seu grupo de amigos depende disso.

— Você vai ficar com saudade quando a gente se formar — completa Kris, aparecendo atrás de Robbie.

— Onde você estava? Perdeu o Mattie sendo estranho.

Kris mostra uma caixa vermelha.

— Passei em casa pra pegar o UNO, benzinho. Porque não vou ver o fim de Robert Hamlet enquanto eu viver.

— E o que vamos fazer com UNO? — Robbie faz uma careta e vira a cadeira de rodas para olhar Kris.

Kris dá de ombros, e fica na cara que não pensou muito bem no assunto.

— Qualquer coisa pode virar um jogo de bebida; você me ensinou isso.

Robbie se vira de novo para mim e torce o nariz.

— Eu tenho um voo amanhã de manhã. Se eu perder o avião, um de vocês vai me levar de carro até Colorado.

— Assim que se fala — diz Mattie. — Vou procurar copos de shot.

Fico no meu lugar ao lado do ponche e observo meus amigos irem em direção à mesa de jantar. Acho que metade só está indo por curiosidade de ver o que Kris vai inventar, e os outros acreditam, de certa forma, que Robbie é a chave para conseguirem dormir com alguém hoje.

Halle se senta ao meu lado e observa em silêncio. Coloco o braço sobre seus ombros e ela se acomoda em mim, sorrindo quando beijo sua cabeça.

— Não quer jogar?

Ela faz que não com a cabeça e a apoia no meu ombro.

— Estou bem aqui com você.

— Você não quer testar a teoria de que os jogos de festa do Robbie são o segredo para um bom relacionamento?

— Não. Como eu disse, estou bem aqui com você.

— Halle?

— Sim?

— Onde foram parar suas asas de águia?

Capítulo vinte e nove

HALLE

Se de alguma forma eu acabar em uma posição de poder, aqui estão algumas regras que implementaria na mesma hora:

1. É contra a lei responder à pergunta "O que quer ganhar de Natal?" com "Nada. Não preciso de nada".

2. Quando alguém diz que vai levá-lo para passar a noite fora e você pergunta "O que preciso colocar na mala?", é contra a lei responder com "O que você achar confortável".

3. É contra a lei ter trânsito na época do Natal.

Quando Henry me disse que queria viajar comigo porque vou fazer turno duplo de trabalho da véspera do Natal até o dia antes da véspera do Ano-Novo, não esperava que fosse ficar tão estressada. Nem queria fazer turno duplo, mas, quando meu gerente me pediu porque alguém se demitiu de repente, não queria deixá-lo na mão, e ele disse que todo mundo já tinha recusado.

Por mais que goste do dinheiro extra, sobretudo porque ninguém me avisou como é caro ter uma vida social, ele realmente jogou uma bomba em tudo o que eu esperava colocar em dia nas férias. Tinha um plano de ficar a par de tudo, e agora acho que vou precisar ficar acordada até tarde para terminar.

Queria ter me preparado mais para essa viagem. Joy está de férias na casa da sra. Astor, vivendo bem e recebendo muita atenção dos netos que estão visitando. E aqui estou eu, no meu quarto, cercada de roupas.

Depois de eu passar cinco minutos encarando a cena e torcendo para conseguir montar algum look, Henry entra no quarto.

— Nossa, como você é bagunceira — diz ele, se sentando na minha cama.

— Eu amo quando você me elogia — resmungo, mexendo nas roupas. *Por que tudo é da mesma cor?*

— Seus peitos estão lindos hoje e gosto do seu cabelo assim.

Isso é suficiente para me fazer tirar o olhar do guarda-roupa inteiro no chão e olhar para o Henry.

— O quê?

— Você disse que ama quando eu te elogio. Posso continuar; tenho uma lista imensa de coisas que adoro em você.

— Isso não... Ah... Obrigada? — digo, sem ter certeza de que consigo responder.

Ele se aproxima de mim e acho que está tentando me beijar, mas começa a semicerrar os olhos.

— Por que você tem maquiagem em um olho e no outro não?

— É uma ótima pergunta.

Cruzo as pernas e me encosto para olhar Henry de um jeito mais confortável, mas não consigo achar um lugar para colocar as mãos por causa das roupas, então decido subir na cama com ele.

— Porque minha mãe me ligou quando eu estava me maquiando e implorou que eu a deixasse comprar uma passagem pra casa e falasse ao meu chefe que estou doente. Demorei para conseguir desligar, aí percebi que você já devia estar a caminho, e não tinha arrumado nada ainda.

Não que eu vá admitir isso para o Henry, mas houve alguns momentos que eu *quase* concordei com ela. Ela estava chateada por eu não estar lá e, por mais que eu tente ficar em paz com isso, também estou.

— Sua mãe ficou bem? Você está bem?

Aceno com a cabeça, mas me falta um pouco de convicção no gesto.

— Entendi o quanto ela estava chateada quando desistiu de tentar me convencer a ir pra Phoenix e começou a tentar me convencer a ir pra casa do meu pai. Ela só não quer que eu fique longe de quem me ama no Natal. Eu disse que não e me mantive firme.

Henry estica o braço e eu me encaixo ali debaixo, inspirando profundo quando ele beija o topo da minha cabeça.

— Não vai ficar. Você acha que se não tivesse ficado aqui, fazendo a vontade do seu gerente, estaria cedendo e fazendo a vontade da sua mãe?

— Pode me deixar aproveitar o momento? Diga que está orgulhoso de mim por não ceder à vontade da pessoa que me faz ceder à vontade dos outros!

— Estou orgulhoso de você. Vou ficar muito orgulhoso quando você terminar de se preparar para não chegarmos atrasados. Isso vai me deixar *bem* feliz.

— Você é tão irritante — resmungo e volto para o chão bagunçado.

Ele ri.

— Isso não é muito festivo.

* * *

Quando vejo a placa na estrada que diz "Malibu", percebo que não faço ideia do que Henry planejou para nós.

Ele ignora todas as minhas perguntas ao pararmos na frente do manobrista de um hotel chique. Dá a volta no carro até a minha porta e me ajuda a sair. Nossas bolsas são retiradas do porta-malas.

— Aqui é muito bonito — sussurro para ele ao subirmos a escadaria atapetada até o saguão do hotel.

Como faltam apenas alguns dias para o Natal, há um laço vermelho que parece bem caro e vários enfeites na entrada.

— Acho que nunca estive em um lugar tão chique assim.

Por sorte, quando Henry chegou à minha casa de calça social e camisa, percebi que precisava vestir e levar algo que não fosse calça de moletom.

— Você trabalha no Huntington — diz ele como se eu estivesse sendo ridícula.

— Não é a mesma coisa! Acho que não estou vestida de acordo.

— Eu não sou de apostar, mas aposto que Aurora vai dizer que você está uma deusa ou que quer se ajoelhar aos seus pés nos próximos noventa segundos. Você está linda, Halle. Como sempre.

— Obrigada, eu só... Espera! A Aurora tá aqui.

Henry resmunga e para no último degrau antes das portas.

— Ah, merda. Não era pra eu falar isso. Ela nunca chega na hora mesmo; então, se eu disser que não está, provavelmente não estou mentindo. Vamos.

Ele pega minha mão e me guia até o saguão do hotel, onde estão, para a minha surpresa e confusão, Aurora e Russ.

— Ai, meu Deus.

— Feliz Natamigos! Ou véspera da véspera de Natal! — diz Aurora ao se aproximar e imediatamente me dá um abraço. — Essa cor fica ótima em você. Tá maravilhosa! Quero até me curvar a seus pés. Por que você parece tão poderosa e deusa?

— Não falei? Por que você duvida de mim? — murmura Henry ao meu lado. Dou um cutucão nele com o ombro, mas ele me mantém perto de si com um braço na minha cintura e olha para nossos amigos.

— Não achei que chegariam na hora.

— Olha quem fala — diz Aurora. — Você sempre chega atrasado!

— Chego atrasado porque não quero ir, não porque não consigo chegar a tempo. É diferente, Aurora — retruca Henry e, para ser sincera, *é verdade*.

— Chegamos cedo porque Rory queria fugir de brigas fraternais — explica Russ, se contendo para não rir.

Aurora revira os olhos e não consigo não perguntar, porque a vida familiar dela já é um pouco tensa.

— Elsa?

— Nossa, não. Minha irmã não tá nem aí pra família; ela tá nas Maldivas. É aquele maldito gato que minha mãe roubou. — Aurora ergue o braço para mostrar os vários arranhões que vão do pulso ao cotovelo. — Não é nem uma briga; ele já ganhou e sabe disso. Ontem deixou um rato morto no meu sapato. Minha mãe fica me dizendo que isso significa sorte e que eu preciso parar de ser tão negativa.

— Você já pensou que pode ter feito alguma coisa para ofender o gato? — pergunta Henry enquanto olha para a tela do celular da Aurora, onde, sim, está a foto de um rato morto dentro de um sapato.

— Por que você está culpando a vítima? Ainda mais durante o Natamigos — diz Aurora.

— Ok, acho que uma discussão vai começar e gostaria de comer antes que o ano termine, então talvez a gente deva avisar que está aqui — interfere Russ na conversa entre a namorada e o melhor amigo.

É engraçado porque Aurora e Henry parecem mesmo estar discutindo. Já os vi transformarem algo minúsculo numa grande discussão cujo único objetivo era irritar o outro o máximo possível. Como a apaziguadora da minha família, posso confirmar, com absoluta certeza, que eles agem como se fossem irmãos. Henry sempre diz que gosta de ser filho único, mas não percebe que Aurora é como sua irmã mais nova e Anastasia, a mais velha.

Pedimos uma quantidade absurda de comida, mas de algum jeito conseguimos comer tudo. Henry reservou uma noite no hotel; então, ao saber que minha mala está lá em cima, Aurora tenta me convencer a também vestir pijama para acomodar a barriga cheia. Levo mais tempo do que deveria para convencê-la de que o restaurante não gostaria disso. Quando eu e Henry subimos para o quarto, todos os sentimentos ruins por estar longe da minha família já sumiram.

Nossas malas estão ao lado da porta e ao entrar no quarto vejo vários presentes com embrulhos idênticos debaixo de uma árvore de Natal bem-decorada no canto do quarto.

— Parece contra a lei pensar em abrir presentes antes do Natal — comento enquanto vejo Henry pegar alguns e colocá-los na cama. — O que você tá fazendo?

— Quebrando a lei. Venha se sentar.

Ele dá um tapinha do lado da pilha e preciso me esforçar para não gemer quando minha bunda toca o colchão. Devagar, Henry pega meu tornozelo, tira meu sapato e o joga no chão atrás de si, e depois faz o mesmo com o outro pé.

Eu o observo tirar o paletó e os sapatos; em seguida, abre os botões da camisa e dobra as mangas. Sobe na cama comigo e mais parece estar posando para uma revista do que relaxando.

— Deve ser o vinho, mas eu te acho *tão* bonito — comento. — Tipo, você devia estar na capa de revistas.

Ele sorri e pega um dos presentes.

— Não é o vinho falando. Toma, quero ver você abrir este aqui primeiro.

Reconheço o papel marrom na hora. Henry apareceu na minha casa perguntando se podia roubar meu papel Kraft porque não comprou um para embrulhar e não queria lutar para achar uma vaga no shopping com pessoas que chamou de "desorganizadas demais para o Natal". Comentei que ele era desorganizado demais para o Natal, mas não lembro o que ele disse depois porque me beijou.

Em sua defesa, há vários desenhos a lápis de itens natalinos, então ele tentou personalizar o embrulho e ainda colocou um laço que parece muito familiar.

Henry me prometeu que não compraria mais do que um presente, mas há três na minha frente. Conto até três em voz alta, tocando em cada laço.

— Um. Dois — diz ele, tocando nos seus presentes porque eu também ignorei a promessa.

— Ok, eu não segui a regra, mas você fez pior.

— A gente disse comprar, e eu não comprei um deles. Estamos quites.

— Se eu soubesse que podíamos roubar, teria feito algo diferente.

Ele ri e se aproxima devagar para me beijar. Segura meu pescoço com as mãos, me mantendo firme ali, mas não eu sairia por nada. Em algum momento ele para e encosta a testa na minha.

— Comece com o fino.

É impressionante como o Henry vai de uma coisa para a outra como uma pessoa normal e eu preciso de cinco a dez minutos para me recuperar do nosso beijo. Ele cria um caos no meu corpo toda vez que me toca, e acho que nunca vou me acostumar com isso.

O presente "fino" está mais para um envelope do que uma caixa, mas ele conseguiu embrulhá-lo mesmo assim. Há alguns desenhos de animais com gorros de Natal e, quando passo um tempo admirando cada um, ele rosna, impaciente, e me cutuca na cintura para me provocar, me fazendo rir.

— Tô abrindo! — Tiro o papel com cuidado e descubro que é mesmo um envelope embrulhado. Depois de abrir, leio rapidamente em voz alta. — Srta. Jacobs, obrigada por apoiar nosso trabalho de preservação animal e nossos parceiros nas nossas instalações de pesquisa e reprodução em Sichuan, China. Aqui está o seu pacote de boas-vindas, incluindo fotos recentes das aventuras de Bao. Bao é um pan... Você me deu um panda!

— Acho que não te *dei* um panda, mas você vai receber notícias de um panda, sim. Eles vão mandar um bicho de pelúcia, o que é ótimo porque acho que os dez que ganhei pra você não são suficientes.

— "As aventuras de Bao" parece o título de um livro infantil que eu leria. Você poderia ilustrar. Isso é legal demais, muito obrigada.

— Abre o próximo.

É leve, quase como se não houvesse nada ali dentro. O papel é estampado com desenhos de biscoitos natalinos. Fico confusa quando rasgo o papel e é uma caixa de sapato, obviamente vazia. Depois de finalmente abrir a tampa, fico mais confusa ainda de ver um QR Code impresso numa folha de papel no meio da caixa.

— Não sei onde está meu celular — digo, tateando a cama ao meu redor.

— Use o meu.

Henry me entrega seu celular e a primeira coisa que vejo sou eu mesma. Literalmente. A foto que ele tirou de mim na galeria é seu plano de fundo. Quando digito quatro zeros, a senha mais fácil do mundo, outra foto minha em que estou dormindo com Joy aparece no fundo.

Abro a câmera e enfim escaneio o código, aí a letra da minha avó aparece na tela.

— O que é isso?

Ele se aproxima, mexe na tela para tirar o zoom da imagem, e na hora eu entendo. Parece exatamente o livro de receitas na minha cozinha, mas a digitalização lhe deu mais contraste e leitura. A letra cursiva é perfeita. Já olhei para essas páginas infinitas vezes, e são idênticas. A única diferença é que onde antes havia uma foto de um prato recortado de uma revista agora está um desenho.

Henry passa o dedo na tela para mostrar a próxima página, e a próxima, e a próxima.

— Os desenhos são temporários. Tirei fotos de cada página com a minha câmera, mas os recortes de revista eram tão velhos, que precisavam ser escaneados. Estavam perdendo qualidade demais, só que não consegui pegar o livro para escanear sem você ver.

Não sei o que dizer, mas me forço a dizer uma coisa:

— Como?

— A sra. Astor me ajudou a entrar enquanto Cami te distraía.

— Amei os desenhos. Amei tudo — digo, me controlando para não cair no choro. — É a coisa mais atenciosa que alguém já fez por mim.

— Tenho pesadelos de que vou arruinar essas receitas por acidente. A casa vai pegar fogo, vou derramar minha bebida no livro, colocar no forno por engano... Sei quanto são importantes pra você, e isso fez minha imaginação voar. Vou continuar não estragando seu bem mais precioso, mas achei que, se eu estava ansioso com isso, talvez você estivesse também. Agora você tem um backup.

— Estou com dificuldade de explicar quanto isso significa para mim.

— Por favor, sem chororô. Anastasia disse que você choraria; odeio quando ela tem razão.

— Meus presentes *não são* atenciosos assim — digo, enfatizando o "não são" como se minha vida dependesse disso. — Não sabia que você tinha todo um plano para ganhar o prêmio de melhores presentes de Natal.

Fungo e vejo o medo no seu olhar.

— Eu sempre jogo para ganhar. É o último, abre.

Entrego seu celular de volta e pego meu último presente. Apesar de pequeno, com certeza tem alguma coisa ali dentro. O embrulho está decorado com bengalinhas de natal, então acho que tem que a ver com comida.

A caixinha verde não tem o nome de uma marca que eu reconheça; por isso, quando abro a tampa, não espero ver um colar. A letra H é pequena e delicada, pendurada em uma corrente no meio da caixa. Definitivamente não tem nada a ver com comida.

— Eu amei. Calma, isso é a sua assinatura. Henry, é a sua letra?

— É, sim. Fiz pra você.

— O H é de Halle? — pergunto, cuidadosa. — Ou Henry?

— Você decide — diz ele. — O que quer que seja?

Meus dedos tocam na almofada de veludo.

— Henry.

— Estava torcendo pra que escolhesse isso. Quer que eu coloque em você?

Aceno com a cabeça, e ambos saímos da cama. Ele pega a caixa da minha mão e fica em pé atrás de mim. Quando seguro o cabelo, ele passa os braços por cima dos meus para pôr o colar no lugar e toca minha nuca de leve com os dedos, me arrepiando.

Ao terminar, segura meus pulsos e deixa o cabelo cair. Usando o dedo para afastar as mechas, Henry carimba os lábios no meu ombro e sobe devagar até chegar ao pescoço.

Posso senti-lo por todo o corpo, apesar de estar sendo tocada apenas pela sua boca. Minha pele vibra quando ele fala.

— Feliz Natal, Halle.

Capítulo trinta

HALLE

Henry Turner é o melhor dando presentes.

Eu me viro para olhá-lo e fico nas pontas dos pés, passando os braços ao redor do seu pescoço e enfiando o rosto na curva de seu ombro. Ele envolve minha cintura, as mãos se encontram na lombar, me abraçando tão firme quanto eu o abraço.

— Você está enrolando porque acha que seus presentes não vão ser tão bons quanto os meus? Ai. Não me cutuca.

Eu me inclino para trás com as mãos ainda no seu pescoço. Henry acaricia meu corpo até chegar à minha bunda.

— Não são. Já aviso desde já. Pode baixar suas expectativas.

Henry agarra minhas coxas e me ergue o bastante para me jogar na cama.

— Não é culpa sua que eu seja mais atencioso do que você. Não se preocupa.

— Só abre a porcaria dos presentes antes que eu cancele o Natal.

— Ok, Grinch.

Ele ergue as mãos, sorrindo. Pega uma das caixas; me sento onde ele me jogou, cruzo as pernas e observo, paciente.

— Nem se deu o trabalho de desenhar no papel de presente? Que preguiçosa.

Jogo um dos travesseiros na sua direção, mas ele desvia com facilidade. Rasga o papel marrom bem devagar, e posso jurar que está fazendo isso só para ver a minha reação. Finalmente, a marca aparece, seguida por uma imagem dos fones de ouvido que escolhi para ele.

— Eles têm cancelamento de ruído — explico. — Sei que você já tem fones de ouvido, mas quando peguei emprestado daquela vez para ouvir o audiolivro, reparei como o barulho externo vaza. Esses vão abafar tudo e todos, se precisar.

— Como assim baixar as expectativas? Isso é incrível, capitã. Eu amo não ter que ouvir as pessoas falando. — Ele parece feliz de verdade mexendo na caixa. Depois, encontra o presente extra. — Tem um código aqui; preciso disso?

— Precisa, se quiser ouvir o áudio que gravei pra você.

Ele ergue a cabeça de repente e me olha.

— Áudio?

Parecia um pouco injusto eu ter algo tão íntimo de nós dois e ele não. Mas também fico feliz que Henry disse que sou a única pessoa que deveria ter o que fizemos. Já ouvi *muitas vezes*, e fica bem claro que somos nós dois ali. Apesar de acreditar que Henry nunca, jamais, compartilharia com ninguém, sei que a coisa certa a se fazer é me proteger. Apesar de confiar nele, existem muitos fatores externos que podem dar errado.

Este áudio poderia ser de qualquer um, porque o único nome ali é o dele.

— Pra quando você ficar com saudade de mim — digo. — Abre seu outro presente.

— Por quê? Não vamos ouvir juntos?

Reviro os olhos enquanto saio da cama. Começo a juntar os pedaços de papel rasgados e coloco no lixo debaixo da mesa.

— Não, você pode ouvir sozinho com seus fones novos.

Pego meus presentes e a caixa do fone — apesar da resistência dele —, e os coloco na mesa, deixando a cama livre de tudo, exceto Henry e seu último presente.

Ele o balança, e o nervosismo que tenho controlado o dia inteiro entra em erupção dentro de mim como um vulcão.

— É bem leve. Você fez um livro de receitas pra mim também?

— Não. Pensei nisso, mas aí percebi que descobrir que você é um chef nato iria irritar a péssima cozinheira que sou.

Ele rasga o primeiro pedaço do papel e estico o braço para abrir o zíper do meu vestido. Minhas mãos estão tremendo, mas é mais de empolgação do que outra coisa. Ele tira a caixa e o nome da marca está escrito em letras vermelhas na tampa.

Olhando para mim e entendendo a situação, seus olhos imediatamente seguem minhas mãos enquanto empurro as mangas dos ombros.

— A lingerie não tá na caixa, né?

Faço que não com a cabeça e puxo o vestido até a barriga, mostrando o sutiã de renda bege, florida e delicada. Em seguida, passa por cima da cinta-liga combinando, depois pelo quadril, para que ele possa ver a calcinha fio dental do conjunto, até o vestido deslizar pelas coxas, revelando as alças da meia-calça, e cair no chão. É empolgante e estressante, mas me sinto muito bonita com isso. Vulnerável, mas bonita.

— A lingerie não tá na caixa — digo com a voz firme. Ainda bem.

Henry sai da cama pela lateral, andando devagar até parar na minha frente. Delicado, tira meu cabelo dos ombros, colocando algumas mechas atrás das orelhas, depois pega o H e o posiciona para ficar bem no meio do meu peito. Com o dedo, ergue meu queixo para nos olharmos.

— Você é a coisa mais linda que já vi na vida.

— Penso isso de você todo dia.

Henry se aproxima devagar, com as mãos emaranhadas no meu cabelo, e me beija com cuidado, o que me dá a vontade mais ridícula de levantar o pé como um personagem de desenho animado. Talvez seja verdade, porque, quando ele me toca, a vida parece boa demais para ser real.

Desabotoo sua camisa até chegar à última casa, e ele só me solta para tirá-la depois de segurar meu rosto com carinho. Sua língua se movendo contra a minha torna mais difícil me concentrar em abrir seu cinto, mas consigo. Minha mão roça nele quando puxo o zíper para baixo, e ele geme na minha boca.

A calça cai no chão e ele a tira, me fazendo andar de costas até as minhas coxas tocarem na beirada da cama.

— Estou pronta. Tenho algumas coisas na bolsa que podem ajudar.

— Pronta? — pergunta ele, passando as costas dos dedos pelo meu rosto. — Pronta para quê?

— Para transar? A lingerie... Achei que era óbvio. Sinto muito...

Ele arregala os olhos discretamente e me beija antes de falar.

— Não peça desculpas, Halle. Só é bom perguntar pra eu não me precipitar. Vem se deitar, vou pegar a bolsa. Você claramente pensou muito nisso para estar tão preparada. Isso faz com que me sinta bem. Estava com medo de fazer você se sentir pressionada.

Pensei muito sobre isso, mas também contei para Cami que estava pronta quando ela me ajudou, depois que decidi começar a tomar anticoncepcional. Ela me deu uma lista de coisas para trazer, como meu vibrador, lubrificante, uma toalha caso eu sangre e camisinhas. Foi ideia dela vestir a lingerie e dar só a caixa para ele.

Eu me enfio debaixo das cobertas e observo Henry pegar as outras coisas na minha mala. Ele as coloca na mesa de cabeceira e sobe ao meu lado.

— Não me senti pressionada. Você tem sido tão paciente... Sou muito grata por isso.

Paciente nem começa a descrever. Parte de mim achava que ele nem estaria mais interessado, porque não estou acostumada a não ouvir reclamações sobre o assunto. Então percebi que, não, era assim que devia ser.

— Fico feliz, mas não seja grata por receber o mínimo que você merece. — Nos deitamos um de frente para o outro, e Henry me puxa para perto até nossas barrigas se tocarem. Ele encosta a testa na minha. — Podemos parar se você mudar de ideia, ok?
— Henry.
— Sim?
— Você é o meu melhor amigo.
Seus lábios tocam de leve os meus e sinto eletricidade se espalhar pela minha pele.
— Você também é minha melhor amiga.
— Por favor, seja gentil.
Minha voz saiu tão baixinha, que começo a acreditar que não falei, até ele responder:
— Prometo.
Henry segura minha perna e a puxa por cima do seu quadril, se deita de costas e guia meu corpo para ficar por cima do dele. Com uma das mãos na minha bunda e outra no meu cabelo, me direciona para que nossas bocas se encontrem. É diferente. Parece mais intenso e mais sensual, seu cuidado de sempre se foi, e ele se esfrega em mim. Como estou com as pernas abertas e montada nele, consigo sentir quanto ele está duro. Meu quadril se move e ele geme de um jeito que me faz pulsar. A fricção é incrível, mesmo de roupa.

Henry estica o braço para a mesa de cabeceira, pega meu vibrador e o entrega para mim. Me sento ereta e ele agarra meu quadril.
— Me mostra como você usa.
Sei que meu rosto está esquentando, mas não é hora de ficar tímida.
— Geralmente eu fico deitada — digo, saio de cima dele e me deito ao seu lado. Solto a cinta liga e começo a tirar a calcinha fio dental. Henry fica na minha frente, me ajudando a puxar o tecido pelas pernas até tirar. Meu coração está acelerado quando as mãos dele tocam minhas canelas até chegarem aos meus joelhos. Ele para e olha meu rosto com atenção antes de abrir minhas pernas devagar. É tão empolgante quanto vulnerável. Coloco o vibrador no modo mais lento e me perco ali enquanto Henry beija meu pescoço, peito, rosto. Meus mamilos duros estão pressionando a renda do sutiã, mas ele os ignora e se concentra nas outras partes acessíveis.

Seus dedos tocam embaixo do vibrador e meu pulso acelera. Aceno com a cabeça, em concordância e desespero, então fecho os olhos à medida que ele enfia um dedo em mim e depois outro.
— Me toca — diz ele. Sua voz está rouca de um jeito que nunca ouvi antes. Estico a mão, ele se mexe a fim de colocar o corpo na posição certa para minha mão entrar

debaixo do elástico da cueca e se fechar em volta dele. — Cacete. Isso, Halle. Segura firme — diz, gemendo.

Ouvi-lo falar assim causa uma explosão em mim mais rápido do que nós dois esperávamos. Desligo o vibrador e ele retira os dedos, mas minha mão ainda o segura e ele me olha com um sorriso imenso no rosto.

— Você gosta de obedecer a ordens durante o sexo.

Penso um pouco sobre isso e percebo que ele tem razão.

— Acho que é porque gosto de não ter que controlar tudo. Gosto de não ter que fazer escolhas.

— Minha linda — diz ele, gentil. — Quero saber tudo sobre você.

É impressionante para mim pensar que, quando me lembrar da primeira vez que transei com alguém, não vou ter que pensar em uma época em que não estava pronta ou em alguém com quem não queria realmente estar. Vou me lembrar desse momento aqui, com o Henry, no qual ele fez com que me sentisse especial como uma estrela cadente.

Henry segura meu pulso, me guiando para cima e para baixo, dando mais atenção à cabeça até eu acertar e ele me soltar. Ele explora meu corpo com as mãos, acariciando e tocando até chegar quase ao limite e me pedir que pare.

Quando vai pegar uma camisinha, também pega o lubrificante e a toalha.

— Eu li na internet que a primeira vez é mais fácil de quatro — digo quando ele fica de joelhos para esticar a toalha sob nós. — Mas não tenho certeza... claro.

— Da próxima vez, não vamos tirar isso.

Ele me guia para cima da toalha e começa a descer as meias pelas minhas pernas. A cinta-liga é a próxima, e depois meu sutiã, até eu ficar completamente nua, com as pernas abertas para ele. Já me perguntei se me arrependeria quando chegasse a esse momento, mas assim que seus olhos encontram os meus, sombrios e intensos, percebo que é impossível.

— Você é tão perfeita, Halle. Já sonhei em te ver assim.

— Henry... — Seu nome sai como um gemido e um pedido, não sei do quê. Só o quero.

— Podemos fazer o que for mais confortável pra você. Pro que quer olhar? O travesseiro? A cabeceira? Ou prefere olhar para mim quando entrar pela primeira vez?

Engulo a saliva com tanta força, que consigo me ouvir fazendo isso. Minha pele está vibrando.

— Quero te ver.

— Ótimo. Porque eu também quero te ver. Fica deitada de costas pra começar, e podemos tentar do outro jeito se não funcionar. Vou fazer ser bom pra você.

— Eu já tive um sonho erótico com você. Algumas semanas atrás, e depois não conseguia olhar na sua cara — admito, meio nervosa, enquanto o vejo tirar a cueca e colocar a camisinha. É tão grosso e pesado. Sei que a biologia está a meu favor e sou feita para aguentar, mas caralho. — Minha imaginação não chegou nem perto da realidade.

— Vamos ter que voltar a esse assunto depois. — Ele está com uma cara tão arrogante, fico aliviada por não ter lhe contado na época. — Agora eu preciso dar um exemplo para ajudar sua imaginação.

Amo o fato de que não estamos nos apressando com nada. Em nenhum momento me sinto agarrada ou forçada. Mas eu o quero, desesperada e compulsivamente, dentro de mim.

— Henry, por favor. Meu corpo está doendo e parece que vou pegar fogo.

— E eu sou o impaciente, né?

Ele se posiciona em cima de mim, os lábios contra os meus quando o sinto penetrar. É diferente de tudo que já senti.

— Ah, caralho, Halle. Merda, você é tão gostosa. — Ele beija o canto da minha boca. — Você tá bem?

Assinto, me agarrando nele, desesperada.

— Você é maior do que os seus dedos.

— Eu sei, eu sei. — Parece que está se desculpando. — Mas você tá molhada, vai ser mais fácil. Me passa o vibrador e respira fundo pra relaxar.

Eu ligo o aparelho no modo mais fraco, Henry o coloca entre nós, em cima do meu clitóris, e meu corpo inteiro treme. Ele não está me machucando; é só uma sensação estranha finalmente sentir a pressão aliviar enquanto parece que estou sendo esticada, então tudo fica mais intenso.

Seguro o vibrador para ele colocar as mãos no meu cabelo do jeito que eu gosto e jogo as pernas ao seu redor, cruzando os tornozelos na altura da sua lombar. O ângulo novo faz alguma coisa, porque vejo seus olhos revirarem quando ele penetra mais. Seu corpo está tenso e, quando se concentra de novo em mim, tem alguma coisa que não sei descrever, mas também estou sentindo. Seja lá o que for.

Encontramos um ritmo perfeito. Nossos corpos estão brilhando de suor. Ele chupa o meu mamilo, depois o outro, me provocando enquanto seu quadril sobe e desce. É intenso demais. É bom demais.

Afundo os dedos nos músculos firmes das suas costas, me agarrando nele como se fosse a única coisa que me mantém presa à Terra. Ele mete com mais força, mais fundo, o som das nossas peles se chocando enquanto ele geme meu nome. Tudo é maravilhoso. Aperto as pernas ao redor do quadril dele, forçando-o para mais perto com os pés. Ele enfia a cabeça na curva do meu pescoço, beijando e chupando a pele sensível. Minhas costas arqueiam como se fosse possível ficar ainda mais perto dele.

Seu quadril se mexe, e o sinto inchar e tremer, gozando.

Henry se deita sobre mim, nós dois arfando, e não quero soltá-lo nunca mais. Há uma reação quase emocional que vem à tona, mas não poderia ter sido mais perfeito.

— Você tá bem? — pergunta ele, gentil, beijando minhas pálpebras, depois meu nariz e minha boca.

— Tô começando a ficar um pouco dolorida — admito, estremecendo quando ele sai de dentro de mim, apesar de todo o cuidado.

— Vou preparar um banho de banheira pra você, ok? — diz ele.

Aceno com a cabeça.

— Seria ótimo.

Odeio quando ele sai de cima de mim, mas imagino que em algum momento ele precise se limpar e jogar a camisinha fora.

— Henry — grito quando ele some no canto que leva ao banheiro.

— Sim, capitã?

— Eu não teria esperado por mais ninguém além de você.

Ele dá um sorriso quase tímido que eu nunca tinha visto antes e acena com a cabeça.

— Eu também.

Capítulo trinta e um

HENRY

Não sei por que é justamente quando estou fazendo tudo que posso para não distrair a Halle que penso em tudo que quero falar para ela.

Halle está digitando no notebook, as ideias para seus amigos imaginários fluindo sem parar, e não quero interrompê-la quando está nesse ritmo. Ao mesmo tempo, quero muito a sua atenção. E ela vai me dar, se eu pedir, por isso estou tentando me controlar.

Começou quando cheguei e ela disse "Feliz Véspera de Ano-Novo", e eu respondi que ninguém fala isso, e ela disse que fala, sim. Então, fui pesquisar e acabei chegando à origem das comemorações de Ano-Novo, agora quero contar isso para que ela saiba que eu tinha razão.

Depois de a Halle ter trabalhado dobrado na semana passada, era de se esperar que fizesse uma pausa na escrita do livro, mas parece que engatou na história. Eu ia passar a semana inteira sem vê-la porque ficaria com as minhas mães durante as festas de fim de ano e porque Halle estava trabalhando muito, mas de alguma forma consegui vir dormir aqui todas as noites e depois voltar.

Minha mãe perguntou se eu estava trabalhando como stripper, porque eu desaparecia à noite e voltava de manhã.

Posso ver as bochechas da Halle por cima do notebook, e é assim que vejo que ficaram vermelhas. Ela parece mais pálida do que o normal, mas diz que não está doente. Ela me olha como se soubesse que estou observando e depois volta para a tela.

— Para de me vigiar — resmunga. — É estranho.

— Não estou te vigiando. Estou te admirando. Por que você tá vermelha assim?

Ela muda de posição e se senta em cima do pé.

— Nada, não.

Sua voz parece mais aguda do que o normal, e aprendi que isso é um sinal de que está mentindo.

— O que seus amigos imaginários estão fazendo pra você ficar tão vermelha?

— Nada! — Outra mentira.

— Halle Jacobs, você está escrevendo uma cena de sexo?

— Não. — Outra mentira.

— Estou tentando não te distrair, mas você não está me ajudando.

Eu a vejo fechar o notebook e atravessar a sala até o sofá onde estou jogado. Passa por cima de mim e se aninha perfeitamente no espaço entre meu corpo e o sofá. A perna está jogada por cima de mim; isso é muito natural para nós agora. Nos encaixamos muito bem assim.

— Ok, agora é você quem está se distraindo.

— Eu mereço um descanso. — Ela se estica para beijar meu queixo. — E estava escrevendo uma cena depois que eles transaram pela primeira vez. Quando estão conversando, deitados na cama.

— Sobre o que estão conversando?

É estranho, mas ela dá de ombros. Algo difícil de fazer enquanto está deitada em cima de mim, e nunca a vi fazer esse tipo de gesto ambíguo.

— O que isso significa agora. Se muda algo entre eles. Como vai ser daqui pra frente.

— É isso que você queria que a gente tivesse feito quando transamos? — pergunto.

Talvez eu devesse ter pensado nisso, mas na verdade não sabia que precisava. Estou sempre preocupado em ter certeza de que ela está bem, de que gostou, de que não fui agressivo ou gentil demais ou qualquer outra combinação de erros que posso ter cometido.

— Eu devia ter puxado esse assunto?

— Qual vez? Acho que não tivemos muito tempo pra conversar. — Ela ri, mas não diz que não. — Eu poderia ter comentado. Depois de qualquer uma das vezes. Acho que não sei bem em que pé estamos. Você terminou a matéria com o Thornton; não precisa mais de mim. Meu livro está quase pronto e você me deu mais experiências do que imaginava que teria.

— Eu preciso, sim, de você, Halle. Eu quero você. Te dou o que você quiser, mas quero estar contigo — respondo, sincero.

Sim, o objetivo principal era sobreviver à aula do Thornton, mas tenho um propósito muito maior agora.

— O que você acha?

— Você não gosta de quando eu falo dele.

Resmungo e ela cutuca minha bochecha.

— Pode falar. Eu aguento.

— Chamar o Will de "namorado" destruiu nossa amizade. Tenho medo de tentar rotular o que temos e isso mudar tudo. Não quero que as coisas mudem. Gosto de como estão agora. Podemos falar para o outro o que cada um quer, nos vemos quando queremos, o sexo... o sexo é incrível. Você me faz rir, me faz me sentir muito querida. E se eu não tiver sido feita para ser a namorada de ninguém? Não quero arriscar perder tudo isso. Só quero que a gente não fique com mais ninguém. Estou pedindo demais?

É engraçado porque nunca considerei ser o namorado de ninguém até conhecer ela.

— Não, não está pedindo demais. Não vou dividir você com ninguém e nunca entendi o propósito de rotular as coisas. Não me importo com o termo que a gente use. Nada precisa mudar. Nada além de ser a minha vez de te ajudar com a aula sobre sexo do Thornton.

Ela ri, e seu corpo vibra contra o meu.

— Por favor, não chame assim. Acho que vou vomitar. — Eu *amo* ouvi-la rindo. — Vamos prometer que, se em algum momento um de nós sentir a necessidade de dar um rótulo para nossa relação, vamos conversar? E talvez a gente possa ver como se sente com isso e conversar de novo depois. Estou sendo muito burocrática?

— Não. Você está sendo sincera, e gosto disso. Vamos falar sobre o que queremos e respeitar as necessidades um do outro. É o que a gente faz agora, Halle. Não vejo como pode dar errado. — Então dou um tapa na bunda dela. — Vai escrever. Quando terminar, tenho uma história muito boa pra te contar sobre a origem do Ano-Novo.

— Não me chantageie com algo tão interessante.

* * *

Depois da calmaria da casa da Halle, voltar para casa é como entrar num zoológico.

Ela está vindo logo atrás de mim, sua mão na minha ao nos aproximarmos do caos de pessoas que não moram ali.

Depois que Halle terminou de escrever o capítulo ontem, ela montou em mim de novo e achei que seria uma comemoração, mas acabou tirando um cochilo em cima de mim com a Joy. Ela diz que não está doente, mas acho mesmo que está, sim. Seus olhos estão mais vermelhos do que o normal, e a pele está pálida e suada.

Quando Russ me mandou mensagem para avisar que iam pedir comida e ficar em casa em vez de ir para uma festa ou balada, decidimos nos juntar ao grupo.

Coloco a caixinha da gata no chão e Halle me cutuca.

— A Gigi tá me ligando. Vou atender no seu quarto. Cuidado pra Joy não fazer xixi por aí.

— Ai, meu Deus — grita Aurora enquanto pula do sofá e logo cai de joelhos em frente à caixinha de transporte. — Não sabia que você vinha também.

— Ela não pode te responder, Aurora — digo. — É uma gata. Além do mais, gatos não parecem gostar muito de você, então talvez seja melhor não se aproximar.

Robbie está passando a virada de Ano-Novo em Nova York com a família da Lola, e Russ prometeu me ajudar a limpar a casa para nos livrarmos de qualquer pelo de gato antes da volta dele amanhã.

— Por que trouxeram ela? — pergunta Aurora, abrindo a portinha e esticando o braço para dentro da caixa.

— Não quero que ela fique com medo dos fogos de artifício sozinha.

Halle disse que todos os anos desde que nasceu, Joy passa a virada dormindo tranquila, mas não acredito.

— E ela é fofa.

— É fofa mesmo — comenta Aurora, com voz de bebê. Algo que eu não faço. — Oi, coisa linda, você é tão fofa.

Meu celular vibra no bolso, a única coisa que consegue tirar minha atenção da cena de Aurora possivelmente roubando o amor da Joy por mim.

HALLE

SOBE AQUI!
AGORA!

— Não tire os olhos dela — peço para Aurora e subo a escada.

Quando digito o código da porta e vejo Halle no meio do quarto com as mãos na cintura, acho que entendi errado a mensagem.

— É pra eu ficar pelado ou não? Porque você pareceu estar com tesão, mas agora parece estar com raiva, então tô confuso.

— Olha o meu pescoço! — grita ela, puxando a gola do suéter. Tem uma marca roxo-avermelhada no pescoço que não me lembro de ver ali. — Você me deixou com um chupão!

Balanço a cabeça.

— Não me lembro disso.

Ela puxa ainda mais o suéter para eu ver as mesmas marcas na parte superior dos seus peitos.

— Não tenho deixado mais ninguém colocar a boca no meu peito, então tenho certeza de que você é o culpado. A Gigi viu a mancha no meu pescoço e nunca mais vai me deixar em paz.

— Isso não parece uma prova real — respondo, tentando não demonstrar a sensação estranha de orgulho que estou sentindo. Gosto de sermos próximos o bastante para eu zoar com ela. — Você está com a sua bolsa de maquiagem?

— Tentei passar corretivo e não funcionou — diz ela, bufando.

Meio que gosto de quando ela fica irritada também.

— É porque você precisa corrigir a cor primeiro. Tem algo que faça isso? Não quero ir atrás da tinta de Halloween.

Ela assente, e o bico que está fazendo continua me enchendo de vontade de beijá-la.

Depois de procurar na bolsa, Halle acha uma paleta de correção de cor e uma esponja. Puxo a gola e tiro o cabelo do caminho com as costas da mão.

— É teoria das cores, capitã.

— Não seja todo sexy falando de arte agora. Eu tô puta com você.

— Quer me deixar com um pra ficarmos quites? Não me importo. Você pode me encher de chupões se quiser. — Ela está tentando conter o riso. — Você fica fofa quando está brava.

— Anda logo, antes que os meninos lancem a carreira de petfluencer da Joy.

Aplico mais rápido e as cores mudam de imediato, como sabia que aconteceria.

— Então, só pra ficar claro: não é pra eu ficar pelado?

* * *

Em termos de Ano-Novo, acho que este foi um dos meus favoritos.

Estou fazendo o possível para conter meu ciúme ao ver Joy indo de pessoa a pessoa, querendo atenção. Halle beijou meu rosto algumas vezes, prometendo que ainda sou o favorito dela. Quando Joy finalmente se cansa de Mattie e Bobby, que ficam tentando tirar fotos da sua pata em cima de um disco de hóquei, Halle a pega e a deixa no seu colo.

Faltando cinco minutos para a meia-noite, é bom saber quem eu vou beijar, mesmo que essa pessoa esteja dormindo no meu ombro. Ainda estou muito preocupado que ela esteja doente e seja teimosa demais para admitir.

Todo mundo está conversando sobre as resoluções de Ano-Novo. Poppy inicia.

— Quero começar a escrever um diário. Sinto que aprendo muito, mas nunca me lembro das coisas.

— Quero começar a fazer pilates — diz Emilia.

Russ toma um gole da cerveja e fala com um ar triste:

— Quero melhorar a minha relação com o Ethan.

— Quero que meu relacionamento com meu pai fique ainda pior — diz Aurora, para aliviar o clima. — E quero ler todos os livros da minha lista.

Mattie pigarreia e olha apenas para Aurora ao falar:

— Minha meta de Ano-Novo é conseguir um passe VIP para o paddock da Fenrir no Grande Prêmio de Nashville.

Bobby concorda com a cabeça.

— Também tenho essa meta.

Kris faz o mesmo.

— Eu também.

Cami é a próxima a falar.

A minha é ser mais tóxica e fazer homens infelizes.

Kris balança a cabeça e suspira ao mesmo tempo.

— Seríamos tão felizes juntos se você me desse uma chance.

Ela inclina a cabeça para ele e pisca.

— Vai sonhando.

— Vai, Hen. Qual é a sua? — pergunta Russ.

Parece que Halle acordou, pois ela levanta a cabeça do meu ombro.

Apesar de saber que em algum momento me perguntariam isso, ainda não sei o que dizer. Nunca penso nas resoluções de Ano-Novo porque nunca consigo cumpri-las. Não sou capaz nem de manter uma rotina com as coisas que *tenho* que fazer.

Quero gostar de hóquei de novo sem ficar ansioso com tudo, sem me preocupar com as coisas que vieram com o título de capitão. Quero ser um bom amigo para todo mundo, sem ficar toda hora preocupado em estar prestes a decepcionar alguém. Quero fazer a Halle feliz. Quero me lembrar de perguntar mais vezes para a Anastasia como ela está. Responder a mais mensagens. Não surtar quando as coisas dão errado. Há tantas coisas que eu poderia dizer, mas não sei nem por onde começar.

— Quero provar que o Robbie tá mentindo sobre a alergia a pelo de gato.

Todo mundo ri e a dopamina toma conta de mim como sempre acontece quando faço algo certo.

— Vai, Halle. A última.

— Terminar a lista de leituras é uma boa; não lembro a última vez que li alguma coisa que não fosse para o clube do livro ou alguma aula. Me distrair menos, talvez? É. Focar mais os meus objetivos.

Russ aumenta o volume da TV e as pessoas na Times Square são um sinal de que falta um minuto para a meia-noite.

A contagem regressiva começa em dez, e preciso dizer mais uma vez. Levo a boca até a orelha da Halle e sussurro para que apenas ela possa me ouvir:

— Você é a melhor coisa que aconteceu comigo esse ano.

— Idem.

Ela sorri e a sensação é, sem dúvidas, melhor do que todo mundo rindo da minha piada. Quando a contagem regressiva chega a zero, eu a beijo pela primeira vez no ano novo.

Capítulo trinta e dois

HENRY

— Para de me encarar!

Halle não parece a minha Halle ao brigar comigo pela décima vez hoje. Sua voz está rouca e anasalada. O nariz congestionado a faz soar como se estivesse tentando falar com um marshmallow entupindo a passagem de ar.

Quando levanta a cabeça da posição normal de bruços no travesseiro, seu nariz está vermelho, os olhos estão fundos e lacrimejando.

— Você precisa ir ao médico — repito pela décima vez. Uma para cada vez que ela pediu que não encarasse. — Por que está sendo tão teimosa?

Ela funga alto.

— Porque você disse que eu tinha que começar a dizer "não" para as pessoas. Então, não.

— Eu também disse que isso não valia pra mim.

— É só um resfriado, sei lá. O mesmo que derrubou todo mundo umas duas semanas atrás finalmente me pegou. Estou bem, Henry. Vai passar, juro.

— Os espirros te deram uma concussão? Você começou a epidemia que derrubou todo mundo. Você tá doente há tipo um mês; não é normal. Precisa ir ao médico.

Depois de me dizer que eu estava errado na véspera do Ano-Novo, Halle começou a reclamar de não se sentir bem no primeiro dia do ano. Ela disse que era porque trabalhou demais e depois ficou acordada até tarde comigo. Disse que valeria a pena quando recebesse o pagamento e pudesse comprar roupas novas para a viagem na primavera. Um lembrete infeliz para mim de que essa viagem ainda vai acontecer.

Com a volta às aulas o hóquei voltou também e, apesar de eu insistir que ela ficasse em casa para descansar, Halle se arrastou para o jogo de sábado depois de termos perdido o primeiro jogo do ano no dia anterior. Tenho quase certeza de que dormiu no ombro da Poppy o tempo todo e não viu nem um segundo da partida.

Ela ficou supersticiosa depois que a chamei de meu amuleto da sorte, algo que, devido aos bons resultados quando ela está presente, foi adotado pelo resto do time. Jogamos fora de casa pelas últimas duas semanas e, em vez de usar o tempo longe de mim para dormir, ela foi trabalhar na livraria quando alguém tirou o dia porque estava doente.

Comentei que *ela* provavelmente tinha infectado esse cara e ela não gostou.

— O médico vai me recomendar descanso — resmunga contra a dobra do braço, sem se dar o trabalho de me olhar. — Não estou mais vomitando. E não estou grávida, se estiver preocupado com isso. Acho que meu corpo está rejeitando minha ética de trabalho impecável.

Eu a encaro, incrédulo, apesar de ela não conseguir me ver.

— Nem tinha pensado nisso. Não acho que parecer estar prestes a morrer é um sintoma de gravidez.

— Você claramente nunca viu o filme *Amanhecer*.

— Você acha que morei com a Anastasia e a Lola e nunca vi *Amanhecer*? Estou falando sério. Estou preocupado com você. Entrei em um buraco de pesquisas médicas no Google e estou ficando ansioso por você não procurar atendimento médico.

Ela se levanta e fica sentada nos tornozelos, me encarando. É tão bonita, mesmo quando está cheia de catarro e nojenta.

— Sou um exemplo de saúde e bem-estar.

— Me deixe levá-la pra sair se está tão bem e cheia de energia quanto diz.

Há semanas ela não parece estar tão alerta quanto agora.

— O quê?

— Quero te dar uma experiência nova. Vamos, capitã!

— Henry, não precisamos mais fazer isso. Você sobreviveu a Thornton e eu não escrevo há semanas. Não se preocupa.

— Não, eu quero te dar uma experiência nova. Vamos.

Nunca fui bom lendo linguagem corporal, mas a da Halle está praticamente escrevendo em letras garrafais na parede para mim. Ela está cansada, com dor no corpo. Meio que me odiando por colocá-la nessa situação em que ou admite derrota, ou faz algo que não quer fazer. Ela suspira fundo e se rende:

— Tá bom. Só deixa eu me arrumar.

* * *

Mesmo se Halle não parecesse um personagem na pintura *O triunfo da Morte*, ainda conseguiria dizer que está doente com base em uma só pista: não está me perguntando aonde vamos.

Quando estaciono na frente da casa das minhas mães, ela está dormindo. Outra dica, pois não fomos tão longe assim. Não gosto de acordá-la quando está doente, mas passei as últimas três semanas pensando em todas as possibilidades. Acabei ficando mais nervoso a cada fungada e tosse, tentando decifrar o tom da tosse para comparar com a tabela que achei online.

Vê-la agir como se estivesse bem enquanto lidava com alguma espécie de intoxicação alimentar e vomitava sem parar foi a experiência mais bizarra da minha vida. Não entendo por que ela não se cuida direito. Ninguém vai morrer se ela não cumprir todas as promessas que fez aos outros. Todo mundo entenderia, mas é impossível para ela admitir que precisa de um tempo.

Quando fui lhe levar mais remédio no trabalho, Cami contou que ela tem medo de que, se parar de fazer as coisas que sempre faz, a mãe venha aqui cuidar dela. Considerando que a mãe dela ainda é time Halle Ellington e estou na jogada, Halle não está muito interessada em mais momentos mãe e filha.

— Chegamos, dorminhoca — digo e lhe acordo devagar.

Ela franze a testa e olha ao redor para identificar o lugar. Esfrega os olhos com as costas das mãos e se inclina para ver melhor pela janela.

— Você vai me fazer entrar em uma irmandade? Pensei nisso no primeiro ano da faculdade e decidi que não queria essa experiência. Então podemos ir pra casa?

— Não é uma república. Vem, vamos entrar.

Não lhe dou a oportunidade de discutir comigo quando saio do carro e vou andando pela entrada. Ouço a porta do carro se fechar e seus pés tocarem o chão de concreto.

— Henry, espera! Onde estamos?

Usando minha chave, abro a porta e a guio para dentro.

— Na minha casa.

Assim que passo pela porta, sinto o cheiro de sopa sendo feita. Enquanto Halle se arrumava, liguei pra mamãe e perguntei se podia dar uma olhada nela, assim eu ficaria mais tranquilo. Discutimos se isso significa que estava levando uma namorada para casa e, em certo momento, decidimos que não é o caso, porque nunca faria isso sem a mãe estar em casa também.

Halle segura minha mão, me impedindo de dar mais um passo.

— Você me trouxe para conhecer *as suas mães*! Eu nem penteei o cabelo hoje!

— Isso não é culpa minha; eu avisei pra se arrumar. Achei que fosse pra parecer um ninho, aquele penteado lá. A rosquinha bagunçada. — Seu rosto volta a ficar corado, mesmo que seja de raiva. — E é só uma mãe. A outra está no trabalho.

— Você vai mesmo fazer isso comigo? *Sério?*

Estou começando a achar que fiz merda.

— Só quero que ela dê uma olhada em você e me prometa que você não tá morrendo. Porque, apesar de saber que você não está, tem uma vozinha na minha cabeça que me diz que talvez esteja. Mas você... — falo mais baixo para minha voz não ecoar pela casa. — Você. Não. Aceita. Ajuda.

— Isso só piora. Tá, ok. Vou fazer isso por você. Eu sinto muito que você tenha ficado tão preocupado comigo.

— Não faça por mim, faça por você. Se importe com o fato de você estar doente. É só isso que eu quero.

Ela abraça minha cintura e esconde o rosto no meu peito. Espero que seu nariz não esteja escorrendo. Beijo o topo da cabeça dela e o ninho de cabelo me faz cócegas no nariz.

— Eu gosto disso, mas a cada dia que passa aumentam as chances de você me infectar.

— Cês vão dar "oi" ou vão tentar fugir? — grita minha mãe da cozinha.

— Sua mãe tem um sotaque diferente — diz Halle, com os olhos arregalados voltados para mim.

— Você não lembra? Eu disse que ela é do Texas.

Halle ri, fecha os olhos e balança a cabeça.

— Eu sei, mas por algum motivo achei que ela teria o mesmo sotaque que você, só que, sei lá, mais feminino. Eu sei, é besteira minha.

— Minha outra mãe tem um sotaque de Boston porque ela é de lá. Só pra deixar claro quando você a conhecer.

— Entendi, espertinho. Ok, se ela me odiar, você precisa convencê-la a me dar uma segunda chance porque não estou no meu melhor dia — diz Halle enquanto abotoa o cardigã e arruma o vestido. Ela abre alguns botões do cardigã de novo. — Não sei o que eu tô fazendo, tô nervosa.

— Vem logo. Ela vai amar você — digo e pego sua mão.

Por sorte, Halle não me faz arrastá-la até a cozinha, apesar de estar relutante. Continuo segurando sua mão para que não fuja e, como esperava, mamãe está adicionando temperos na panela de sopa, com o notebook e uma taça de vinho ao lado.

— Oi, meu amor. A sopa tá quase pronta.

Ela tira os olhos da sopa, me ignora e fala com a Halle:

— Halle, prazer em conhecê-la, querida. Meu nome é Maria. — Ela gira alguns botões do fogão e tira o avental enquanto dá a volta na ilha da cozinha com os braços abertos. — Por favor, não fique com medo. Henry disse que não está se sentindo muito bem. Tadinha.

Minha mãe abraça Halle, que mesmo assim não solta a minha mão. Em vez disso, usa a outra para retribuir o abraço, e vê-la assim tão nervosa me faz pensar que, talvez, eu devesse tê-la levado a um médico qualquer. Quando minha mãe solta Halle, ela segura meu rosto com as mãos e me dá um beijo na bochecha.

— Você ficou mais alto?

— Por que você está agindo como se não tivesse me visto semana passada?

Guio Halle para uma cadeira ao lado da ilha, em frente à panela.

— E por que você está agindo como se não estivesse mais crescendo? — rebate ela antes de voltar a atenção para o fogão.

— Eu não fiquei mais alto na última semana.

— Halle, querida. Você quer seu macarrão na sopa ou separado? — Halle me encara como se esperasse alguma espécie de instrução, igual a uma prova. Sempre que o Henry ficava com dor de garganta quando era pequeno, a única coisa que ele aceitava era sopa de galinha. Mas não se o macarrão encostasse nas cenouras. Só que ele não falou essa parte; tivemos que adivinhar o motivo do choro por processo de eliminação.

— E nunca mais pararam de falar disso — resmungo.

— Fale alto o suficiente para ser ouvido ou fique quieto, meu amor — diz minha mãe, sem pestanejar. — Acho que, naquele ano, fiz mais sopa do que qualquer família da Costa Oeste. Então agora é uma tradição de família servir o macarrão separado, mas posso colocar no seu prato se quiser.

— Separado está ótimo, obrigada — responde Halle, parecendo mais educada do que nunca.

As duas conversam. Bom, minha mãe faz perguntas sobre de onde ela vem, o que está estudando, o que gosta de fazer. E Halle responde no mesmo tom educado em vez de dizer: "Me deixe em paz, estou doente." Batuco os dedos no balcão de mármore e meu pé bate no chão enquanto as ouço conversar sem parar.

— Por que essa batucada toda? — pergunta minha mãe com um olhar curioso.

— Você vai examinar a Halle? Ela está bem doente.

Tenho energia demais acumulada em mim e não consigo ficar parado. Preciso parar de ficar obcecado com isso, mas não consigo.

A expressão da minha mãe fica mais gentil.

— Achei que seria educado deixar a coitada da menina comer a sopinha dela antes, Henry. Ouvi dizer que você é teimosa, Halle. — Ela abre a boca para responder, mas não consegue falar nada. — Isso combina com o meu filho, que é teimoso que nem uma mula quando quer. Não é, meu amor?

Agora é a minha vez de ficar boquiaberto. Como que *eu* estou levando bronca se a Halle é que está errada nisso tudo?

Mamãe ri para si mesma.

— Parecem dois peixes fora d'água. Vou só pegar o termômetro.

Quando ela some, Halle se vira para mim.

— Não acredito que você disse para a sua mãe que eu sou teimosa! Agora ela vai achar que sou difícil e ingrata. Essa vai ser a primeira impressão dela de mim. E nem sou; eu literalmente concordo com tudo que todo mundo diz sempre, e é por isso que estou doente.

Se ela está irritada, então estou ainda mais.

— Exato. Você faz tudo por todo mundo sempre, mas aí fica doente e não cuida de você.

— Isso nunca é um problema quando estou fazendo coisas pra você! — diz ela, e quero rebater, mas ela tem razão. Eu ajo de outra forma quando me beneficio da situação. — Não quis dizer isso, Henry. Desculpa. Estou irritada e cansada de ficar doente. Você tem razão; eu devia ter ido ao médico semana passada. Eu só... Nem tenho uma desculpa. Me desculpe por deixar você preocupado.

— Não quero estar no topo da sua lista de prioridades. Quer dizer, quero ser o segundo lugar, mas depois de você. Quero que *você* comece a se priorizar acima dos outros.

— Entendi — diz ela.

Halle dá uma olhada ao redor, se certificando que estamos a sós, e se aproxima para beijar minha bochecha.

— Não quero te passar meus germes.

— Tudo bem. Vamos compensar o tempo perdido quando você melhorar.

* * *

Minha mãe diz que Halle tem uma doença simples — e não letal — e que, com alguns dias de descanso de verdade, bastante água e medicação, deve se recuperar totalmente.

No caminho de volta para casa, Halle liga para o chefe e diz que não vai poder trabalhar esta semana; também liga para Inayah a fim de cancelar o encontro do clube do livro. Depois, liga para a sra. Astor e pergunta se ela pode cuidar da Joy por alguns dias enquanto fica na casa de um amigo. Por algum motivo, não gosto de ouvi-la me chamar de "amigo". Talvez seja porque eu queria levar Joy com a gente, mas pelo visto testar se Robbie é alérgico mesmo a pelo de gato é maldade e provavelmente ilegal.

— Toda vez que a vejo, a sra. Astor me diz que me pareço com o marido dela. Pedi que me mostrasse uma foto, e ele é um cara branco, velho e careca — conto para Halle depois de deixar Joy na vizinha.

Halle levanta o olhar da mala que está arrumando e ri; é a risada mais autêntica que deu nas últimas semanas.

— Ela quer dizer "futuro marido". É uma piada que ela e minha avó faziam. Como se fosse "Você parece do tipo que é bom pra namorar". Tipo, "Você parece o meu marido. Que marido? O próximo". Ela está dando em cima de você, Henry.

— Você vai brigar por mim? — pergunto e a vejo revirar os olhos.

— É claro que não.

— Você respondeu rápido. Por que não?

— Porque eu conheço aquela mulher desde que era bebê — responde Halle. — E sei que ela fez artes marciais nos anos 1970.

— Eu lutaria por você se a sra. Astor fosse o sr. Astor, que ele descanse em paz.

Ela adiciona o que eu espero que seja a última coisa na mala e então começa a fechá-la.

— Nunca vou querer que você brigue com alguém por minha causa. Brigar é bobagem, e você não é bobo.

Ergo as sobrancelhas ao ouvir isso.

— Brigar é bobagem?

Ela ri, esfregando as têmporas, um sinal de que vai precisar tomar mais remédio em breve.

— Grayson *sempre* se metia em briga quando éramos mais novos, e era isso que minha mãe dizia pra ele. Ela transformou em uma daquelas frases motivacionais que as pessoas bordam e penduram na parede. Tipo aquelas coisas de Jesus. Acho que ele ainda tem essa; vou pedir uma foto pra ele.

— Brigas por qual motivo?

Suspiro.

— Nem sei. Minha mãe costumava dizer que era coisa de menino, o que é uma desculpa idiota, na minha opinião. Quando nossos pais se separaram, Grayson queria morar com o pai, mas ele nem queria nossa guarda. Depois, nos mudamos pro Arizona, e ele odiava. Sofreu muito bullying por ter um sotaque diferente e era baixo e fortinho enquanto todo mundo estava crescendo rápido e emagrecendo. Acho que isso só contribuiu para ser um menino superirritado.

— Ele ainda é assim?

— Irritado? Não, na verdade é bem tranquilo hoje em dia, mas quieto. Foi muito difícil para a minha mãe porque ela estava grávida da Maisie. Ela ficava com a Gianna metade do tempo, e a Gi não entendia por que aquela mulher estava fingindo ser sua mãe, então era terrível. E a cada dois ou três dias a escola do Grayson ligava dizendo que ele ia ser expulso se não se comportasse.

— Como você se sentia com isso?

— Odiava o fato de o Grayson voltar para casa machucado; ficava muito nervosa porque me fez pensar que talvez fosse sofrer bullying quando chegasse ao ensino médio. Eu era mais alta do que as outras meninas da minha turma e a puberdade me pegou de jeito. Sempre tive peitos maiores, quadril mais largo, coxas mais grossas etc. Mas não sofri bullying. Na verdade, ninguém nem prestava atenção em mim, mas eu ainda odiava as brigas pois todo mundo ficava muito triste quando Grayson agia assim. Ninguém soube do bullying até bem depois.

Toda vez que Halle me conta algo sobre sua vida, fico com raiva de não ter perguntado antes. Quero me sentar ao seu lado e aprender tudo sobre ela.

— O que fez seu irmão parar de brigar? Foi o bordado?

— Não foi o bordado, infelizmente.

Halle dá risada, que acaba virando um ataque de tosse, o que me lembra de falar sobre isso de novo depois.

— Então, parece parte do roteiro de *Forrest Gump*, mas é verdade! Ele irritou um cara na turma dele e eles foram brigar depois da aula. Quando Gray apareceu, tinha uma gangue de meninos lá, então ele saiu correndo. Nosso técnico de futebol americano do ensino médio viu como ele era rápido. Descobriu quem ele era, o que significa que descobriu que era um pequeno pesadelo raivoso prestes a ser expulso. Ele chamou meu irmão para conversar e disse que, se ele parasse de brigar e de dar trabalho aos professores, o deixaria treinar com os jogadores. Se ele se empenhasse pelo resto do ano, sem incidentes, entraria no time.

— Imagino que depois disso não teve mais incidentes.

Halle ri de novo, apesar de a história não ser engraçada.

— Não, teve. E, toda vez que acontecia alguma coisa, o treinador zerava a contagem. Mas aquele velho teimoso nunca desistiu dele e, no final, Grayson entrou para o time. O bullying parou assim que ele passou a ser reconhecido por ser baixo e fortinho. Suas notas melhoraram, ele entrou na faculdade, e o resto é história.

— E o que estava acontecendo com você? Grayson estava brigando, Maisie era um bebê, Gigi estava confusa. O que você estava fazendo?

Às vezes, ela dá um sorriso triste. Um que não chega aos olhos como quando sorri de verdade.

— Bom, nos tornamos uma família de futebol americano, então passei um bom tempo sentada nas arquibancadas lendo enquanto apoiávamos Grayson. Ajudei a trocar as fraldas da Maisie e a mantinha entretida para minha mãe poder descansar. Depois, a Gigi veio morar de vez com a gente, então foi outro período complicado pra todo mundo. Passei muito tempo me escondendo na casa do Will naquele verão.

— Foi assim que vocês se tornaram amigos? Quando você estava se escondendo da sua família?

— Não estava me escondendo deles. Estava acontecendo tanta coisa com minha mãe e Paul, sobretudo minha mãe, que eu não queria causar mais estresse. É difícil se meter em confusão quando tudo o que você faz é ler livros. Will era bem confiante e me recebeu de braços abertos, nem tive que fazer muita coisa.

Por que fui perguntar dele? Por que gosto de me irritar?

— Acho que faz sentido.

— É que eu não tinha responsabilidades na casa dele. Ninguém me pedia que fizesse nada, nunca acabava coberta em baba de bebê, e ele era tão tranquilo com tudo que era como uma folga de sempre tentar acompanhar o ritmo da minha própria casa. Sei que não falo sobre ele de um jeito positivo agora, mas na época eu precisava dele. Ele me fez me sentir menos sozinha.

Ela esfrega a têmpora de novo, e é mais um lembrete de que precisa descansar. Não quero ouvir sobre as qualidades do ex dela, sendo que ele a tratou tão mal e ela nem percebe.

— Quero ver o bordado, se o seu irmão ainda tiver — digo, mudando de assunto. — Está pronta para receber cuidados?

Ela assente, olha ao redor para checar se está esquecendo alguma coisa, e dá para ver que achou uma pelo jeito como guincha.

— O que acha de levar Quack Efron?

Capítulo trinta e três

HALLE

A PARTE DIVERTIDA DE passar tanto tempo com alguém que fala o que vem à cabeça é que, quando está tentando *não* dizer o que pensa, é dolorosamente óbvio.

Houve uma energia estranha no ar a semana inteira, e acho que era o Henry desesperado para fazer com que eu me sentisse melhor. Fico mal por deixá-lo tão preocupado assim. Se soubesse que era tão sério a ponto de ele estar disposto a me apresentar a uma das mães, teria seguido o conselho de ir ao médico.

É difícil ser a pessoa que precisa desacelerar quando é você que está sempre resolvendo as coisas para os outros. Porém, Henry tem razão: eu deveria cuidar de mim mesma primeiro.

Agora que estou finalmente me sentindo melhor, é minha vez de convencê-lo a priorizar a saúde dele. Ele tem se esforçado demais na academia e feito treinos extras com os colegas de equipe há semanas. Diz ele que é porque o melhor líder é forte o suficiente para liderar sua equipe — o que acredito ser uma citação que viu na internet —, e isso não tem nada a ver com o fato de que ele vai jogar contra o Will na sexta-feira.

Acho que ele estava ansioso com isso e talvez sinta que tem algo a provar. Está ignorando a realidade e estou permitindo, porque sei que tem ouvido dos meninos do time que não vão conseguir olhar na minha cara se perderem. Tentei explicar que não me importo, mas ninguém parece me levar a sério.

A única vantagem desse momento é a motivação dele para se distrair, o que até agora envolveu: me deitar e vir por trás, deitar em cima de mim e me puxar para cima dele, em todas as superfícies da casa e, por mais que não queira admitir, no meu carro.

Minhas pernas tremem quando tento usá-las, e, em vez de demonstrar a empatia que mereço, ele me deu uma longa explicação sobre como fazer musculação ajudaria nisso. Depois, fez minhas pernas tremerem mais ainda.

Já li romances o bastante para me perguntar como os protagonistas vivem uma vida normal quando estão sempre se agarrando, mas agora eu entendo. Não tenho interesse algum em trocar de roupa e sair de casa. O que quer dizer que, toda vez que penso em perguntar diretamente o que o está incomodando para poder reafirmar que não me importo com o Will, na mesma hora deixo que ele me distraia.

Faz pouco mais do que cinco minutos que colocamos um filme para vermos juntos, mas ele já está tentando beijar meu pescoço, passando a mão pela minha barriga.

— Você não tá cansado? — digo, fechando os olhos com força quando ele beija meu pescoço.

— De você? Impossível — murmura de volta.

Meu corpo reage ao dele como se não fosse tocado há anos, e não horas, mas preciso trabalhar o autocontrole da mulher adulta que sou. Eu acho...? Uma voz dentro de mim me diz que estou certa, mas outra ainda mais alta e mais excitada diz que preciso tirar a roupa.

— Vamos conversar sobre o assunto que não quer calar? — pergunto e me parabenizo em silêncio por verbalizar meus pensamentos e não ceder.

Sua respiração sai quente na minha garganta quando ele fala:

— Pra quê, se a gente pode fazer tantas coisas calado?

— Você é ridículo. Estou falando de você descontando toda a sua energia nervosa no meu corpo em vez de falar sobre o que está incomodando.

Ele empurra meu joelho com o seu e se coloca entre minhas pernas, fazendo pressão contra mim para que eu sinta como está duro.

— Não estou nervoso com o jogo. Duvido que eu vá ver seus pais.

— Então você *sabe* do que eu estou falando! Henry, sai de cima! Vamos conversar sobre isso.

Ele resmunga ao sair de cima de mim de um jeito dramático e se joga no colchão.

— Não tem o que conversar. Não estou nervoso.

Não foi coincidência meus pais terem marcado a viagem anual de janeiro para o fim de semana em que o Will vai jogar em Maple Hills. Coloco a culpa por não ter visto que as datas batiam no fato de que estava muito doente quando ligaram. Já aceitei que este fim de semana vai ser um inferno, mas odeio que o Henry tenha se preocupado com isso a semana toda.

— Você sabe que não importa se você ganhar ou perder, né? E, se não quiser conhecer a minha mãe e meu padrasto, tudo bem. Nem pensei nisso porque você tem estado bem ocupado com o time, chamando os caras de irritantes toda vez que eles ligam.

— Eu quero ganhar dele por você — diz. — Quero que ele fique com vergonha do mesmo jeito que você ficou. Quero que ele passe cada segundo no rinque completamente infeliz.

— Isso é muito admirável, mas você tem que saber que não me importo com isso. Vou estar lá por você, e só você... Bom, pelos meninos também, mas sobretudo por você. Se ganhar, ganhou. Se não, não é nada de mais.

— Essa é a parte em que você imita uma cena de filme e diz algo tipo "Para mim você sempre é o vencedor" ou algo brega assim?

— É isso que quer que eu diga, meu pequeno vencedor? — Henry revira os olhos, mas se aproxima e segura meu rosto com a mão. — Você sempre vai ter meu apoio. Somos um time, lembra?

— Você acha que seus pais vão implicar comigo porque eu não sou o Will?

Não estou acostumada a vê-lo inseguro, então o vislumbre de vulnerabilidade na sua voz enquanto tira a mão do meu rosto e mexe em uma mecha de cabelo faz com que eu sinta um aperto no peito.

— Eles não vão implicar com você, Henry. Eles nem te conhecem. Se conhecessem, te amariam. Você é a pessoa que faz a filha deles infinitamente feliz e, no geral, muito mais do que qualquer pessoa do meu passado.

— Você parece falar com bastante certeza, mas ao mesmo tempo não acredito no que diz.

— Acho que você precisa de algo mais produtivo para ocupar a cabeça — digo e afasto sua mão presa à minha coxa. — Que não seja ficar me agarrando. Por que você não pinta? Ou desenha? Ou, sei lá, pega o tablet e faz uma apresentação pra mim, com fotos, de tudo que já pintou?

Espero uma resistência dele, mas ela não vem.

— Tá — responde Henry. — Espere aqui um instante.

Ele some do quarto e fico deitada sozinha na cama, confusa e curiosa. Quando volta, estica a mão e gesticula para a porta com a cabeça.

— Não — digo e semicerro os olhos. — Acho que você está aprontando alguma coisa.

Ele dá um sorriso malicioso que me faz derreter.

— Estou fazendo o que você disse: ocupando a cabeça, e não tem ninguém em casa, então vem.

Pego sua mão e continuo cética conforme ele me guia para fora do quarto até o quarto ao lado. Acho que nunca entrei aqui. Tem uma cama sem lençóis encostada na parede e telas em branco apoiadas na porta do closet.

— Essa é a sua caverna secreta?

Eu me sento na cama e ele anda pelo quarto vazio.

— É o quarto antigo do JJ. Era pra outro cara se mudar pra cá, mas não deu certo, só usam este quarto quando alguém fica até tarde aqui. Tem mais espaço se eu empurrar a cama pro lado. Eu pinto aqui às vezes.

— Muito conveniente...

Ainda tenho minhas suspeitas.

— Quer pintar alguma coisa comigo? — pergunta ele, abrindo uma lona protetora sobre o chão de madeira. — Tenho uma ideia bem específica em mente.

Demoro dez vezes mais para piscar por causa do choque.

— Tá de brincadeira. Vai me deixar participar?

— Não estou brincando. — Ele tira as telas do caminho para abrir as portas do closet e pega um rolo de tela de algodão, além de um pacote fechado com tintas de várias cores. — Mas vai ser uma bagunça. Isto é tinta corporal.

Henry coloca a tinta no chão ao lado dos seus pés, fica de joelhos e desenrola o tecido no meio da lona protetora. Em seguida, tira a camisa e a joga para trás.

— O que você quer fazer? — pergunto, tirando o moletom que roubei dele. Henry está se equilibrando para arrancar a própria calça até ficar só de cueca.

— Quero tirar tua roupa, te cobrir de tinta e te comer aqui mesmo — diz ele, apontando para o meio da tela. — Com todo o respeito, claro.

Eu sempre disse que queria saber mais sobre o processo criativo dele...

— Eu amo arte.

Ele vem até mim enquanto fico parada e mexe no cordão que prende minha calça, nossas mãos se encontram devagar.

— Também amo arte.

Devagar, Henry me faz andar para trás, tirando minha camiseta e deixando minha calça cair. As mãos dele se fecham na minha nuca e percebo que está tirando meu colar.

— Não — digo e coloco a mão para segurar o H de um jeito protetor. — Dá azar tirar.

— Você quer que ele fique todo manchado de tinta? — Balanço a cabeça em resposta. — Não vai acontecer nada de ruim só porque você tirou uma vez.

É estranho, mas tirar o colar é o que faz com que me sinta mais exposta, e não o fato de ele ter tirado minha roupa até eu ficar só de calcinha e sutiã. Ele vai ao banheiro, volta com uma camisinha e a joga do lado do tecido. Pega os potes de tinta do chão, quebra o lacre e me pede que escolha uma cor.

— Roxo.

Henry coloca as outras no chão e me faz dar uns passos para trás, assim ficamos os dois em cima da lona.

— Vou tirar a cueca e depois sua calcinha e sutiã. Tudo bem?

Concordo com a cabeça, e meu corpo fica inquieto. Sinto como se estivesse observando cada movimento com um interesse intenso. Ao tirar a cueca e depois minha calcinha, ele já está ficando duro, e, após soltar o fecho do meu sutiã e descer as alças pelos ombros, meus mamilos ficam rígidos.

— Pode estar um pouco gelado — diz ele, abrindo a tampa da tinta. Me dá um beijo rápido antes de apertar a garrafa, jogando tinta no meu peito. Estremeço um pouco e sinto a pele arrepiar. A tinta começa a escorrer; ele pega uma gota com o polegar e pressiona no meio da minha clavícula. — Sem azar — diz enquanto desenha uma letra H na minha pele.

Pego uma garrafa de tinta do chão, sem escolher a cor, tiro a tampa e a aperto na direção do peito dele. Henry tira a garrafa da minha mão e a joga entre minhas pernas.

Continuamos neste ritmo: rindo, agarrando um ao outro, pintando, nos beijando. Henry faz uma manobra para nos deitarmos no chão; a tinta que ele espirrou na minha bunda se espalha pelo tecido. Segura meus peitos e deixa grandes marcas de mãos azuis. O azul se mistura ao rosa conforme ele brinca com meu mamilo.

Comparamos quem está com as mãos mais limpas e, por ganhar, rasgo o papel e coloco a camisinha nele. Apesar de toda a prática, ainda há um momento em que acho que não vou saber fazer aquilo.

Ele se posiciona e meu corpo se derrete quando entra em mim devagar.

— Hum, que gostoso — sussurra ele com as mãos firmes ao lado da minha cabeça e o quadril se mexendo junto com o meu.

Tudo parece perfeito.

Eu gemo, reclamando por vê-lo ficar de joelhos para pegar mais tinta. Henry segura meu pé, levanta minha perna e, ao mesmo tempo, tira a tampa e derrama tinta azul do tornozelo até o joelho. Faz o mesmo com a outra perna.

— O que você tá fazendo? — pergunto, me apoiando nos cotovelos para vê-lo melhor.

— Azul e vermelho dá roxo. Fica de quatro.

— Sim, capitão.

O jeito como me olha faz valer a pena ficar de quatro, ele joga mais tinta na minha bunda antes de dar um tapa. Então empurra meus ombros para baixo; eu obedeço até encostar o peito na tela.

Henry segura meu quadril, gemendo alto ao me penetrar de novo.

O barulho da tinta se espalhando quando sua pele bate na minha está me enlouquecendo. Coloco a bochecha no chão e estico o braço para pegar a mão dele. Ele segura firme, nós dois gozamos e caímos juntos no tecido.

Há um momento de silêncio como costuma acontecer à medida que tentamos voltar das estrelas para a terra. Não sabia que podia me sentir assim.

— Halle — diz ele, gentil.

— Oi? — respondo, o coração martelando no peito.

— Você está com tinta no rosto.

Meu pulso desacelera.

— Obrigada por me avisar.

* * *

O BANHO DEMORA o dobro do tempo que levou para fazer a arte porque estávamos dedicados a não deixar de limpar nem uma gotinha de tinta.

Tenho quase certeza de que vou passar um bom tempo encontrando manchas roxas.

— Preciso ir pra casa arrumar tudo, meus pais chegam amanhã — grito do banheiro e visto uma camisa dos Titans com o nome dele.

Henry aparece no batente da porta, a calça larga na cintura, e esfrega creme hidratante no peito e nos braços.

— Você não pode sair com o cabelo molhado. Vai ficar doente de novo. Acabei de te deixar melhor.

— Isso é um mito. Vou ficar bem. E, se não ficar, gosto de você cuidando de mim.

Ele faz uma careta.

— Pelo menos faz um coque, sei lá.

— Que bom que você é tão bonito, porque pode ser bem mandão também.

Me abaixo para pegar a caixa de coisas embaixo do armário. Há uma pequena etiqueta que não estava ali antes: Halle.

— Acho que perdi alguma coisa.

— O quê? Deve ser porque você se distrai fácil.

— Não, e nem vem com isso de quem se distrai fácil. Perdi alguma coisa porque não sabia que você tinha colocado meu nome nessas coisas.

— Ah — diz ele como se não fosse nada de mais. — Comprei uma etiquetadora de presente de Natal para a Anastasia e estava ensinando ela a usar. Essas coisas são suas, então precisava de uma.

Sinto como se meu coração estivesse preso na garganta. É um gesto tão pequeno, mas significa tanto para mim. Só que ele vai me expulsar de casa se eu começar a chorar por causa de uma etiqueta, então me recomponho.

— Você faz com que me sinta tão especial, Henry.

— Que bom — diz ele. — Você é especial.
— Preciso ir. Tenho um monte de coisas para fazer.
Tipo chorar sozinha.
— Precisa de ajuda? — pergunta ele.
— Obrigada, mas acho que você vai me distrair mais do que ajudar.
— Não estava me oferecendo; ia falar pra você pedir pro Russ. Ele é muito bom fazendo faxina.

Reviro os olhos o máximo que posso ao passar por ele. Henry me bloqueia com o braço, beija meu pescoço e me cutuca nas costelas.

— Tchau, Henry.
— Tchau, capitã.

Ele me pega antes que eu consiga me virar e me beija de um jeito que faz minhas pernas perderem a força de novo.

— Halle, espera!

Sai correndo do quarto, me deixando ali, confusa. Quando volta, mostra meu colar.

— Sem azar.

Sei que passo o caminho todo de volta para casa com um sorriso bobo no rosto. Me olho no espelho algumas vezes, mas não conseguiria disfarçar nem se quisesse.

Bom, isso até chegar à entrada de casa e ver um carro que não reconheço e as luzes acesas. Uma pessoa normal pensaria que estava sendo roubada. Ficaria em pânico e ligaria para a polícia; não entraria em casa para encarar os possíveis assaltantes. Mas não sou uma pessoa normal porque, quando entro na minha sala de estar, minha mãe e meu padrasto estão dividindo uma garrafa de vinho com Will e os pais dele.

— Surpresa, Hallezinha! — grita minha mãe, pulando do seu lugar e vindo me dar um abraço apertado. — Por que você está com tinta no cabelo?

Capítulo trinta e quatro

HALLE

Se há uma força maior no universo, ela me odeia.

Não há outra explicação para o meu pior pesadelo aparecer na minha porta um dia antes. Não foi nem na porta — está dentro de casa. Aparentemente meus pais acham que é supernormal entrar em uma residência que não é a deles. Ok, minha mãe é a dona da casa, mas ainda assim. Eu poderia estar andando pelada aqui. Henry poderia estar andando pelado aqui.

Minha mãe parece muito feliz ao explicar que o treinador do Will o deixou viajar mais cedo porque seus pais estavam vindo ver o jogo. Disse isso como se fosse maravilhoso, e não consigo processar as palavras e explicar que não é, não. Quero perguntar por que eles não pegaram um voo até a casa do Will para virem com ele amanhã, mas parece que estou tendo uma alucinação, então não sei bem como lidar com isso.

Espero até começarem a falar quanto estão empolgados para o jogo amanhã e pego meu celular. Abro a conversa com minhas amigas.

SPICE GIRLS

HALLE JACOBS
Qual é a cor do código para quando você chega
e seus pais, seu ex e os pais dele entraram na sua
casa sem avisar?

POPPY GRANT
Há uma cor mais urgente do que vermelho?
Tipo, código supervermelho?

CAMI WALKER
Foda-se o código, amiga, CORRE.

EMILIA BENNETT

Quer que a gente vá te salvar? Posso ligar dizendo que tem um vazamento de gás e fazer com que sua rua seja evacuada.

AURORA ROBERTS

Larga todo mundo na sua casa e vamos fazer outra festa do pijama no hotel!!! Mas não se esquece de levar a Joy.

HALLE JACOBS

Tô com uma camisa do Titans do Henry, e o Will tá me SECANDO com os olhos. Tem HENRY escrito literalmente nos meus peitos.

POPPY GRANT

Manda ele se foder.

AURORA ROBERTS

Manda ele se foder.

EMILIA BENNETT

Manda ele se foder!

HALLE JACOBS

Ele tá perguntando do que eu tô rindo.

CAMI WALKER

Pipipipopopó.

POPPY GRANT

Fala que você tá rindo da audácia dele de aparecer do nada na sua casa.

EMILIA BENNETT

Já falou pro Henry?

HALLE JACOBS

Não. Eu acabei de pegar o celular pra contar pra vocês.

AURORA ROBERTS

Entãoooooo. Melhor não contar, né? A menos que queira que ele apareça aí.

CAMI WALKER

Isso. Tipo, como espectadora, adoraria ver isso... Mas, como sua amiga, não recomendo.

> **HALLE JACOBS**
> Estou com tinta no cabelo e minha mãe quer saber como isso veio parar aqui. Ela NÃO quer saber como isso veio parar aqui.
>
> **AURORA ROBERTS**
> Diz que você deixou um artista te comer e vê o que ela fala.
>
> **HALLE JACOBS**
> Prefiro morrer.
> Vou guardar o celular.
> Rezem por mim.
>
> **CAMI WALKER**
> Vou pedir pra minha vó acender uma vela pra você. Está no meio da noite na Irlanda, então você vai ter que esperar um pouco.
>
> **POPPY GRANT**
> Tenho uma vela da Dolly Parton, ajuda?
>
> **HALLE JACOBS**
> Acho que sim, porque não tem como piorar.

Guardo o celular e começo a pensar em tudo em casa que teria escondido se não tivesse sido pega de surpresa. A roupa suja na cama do quarto de hóspedes, a caixinha da Joy que precisa ser limpa, vários livros decorando todas as superfícies da casa. Meu Deus. Tem camisinhas no banheiro. Aparentemente dá, sim, para piorar.

Saio correndo da cadeira como se estivesse pegando fogo.

— Querida, aonde você vai com tanta pressa? — pergunta minha mãe, e sua voz me faz congelar.

— Preciso ir ao banheiro. Já volto.

Subo a escada como uma atleta olímpica. Talvez tenha errado, talvez Grayson não tenha pegado todos os genes atléticos. Quando me jogo pela porta do banheiro, a caixa preta está me encarando. Acho que, se ela pudesse falar, me diria "deixa de ser infantil", mas pensar nisso não é suficiente para não a esconder dos meus pais.

O que não espero é descobrir que está vazia.

HENRY TURNER

> A gente usou todas as camisinhas
> do meu banheiro?

Tá dando em cima de mim?

> 😐 Tô falando sério.

Não, mas a gente usou bastante.
Podemos tentar mais da próxima vez.

> A caixa tá vazia.

Estranho. Talvez a sra. Astor esteja com ciúmes.
Tenho algumas aqui. Vem pra cá e eu te mostro.

> Eu acredito. Ainda tenho tinta
> no cabelo que prova isso.
> E não faz nem quinze minutos que eu saí daí!

Por que ir embora? É o que eu quero saber.
Volta. Tô com saudade. Traz a Joy.
O Robbie provavelmente não vai morrer.

> Não posso 😐 Minha mãe e meu padrasto
> vieram mais cedo de surpresa.
> Não foram eles, nem fala.
> Nem pense em dizer.

😬

Depois do meu presente de aniversário, descobri que a sra. Astor usa sua chave quando quer, mas duvido de que roubaria camisinhas em vez da tigela da vovó que quer desde os anos 1990.

Ao sair do banheiro com a caixa na mão para jogá-la no lixo do quarto, percebo que tem um fantasma atrás de mim. Isso me faz pular no momento em que olho para o corredor e Will aparece no meio da escuridão como um monstro.

— Meu Deus, você me assustou.

Ele ri e ergue as mãos no ar; escondo a caixa atrás das costas.

— Me desculpe, não queria assustar você. Queria usar o banheiro.

— Você não quis usar um dos outros banheiros?

Will dá de ombros e observa a escada antes de voltar o olhar para mim.

— Hals, vamos conversar no seu quarto.

— Vamos conversar bem aqui. Ou você pode me encontrar lá embaixo, depois de escolher e usar um banheiro.

— Eu não sabia que não tinham falado que a gente vinha aqui. Ninguém me disse que era surpresa pra você. Eu teria avisado se soubesse. Não queria pegar você desprevenida.

A tensão no meu corpo relaxa um pouquinho. Meus ombros tensos caem dois centímetros.

— Ah. Tranquilo. A intenção foi boa, e é bom ver todo mundo.

Ele concorda com a cabeça.

— É, a gente sentiu sua falta no Natal. O jantar foi um caos sem você checando se tudo estava indo de acordo com o plano; a comida atrasou duas horas. Te mandei mensagem. Mas você não respondeu.

Eu queria ter mandado ele se foder quando saí do banheiro.

— É, a Gigi me disse que foi bem estressante. E, foi mal, trabalhei dobrado no feriado. Devo ter lido e esquecido de responder.

— Tranquilo, tranquilo. Há quanto tempo você tá com seu novo namorado?

É engraçado ver como você consegue sentir algo no fundo do estômago antes do resto do corpo. É por isso que estou tão incomodada de estar perto dele.

— Eu não tenho um namorado, Will.

— Eu não nasci ontem, Hals. As camisinhas e o nome do cara nos seus peitos dizem tudo.

— Ok, essa conversa acabou aqui.

Passo por ele e vou para o quarto; ainda bem que ele não me segue. Depois de jogar a caixa fora e ela me encarar da lixeira, percebo que não tenho um fantasma: tenho um ex.

Saio para descer a escada depressa, para o caso de ele de fato precisar ir ao banheiro, mas Will ainda está no corredor me esperando. Está encostado na parede com os braços cruzados e só se endireita quando me vê. Eu estava decidida a ignorá-lo e descer a escada, até que ele fala:

— Parece que toda vez que eu te vejo você está diferente.

Esse comentário me faz parar de repente.

— Como é que é?

— Você cortou o cabelo comprido. Mudou a maquiagem. Começou a usar acessórios. Está na cara que está transando agora. Seu cheiro está diferente. Mudou de perfume por ele, Hals?

Minhas mãos tocam o H no meu pescoço.

— Quis fazer essas coisas por mim. Ninguém me pediu. Ninguém me forçou.

— Vejo seus stories, você sai toda hora. Mesmo quando não vejo, fico sabendo pela minha mãe. "As amigas novas da Halle deram um ingresso VIP pra ela ir a um show; as amigas novas da Halle a convidaram para ir à Europa ver uma corrida de Fórmula 1 no verão; as amigas novas da Halle a levaram para um restaurante chique em Los Angeles; as amigas novas da Halle a levaram para um jogo da NHL." Elas te conhecem de verdade? Porra, será que você ainda sabe quem é?

— Você não sabe do que tá falando, Will. Vamos descer.

Queria ter ficado na casa do Henry. Se tivesse feito isso, poderia ter evitado essa conversa.

— Por que eu sou a única pessoa que você não colocava em primeiro lugar?

Ele nunca falou com um tom tão gentil, e ainda assim meu sangue começa a ferver.

— Do que você tá falando? Eu te colocava acima de *tudo*! Não cortava meu cabelo porque *você* não queria. Montava minha grade de aulas para acomodar *você* e os seus jogos de hóquei. Passava *horas* dirigindo pra ir te ver. Fazia de tudo para ser legal com seus amigos para que gostassem de mim! Se eu não colocasse você em primeiro lugar, a gente nem teria virado amigo.

— Nossa, isso não é nem verdade, nem justo! Eu era seu amigo quando você não tinha mais ninguém. Talvez não se lembre disso agora que tem os amigos de Maple Hills que tanto queria.

Há um vislumbre de mágoa na sua voz, e isso me diz algo que, lá no fundo, sempre soube: ele não faz ideia do tipo de amigo que é.

— Bom, se não fôssemos vizinhos, ou nossos pais não fossem melhores amigos, e eu não fizesse de tudo pelos outros, teríamos deixado de ser amigos quando tínhamos uns, sei lá, doze? Treze anos?

— Isso não é verdade, Hals.

— Se eu praticamente não fizesse seu dever de casa por oito anos, deixasse você colar as minhas provas, dirigisse pra você ou fosse o seu álibi pros seus pais quando na verdade estava aprontando algo... Não seríamos amigos.

— Halle...

— Se eu não te ajudasse com todas as inscrições da faculdade, não seríamos amigos. Se eu não ficasse de babá dos seus irmãos mais novos e dos meus pra você poder sair, a gente não seria amigo.

— Halle, pare.

— Não, eu posso continuar. Tenho uma lista imensa de coisas que fiz por você nos últimos dez anos porque não sabia dizer "não". Se fosse meu amigo, teria me impedido. Teria falado que eu não precisava fazer tudo isso pra te manter na minha vida. Teria me dito que eu devia parar de deixar todo mundo me usar de capacho. Se fosse meu amigo de verdade, Will, teria me dito que *eu* devia ser minha prioridade. Que devia dizer "não" às pessoas. Você acha que *me conhece* porque me conhece há mais tempo, mas na verdade só conhece a pessoa que eu fingia ser para facilitar a vida de todo mundo.

— Eu não sei do que você tá falando, Halle.

— Me diga uma coisa da qual gosta em mim, então! Me diga alguma coisa que não tenha a ver comigo fazendo algo por você, ou alguém, e talvez eu acredite que estou errada.

Ele não consegue pensar em nada, e vejo a irritação tomar conta do seu rosto.

— Não sei o que você tá pensando que tá acontecendo, mas esses seus amigos novos vão abandoná-la assim que Henry Turner se cansar de você.

O problema de conhecer alguém há muito tempo é saber exatamente o que dizer para deixar a pessoa chateada.

— Não vou ouvir mais isso. Vai pro seu hotel e fica longe de mim até voltar pra porra de San Diego. Não somos amigos. Nunca mais vamos ser amigos.

— Acho melhor você pensar duas vezes sobre isso, porque eles não são seus amigos, Hals, e ouvi dizer que o Henry tem uma reputação com as mulheres. Por que ele iria querer ficar com você quando já conseguiu o que queria? Bom, parabéns pra ele por conseguir te comer, sendo que tentei por um ano e não consegui nada.

— Eu te odeio.

— Não odeia, nada. Você é boazinha demais pra odiar alguém. Vou deixar você ficar chateada comigo por um tempo porque a verdade dói, mas, quando perceber que tenho razão, vou perdoá-la, porque é isso que amigos de verdade fazem. E durante as férias da primavera vou mostrar pra você que sou um amigo de verdade, e tudo vai voltar ao normal.

— Vai embora, Will. Agora.

Dessa vez ele me obedece e desce a escada. Fico paralisada no mesmo lugar, tensa, enquanto tento ouvir sua voz no andar de baixo. Quando escuto a porta da frente se abrir e fechar, vou para o meu quarto. Quero chorar, mas não sai nada. Talvez seja o choque? Essa com certeza não era uma conversa que eu esperava ter hoje.

Meu primeiro instinto é ligar para o Henry, mas sei que ele precisa se concentrar no jogo de amanhã. Tiro o celular do bolso e abro a conversa com as meninas, mas só de pensar em repetir o que ele disse já fico com o estômago embrulhado. Não por achar que elas vão me julgar por ser amiga do Will há tanto tempo, mas e se ele tiver razão?

Se eu repetir o que ele disse, elas o chamarem de mentiroso e depois me abandonarem, vai doer em dobro? Seria melhor viver na ignorância e torcer para realmente conhecer as pessoas que chamo de "amigas"?

Quando me sinto pronta para enfrentar o restante da noite, desço a escada e vou para a sala de estar. Para meu total desconforto, os pais do Will ainda estão aqui com os meus. Agora que o choque inicial da visita deles passou, percebo que meus irmãos não vieram.

— Você tá bem, meu amor? — pergunta minha mãe quando volto para a sala. — Ficou muito tempo lá em cima.

— Me desculpe, passei um mês inteiro doente. Acho que precisava de um tempo. Oi, mãe. Cadê a Maisie e a Gianna?

— Ah, ficaram na casa da Sylvia — responde ela, se referindo à mãe do Paul. — A gente decidiu tirar umas miniférias e passear, e elas não podem perder aula.

— Ah, eu queria ver as duas.

— Bom, talvez você possa tentar ir pra casa e aí vai poder vê-las — diz ela, sorrindo por cima da taça de vinho. — Vai vê-las daqui a duas semanas, Hals.

— Espera, então você vai passar mais tempo aqui. Onde vão ficar?

Enquanto me sento na cadeira à sua frente, ela me olha como se eu tivesse pedido os códigos nucleares.

— Aqui, é claro.

— Você não pensou em perguntar se não teria problema? Eu tenho planos com uma amiga. Ela vai vir aqui para eu ajudar com um projeto em grupo de uma aula. O grupo dela é muito folgado, ela não quer ser reprovada e...

— E você pode fazer tudo isso com a gente aqui, Halle. Não vamos te atrapalhar — ela me interrompe.

Sei que ela não está errada, mas me incomoda que nem tenha pensado em perguntar. Só presumiu que não teria problema para mim, mas acho que faz sentindo pensar assim já que eu sempre aceito tudo. Sei que minha conversa com o Will me deixou irritadiça, mas também sei que ela nunca suporia que o Grayson poderia recebê-los por alguns dias. Ela checaria primeiro.

— Tá bom.

O clima fica tenso, mas não sei como consertar isso. A mãe do Will assume a tarefa e pigarreia. Está segurando o caderno de desenhos do Henry, algo que eu com certeza teria escondido se não tivesse sido emboscada aqui.

— Você começou a desenhar, Halle? São muito bons.

— São mesmo, mas não são meus. É o caderno de um amigo. Deve ter esquecido aqui.

— Quero ver — diz minha mãe, trocando a taça de vinho de mãos para alcançá-lo.

Um pedaço de papel cai no chão de dentro dele. Se eu não estivesse tão ansiosa, seria divertido ter que explicar o conceito do Quack Efron usando ternos para todos aqui.

— São todos de você.

— Não são todos de mim — digo, puxando os joelhos até o peito e segurando o H no meu colar, na esperança de ela não reparar que é o mesmo H da assinatura dos desenhos. — Muitos são da Joy e de flores.

O pai do Will limpa a garganta, obviamente desconfortável.

— Acho que devíamos ir para o hotel e deixar vocês três botarem o papo em dia.

É impressionante a velocidade com que conseguem ir embora; se ao menos levassem meus pais junto... Minha mãe ainda está folheando com cuidado cada página do caderno, e não faço ideia do que está pensando. Algum tempo depois, coloca o caderno de volta na mesa de centro e se vira para meu padrasto.

— Acho que também devemos ir para a cama, Paul.

Minha mãe para na minha frente no meio do caminho e se abaixa para dar um beijo no topo da minha cabeça.

— Boa noite, querida.

Paul está logo atrás e bagunça meu cabelo onde ela acabou de beijar, como faz desde quando me herdou como filha.

— Te amo, Hallezinha.

Ao ouvi-los sair do cômodo, Joy acorda da sua soneca. Queria conseguir falar, porque poderia lhes dizer quanto o Henry é melhor do que o Will.

Capítulo trinta e cinco

HENRY

É difícil acreditar em todos que dizem que hoje não é nada demais, sendo que todo mundo que conhece a mim e Halle perguntou como eu estava.

Ontem à noite, depois que a Halle foi para casa, decidimos como seria a nossa rotina perfeita como time. Meu histórico sugeriu que seria uma atividade sem sentido, mas durante todo o dia de hoje fiz tudo o que dissemos que faríamos. O resto do pessoal também. Por estranho que pareça, isso comprovou meu próprio argumento de que me sinto melhor quando tenho uma rotina. Talvez este seja o início de minha capacidade de cumpri-la.

Não me esqueci de fazer o alongamento, atingi minha meta de proteína e não ignorei o discurso motivacional. De certa forma, isso me lembrou de quanto eu amava ser apenas um jogador no time, sem aquela voz chata na minha cabeça me dizendo que preciso fazer algo a mais, ser melhor, ser um líder. Hoje, estamos de acordo: todos queremos ver o Will chorar no fim do dia.

Todo mundo está tão empenhado nisso quanto eu, menos a Halle. Todas as superstições bobas dos meus amigos foram respeitadas. Até o JJ usar sua calça da sorte em San Jose, o Nate só ouvir rock, o Joe sempre calçar o sapato direito primeiro e pedir que a avó faça a oração especial que costumava fazer nos dias de jogo.

Parece exagero — com certeza é paranoia —, mas todo mundo sabe quanto a Halle significa para mim. Will é arrogante como jogador e, pelo que ela me disse, passou a vida inteira conseguindo tudo de mão beijada. Não há nada que eu possa dizer que o magoe mais do que ganhar dele.

Sou o último a sair da pista depois do aquecimento. Passei o dia todo me preparando emocionalmente. Estou me sentindo bem, o time está bem — só falta sobreviver ao discurso motivacional do treinador.

Estou prestes a atravessar a terra de ninguém — o pequeno trecho que existe por causa de um erro de planejamento conectando nosso corredor com o corredor do time visitante — quando ouço alguém chamar meu nome. De imediato sei que deveria ignorar o Will, mas, quando o escuto me chamar de covarde do caralho, não consigo me conter. Os meninos na minha frente em direção ao vestiário fazem o mesmo, se virando para ver o que está acontecendo.

— Parecia meio devagar ali — diz ele, numa tentativa ridícula de me irritar.

Nunca estive tão em forma. Nunca me esforcei tanto.

Tiro o capacete, segurando-o debaixo do braço, e mexo no cabelo para arrumá-lo, bufando.

— Obrigado pelo feedback. Só não pedi sua opinião.

Não entendo o que esse cara quer. Todo mundo que já jogou aqui sabe que essa área é proibida. Não mexemos uns com os outros fora do rinque. Essa regra existe desde que os Titans eram conhecidos pelas suas pegadinhas e as pessoas usavam esse espaço para entrar no vestiário dos adversários. Não há nada que ele possa me dizer que me abale.

Acho que ele sabe que não vai causar efeito em mim, porque começa a sorrir.

— Tá gostando dos meus restos?

— Se você não acha que consegue ganhar de mim no jogo, pode se concentrar nisso.

Me viro para voltar para o vestiário com meus colegas de time que estão me esperando, mas ele não sabe a hora de parar.

— Você já viu todas as cicatrizes da Halle? Ela tem algumas. Sempre impedia Maisie de cair e acabava se machucando. E a marca de nascença que tem na parte interna da coxa? Foi divertido encontrar aquela.

— Vai se foder, Ellington — grito por cima do ombro.

— Não foge de mim — ele grita de volta.

Eu me viro para encará-lo e dou alguns passos na sua direção. Sou maior do que ele, e a diferença é que não preciso brigar com ele. Não quero brigar. Consigo ouvir a Halle rindo e dizendo "Brigar é bobagem, e você não é bobo" como se fosse uma música. Ela odeia brigas e detestaria saber que me meti em uma. E eu estou com ela, não ele.

— Viu? Podemos conversar como adultos. Na verdade, devíamos ser melhores amigos; temos muita coisa em comum. Eu devia te agradecer por manter o meu lado da cama quente.

— Eu já tenho uma melhor amiga. O nome dela é Halle. Você não pode mais dizer o mesmo, não é?

Sei que toquei em uma ferida. Arregacei uma ferida, na verdade.

— Você gosta das coisas que ensinei pra ela? Sinto que você não está sendo muito grato por eu tê-la transformado em uma vagabunda menos fria.

O cara atrás de mim se lança para a frente, mas eu o seguro antes que consiga alcançar o Will. Depois percebo que foi o Bobby.

— Cala a porra da boca, seu merda — rosna ele.

Will ergue as mãos com um ar de quem está na defensiva.

— Só estou tentando agradecer você por amaciá-la pra mim. Você me poupou o trabalho para quando viajarmos juntos.

Parece que meu sangue está fervendo. Não preciso reagir na frente dele. Não quero fazer isso. Halle não gostaria disso. Quero que os pais dela gostem de mim, e não vão gostar se eu quebrar a cara dele. Não posso decepcionar o time. Não posso me decepcionar.

— Ela nunca tocaria em você — digo. — Volta pra porra do seu vestiário. Não fala mais comigo. E nunca mais fala com a Halle.

Bobby ainda está logo atrás de mim. Ouço o que penso ser a voz do Kris falando com ele, mas não me viro para conferir. Will parece o tipo de cara que apunhala pelas costas. Duvido de que seja capaz de ganhar algo de forma justa.

Ele ri, mas até eu consigo ver que é forçado.

— Tô ansioso pra ver se ela gosta de que faça com força. Aposto que sim, né? Ela é tão doida pra agradar que aposto que faria tudo o que eu pedisse. Vou tentar devolvê-la inteira pra você, Turner.

Fico enojado. Não sei como acabei sendo o cara que controla os outros. Eles estão gritando com ele bem na minha orelha e só quero ir para o meu vestiário. Não vai ter briga nenhuma aqui.

— Agora eu entendi — digo em um tom calmo, apesar de toda a gritaria.

— Entendeu o quê? — pergunta ele.

— Por que ela nunca conseguiu te amar.

Will perde o controle e vem para cima de mim, mas sou mais rápido. Os caras atrás de mim avançam e, no meio do caos, um cotovelo acerta meu rosto. Acaba tão rápido quanto começou quando alguém me arrasta para longe e outra pessoa tira o Bobby de cima do Will. Vejo Kris investir e ser puxado para trás. É um caos. A gritaria chamou a atenção do time do Will, e eles o puxam de volta. Ao ver seu lábio cortado tenho a certeza de que Bobby levou a melhor.

Os minutos seguintes são cheios de adrenalina, um labirinto de portas e pessoas passando. Minha bunda se acomoda no banco um segundo antes de gritarem meu nome. Meses e meses nesta mesma sala, e aquela voz gritando meu nome ainda me enche de medo.

O vestiário está um caos, mas ignoro tudo enquanto vou em direção ao escritório do Faulkner e fecho a porta ao entrar.

— Que porra foi essa que aconteceu lá fora? — berra o treinador mais alto do que nunca. Meus ouvidos estão zumbindo e parece que minha pele está me apertando. Como se eu não coubesse mais dentro dela.

— Uma briga, treinador.

— Uma briga sobre o quê? — grita ele. Eu queria muito mesmo pedir que ele parasse de gritar ou estar com aqueles fones de ouvido que a Halle me deu.

— Não posso te dizer, treinador.

Ele passa a mão pela cabeça, e ainda não sei o que acha que está arrumando ali. Agora não é o momento certo de perguntar. Nunca é o momento certo.

— Não pode me dizer? — Ele cospe as palavras como se fossem sons irreconhecíveis para ele. — Se você não me disser o que raios fez o capitão do *meu* time se meter em uma briga antes de um jogo, você não vai entrar na porra daquele rinque. Comece a se explicar, Turner. Agora.

Will disse coisas nojentas sobre a Halle, e ela vai ficar morta de vergonha. Mesmo que eu diga que ela está quebrando uma regra e que não precisa ficar envergonhada por isso, ela vai ficar. Talvez Will conte para sua equipe o que disse e eles riam disso. Só de pensar já me dá vontade de vomitar.

Sei que nem o Bobby nem o Kris vão falar sobre isso para ninguém. Não sei quem mais da equipe pode ter ouvido, mas confio em meus amigos o suficiente para saber que estão prestes a afirmar que não ouviram nada. Que, se disserem uma sílaba sequer que se pareça com o que Will disse, teremos um problema. Meus amigos são bons assim, os amigos da Halle são bons para ela.

— Não posso, treinador. Sinto muito.

Só tem uma coisa que eu odeio mais do que os gritos do treinador Faulkner: seu silêncio.

Conto quantas vezes ele inspira e expira. Inspira e expira. Inspira e expira, até finalmente abrir a boca de novo.

— Só existe uma coisa que faria alguém nesse time agir como um idiota. Quem é ela?

Limpo a garganta. Inútil. Minha boca está seca.

— Não importa quem é.

— Eu não tô brincando com você, Turner. Isso não é uma negociação, cacete. Tenho o direito de saber o que acontece no meu rinque. Você me diga. Esse é o acordo que fizemos quando você entrou no time. Pelo amor de Deus, rapaz, você é o capitão. Precisa ser melhor do que isso.

Isso dói, porque tudo o que fiz na última temporada foi tentar ser alguém melhor.

— Você tem duas filhas, não tem, treinador?

Ele semicerra os olhos para mim.

— Você está passando dos limites, Turner. Pense muito bem no que vai dizer agora.

— Você faria alguma coisa que as deixaria com vergonha ou magoadas… por causa de hóquei?

— Não vou brincar de cenários hipotéticos com você. Você fez merda. — Ele apoia a cabeça nas mãos e a balança com tanta força, que a mesa se mexe. — Temos um time ali fora que precisa ganhar um jogo. Você vai ser sincero comigo ou não?

— Eu não deveria ter que magoar alguém de que gosto para provar a você que sou bom o suficiente para jogar no seu time. Não é isso que um bom líder faz, treinador. Se você vai me deixar no banco porque eu estava no lugar errado, na hora errada, com alguém querendo comprar uma briga, tudo bem.

Faulkner se levanta, e posso jurar que a sala inteira treme.

— Se não está disposto a fazer coisas que não quer fazer, talvez a gente precise conversar sobre você ter ou não a postura certa para ser capitão. Espere aqui. Tomara que quando eu voltar você tenha criado juízo.

Ao sair, ele bate a porta com força, e, na fração de segundo em que ficou aberta, percebi que o vestiário estava completamente em silêncio. É uma coisa que eu diria ser impossível, se não soubesse que estavam todos tentando ouvir o que estava acontecendo naquela sala.

Ouço Faulkner gritar que não quer ouvir porra nenhuma e que todos precisam deixar de palhaçada e se concentrar no jogo. Deito a cabeça na escrivaninha e dou um suspiro.

A ideia de perder o título de capitão é quase um alívio.

E, sinceramente, não sei lidar com isso. Às vezes, parece que tenho emoções demais, e outras vezes é como se não tivesse nenhuma. Tem dias que acho que entendo todo mundo ao meu redor, e outros sinto como se estivesse cercado de pessoas que falam uma língua que não entendo.

Hóquei e arte sempre foram grandes equalizadores para mim. No esporte o que eu tinha a dizer não importava muito e havia regras de como agir. Regras que eu podia seguir, erros que podiam ser facilmente identificados e corrigidos. É quase o oposto completo da fluidez da arte, em que é impossível errar quando estou criando. Tem a estrutura de que preciso, mais a possibilidade de ser qualquer coisa, o que amo quando crio algo.

Adoro fazer parte do time, mas, para ser sincero, não gosto de ser uma inspiração para o time. Virar capitão tirou o meu grande equalizador e deixou minhas emoções mais complicadas do que antes.

Como posso ser sincero sobre como estou me sentindo quando sei que vou decepcionar meus amigos?

Como abro mão de algo que passei o ano inteiro lutando tanto para garantir? Algo que sempre me deu a sensação de estar prestes a ser atropelado?

E se o Faulkner me disser que não tenho feito um bom trabalho e que tudo isso foi em vão?

Ouço o barulho familiar do time gritando, empolgado para sair do vestiário e ganhar esse jogo.

Faulkner quer que eu espere aqui, mas não posso. Não posso dizer que estou tão aliviado assim. Espero até saírem e então deixo a sala do treinador.

Troco de roupa o mais rápido possível, enfio minhas coisas na bolsa, e saio do vestiário. Assim que me aproximo da passagem que dá no saguão, ouço pessoas gritando. Ao me aproximar da porta, abro uma pequena fresta para ouvir, e nesta hora percebo que uma das vozes gritando é a da Halle.

Capítulo trinta e seis

HALLE

A arena inteira está vibrando, e não consigo sentir nada além de náusea.

Cami me entrega um grande copo de refrigerante que ela sugeriu que eu usasse como arma contra os pais do Will se precisasse. Também me ofereceu uma dose de vodca para juntar coragem — uma coragem de que preciso desesperadamente por minha mãe estar sentada à minha direita vestindo uma camisa com o nome do meu ex nas costas —, mas recusei.

Tem apenas uma coisa que vai me transformar em uma pilha de nervos esse fim de semana: ele é loiro, mal-educado e vai entrar a qualquer momento.

Sempre quis muito ter amigos próximos, mas nunca entendi de verdade o que isso significava até o momento em que Aurora subornou os estudantes ao nosso lado para que trocassem de lugar. Tudo para que eu não tivesse que ficar sozinha com minha família. Ela disse que seria seu pior pesadelo e que não conseguiria viver consigo mesma se me deixasse passar por isso desacompanhada.

Assim que o primeiro jogador entra na pista, respiro fundo e tiro a jaqueta, mostrando o logo grande e brilhante da UCMH no meio do meu peito e o nome TURNER entre meus ombros.

— Halle — resmunga minha mãe assim que vê o laranja. — Achei que você ia usar a camisa do Will. Isso não é muito solidário da sua parte.

Tomo um grande gole do meu copo.

— Faço questão de apoiar minha faculdade e os meus amigos.

— Que insensível. Não é justo esfregar o fato que tem um novo *amigo* na cara do Will. Acho que você devia usar a camisa do Will amanhã.

Parece que vou vomitar, e ainda nem aconteceu nada. Um jogador de cada vez entra na pista. Conto cada um deles. Tem algo errado. Me viro para Aurora ao meu lado.

— Cadê o Henry? E o Will?

Vejo todos os outros jogadores entrarem, menos os dois. Ouço os pais do Will murmurando e depois a voz do meu padrasto. Espero, contando até sessenta na minha cabeça, como se pudesse ter havido um pequeno atraso e eles fossem aparecer a qualquer segundo. Eles não vêm. Aconteceu alguma coisa.

Me levanto e imediatamente sou segurada por uma mão no meu pulso.

— Aonde você vai?

— Já volto — digo para a minha mãe e entrego meu copo para Aurora.

— Você quer que eu vá junto? — pergunta Emilia quando passo por ela.

— Não, eu já volto.

Luto contra a fila na escada enquanto as pessoas tentam chegar aos seus assentos para assistir ao início do jogo. É como tentar correr na areia, e cada pessoa que entra no meu caminho me deixa cada vez mais frustrada. Imagino todas as possibilidades, e nenhuma delas é agradável.

Estou movida a adrenalina quando vou em direção à porta que diz "Proibido entrar", torcendo para encontrar o Henry do outro lado.

— Halle! — grita minha mãe atrás de mim — Pelo amor de Deus, vai devagar!

— Mãe, tá tudo bem, volta lá pro Paul. Só preciso ver o que aconteceu.

— Na porta diz que o acesso é proibido; você não pode entrar aí — diz ela quando minha mão toca o metal da porta.

Me viro para encará-la, frustrada por estar tão perto.

— Eu sei, mas tá tudo bem, ela leva aos vestiários. A gente sempre entra...

— O que está acontecendo com você? — Ela leva as mãos à cintura e balança a cabeça. — É por isso que não está nos visitando? Não liga mais pra casa? Parou de ter interesse na sua família e nos seus amigos de verdade? Porque está ocupada com um carinha novo. E por quê? Quer fazer ciúmes no Will?

Posso nomear mil motivos para não querer ter essa conversa com a minha mãe, mas não consigo pensar em nenhum agora, porque tudo que quero é descobrir se o Henry está bem.

— Não me importo com o Will, mãe. Não estou nem aí pro que ele pensa, e queria que você também não se importasse.

— A minha sensação é que você não é mais a mesma pessoa que era da última vez que te vi. O que os Ellington vão pensar? Não sei para onde foi minha filha carinhosa e amorosa! — diz ela, a voz ficando cada vez mais aguda, até ela estar gritando comigo a menos de dois metros de distância.

— Ótimo! — grito de volta, e o estresse que estava acumulado no meu corpo finalmente acha uma válvula de escape. Dou alguns passos em sua direção antes de continuar: — Porque aquela Halle era *infeliz*! E *solitária*! Eu estava presa em uma relação com alguém que me pressionava a fazer coisas que não estava pronta para fazer, e que fazia com que sentisse que havia algo de errado comigo! Estou cansada de me preocupar com sua reação às decisões que tomo na minha própria vida!

Minha mãe pode não ser perfeita, mas sei que não queria que eu me sentisse assim.

— Querida...

— Estou cansada de pensar em todo mundo antes de mim mesma. Estou cansada de colocar as necessidades de todo mundo acima das minhas. Estou cansada de sentir como se o único jeito de fazer as pessoas gostarem de mim fosse fazer favores pra elas.

— Halle, isso não é verdade. A gente te ama tanto — diz ela, sua voz está mais gentil do que antes, mas é tarde demais. Não consigo me conter. — Incondicionalmente!

— Parei de visitar porque, quando o *Will* terminou *comigo*, concordamos que ele poderia ir pra casa e eu não, pra vocês não nos pressionarem a voltar! E eu já não faço tantas ligações porque, toda vez que telefono, você me dá uma tarefa. Falar com alguém, ou organizar alguma coisa, ou dar uma explicação, ou ouvir você falar sobre como todo mundo está, sem nem perguntar como *eu* estou. Estou tentando escrever um livro para um concurso de escrita e você nem sabe disso, porque não pergunta nada da minha vida! Mas você nunca perdeu um segundo sequer do Grayson com uma bola de futebol na mão!

Consigo me ouvir desabafando, mas não consigo me controlar. Mesmo quando minha mãe para na minha frente, em choque, não consigo impedir que as palavras saiam jorrando da minha boca.

— Eu *odeio* ser a administradora da família. *Odeio* o fato de que o único motivo para alguém se lembrar de mim é quando quer algo. *Odeio* sentir que sou a mãe de todo mundo, quando tudo o que quero quando ligo é a minha mãe. Ser a filha mais velha é uma porcaria, e estou *cansada* disso.

O rosto dela fica triste.

— Halle. É compreensível que esteja muito emotiva agora, e acho que devemos discutir sobre isso em casa.

— Estou emotiva porque é provável que algo ruim tenha acontecido a alguém com quem me importo e, em vez de ir atrás dele, estamos discutindo sobre o escroto do Will Ellington e o fato de que não tenho um minuto de paz desde que nasci.

— Não estamos discutindo. Só estou tentando entender o que está acontecendo com a minha filha! Quero que você seja feliz, Halle. Odeio que esse seu "amigo" seja um segredo. É ele, então, o artista? Quero entender! Só quero que você me explique isso, meu amor.

— Eu amo ele! Fica claro assim?

Lágrimas caem pelo meu rosto, e não sei quando comecei a chorar, mas não parece que vou parar tão cedo. A realidade de entender meus sentimentos pelo Henry ao mesmo tempo que estou gritando minhas dores para minha mãe é demais para uma sexta-feira à noite.

— Henry é o meu melhor amigo, me apaixonei por ele quando não deveria e agora preciso ver se ele está bem.

— Eu sempre quis que você e o Will ficassem juntos, mas *nunca* à custa da sua felicidade, querida. Will tem sido seu único amigo de verdade por tanto tempo, que eu tinha medo de que você ficasse sozinha se vocês terminassem. Não queria que sentisse como se não pudesse tomar as próprias decisões. — Ela parece prestes a chorar também, e me sinto terrível. — Quer que eu te ajude a encontrar seu amigo? Henry, não é?

A tempestade dentro de mim começa a se acalmar.

— Não, vou fazer isso sozinha.

— Ok, vamos conversar mais depois. Eu te amo, Halle. Só quero que você seja feliz. — Ela encurta a distância entre nós e me prende num abraço apertado. — Sinto muito por ter colocado tanta pressão em você. Prometo que vamos mudar isso.

Nesse momento, percebo que tudo o que eu queria era um abraço da minha mãe.

— Desculpa ter gritado com você.

— Shhh — diz ela, acariciando meu cabelo devagar. — Posso sobreviver a um surto desses a cada vinte anos.

Depois de beijar minha testa, ela volta por onde veio. Não me mexo de imediato; só fico ali a observando ir embora enquanto enxugo as lágrimas com as costas da mão. Dou um pulo quando alguém toca nos meus ombros, mas assim que o ouço murmurar meu nome imediatamente relaxo.

Eu me viro e vejo Henry parado atrás de mim, com suas roupas normais de academia, a bolsa pendurada no ombro. Seu rosto está calmo, mas está faltando alguma coisa ali. Um brilho, não sei. Sei que meus instintos estavam certos e aconteceu alguma coisa.

— O que aconteceu? Por que você não tá jogando?

Ele ouve as pessoas ao nosso redor sussurrando na mesma hora que eu.

Aponta com a cabeça para a saída do rinque.

— Podemos conversar lá fora? No seu carro?

— Quer que eu te dê uma carona para algum lugar? — pergunto. — Você está de roupa normal e com a bolsa, então imagino que aconteceu alguma coisa. Né?

— Você não quer assistir ao jogo? — diz ele com a voz tranquila, de um jeito que me faz querer sacudi-lo para descobrir o que aconteceu.

Sinto como se estivesse enlouquecendo quando balanço a cabeça.

— Se você não vai jogar, nem pensar.

— Ok, vamos pra casa.

Adoraria dizer que a viagem de carro do rinque até a casa do Henry foi preenchida por uma conversa detalhada e interessante sobre o que raios aconteceu, mas, na verdade, ele não falou nada até entrarmos na casa.

— Quer beber alguma coisa? — pergunta, largando a bolsa no sofá e indo em direção à geladeira.

— Se eu quero beber algo? Não! Eu quero saber que porra que aconteceu, antes que eu enlouqueça.

Ele suspira e se joga no sofá. Na hora, me sento ao seu lado, sem tocá-lo, por mais que eu queira, porque tem alguma coisa errada com ele, e não quero fazer nada que seja um gatilho. Quando finalmente chego perto, vejo que sua maçã do rosto está inchada.

— Você está com uma mancha roxa na *cara*? Brigou com alguém?

— Brigar é bobagem, e eu não sou bobo — diz ele, sorrindo primeiro e depois fazendo uma careta quando esfrega uma mão na ferida. — Ele brigou. Eu só estava no caminho.

Cubro a boca com as mãos porque, se não fizer isso, acho que vou gritar até a casa cair. Faço minha voz sair como um sussurro e olho para ele de um jeito que espero que o convença a falar.

— Por favor, me dê uma resposta clara e me conte o que aconteceu.

— Tem uma pequena área entre o vestiário do time da casa e o dos visitantes em que os corredores se encontram antes de seguirem para túneis separados. É porque eles misturaram as plantas quando estavam construindo as arenas, porque tem o outro rinque e eles já tinham começado a construir…

— Henry, *por favor*.

— Desculpa. Chamamos de "terra de ninguém", mas é basicamente um corredor estreito que nos deixa cara a cara com o time visitante. Em hipótese alguma devemos passar por ali e mexer com a outra equipe; Faulkner acabaria com a gente. O Will não recebeu o recado e tinha algumas coisas para dizer. Eu falei algumas coisas, ele falou algumas coisas, eu respondi algumas coisas. Ele estava sendo agressivo. Eu não vou jogar.

— Sinto como se eu fosse um personagem em *The Sims* e alguém cancelasse a ação em que você me dá uma explicação completa. "Ele estava sendo agressivo" e "Eu não vou jogar" não ajudam a minha ansiedade agora. Sinto muito, não estou tentando ser difícil, mas me fale *alguma coisa*. O que pode ser tão ruim que você não quer me contar?

Seu rosto me diz, na hora, que tenho razão. Ele pega uma das minhas mãos e a leva à boca, beijando as costas dela.

— Não é gentil, Halle. Não quero falar.

— Se foi o bastante pra começar uma briga, preciso saber o que é agora mesmo.

— Eu não briguei; ele, sim. Sei que você não gosta de brigas, então não briguei — diz ele, sério.

Fico confusa com essa resposta.

— Se você não se meteu na briga, como acabou sendo proibido de jogar?

Henry esfrega o queixo e olha para tudo, menos para mim. Quando não desvio o olhar, ele beija as costas da minha mão de novo.

— Porque não contei ao treinador o que o Will disse. Ele falou que, se eu não fosse sincero com ele, não jogaria. Eu disse que tudo bem. Ele disse que, se eu não estava disposto a fazer coisas que não quero fazer, pelo bem do time, talvez a gente precisasse conversar sobre eu ter ou não a postura certa para ser capitão.

Sinto meu coração se partir. Sei quanto ele se esforçou por isso.

— Ah, Henry.

— E aí eu fui embora depois que ele saiu da sala.

— O que posso fazer? — pergunto com a voz desesperada.

— Preciso te abraçar. Posso?

Concordo com a cabeça e ele abre os braços; nunca precisei tanto de que alguém me tocasse quanto agora. Acho que ele sente o mesmo, porque puxa minha perna até eu montar no seu colo. Mantém minha cabeça contra o peito, respirando fundo enquanto me beija na testa.

Sua boca desce devagar pela ponte do meu nariz até beijar a minha, com hesitação primeiro e depois com mais intensidade. Não falamos nada quando começamos a tirar a roupa um do outro. Tenho uma necessidade frenética de senti-lo mais perto de mim, mantê-lo ali, quase como se, lá no fundo, ele estivesse indo embora, apesar de estar bem na minha frente. Não sei explicar, mas acho que ele sente o mesmo.

Henry me segura e me coloca no chão. Cada toque tem o objetivo de nos aproximar mais um do outro, até ele me penetrar. Ele é cuidadoso e gentil, me dizendo tudo e nada ao mesmo tempo, com cada beijo, cada investida. Me agarro a ele com mais força e, quando estrelas explodem atrás de meus olhos, ainda não quero soltá--lo. Quero acreditar que isso o estabiliza, que o livra de toda a energia extra que o atormenta. Mas parece um pedido de desculpas. Ou talvez pareça uma despedida.

Henry sai de cima de mim, veste a calça de moletom e imediatamente me ajuda a vestir minha calcinha de novo. É sensual e emotivo, apesar de nós dois continuarmos em silêncio enquanto encaramos o teto da sua sala. Ambos estamos arfando, mas esse é o único barulho no lugar.

— Preciso que você me diga o que ele disse. Por favor, Henry. Vou criar minhas próprias teorias se não me disser, e elas provavelmente serão muito piores do que a verdade.

— Mesmo sendo algo nojento e que vai te deixar magoada? — pergunta ele, baixinho.

— Se algo é tão ruim a ponto de você arriscar aquilo pelo qual trabalhou duro o ano todo, sinto que preciso saber o que foi. Sei que a adaptação tem sido difícil, mas você é um ótimo líder. Não pode jogar isso fora. Só farei você dizer isso uma vez, prometo.

Ele inspira e me conta com o tom mais tranquilo possível. Meu estômago revira quando ouço o que Will disse sobre o meu corpo. Henry para de falar e isso me dá a chance de pedir desculpas.

— Sinto muito, Henry. Sei quanto você tem trabalhado para ganhar dele do jeito certo.

— Ele me perguntou se eu gostei das coisas que ele ensinou a você — continua, e tudo que vem depois disso faz meus olhos se encherem de lágrimas, mas não as deixo cair.

Não vale a pena chorar por Will Ellington. Nunca valeu.

Henry tem razão. É nojento, e é um momento bizarro em que raiva e tristeza brigam entre si dentro de mim. Mas, por mais horrível que Will seja, por mais envergonhada que eu esteja, nunca quis que Henry perdesse algo por minha causa.

— Você devia falar para o seu treinador o que ele disse. Posso te levar de volta ao rinque agora mesmo para você contar para ele, e tudo isso vai ser resolvido para você jogar amanhã.

— Eu não quero.

— Não está na hora de ser teimoso, Henry. Podemos consertar isso. Não vale a pena se meter em problemas por minha causa. Vou superar a vergonha. Por favor, deixa eu te ajudar. Não me obrigue a vê-lo entrar em uma espiral emocional.

— Fiquei aliviado, Halle. Quando ele disse que talvez não fosse mais capitão, pela primeira vez este ano fiquei empolgado com hóquei. E não sei o que fazer com essa informação. Me sinto muito perdido com as coisas que tenho que fazer e o que quero fazer. Acho que talvez precise de um tempo para processar tudo isso.

Encontro sua mão ao meu lado e a seguro firme. Decido o que vou falar, depois mudo de ideia, e então decido de novo. Uma vida inteira se passa até eu falar.

— Eu quebrei uma regra, Henry. Uma bem importante: a número quatro. A Anastasia tinha razão.

Ele leva a mão que está segurando até a boca, beijando minha pele de leve.

— Eu sei. Quando me sentir melhor, vou pedir ao conselho que me perdoe por não fazer a regra número cinco. — *Ele não vai partir o meu coração.* — Pode me dar um tempo? Estou preocupado que, se você estiver aqui enquanto eu processar tudo isso, posso acabar me afastando. Prometo que você e a Joy podem me ver quando eu estiver melhor. Não lido bem com essas coisas quando tem gente por perto. Estou um pouco desnorteado agora, mas não acho que vai durar muito, então vou para a casa das minhas mães.

Quero implorar que me deixe ajudar, mas está na cara que não quer minha ajuda. Por mais difícil que seja aceitar, ainda mais quando é com alguém que amo, eu não posso consertar tudo.

— Sim.

— Essa é a única situação em que você pode dizer "não" pra mim — diz ele com a voz gentil.

— Eu posso te dar um tempo para organizar os pensamentos, Henry. Quanto tempo você precisar. Só me prometa que vai voltar pra mim assim que melhorar.

— Prometo.

Capítulo trinta e sete.

HALLE

Parte de mim espera que, quando eu abrir a porta depois de ouvir alguém bater, seja o Henry do outro lado, se sentindo melhor, mas lá no fundo sei que não é.

Não recebo muitas visitas, então fico surpresa quando abro a porta de entrada e vejo parada ali uma garota que não reconheço na hora. Digo que não reconheço; mas, quando ela sorri e ergue a mão para acenar, tímida, percebo que é claro que sei quem ela é.

— Me desculpe por aparecer aqui assim, Halle — diz ela. — Sou a Anastasia. O Henry deve ter falado de mim antes... bom, espero que tenha falado. Ele já falou tanto de você que sinto como se a gente se conhecesse.

— Ai, meu deus, sim. Oi.

Eu me sinto um pouco maravilhada. Henry fala tanto dela que parece que ela é famosa, mas nunca a vi pessoalmente porque ela é muito ocupada. Em seguida, sinto um frio na barriga pensando em por que está aqui.

— Tá tudo bem — diz ela, rápido. — Desculpa, parecia que você estava entrando em pânico. Eu só estou procurando o Henry. Ele não está em casa, e acho que estava torcendo que estivesse aqui com você. Ele não atende às minhas ligações, e fiquei preocupada.

— Ele não está aqui também. Me disse que ia pra casa das mães — respondo rápido para lhe livrar da tortura pessoal. — A gente também não tem se falado. Ele avisou que precisava de um tempo para si.

Anastasia assente e cruza os braços, se abraçando.

— Fiquei muito concentrada em mim mesma esse último ano. Tem muita coisa acontecendo, e meu namorado se mudou pra Vancouver... Acho que o que eu quero dizer, indo direto ao ponto, é que sinto muito ainda não ter te conhecido. Sei que você é muito importante pro Henry. Estou muito feliz por ele ter você, e eu falaria isso pra ele se conseguisse entrar em contato.

De certa fora, saber que o Henry não está atendendo a ligações faz com que me sinta relativamente melhor, apesar de admitir que é uma coisa horrível de se pensar. Acho que ele estar fazendo o que disse que faria me dá um pouco de esperança de que tudo vai dar certo.

— A gente meio que se conheceu ano passado. Estávamos na mesma festa, e vi você falando com ele, mas a gente não se conhecia na época, então achei que você fosse a namorada dele.

Anastasia ri de um jeito que seria melhor descrever logo como uma gargalhada.

— Namorada? Ele preferiria ficar em celibato pelo resto da vida. Henry só gosta de meninas altas tipo, bom, você. Você é o tipo perfeito dele. Uma vez ele me disse que eu não tinha bunda suficiente para justificar minha falta de paciência e que me cobraria a fisioterapia que precisaria fazer no pescoço por sempre ter que olhar para o chão quando falava comigo. Então, definitivamente não sirvo para ser namorada dele.

— Que rude! — comento, mas não consigo conter o riso porque dá para ouvi-lo dizer isso.

Uma vez Aurora me disse que Henry fala comigo de um jeito diferente de como fala com todo mundo, mas não tinha acreditado.

— Mas, para ser sincera, não é inesperado. Ele me disse que a Lola precisava crescer se quisesse brigar com ele, então faz sentido.

— Uma vez ele teve uma conversa muito séria com o Kris sobre a logística médica do uso de estimulantes de crescimento. Quando eu disse que eles eram ridículos, me perguntou, hipoteticamente, se aceitaria tomá-los caso me fizesse parar de cair no treino. Porque ele contou e acha que estou caindo muito. Não vou mentir, considerei por um instante.

— Isso é... Tão aleatório. Por que o Kris estava fazendo experimentos médicos?

— Porque ele está estudando medicina — diz ela, olhando para mim de um jeito engraçado. — Você não sabia? Não estou te julgando. A ideia de uma pessoa colocar a vida nas mãos dele é *assustadora*. Achei que todo mundo estava me zoando quando eu soube. Forcei o Kris a me mostrar sua grade de aulas.

— Isso é assustador. — Joy passeia pelos meus tornozelos, então a pego no mesmo instante para evitar que fuja. — Foi mal, você quer entrar?

— Eu tô bem. Não queria aparecer do nada. Só estou preocupada com o Henry e poderia trocar histórias com você o dia todo. Acho que estou projetando porque me sinto culpada por não ter passado muito tempo com outras pessoas esse ano —

diz ela. — Se conseguir falar com ele, pode pedir que retorne as minhas ligações? Só quero ter certeza de que ele não está surtando.

— Se você mandar mensagem ou avisar que está prestes a aparecer na casa das mães dele, tenho certeza de que ele vai responder.

Ela coloca as mãos na cintura e sua postura fica um pouco mais desconfortável.

— Ele vai saber que é mentira. Nunca fui lá e nem sei onde é. Você tem o endereço?

Balanço a cabeça.

— Só fui uma vez e dormi no carro durante o caminho porque estava doente. Sinto muito. Eu deveria ficar preocupada? De verdade? Ele prometeu que entraria em contato quando se sentisse melhor, e eu meio que disse a mim mesma que não surtaria por causa de um homem dizendo que voltaria. Ainda mais porque, se ele aparecer e eu chorar por causa disso, ele vai me chamar de dramática. Henry já fez isso antes?

Ela balança a cabeça.

— Não, por favor, não se estresse com isso por minha causa. Você tem irmãos?

— Tenho, três.

— Sou filha única, mas o Henry é como eu imagino que seria ter um irmão. Ele não é muito bom para identificar *quando* está começando a ficar mal, mas aprendeu que, ao se retirar de uma situação, basicamente consegue processar tudo melhor. Ainda me preocupo com ele. Não consigo evitar. Mas, como eu disse, é mais pela culpa.

— Entendo a culpa de irmã, então sei exatamente do que você tá falando. Tive muita dificuldade com isso no primeiro ano que passei morando longe. Pode deixar que eu peço para ele mandar mensagem pra você da próxima vez que falar com ele.

— Espero mesmo que a gente tenha outras oportunidades de passar mais tempo juntas antes que eu me forme. Quero muito conhecer você, Halle.

Observo Anastasia entrar no carro e ir embora, me perguntando se ela quis dizer o que disse porque acha que ainda vou estar por perto ou se estava só sendo educada.

* * *

Quando estava indo embora da casa do Henry, depois de concordar em lhe dar quanto tempo ele quisesse, disse que não tinha pressão alguma para me manter atualizada sobre como ele estava.

Sei que tarefas simples podem ser grandes fardos e, quando não está bem, ele vai ruminar sobre coisas por horas em vez de simplesmente fazer. Falei para ele que preferia que se concentrasse em ficar bem em vez de tentar me manter informada de seus sentimentos, sendo que pode não conseguir nem explicar direito.

Era a coisa certa a se dizer, mas mesmo assim estou com saudades. Fico me perguntando se Anastasia conseguiu falar com ele e se eu deveria procurá-lo em vez de cumprir o que falei.

Acima de tudo, me sinto boba. Talvez ele precise agora de seus outros amigos, não de mim. Fico com vergonha de admitir que a ideia de que ele pode estar saindo com os amigos para jantar ou algo assim, ao passo que estou em casa preocupada, me deixa triste. Ainda mais porque eu não devia estar assim.

Ficaria triste não por querer que ele melhore — e uma parte bem realista de mim acha que sair com os amigos do time de hóquei ajudaria —, e sim porque a voz arrogante do Will está se repetindo sem parar na minha cabeça.

Prometi a mim mesma que não faria isso. Não piraria quando as coisas ficassem difíceis. Sou boa demais consertando os problemas dos outros e perco a cabeça quando são os meus. Estou criando meu próprio livro de regras, e a primeira coisa na lista é que não vou me deixar ficar chateada por qualquer situação hipotética.

Will me disse que Henry ia se cansar de mim. Disse que o pessoal sempre seria amigo *dele* e que eu os perderia quando Henry não quisesse mais ficar comigo, como aconteceu antes. É isso que tem me atormentado, apesar de ser contra a regra número dois, que é nunca pensar no Will, mas é o motivo de eu ficar tão surpresa quando abro a porta depois de ouvir outra batida e vejo Aurora, Emilia, Poppy e Cami paradas ali.

Tive mais visitas inesperadas nessa semana do que em todo o tempo que morei em Maple Hills. Assim que olho para Aurora, tenho um aperto no coração.

— Ai, meu deus, Aurora, sinto muito, me esqueci do trabalho em grupo!

Ela parece em choque com o comentário?

— O quê? Não! Quem se importa com isso? Não foi por isso que viemos.

— É uma armadilha — diz Poppy, e imediatamente avança para me abraçar.

Olho para elas entre os cachos de Poppy. Cami está segurando algo escondido atrás da cabeça de Emilia.

— Mas uma armadilha com vinho.

— E asinhas de frango do Kenny's — complementa Emilia, segurando duas sacolas com a logo que já conheço. — E uma coisa vegana de tofu da Aurora, se estiver se sentindo meio masoquista hoje.

— Você é a única lésbica que eu conheço que não gosta de tofu. Lésbicas *amam* tofu — diz Aurora, segurando o próprio saco de comida.

— Não sei se você tem permissão para fazer uma declaração dessas, Rory — comenta Emilia, olhando para a amiga de canto de olho. — Ainda mais quando a sua referência somos apenas eu e a Poppy.

— Se aqui for um espaço seguro para todas, acho que "amar" é uma palavra muito forte. Eu só tolero tofu.

— Gente — diz Cami. — A armadilha.

— A gente queria ver se você está bem e ter certeza de que está comendo, bebendo e fazendo as coisas que gosta — Poppy retomou o assunto, quase como se estivesse recitando algo de memória, o que me leva a pensar que tudo isso foi ensaiado. — Espero que não tenha problema a gente aparecer do nada assim, mas achamos que talvez você não fosse ser sincera se mandássemos mensagem. Então, aqui estamos nós. Numa armadilha.

Percebo que só estou olhando para a cena como se estivesse fora do meu corpo. As quatro me olham, ansiosas.

— Vocês querem entrar?

Fecho a porta depois de elas passarem e, enquanto vamos até a minha sala de estar, penso se está rolando algum aviso para visitar a Halle de que não fiquei sabendo. Eu as sigo até a cozinha e observo em silêncio enquanto pegam cinco pratos, cinco copos, guardanapos e molho ranch.

— Essa é a cozinha mais linda que já vi — comenta Aurora. — Amei.

— É legal, né? — diz Cami, passando a mão pelas cortinas.

Quero dizer que já pensei em mudar a cozinha várias vezes, mas não consigo me despedir de algo tão importante para a minha avó. Ela adoraria saber que minhas amigas estão servindo asinhas de frango e vinho enquanto admiram seu trabalho. É isso que ela imaginava para mim quando fizemos os planos de morar juntas, e ela estava bem empolgada para fazer parte do grupo.

O que não era parte do sonho dela, ou do meu, era que eu começasse a chorar do nada porque tenho algo que sempre quis, mas que parece que está desaparecendo.

Não sei quem vem me abraçar primeiro ou por último; mas, uma de cada vez, as quatro me envolvem com seus braços.

— Ah, Halle — diz Cami, baixinho. — Sinto muito que as coisas estejam estranhas agora.

Elas me soltam e dão um passo para trás, me dando espaço para enxugar as lágrimas.

— Vocês sabem de algo que não sei?

— Não! Mas vamos nos sentar. Aqui, toma a sua taça de vinho — oferece Cami, me entregando uma taça bem cheia.

Nós sentamos na sala de estar, Aurora e eu em poltronas opostas uma à outra, e as outras três no sofá com Joy.

— Eu vi a Tasi na biblioteca hoje de manhã e ela disse que passou aqui ontem. Não vou ficar de segredinho, Hals. Ela disse que você parecia triste pra caralho. Henry disse pro Russ e pro Robbie que ficaria em outro lugar até melhorar, então todo mundo achou que ele estaria aqui com você.

É meio engraçado que Anastasia tenha achado que eu parecia triste, sendo que achei que estava disfarçando bem.

— Por isso que não viemos antes para ver como você estava — comenta Cami. — A gente achou que vocês estavam juntos.

— Não, a gente concordou em se dar um pouco de espaço — explico. — Me desculpem por chorar. O Will colocou minhocas na minha cabeça dizendo que eu perderia todas vocês assim que o Henry se cansasse de mim, e que *ele* iria se cansar de mim, e...

— Nossa, desculpa, mas foda-se seu ex — diz Cami, irritada. — Esse cara é um merda e não sabe do que está falando.

— Você sabe que eu amo o Henry, Halle. Ele é o amigo mais próximo do Russ e já fez muito por ele. Então, sabe que falo isso com todo o amor no meu coração...
— Sinto um embrulho no estômago porque sinto que ela vai dizer "mas". — Mas sou a *sua* amiga. Não me importo se vocês vão se casar ou se nunca mais vão conversar, eu tô do *seu* lado. E o Henry não se cansou de você. Nem sei o que tá acontecendo com ele, porque ninguém me conta nada. Não estou no círculo mais próximo, e tudo bem. Tenho meus amigos, e você também. Nós.

— Se eu me recusar a ouvir seus problemas, o círculo vira um quadrado? — Emilia pergunta a Aurora.

— Aposto que as Spice Girls de verdade nunca tiveram que lidar com esse tipo de coisa. Sério: por que homens são assim? — pergunta Cami antes de tomar um grande gole do vinho.

Emilia e Poppy dão um soquinho, comemorando, e a intimidade entre elas me faz sentir ainda mais falta de Henry.

— Por que sou tão ruim cumprindo promessas que fiz a mim mesma? Prometi que não ficaria chateada com isso. Depois que minha mãe e meu padrasto foram embora mais cedo, limpei a casa toda. Fiz todos os meus trabalhos pendentes e toda a preparação para o clube do livro dos próximos dois meses. Eu estava a par de tudo. E agora estou sendo ridícula.

— Você não é ridícula — retruca Poppy na hora. — Só deve estar um pouquinho apaixonada por ele.

— Me sinto ridícula por ficar com saudade de alguém porque não nos falamos há alguns dias, sendo que tudo isso era pra ser um acordo de curto prazo — digo e tomo um gole do meu vinho.

— Na condição de alguém que sente falta de alguém de quem não deveria, entendo que sou qualificada para lhe dizer que não pode controlar seus sentimentos com relação a essas coisas — diz Cami. — Se você é patética, também sou. Sinceramente, acho que somos gostosas demais para sermos consideradas patéticas, mas quem se importa se formos mesmo? Talvez a gente só tenha muitas emoções. Não tem problema em sentir coisas.

— O que você quer dizer com "acordo"? — pergunta Aurora, e tenho uma fração de segundo para decidir se confio nas minhas amigas ou se minto. Considerando que elas vieram aqui para cuidar de mim, não acho que seja justo não contar a verdade.

— Quando o Will terminou comigo, prometi a mim mesma que me priorizaria, porque tive que sacrificar muito do meu tempo e da minha felicidade quando estávamos juntos. Tem uma competição de escrita valendo uma vaga em um curso de escrita de verão, e eu queria participar. Mas, como sempre vivi uma vida sem graça, minha falta de experiência atrapalhou minha escrita.

— Ah, vi isso no mural. É em Nova York, né?

Concordo com a cabeça.

— Acho que o Henry ficou com dó de mim, e ele estava com dificuldades na aula do professor Thornton, então concordamos que eu iria ajudá-lo se ele me desse experiências de vida. Parece idiota quando explico em voz alta a outras pessoas.

— Não é idiota — comenta Poppy, tentando me consolar. — Meio que faz sentido. Menos a parte de Henry ter sentido dó de você. É óbvio que ele gostou de você logo de cara.

— Você escreveu um livro e não me disse? Você, sabendo quanto eu *amo* ler? — pergunta Aurora, quase pulando do lugar. — Você já enviou? Posso ler?

Emilia estala a língua e revira os olhos.

— O foco não é você, Rory.

Sinto um calor na nuca.

— Não e não. Ainda não terminei o terceiro ato, e o resto é, tipo, uma bagunça imensa que precisa de muita edição. Não priorizei isso; fiquei distraída com o Henry, e com vocês, e doente, e é isso. Não teria ganhado mesmo, então tudo bem.

— Qual é o prazo de inscrição? — pergunta Poppy.

— Daqui a umas três semanas. É no domingo antes do começo das férias de primavera, mas preciso terminar mais cedo porque tenho que escrever uma biografia minha e uma carta de apresentação. E devo enviar na quinta, porque vou a Phoenix na sexta para a viagem com a minha família e a do Will.

— Você ainda vai fazer essa viagem com ele?

Parece que estou vendo um desenho animado quando o queixo das quatro cai ao mesmo tempo.

— Não vou falar com ele. Mas estou com saudade da minha família. Sinto muita falta das minhas irmãs, e a alternativa é ficar aqui sozinha.

— Não é, não. — Aurora balança a cabeça, esfregando as têmporas devagar. — Vamos apagar um incêndio de cada vez.

— Halle, você precisa enviar esse livro. Mesmo que seja ruim, o que não vai ser porque não acho que você seja capaz de fazer nada mal — diz Cami. — Até o seu sistema de anotações do trabalho é impecável. Mas a questão é que você deve isso a si mesma. Você consegue terminar esse livro; eu acredito em você.

— Mas nem sei como termina — admito. — Tinha uma ideia em mente o tempo todo, e agora parece que não faz mais sentido, então não sei o que fazer.

— Siga o seu coração — diz Aurora. Quero lhe dizer que meu coração está bem machucado no momento. — Comece a digitar e veja o que acontece. Essa vai ser a história que você quer contar. E me manda o que você tem até agora. Posso começar a editar enquanto você termina.

— Eu também — comenta Emilia. — Eu amo ser nerd de gramática.

— Não sou muito boa de gramática, mas posso te manter alimentada e hidratada. Também sou ótima fazendo massagens se ficar com dor nas costas ou no pescoço — complementa Cami.

— Escrevo e-mails para a minha mãe desde que aprendi a soletrar — diz Poppy, rindo, e aquilo parece tão familiar. — Consigo fazer a base da sua carta de apresentação se você me disser o que quer falar. Depois, pode editar para ficar com a sua cara. A gente consegue fazer isso, Halle.

— Não quero desperdiçar o tempo de ninguém pra no fim nem ganhar — digo, sincera.

— Amiga, cala a boca — responde Cami e me lança um olhar que me confirma ter dito com amor. — Vamos terminar esse livro.

Meus instintos me mandam responder que não preciso de ajuda, que posso fazer tudo sozinha. Porém, na verdade, não é o que quero. Preciso de ajuda e de apoio, e ter um grupo de amigas que oferecem isso é o que sempre quis.

Esse tempo todo, quis ter experiências mais superficiais como ir fazer compras juntas ou nos arrumar para sair. Chamei isso de amizade feminina porque, para mim, era tudo que eu tinha perdido quando era mais nova. Algo que a Halle criança queria muito. Mas, à medida que ficamos mais próximas e nossas vidas começaram a se conectar, percebi que estava errada. Isso é irmandade. É assim que mulheres apoiam outras mulheres para alcançarem objetivos juntas. Era isso que eu tanto queria e nem sabia.

Concordo com a cabeça, empolgada, algo que me faz começar a rir quase histericamente.

— Ok, então vamos. Mas vamos precisar de mais vinho.

Capítulo trinta e oito

HENRY

Quando fui para a casa das minhas mães, disse a mim mesmo ao chegar que me daria um dia para surtar e depois resolveria tudo.

Assim como qualquer outro plano que já fiz, não rolou. Não sei se ainda posso piorar da cabeça, porque me mudar de cidade e trocar de nome começou a parecer uma boa ideia por uns cinco minutos ontem à noite.

Foi necessário sentir que a minha vida inteira estava desmoronando para que eu finalmente esvaziasse o cesto de roupa suja das festas de fim de ano. Todas as tarefas que eu vinha adiando nos últimos dez anos foram finalmente concluídas. Qualquer coisa que não envolvesse sair do meu quarto.

Na primeira semana, minhas mães me deram passe livre quando eu disse que estava sobrecarregado e precisava de um pouco de paz. Agora estou na segunda semana aqui, e esse passe foi pro brejo. Elas querem respostas, querem me apoiar, e são mais pessoas querendo algo de mim que não sei dar.

Então, faço o que sei melhor: imito a energia delas e digo que estou bem. Que superei tudo. E que vou para casa.

Russ e Robbie estão agindo normalmente. Lola e Aurora não vêm visitar. Ninguém vem, na verdade. A casa está silenciosa e tranquila. Os e-mails dos meus professores começam a encher minha caixa de entrada, assim como as mensagens de texto. Só tem uma pessoa com quem eu quero falar.

Pesquiso por que sou um procrastinador tão ruim, mas não encontro respostas que façam sentido para mim. Pesquiso por que sinto como se estivesse congelado e recebo anúncios para casacos de inverno. Pesquiso como saber se você está apaixonado por alguém, mas fecho a janela antes de ler mais respostas sem sentido.

Entendo que devo respostas a todo mundo, mas não sei quais.

Abro o contato da Halle no celular. Digito rápido para não adiar isso, digo que vou manter a minha promessa.

* * *

É SEXTA-FEIRA E EU devia estar me preparando para o jogo, mas o Faulkner me manda um e-mail, como fez na semana passada quando não fui ao treino, dizendo que não vou jogar, mas que gostaria de conversar comigo.

Ele realmente escreve *gostaria*, e não tem nenhum palavrão na mensagem. Talvez Robbie tenha escrito a mensagem para ele. Sei que ele está evitando a casa e passando um tempo com a Lola. Russ me disse que ele não sabe como ser meu amigo e meu treinador se não aceito ajuda, e que vai voltar assim que eu deixar que ele faça algo. Não estou chateado nem magoado com ele porque sinto que não sei ser várias coisas ao mesmo tempo.

Mando mensagem para Halle dizendo que ainda não estou bem, mas estou melhorando.

* * *

A NÉVOA ESTÁ SE dissipando e quase tenho uma crise de pânico quando entendo o tamanho do caos que criei. Poderia ir à aula amanhã, mas teria que lidar com tudo.

Perdi o Dia dos Namorados. Nem mandei mensagem para a Halle.

Os meninos ganharam os dois jogos, prova de que não precisam de mim, e isso me dá uma leve sensação de alívio. Acho que esse sentimento é o que tira de mim o peso da situação toda que me assombra.

Estou há muito tempo pensando nisso quando ouço uma batida na porta. Grito "Pode entrar" e espero ver Russ; mas, quando a porta apita e se abre, a última pessoa que esperava ver ali era Nate Hawkins.

— Dá pra ver pela sua cara que você esqueceu que eu estaria na cidade essa semana — diz ele, fechando a porta ao passar.

Ele senta na beirada da minha cama, e me esforço para entender do que está falando. Aí percebo há quanto tempo estou me escondendo e que o time dele tem uma série de jogos em Los Angeles e arredores. Deveríamos ter combinado de nos encontrar.

— Não sei nem por onde começar.

— Não consegui ser um capitão como você. Sinto muito que tenha acreditado em mim e eu tenha te decepcionado.

Nate me encara como se eu fosse um alienígena. Coça o rosto e balança a cabeça.

— Hen, eu sofria com isso o tempo todo. Antes de todo jogo, o Robbie tinha que literalmente me puxar pra um canto e fazer um discurso motivacional bizarro para me animar, porque estava prestes a vomitar. Eu só não deixei isso me dominar, e em algum momento parei de me preocupar tanto. Você não decepcionou a mim nem a ninguém.

— Faulkner não vai concordar com isso. Eu fui embora. Perdi tantas aulas que minhas notas vão ser uma merda. Estraguei tudo, Nate.

— Eu sei que parece ser verdade. Entendo, de verdade, e não vou dizer que seus sentimentos não são válidos, mas você pode consertar isso. O Faulkner é desse jeito porque ama o time e ama os jogadores. Ele não ia querer que você se escondesse por causa da porra do hóquei.

— Não sei o que dizer a ele... O que dizer a todo mundo que tenho evitado. Me sinto muito mal e não consigo nem explicar por que agi desse jeito. Não é normal se desligar assim, mas não consigo controlar.

Nate escuta meu desabafo e não fala nada até eu terminar.

— Todo mundo sabe que você não fez nada para magoar ninguém. Eles querem saber se você está bem, Hen. Sentem sua falta. Porra, a Tasi sente sua falta, e aposto que se eu olhar meu celular agora vai ter um milhão de mensagens dela. Mas ela te deu espaço, como você pediu, porque você sabe o que é melhor. As pessoas só querem você de volta, se sentindo bem, seja lá como for.

— Você pratica seus discursos pra caso tenha a chance de fazer um?

Nate começa a rir, e isso é uma luz em meio à escuridão das últimas semanas. Sorrio também, esfregando os olhos.

— Aham, todo dia de manhã antes de sair de casa. — Ele passa a mão pelo cabelo. — Você não precisa que eu venha te resgatar e resolva tudo pra você, eu sei. Mas, se precisar de um amigo ao seu lado enquanto conserta tudo, estou aqui.

— Eu aceito. Obrigado.

— A Sasha está com a Tasi. Ela decidiu irritar meu pai dizendo que quer estudar em Maple Hills, então recebemos a missão de ficar de olho nela até seu tour amanhã. Tenho um jogo amanhã à noite, mas consigo tirar um tempo ao meio-dia para ir com você ver o Faulkner. Mesmo que só fique lá, quietinho.

— Valeu, Nate.

— Acho que você precisa sair deste quarto, meu amigo. Vamos jantar. Os meninos precisam ver que você está vivo. Tasi precisa ver que você está vivo.

— Não fui um bom amigo pra ela esse último ano. Quase não a vejo mais, e ela nunca sai com a gente, mas acho que nunca a convido e...

— Você sabia que ela disse exatamente a mesma coisa de você? Que não foi uma boa amiga. Que poderia ter evitado isso de alguma forma se te visse mais vezes. Vocês dois vão sobreviver. Vocês têm essa relação estranha e pseudofraternal. Sempre acho que preciso ligar mais vezes pra Sash, e ela só me liga quando quer alguma coisa. É normal. Sabia que a Tasi conheceu a Halle?

Isso me faz mudar de postura.

— Não... Quando? O que ela disse?

— Não muito. Ela foi até a casa da Halle para procurar você, antes de saber que estava na casa das suas mães. Disse que estava na cara que Halle sente sua falta, que ela foi muito gentil e é ainda mais bonita do que esperava. E algo sobre ter um tipo de gato que diz muito sobre a pessoa. Não lembro.

— Também estou com saudade dela. Quero ligar pra ela, mas sei que ela vai largar tudo para me ajudar a resolver as coisas. Ela larga tudo por todo mundo. Nunca se prioriza, e sei que, se descobrir que preciso fazer trabalhos e estudar, vai me colocar em primeiro lugar. Eu disse que precisava de espaço e que daria um jeito em tudo, e agora parece que não tem como piorar.

— Vamos jantar. Os meninos podem ajudar, mas não se preocupe demais com isso, Henry. Você não está dando um fora nela; não desapareceu sem dar explicações. Parece que disse com todas as letras como estava se sentindo e alinhou as expectativas sobre isso. Acho que você não precisa sentir que lhe deve desculpas, e sim agradecer por ela ter te dado o tempo que pediu.

— Não me lembro de você ser tão sábio assim quando morava aqui.

Nate ri de novo, e a névoa parece mesmo estar indo embora.

— Não me lembro de o seu quarto ser tão limpo.

* * *

Pelo jeito como todo mundo me encara quando chego ao restaurante, sinto como se fosse o primo estranho da família que aparece de repente em um casamento.

Sento ao lado de Sasha, que é a pessoa menos provável de me dar uma dor de cabeça, mas então me lembro de que as pessoas podem falar por cima de mesas.

— Isso está cheirando a "Nate é o seu favorito" — diz Mattie enquanto coloco meu guardanapo no colo.

— Eu disse que conseguiria te tirar do seu buraco depressivo, mas o Russ não me deixou tentar. Foi de golden retriever pra cão de guarda *assim* — diz Kris, estalando os dedos.

Bobby está quieto, o que é estranho, mas não dura muito.

— Acho que estraguei sua vida, cara. Me desculpe por isso. Ele estava dizendo aquelas coisas, e percebi que você estava tentando não se deixar levar, mas ele foi longe demais e eu pensei: "Foda-se."

— Fico feliz que você tenha batido nele.

Bobby sorri.

— Eu também. O Faulkner sabe e, como esperado, tem acabado comigo. Por que você não contou pra ele, Hen? Você podia ter jogado a culpa em mim e evitado tudo isso.

É a pergunta que tenho me feito há duas semanas. Depois que tudo aconteceu, a adrenalina passou e eu revisei cada segundo, percebi que não disse ao Faulkner que o machucado no meu rosto aconteceu quando estava tentando me afastar da briga. Que Halle odeia brigas, e ela teria ficado muito decepcionada comigo. Que não preciso brigar com alguém como o Will porque já ganhei dele de todos os jeitos possíveis ao ser amado pela Halle. Mas já era tarde demais, e trazer esse assunto à tona com Faulkner parecia o menor dos meus problemas.

— Pra ser sincero, não sei. Não repeti o que o Will disse para poupar a Halle da vergonha, e ele disse algo sobre eu não merecer ser capitão, então fiquei aliviado. — Respiro fundo antes de continuar. — Não gosto de ser capitão.

Todos os meninos ficam em silêncio, e Russ é o primeiro a falar. É nessa hora que percebo que Aurora não está ao seu lado.

— Então por que faz isso? Por que não abandonar o cargo?

Dou de ombros.

— Não queria decepcionar vocês. Todos vocês acreditavam em mim.

— Caralho, Henry — resmunga Kris, esfregando a testa com a mão. — Nós acreditamos em você porque a gente te ama, seu tonto. Você podia nos dizer que queria, sei lá, fazer hipismo, e a gente estaria lá torcendo por você. Não precisa fazer algo que o deixa infeliz para nos agradar.

— Total — diz Mattie.

Bobby franze o cenho, e suas sobrancelhas se juntam.

— Vou ser sincero: duvido de que uma carreira no hipismo seja pra você porque sei quanto enrola quando é dia de treino de perna; mas, é, você não precisa fazer algo só por nossa causa, ou seja lá o que o Kris disse.

Anastasia está quieta demais e, quando olho para ela, ela responde balançando a cabeça.

— Eu só te amo e quero que seja feliz. Não importa como.

As portas do restaurante se abrem e JJ entra, completamente o oposto do primo estranho em um casamento da família.

— Ouvi dizer que estamos fazendo uma intervenção? O Nate já fez o discurso brega dele?

— Ainda não — responde Robbie. Ele está na cabeceira da mesa, ao lado de Lola, que também está quieta. — Tenho certeza de que não vai demorar. Você está olhando pra mim, Hen. Mas eu não tenho nada a dizer. Eu te apoio seja lá o que queira fazer. Sempre vou te apoiar.

JJ se senta na cadeira vazia do outro lado de Sasha e se inclina para a frente.

— Vamos conversar sobre como consertar seu relacionamento com o amor da sua vida. — Todo mundo resmunga em resposta, inclusive eu. — O quê? Ele vai precisar de uma coisa grande.

Não sei quem fala primeiro, mas pelo menos três pessoas dizem:

— Foi o que ela disse!

* * *

ANASTASIA E EU JÁ discutimos várias vezes sobre o conceito de manifestação.

Tenho certeza absoluta de que é uma grande besteira, porque peço ao universo que fure os nossos pneus para não ter que ir ao escritório do Faulkner, mas nada acontece.

— Fico feliz que tenha vindo, Henry — diz ele quando me sento. Ele olha Nate em seguida. — Pensei que tinha me livrado de você, Hawkins.

Acho que o treinador nunca me chamou pelo primeiro nome, e na hora sinto que é um alerta. Eu me lembro do discurso que Nate praticou comigo no caminho. Se vou ter que fazer um, melhor aprender com o mestre.

— Me desculpe por sumir, treinador. Às vezes, fico sobrecarregado e é difícil processar todas as minhas emoções, e eu meio que me desligo. Não sei por que faço isso. Não sei controlar, mas quero conseguir. Amo hóquei, mas não gosto de ser um líder. Eu me sinto responsável por tudo e todos e às vezes não consigo parar de pensar nisso. Não queria decepcionar todo mundo que acreditou que eu poderia fazer isso e não queria ficar decepcionado comigo mesmo. Mas também preciso admitir quando algo não funciona pra mim.

Faulkner não me interrompe, não grita, não dá um soco na mesa.

— Você sabe que poderia ter evitado toda esta chateação se tivesse me dito que não bateu em ninguém.

— Eu sei.

— Por que não me disse que o Ellington atacou você? Você foi a vítima, Henry. Eu devia te proteger, não te culpar por isso.

— Quando você é um líder, os erros do time são seus também.

Faulkner olha para Nate com os olhos semicerrados.

— Você ensinou essa merda de levar a culpa pelos outros? Você também é bom nisso.

— O quê? — diz Nate, nervoso. — Eu, não!

— Eu li no livro do Harold Oscar. Estava lendo para aprender a ser um capitão melhor. Mas não importa mais, porque você disse que talvez eu não devesse ser o capitão, e fiquei aliviado, e não sei mais o quê. Não me lembro direito.

O treinador dá risada, e nunca estive tão confuso na vida. Viro para Nate, tentando entender o que está acontecendo, mas ele também não sabe.

— Harold Oscar? Você já pesquisou sobre ele? Ou o conheceu? Porque eu já. O cara é um babaca. Ele não sabe liderar nem a si mesmo. Estava machucado na maioria das temporadas em que seu time ganhou! Por que caralhos você seguiria os conselhos dele?

— Eu queria fazer um bom trabalho.

— Estava conseguindo, por sinal. Podemos dar um jeito nisso. Mas chega, Henry. Aceito que você teve um momento emocionalmente difícil e seu comportamento foi uma exceção. Se você fizer essa merda de novo, as coisas vão ser bem diferentes.

— Eu entendo.

O treinador pega uma caneta do pote na mesa e um pedaço de papel.

— É isto aqui que você vai fazer: vai compensar na academia e no rinque todos os treinos que perdeu quando estava ausente. Vai mandar um e-mail a todos os seus professores e perguntar o que precisa fazer para ficar em dia. Além disso, vai conversar com alguém sobre esses episódios que acontecem quando fica sobrecarregado. Depois que fizer isso e estiver em dia com tudo, pode jogar. Podemos decidir juntos quem vai ser o novo capitão.

— Posso ajudar — diz Nate, cutucando meu ombro.

Faulkner faz uma careta para ele.

— Por que eu iria querer sua ajuda? Segui o seu conselho ano passado e olha só a merda que aconteceu. — Ele gesticula para mim. — Um capitão que odeia ser capitão.

Aceito a lista de afazeres do Faulkner e a enfio no bolso.

— É, ele tem razão, Nate. Você vacilou em apostar em mim.

Nate torce o nariz.

— Isso tá me dando uma dor de cabeça...

* * *

Uma hora depois, parece que minha vida está voltando ao normal.

É ridículo quando paro para pensar nisso. Quando chego em casa, Russ está na sala lendo um livro para uma aula e escrevendo no tablet.

— Tudo bem?

— Tenho muita coisa pra fazer, mas, está tudo bem, sim. Acho que o treinador estava emocionado. Ele me chamou de Henry.

Russ franze o cenho.

— Que estranho.

— Diz pra Aurora que ela pode voltar a frequentar nossa casa. Fica um silêncio muito estranho aqui sem ela.

Também vai me ajudar a descobrir se ela me odeia.

— Ela não está evitando vir aqui. Está ajudando a Halle com um projeto de escrita ou algo assim. Disse que era segredo; só me contou porque queria usar meu notebook quando deixou o dela em casa sem querer.

Estive pensando em como mostrar à Halle quanto ela significa para mim desde quando o JJ comentou sobre isso ontem à noite.

— Eu preciso ler.

Russ me olha como se eu tivesse pedido a doação de um rim.

— Rory vai me matar, Henry. Acho que eu nem devia ter te contado.

— Por favor, Russ. Nunca mais te peço nada. Preciso fazer algo pela Halle e já sei o quê.

— Tá bom — diz ele, fechando o livro. — Mas você precisa me ensinar a fugir antes que a Aurora descubra e venha atrás de mim.

— Pode deixar.

Tiro o celular do bolso e mando uma mensagem para Halle. Digo que estou dando um jeito em tudo e que estou com saudades.

Capítulo trinta e nove

HALLE

— Que tal dez milhões de dólares?

Faço uma careta para Aurora por cima do meu prato de ravióli.

— Não.

— E onze milhões? — continua.

Cami coloca o copo de volta na mesa e pega seus talheres.

— Eu cancelo os meus planos e vou com você por onze milhões de dólares.

— Só tenho orçamento para subornar uma amiga hoje! Você tem uma semana inteira com Briar e Summer — rebate Aurora, mexendo pratos pela mesa sem nem perceber. Ela tira os morangos da salada e os coloca no meu prato. — Halle tem uma semana com o Anticristo.

O garçom tenta não rir ao encher os copos d'água, e não o culpo. Toda vez que ele vem à nossa mesa, Aurora está chamando Will de algo pior para tentar me convencer a mudar meus planos.

Ela está chateada que eu ainda vá viajar com minha família em vez de viajar com ela, Poppy e Emilia. Considerando quanto também não quero fazer essa viagem, é meio divertido ter outra pessoa sendo dramática. É muito mais criativa do que eu, e sua raiva basta por nós duas.

— Ele é um babaca, mas não o chamaria de Anticristo, Rory.

— Ele é *loiro*! — retruca ela.

Poppy levanta o olhar do celular, confusa.

— Você é loira. O Russ é loiro.

— Russ tem cabelo castanho-*claro* — rebate Aurora, ofendida. — Will é loiro, *loiro*. Loiro escroto. Loiro babaca.

— Sei que você tornou sua semelhança com a Barbie um pilar da sua identidade, mas pessoas normais não são definidas pela cor do cabelo — diz Emilia, sendo a voz da razão. — Will é um babaca porque ele é um babaca, não porque é loiro.

— Mas é óbvio que você diz isso. Seu cabelo é castanho.

Termino de comer os morangos e tiro o guardanapo do meu colo, colocando-o ao lado do prato.

— Que tal… eu ainda viajar porque ele não vai estar lá o tempo todo? Vai ter que voltar mais cedo por causa de um jogo… Mas, se a cabeça dele começar a girar ou ele começar a falar em línguas estranhas, deixo você me comprar uma passagem de volta.

— Ótimo — diz ela, jogando seu guardanapo no prato vazio. — Mas a sua irmã começou a me seguir e prometeu que vai me manter atualizada, porque não confio em você para me dizer a verdade. Então, fique sabendo que estou de olho.

Acho que, se eu fosse um pouco mais forte, teria desistido dessa viagem um mês atrás. Minha mãe e eu tivemos uma longa conversa quando cheguei em casa depois de ver o Henry. Ela não comentou nada quanto a eu estar cheirando a sexo e tristeza, só ficou me abraçando no sofá. Não contei o que o Will disse, mas deixei claro que era horrível o bastante para eu nunca mais falar com ele de novo.

Ela pediu desculpas por não perceber quanta coisa deixava nas minhas mãos. Me disse que eu era o alicerce dela, a pessoa que a mantinha sã nos momentos mais difíceis, mas que depender de mim tinha me custado muitas coisas. Chorou quando me disse que estava preocupada por eu ter amadurecido rápido demais e esse ser o motivo da minha dificuldade em fazer amigos. E disse que achava que, talvez, minha recompensa por ser tão altruísta fosse um daqueles romances que só se encontra uma vez na vida.

Eu disse que nunca estive apaixonada pelo Will, mas que talvez isso fosse verdade.

Ela respondeu que não esperava que eu fosse para as férias em família se eu não quisesse, mas eu realmente estou com muita saudade das minhas irmãs. Já não passei as festas de fim de ano com elas; posso ignorar o Will por alguns dias.

Sei que minha mãe não tem mais nenhuma sensação de lealdade com o Will. Na verdade, disse que provavelmente o odeia, agora que sabe de tudo isso. Não o menciona quando liga, e só pergunta como estou e o que tenho feito. Bom, ela tenta, e não me importo de ajudar com algumas coisas. Talvez ano que vem ela possa planejar a viagem em família e eu consiga curtir as férias com minhas amigas.

Enquanto nós cinco estávamos desesperadas com a edição do meu livro, minha mãe mandou um pacote com salgadinhos e velas, o que mostra que me ouviu de verdade e está tentando melhorar.

— Você não é a única que está preocupada! — minto e digo o que Aurora quer ouvir. — Estou empolgada para passar um tempo com as minhas irmãs. Vai ser divertido. E, cuidado, a Gigi vai tentar conseguir ingressos para uma corrida. Ela começou a gostar de Fórmula 1.

— Você vai ter que aprender a mentir melhor — diz Emilia, balançando o pedaço de pizza na mão enquanto fala. — Não devo ficar cercada de pessoas que mentem mal. Quero trabalhar com relações públicas e posso acabar sendo contaminada.

Numa sexta-feira à tarde, o restaurante não está tão cheio quanto pensei que estaria, considerando que nunca consegui vir aqui sem reserva. Minhas férias de primavera começaram oficialmente ontem porque não tenho aula às sextas, mas para todo mundo só começaram uma hora atrás.

Combinamos de almoçar juntas antes de seguirmos nossos respectivos planos para comemorar a minha inscrição no concurso de escrita. Poppy queria que eu fizesse o processo aqui na mesa, na frente de todo mundo, mas senti que era algo que eu precisava fazer sozinha.

Eu terminei um livro.

Eu terminei a porra de um livro e fiz algo por mim.

Aprendi muito no processo e, no fim, não tinha a ver com o que descobri com as experiências que Henry me deu. A coisa mais importante que esse projeto me ensinou é que me colocar em primeiro lugar não significa que preciso fazer tudo sozinha. Ter pessoas para me ajudar e me incentivar enquanto eu fazia isso por mim mesma foi o que tornou o processo divertido, no fim das contas.

Mesmo que eu não ganhe e não passe o verão em Nova York, escrever o livro me deu mais do que eu podia imaginar.

O almoço acabou se estendendo, o que me faz voltar correndo para pegar minhas malas em casa e entrar no Uber no horário marcado. Ao passar pela avenida Maple, sinto meu coração apertar. As mensagens do Henry ficaram menos frequentes depois de fevereiro, e não tenho notícias dele desde que me disse que estava dando um jeito em tudo e que sentia saudades.

Eu falei que não precisava se preocupar em me manter informada, então foi difícil equilibrar na minha cabeça a expectativa de não receber notícias com a vontade de recebê-las.

Fico feliz por ele estar resolvendo tudo, e quero que se sinta melhor. Não vou fingir que não doeu quando o vi postando foto em um jantar com Nate e os outros amigos. A menina incrivelmente bonita ao seu lado na foto fez meu estômago embrulhar porque não a reconheci, mas Aurora logo me disse que era a irmã mais nova do Nate.

Sentir ciúmes é algo estranho e novo para mim, ainda mais por causa da culpa que vem junto. No fim, dou risada disso, porque minhas amigas acabaram me contando de todas as vezes que ficaram descontroladas de ciúmes. Cami foi a vencedora, sem dúvidas, e, depois de contar uma história que deixou todo mundo boquiaberto, ela decidiu que talvez fosse tóxica.

Na verdade, entendo como passar tempo com os amigos pode ajudar o Henry. Em uma realidade alternativa na qual consigo tudo o que quero, ele está comigo.

Prometi às meninas que não pensaria nele ou em nós durante a viagem e que lidaria com meus sentimentos depois de voltar. Mas é a ideia de precisar não pensar a respeito que me faz alucinar que Henry está sentado na minha varanda quando chego em casa.

Desligo o motor do carro e o encaro. A alucinação ergue a mão e diz "oi". Depois vem em direção ao carro até ficar ao lado da minha porta. A porta se abre e a alucinação fala:

— Você quer que eu espere um pouco? Por que está me encarando assim?

Cutuco seu estômago e encontro a mesma superfície dura que já toquei tantas outras vezes.

— Ai, Halle. Você vai sair do carro ou não?

Passei o último mês pensando em como reagiria quando Henry finalmente voltasse para a minha vida. Fui de êxtase à raiva, dependendo da fase do meu ciclo menstrual. Não esperava me sentir tão... fechada?

Ele se agacha ao meu lado e coloca a mão acima dos olhos para se proteger do sol de Los Angeles.

— Você não é uma alucinação. Mudou o cabelo. E está de barba. Está tão diferente.

Os cachos castanho-avermelhados dele estão trançados. Henry assente e afaga a cabeça.

— Dá menos trabalho. Não é uma barba; só não me barbeei essa semana. Podemos entrar ou você quer ficar sentada no carro pra sempre?

— Não tenho muito tempo pra conversar porque minha carona pro aeroporto vai chegar daqui a pouco.

— Eu aceito qualquer tempo que você tiver — diz ele, gentil.

Joy obviamente não tem a mesma sensação estranha que eu, pois corre para Henry como se fosse um pé de erva-de-gato. Ele parece bem mais feliz do que na última vez que o vi. Aurora e eu estabelecemos uma regra em que ela não dá informações sobre o Henry e eu não pergunto, com a promessa de que ela me avisaria se houvesse alguma emergência.

Parece tão bobo agora que o vejo na minha frente, perfeitamente bem. Henry sempre me chamou de dramática por vários motivos, então acho que isso está dentro do padrão.

Cami avalia que, como criei a meta de me priorizar, mesmo isso sempre parecendo tão inalcançável, faz sentido que eu aceite tão bem que outra pessoa esteja tentando fazer o mesmo. Sobretudo porque, segundo ela, depois da primeira semana, ela teria esmurrado a porta dele. Isso me fez pensar que eu estava sendo egoísta ao deixá-lo lidar com as coisas por conta própria. Acho que agora que está na minha frente eu poderia perguntar, mas não sei se estou pronta para ouvir a resposta.

— Senti saudades — diz ele, atravessando a sala até ficar na minha frente.

— Eu também — respondo e decido não me mexer quando ele ergue as mãos para segurar meu rosto. Seu toque quente alivia a ansiedade que está cozinhando dentro de mim há semanas, e me contenho para não chorar.

Ele encosta a testa na minha e fala baixo:

— Obrigado por me dar um tempo para que eu cuidasse de mim mesmo.

Não conseguiria falar mais alto do que um sussurro nem se quisesse.

— De nada.

Ele beija minha testa com carinho, inspirando fundo antes de dar um passo para trás.

— Nós dois sabemos que não sou muito bom com palavras e sei que você tem a sua viagem, mas queria te dar isso. — Ele me entrega um envelope pequeno selado. — Vai passar pela segurança do aeroporto. Um e-mail vai chegar em breve, então não abra o envelope até receber o e-mail.

— Quanto mistério — comento, sacudindo o pacote.

— É um presente. Para mostrar como você é importante para mim. Também é um pedido de desculpas por precisar de tanto tempo. Fiquei com medo de você achar que era porque não importava pra mim, quando na verdade eu demorei tanto porque você é importante *demais*.

— Então a culpa é minha? Que você não conseguiu melhorar?

— Não — responde ele, sério. — É que eu não estava em um bom momento e queria sair daquilo pra você não precisar ser minha âncora. Não quero ser alguém que depende de você para consertar tudo. Posso te explicar direito quando voltar de viagem. Eu te conto tudo o que quiser saber.

— Ok. Vou ficar feliz de ouvir.

Recebo a notificação do aplicativo no meu celular e, quando olho pela janela da sala de estar, lá está a minha carona.

— Preciso ir, sinto muito. Não quero perder meu voo.

O motorista buzina duas vezes até eu decidir tocar no Henry antes de ir embora. Ele me abraça apertado quando dou um passo para a frente. Seus lábios beijam o topo da minha cabeça.

— Tchau, capitã. Te vejo daqui a uma semana.

* * *

Para o horror do meu motorista do Uber, passo a viagem toda até o aeroporto chorando.

Nem sei por que estou chorando, nem ele, e o melhor que consegue fazer é ligar o rádio numa estação de rock. Dou cinco estrelas e uma boa gorjeta como pedido de desculpas. Arrasto minha mala pelo aeroporto até o balcão de check-in e me prometo que vai ser a última vez que vou chorar essa semana.

Se eu chegar a essa viagem toda emocionada, vai ser uma alerta para os Ellington, e eles nunca mais vão me deixar em paz. Os dois ainda acreditam que seu bebezinho foi uma vítima no desentendimento em que causou tantos problemas para o Henry. Ainda acho que eles são uns idiotas.

Decido que a emoção responsável pela explosão no carro é alívio. Alívio de Henry estar bem, alívio de vê-lo com meus próprios olhos, alívio de ele também achar que passou muito tempo longe, alívio de que queira me ver quando eu voltar para casa.

A fila do check-in está andando devagar, o movimento do aeroporto exponencialmente muito maior com o volume de pessoas que vão viajar essa semana. O celular vibra na minha mão, me alertando de um novo e-mail.

Apesar de Henry ter me avisado, sou pega de surpresa. Mexo na bagagem de mão, pego o envelope que conseguiu se esconder no meio das coisas e clico na notificação.

De: henry.m.turner@ucmh.ac.com
Para: halle.n.jacobs@ucmh.ac.com
Assunto: Coloque os fones de ouvido

Também quebrei a regra número quatro

Não conte ao conselho

H

Henry Turner enviou um arquivo.
Clique aqui para recebê-lo!
Senha: abraoenvelope

Pego meus fones de ouvido da bolsa, andando devagar na fila, e os coloco na cabeça. Estou prendendo a respiração quando clico no link, sem saber o que esperar quando vejo uma pasta e um arquivo de áudio imenso ali.

Minhas mãos tremem enquanto digito a senha e aperto o "play", em seguida pego o envelope. Nada acontece por alguns segundos além de alguns ruídos e uma armação de cama guinchando, até que finalmente ouço a voz do Henry.

— *Halle Jacobs soube que queria ser escritora desde a primeira vez que foi a um evento numa biblioteca. Sempre sonhando acordada sobre as personagens que cria, ela credita a mãe seu primeiro cartão de biblioteca e seu amor por livros, alimentado ao longo da vida. Sua fértil imaginação se deve à obsessão na infância pelo jogo* The Sims. *Jacobs estuda Letras e Literatura na Universidade da Califórnia Maple Hills e mora em Maple Hills com sua amada gata, Joy.*

Abro o envelope, desesperada para descobrir o que tem ali dentro. Henry acabou de ler a bio que escrevi para mim mesma para o concurso de escrita. Não faço ideia de como ele conseguiu isso. Então sua voz começa a falar de novo:

— *Halle Jacobs é doce e gentil, e está sempre fazendo o que pode para ser uma boa pessoa. Ela tem um grande grupo de amigos, entre familiares, colegas de turma, colegas de trabalho e vizinhos, e todos concordam que ela é uma das pessoas mais gentis e carinhosas que conhecemos. Além de ler e escrever, Jacobs é uma ótima doceira, habilidade herdada da sua querida avó. É engraçada, bonita e inteligente. Jacobs tem um namorado, que ela transformou em um homem melhor em todos os sentidos, e espera que ele seja o amor de sua vida à medida que os dois evoluem para as pessoas que sempre deveriam ser juntos. Também é um fato amplamente conhecido que Jacobs tem a bunda mais bonita de Los Angeles.*

Talvez seja possível que alguém tenha uma longa lista de adjetivos positivos para me descrever.

Tipo quando o Henry fala de mim.

Não tenho outra escolha a não ser sair da fila com as minhas malas. Sinto meu coração martelar, minhas mãos tremem ao abrir o envelope, tentando vencer o adesivo mais forte do mundo.

Finalmente consigo, e ao mesmo tempo Henry fala:

— *Capítulo um...*

Não reconheço o livro que sai do envelope. A capa é pintada à mão; duas pessoas em um campo cheio de margaridas. O céu está roxo e rosa, e meu nome está no meio das cores.

Viro as primeiras páginas enquanto Henry lê as palavras para mim, e então vejo sua letra no canto da folha de rosto.

Esse pode ser meu romance favorito, mas nós somos a minha história de amor favorita.
Para sempre seu,
Henry.

Cada página tem mais e mais do Henry. Sua arte está espalhada nas folhas, por cima das minhas palavras, nos unindo. Cada desenho me dá mais e mais vida, e só percebo que estou chorando quando uma lágrima cai na página e mancha a tinta.
Por mais que eu não queira, pauso o áudio.
Tenho que fazer muitas ligações.

Capítulo quarenta

HENRY

Nate me disse que eu devia confiar no processo e estou tentando, mas pelo visto não sou o tipo de cara que faz isso.

Posso ser tranquilo, claro, mas tenho confiança de que as coisas vão se ajeitar? Não. Gosto de previsibilidade. Gosto de rotina. Gosto de certeza.

É por isso que, quando mandei aquele e-mail pra Halle, joguei tudo de que gosto para o alto e agora vou ter que ter paciência — algo que não é normal para mim — e esperar uma semana inteira até ela voltar para casa e me dizer o que achou.

Depois de mandar só poucas mensagens de texto para garantir que ela soubesse que estava pensando nela ao longo do mês, não posso criar muitas expectativas — ok, os meninos me disseram que não posso criar muitas expectativas — de que ela vá entrar em contato tão rápido.

JJ disse que não aprendi uma lição importante quando estava saindo com várias mulheres sem compromisso: quando você gosta mesmo de alguém, é inevitável que, em algum momento, acabe causando uma confusão danada que precise ser resolvida.

Todos os meninos concordaram, então acho que esta é uma daquelas vezes que o conselho do JJ é confiável.

De acordo com ele, acompanhado do aval do time, este é o meu "grande gesto" para garantir que ela saiba quanto significa para mim.

Depois que Russ cedeu e me deixou ver o livro, fiquei muito puto comigo mesmo por não insistir que Halle me deixasse ler mais cedo. Amei ver suas palavras escritas, reconhecer sua voz, mas vê-la contar a história de outra pessoa. Foi mágico, e talvez, se eu tivesse passado mais tempo a incentivando em vez de distraindo, poderíamos ter chegado aqui mais rápido.

Alguém bate à minha porta e ouço o barulho do código sendo digitado ao mesmo tempo que digo "pode entrar". Russ aparece com uma xícara de chá para mim, um hábito infeliz que desenvolvi ao longo do último mês. Normalmente, odeio aceitar os conselhos da Aurora, mas vou deixá-la com essa vitória.

— A Halle tá bem? — pergunta Russ, colocando a caneca na mesa de cabeceira e se sentando aos pés da cama.

— Acho que devia ter ligado primeiro. Eu a peguei de surpresa; ela me cutucou, por algum motivo. Não sei descrever. Ela parecia… distante. Apesar de eu estar do lado dela, ela parecia bem longe.

Russ esfrega o pescoço.

— Pode falar. Diga o que pretendia — insisto.

— É difícil salvar alguém de si mesmo — diz ele. Russ se posiciona para me encarar, se apoiando nos joelhos. — Pode ser que ela precise de um tempo para se encontrar de novo. Vocês foram de passar o dia todo juntos pra nada, e isso quando ainda estavam no começo. As coisas nunca voltariam ao normal depois que você a deixasse de fora.

— Mas ela não foi a única que ficou de fora, foi todo mundo. E, no fim das contas, eu estava tentando ajudá-la.

— É difícil para algumas pessoas entender que outras às vezes se fecham; que o cérebro de cada um funciona de um jeito diferente quando está sob estresse. Mas acho que ela entende você melhor do que todo mundo — diz ele, e eu assinto. — Ela sabe que, se alguém não ficar de olho, é capaz de você entrar em outra espiral ou ficar procrastinando e todas essas outras coisas, né? Mas ela também sabe, assim como todos nós, que quanto mais ela te forçar a tentar algo ou fazer algo, mais tempo você vai demorar pra fazer. Você sabe que em dado momento vai resolver. Não é a mesma coisa, mas quem é viciado chama isso de fundo do poço.

— Mês passado pareceu ser meu fundo do poço.

— Isso, exato. Você sabe que ela vai largar tudo pra te ajudar, mesmo que isso signifique colocar as próprias coisas em segundo plano, o que você obviamente não quer que aconteça. Não tô falando isso de um jeito ruim, cara, mas a Halle não teria terminado o livro se tivesse ajudado você a sair do buraco mês passado. Você se afastou para ajudá-la a se ajudar, mesmo sofrendo com saudades dela. E ela respeitou a distância porque você pediu, mas sofreu porque sentia sua falta e porque provavelmente achava que podia consertar tudo. Faz sentido?

Parece uma charada, mas acho que entendi.

— Nós dois tivemos que passar por um momento difícil e fazer o que precisava ser feito por nós mesmos pra tudo dar certo?

— É isso — diz Russ, assentindo.

— Que jeito longo de dizer isso. Você passa tempo demais com a Aurora.

Russ ri e torce o nariz.

— Eu sei. Desculpa. Vou deixar o Nate cuidar dos discursos motivacionais.

— A Aurora tá chateada comigo? — Estou pensando nisso há um tempo, porque ela costumava passar cada segundo do dia nesta casa e agora mal aparece. — Entendo se ela estiver.

Ele pensa por um instante, apertando os lábios enquanto pensa em como responder.

— A resposta mais simples é "não". A Rory entende que o jeito como nós dois lidamos com algo não é o mesmo de todo mundo. Acho que ela se sente muito protetora em relação à Halle, e quem sabe um pouco culpada? Elas estão nas mesmas turmas há dois anos e foi preciso você fazer amizade com a Halle para que a Rory percebesse que a chamava de amiga, mas não era de fato amiga dela, acho.

— Halle não pensava que eram amigas quando a gente se conheceu. Ela me disse isso — respondo, lembrando de quando perguntei por que ela morava sozinha.

— É. Acho que "conhecidas" seria um termo melhor, mas Rory pegava emprestado suas anotações, ia pro clube do livro e se sentava ao lado dela na aula, e é isso. Então, bom, não sei se *culpa* é a palavra certa, mas acho que ela acredita que ela poderia ter feito algo antes. Então, não está com raiva de você; só quer o melhor para a Halle. E para você, claro.

— É estranho que eu esteja com saudade dela?

— De quem? Da Halle?

Eu sorrio de um jeito triste.

— Não... Da Aurora.

Russ ri tanto, que a cama treme.

— Não vou dizer a ela que você disse isso; ela vai ficar insuportável. Vai sair pra viagem de amigas daqui a uma hora, mas vou convidá-la pra vir aqui semana que vem, depois que voltar.

Quando vou pegar minha xícara de chá, Russ se levanta e vai em direção à porta.

— Fico feliz que esteja melhor. Não sei o que eu faria sem você no time.

— Agora ficou um clima estranho.

Ele suspira.

— Supera. Vou ver TV lá na sala se quiser ficar de boa.

— Eu vou assim que terminar esse desenho. Ei, Russ... — Ele para e segura a porta do quarto aberta. — Também não sei o que faria sem você.

— Estou interrompendo um momento especial? — diz alguém. Ambos olhamos para o corredor. — Posso dar um pouco de privacidade pra vocês.

O rosto sorridente da Halle é a última coisa que eu esperava ver hoje.

— Acho que já esgotamos todos os momentos especiais, na verdade. É muito bom ver você de novo, Halle — responde Russ, saindo logo do caminho para que ela possa entrar no quarto.

A porta se fecha atrás dela, e eu me levanto da cama.

Seus olhos estão brilhando, mas vermelhos. Vejo as marcas pretas da maquiagem borrada.

— O que você tá fazendo aqui? Por que está parecendo um panda?

De todas as coisas que eu quero dizer e perguntar, esta é a primeira que me vem à mente.

— Estou aqui para uma reunião do conselho. — Ela enfia a mão na bolsa e tira o livro que passei horas preparando. — Acho que precisamos discutir todas as quebras de regras que andaram acontecendo. Você leu o meu livro.

— Não ler o seu livro não era uma regra — digo e dou um passo em sua direção. — Mas, se fosse, eu teria quebrado mesmo. De agora em diante, quero ler cada palavra que você escrever.

— Teve um grande erro no livro. Um bem grande, mesmo.

Sinto um aperto no coração. Eu revisei aquilo tantas vezes.

— Qual?

Ela sorri.

— Diz que eu tenho um namorado. E, até onde eu sei, ninguém nunca me pediu em namoro.

— Hum. Tem certeza?

— Não acredito que você transformou o meu livro em um *livro*, Henry. — Ela mostra o manuscrito e dá um passo na minha direção. — E um audiolivro.

Aceno com a cabeça porque, sim, fiz isso, e foi difícil pra caralho. Me fez valorizar muito mais todos os narradores dos livros que a Halle escuta. Penso em uma coisa que estava ansioso para perguntar.

— Você mudou o final. Eu sabia que o cara daria um jeito. Mas por que não fez o final que tinha planejado?

Halle aperta o livro contra o peito, todas as emoções que tive enquanto lia na sua expressão agora.

— Não consegui suportar o fato de duas pessoas apaixonadas não conseguirem viver felizes para sempre. Elas merecem uma chance.

Acabo com o espaço entre nós e colo a boca na dela. É uma loucura e um desespero, a excitação é contaminada por quanto tempo se passou desde a última vez que nos beijamos. Ao nos afastarmos, encosto minha testa na dela e ela me leva para trás, em direção à cama, subindo no meu colo quando minha bunda bate no colchão.

— Eu te amo, Halle.

— Eu também te amo. Por favor, não parta o meu coração.

O alívio é o que mais sinto agora, porque, depois de um mês longe um do outro, fiquei preocupado de que ela não sentisse mais o mesmo.

— Nunca.

Puxo sua boca de volta para a minha, devagar e calmo. Paciente, por mais que a última coisa que eu queira agora seja esperar. Quero aproveitar o fato de ela estar aqui depois de ter achado que esperaria uma semana inteira.

Espere.

Eu me afasto e franzo a testa.

— E o seu voo?

— Liguei pra minha mãe e disse que não quero ir. Ela achou que tinha acontecido alguma coisa, mas fui sincera e disse que ficar perto dos Ellington vai ser ruim pra mim, e que estou decidindo não passar por isso só para fazer todo mundo feliz.

Que orgulho.

— E o que ela disse?

Halle está radiante agora.

— Que é claro que está triste por não poder passar esse tempo comigo; mas, se eu quiser viajar com eles ano que vem, podemos fazer uma viagem em família sem os Ellington. Ela fica feliz de ver que estou impondo limites em prol do meu bem-estar e que vai trazer minhas irmãs para me visitarem na Páscoa.

— Que incrível, Halle. Fico muito feliz por você.

Ela assente, e está na cara que sente o mesmo.

— Sim, minha mãe tem se esforçado bastante.

Ela envolve meu pescoço com os braços enquanto faço a mesma coisa na sua cintura e ficamos ali, abraçados.

— Quer dizer que eu vou ter você a semana toda?

— Hum, não. Na verdade, preciso ir embora daqui a dois minutos.

Eu me movo tão rápido para olhar o seu rosto e tentar entender se está brincando, que ela quase cai do meu colo.

— Aonde você vai?

Ela está sorrindo muito e sei que vou aceitar qualquer resposta que ela der só para vê-la tão feliz assim.

— Vou fazer minha primeira viagem com amigas! Liguei para a Aurora quando saí do aeroporto e ela disse que ainda dava tempo de ir com elas. Só preciso correr e levar meu passaporte. Tô muito nervosa, mas animada, apesar de não saber nada sobre carros de corrida, e Aurora disse que temos que torcer por um time específico e que as cores vão ficar ótimas em mim, mas acho que não é a equipe da família dela... E estou falando muito rápido porque estou animada, mas preciso mesmo ir logo.

— Sim, é uma longa história; tenho certeza de que ela vai te contar tudo no avião. Você pode fazer uma chamada de vídeo durante a viagem? Fico com saudade quando não te vejo. Passei muito tempo olhando fotos suas no meu celular.

Ela me beija uma, duas vezes.

— Claro. Também fico com saudade. Volto em uma semana.

Ela sai de cima de mim, e preciso mesmo parar de ficar tão grudado nela. Na verdade, fico feliz que ela esteja fazendo algo para si mesma. Acho que posso aceitar dividi-la com a Aurora às vezes. Fico admirando sua bunda quando ela se vira para ir embora, o que me lembra de uma coisa que preciso dizer antes que ela vá.

— Capitã?

Halle se vira para me olhar.

— Oi?

Limpo a garganta.

— Posso ser seu namorado?

Eu nunca vou me cansar de ser a pessoa que a faz sorrir tanto assim. Ela corre até mim, se joga de braços abertos enquanto me deito na cama. E me beija antes de responder.

— Pode.

Ela rola para o lado, se agarrando na parede antes de se sentar e franzir a testa.

— Você tem um quadro em cima da cama!

Halle fica em pé para olhar direito, e a acompanho.

— Como não reparei nessa tela imensa quando entrei aqui cinco minutos atrás?

— Provavelmente ficou muito distraída pela minha beleza.

— O que aconteceu? Que outra peça de arte eu não vi? — pergunta ela, olhando o quarto inteiro. Não vai encontrar mais nada; só tem esta aqui.

— Finalmente achei algo que quero olhar todo dia.

Ela se aproxima.

— Espere, esta é... sabe? Aquela que a gente...? Na tela...?

— É a tela onde a gente transou, sim.

Sua boca fica escancarada.

— Ficou muito boa! Eu achei que ia ficar um lixo, pra ser sincera. Tipo, sei que você é talentoso, mas existe um limite para a quantidade de talento que alguém consegue colocar em prática num momento como aquele.

— Você me subestima.

Consigo sentir os segundos se passando até o momento em que Halle *precisa* ir, apesar de estar feliz por ela ainda estar aqui.

— O que você sente quando olha pra ela? — pergunta Halle.

Passo os braços por cima dos ombros dela e lhe beijo a cabeça.

— Amor.

Epílogo

HALLE

Três meses depois

— Isso parece mesmo um momento de "Posso copiar seu dever de casa se mudar as palavras?". Estou preocupada de que o conteúdo dessa carta seja exatamente igual ao da minha.

Cami sorri de um jeito que me diz que estou certa.

— Alguém já te disse que se preocupa demais com as coisas?

— Já, todo mundo, todo dia. Pete vai achar que estamos fazendo bullying com ele se as duas pedirem demissão no mesmo dia — digo. — Talvez a gente deva espaçar isso melhor.

— Talvez Pete mereça sofrer um pouco depois de ter dado um upgrade para a mulher que te chamou de "aquela puta de cardigã" — rebate ela enquanto passa batom, sem nenhuma preocupação na cabeça. — Já pensou nisso?

Fico um pouco sensível ao pensar em abandonar as pessoas. Sim, Pete já me fez querer botar fogo no hotel mais de uma vez, mas ele não é um cara escroto.

— Você pede demissão. Eu espero uma semana — digo.

— Halle Jacobs, nós duas vamos nos demitir desse trabalho de merda e arrumar coisas melhores para fazer. Que serão vinhos e livros. Vamos, a gente arranca o Band-Aid juntas.

Depois de tirarmos meu carro do estacionamento do hotel Huntington, Cami e eu encontramos Pete no seu escritório e entregamos o que eu imagino que sejam cartas idênticas, porque Cami pediu a minha para "se inspirar". Quando retornamos ao carro, desempregadas sem aviso prévio, depois que Pete nos mandou nunca mais voltar, concordo que talvez ele merecesse sofrer um pouco de bullying.

A livraria Encantado está bombando. Tanto que Inayah precisa contratar alguém para ajudar durante a semana. Ela perguntou se eu queria a vaga antes de anunciar para o público geral. Depois de ter sido muito influenciada pelos meus amigos, aceitei.

Cansada de sofrer abuso verbal e cantadas de homens de negócios ricos e metidos (às vezes as duas coisas na mesma conversa), Cami decidiu que, se eu sairia, ela também procuraria algo melhor. O que encontrou no bar ao lado.

Eu me sinto mais leve agora que abri mão de algumas responsabilidades que não me fazem feliz, e, toda vez que me coloco em primeiro lugar, Henry me trata como se eu tivesse acabado de salvar o mundo. Essa é minha parte favorita.

* * *

— Não acho que seja normal vocês se empenharem tanto em algo que não tem nada a ver com vocês.

— Henry — murmuro, atualizando a página do concurso de escrita pela milésima vez na última hora. — Não seja maldoso.

Tiro os olhos da minha tela e vejo todos os olhares interessados ali. A porta da frente se abre, e Russ e Aurora entram correndo, com camisas estampadas de guaxinins gigantes.

— Chegamos tarde demais? Ficamos presos no trânsito!

— O que vocês estão vestindo? — pergunta Henry, olhando-os dos pés à cabeça.

— Estamos cuidando do grupo dos guaxinins deste ano — explica Russ, puxando a camiseta do acampamento Honey Acres antes de fechar a porta. Ele se senta na poltrona à nossa frente e Aurora se apoia no braço da cadeira.

— Jenna está nos punindo por ter mentido ano passado e nos colocou com a nossa última escolha de grupo. Adolescentes são muito malvados; qual o problema deles?

— Você não perdeu nada — digo, atualizando a página.

— Não tinha tanta gente na sala quando eu fui escolhido no draft da NFL — diz Grayson, olhando para os meus amigos.

— Halle, Bobby acabou de mandar mensagem perguntando se você pode participar do podcast deles quando virar uma autora famosa — fala Robbie, tirando os olhos do celular.

Eu franzo a testa, confusa.

— O podcast... sobre hóquei?

Ele digita e depois balança a cabeça.

— É. Eles estão pensando em mudar o tema e falar de livros.

— Claro — respondo. — Pode dizer que, quando eu for uma autora famosa, eles só precisam marcar o dia.

Henry se aproxima e coloca a boca a poucos milímetros da minha orelha para falar baixinho.

— Atualize de novo.

— Ei! — Grayson fala de repente da poltrona reclinável do outro lado da sala. — Volta pro seu lugar.

— Até que enfim — diz JJ, sentado ao lado do meu irmão. — Um pouco de código de conduta nessa casa. Tem sido uma terra sem lei há anos.

— Cala a *boca*, Jaiden — diz Emilia. — Você quebraria qualquer código de conduta só por diversão.

— Você nem mora mais aqui — complementa Aurora. — Não tem mais autoridade.

— Você nunca morou aqui! Ah, tive um déjà-vu. Já tivemos essa briga antes? — diz ele. — Mais algum presente já teve essa briga antes?

Ele pensa por um instante, olhando os outros meninos para ver se alguém comenta algo.

— Provavelmente.

Estou prestes a mandá-los calarem a boca quando percebo que Henry não está mais do meu lado porque voltou pro seu lugar.

— Tá de brincadeira — resmungo.

— Ele é imenso, Halle. Parece que ele não acredita que brigar é bobagem. Eu te amo, mas também gosto de ter todas as minhas costelas intactas, que vai ser meu principal objetivo quando jogarmos futebol americano amanhã.

Grayson está visitando porque tem uma reunião com um time, agora que seu contrato está acabando. Meu irmão tem tentado visitar mais antes que a temporada comece com tudo e ele vá para o acampamento de treino, independentemente do time com o qual assinar. Fala que é porque está com saudade de mim, mas na verdade ouviu dizer que tenho um namorado novo e quer conhecê-lo. Ele acha que sabe julgar o caráter de alguém muito bem porque é o "Hater Número 1 do Will".

Até agora, não reclamou de nada do Henry além do fato de ficar muito perto de mim e ser muito carinhoso.

— E se eles odiarem meu livro e for tão ruim que nem sabem como explicar isso?

É a única coisa que faz a sala inteira ficar em silêncio. Todo mundo troca olhares, esperando alguém responder.

— Você ficou entre os dez finalistas — diz Henry, minha voz da razão. — Está catastrofizando a situação.

Cami ensinou o termo a Henry há pouco tempo, e agora ele adora comentar quando alguém está fazendo as coisas parecerem maiores do que são. A ironia de tudo é que ela estava explicando porque *ele* mencionou que sua própria tendência é entrar em um buraco emocional.

— Se da próxima vez que eu atualizar não tiver nada, vou jogar o notebook pela janela — digo, irritada. — Eles me disseram que sairia hoje.

— Talvez o sistema esteja sendo atualizado — sugere Aurora. — Talvez o prédio deles esteja sendo evacuado.

— Talvez a Halle seja impaciente — diz Henry, fazendo todo mundo olhar para ele. — Tudo bem. Talvez todos nós sejamos impacientes às vezes. Não é nada de mais.

Clico no botão para atualizar a página e, diferente das outras vezes, ela fica toda branca.

— Aconteceu alguma coisa! Aconteceu alguma coisa!

Cerca de dez pessoas pulam do sofá e vêm olhar a tela do meu computador. É uma tentativa ridícula de demonstrar apoio, e sei disso porque o Henry lembrou todo mundo; mas, ainda assim, o gesto faz meu coração acelerar.

A tela branca dura para sempre.

Henry diria que estou exagerando, mas parece levar uma eternidade.

O portal atualiza. A pequena caixa ao lado da minha inscrição que dizia "pendente" desde que soube que tinha entrado na lista de finalistas uma semana atrás mudou para "segundo lugar".

— Ah, eu não ganhei. Tudo bem; não estava esperando mesmo ganhar.

— Ah, Hals — diz Aurora, e sinto a mão de alguém, talvez a dela, talvez a de outra pessoa do amontoado de gente ao meu redor, tocar na minha cabeça como se eu fosse um cachorro.

— Você não pode ser gata e um sucesso logo de primeira — comenta Cami. — Seria muito poder em um ser humano só. Todas as pessoas bonitas precisam sofrer um pouco para ser legais.

— Ela tem razão, Hals — fala Poppy de algum lugar no grupo. — Você precisa ter origens humildes para dizer que não esperava que isso fosse acontecer.

— Ok! Todo mundo pode se sentar agora. Já superei. Tá tudo bem. As chances eram baixas mesmo e ainda assim escrevi um livro, então...

— Hallezinha, podemos conversar lá fora? — diz Grayson depois de um silêncio desconfortável de dois minutos. — Você também, Romeu.

— Ele não pode colocar a gente de castigo, né? — pergunta Henry enquanto seguimos Grayson até o jardim.

— Não, amor, ele não pode colocar a gente de castigo.

Grayson para no deque e coloca as mãos no quadril.

— Pode parar com isso? Tá parecendo o pai, e isso tá me deixando nervosa — peço.

— Cala a boca. Sinto muito pelo seu concurso. — É assim que ele começa. — Enfim, sinto que eu meio que te traumatizei te chamando de administradora da família desde que você nasceu, então conversei com a mãe e o pai e concordamos que, se você não ganhasse o concurso, pagaríamos pra que você pudesse fazer esse curso.

— Mentira! Tá de sacanagem?

Henry não fala nada, e na hora entro em pânico que seja porque vou passar seis semanas longe. Mal aguentamos um mês sem nos vermos, mas agora vai ser diferente e ele pode me visitar.

— Tem certeza? Obrigada, Gray.

— Hum. Então, o pai e a mãe não sabem ainda, mas vou me mudar para a Costa Oeste. Ainda não tenho certeza de qual é o time, mas recebi algumas ofertas. O aluguel do meu apartamento ainda não acabou, então você pode ficar lá durante o curso e tal. — Ele olha para Henry e depois de novo para mim. — Mas tem câmeras que vão observar cada movimento seu, então nada de gracinhas. Vou saber se algo indecente acontecer no meu sofá. E vou voltar em algum momento. Promete que vai cuidar dela? A cidade não é pra fracos.

— Por que você é tão chato? E eu consigo... Espera, o quê? — questiono.

— Eu vou com você — diz Henry, calmo, como se não fosse a coisa mais empolgante que ouvi este ano. — Me inscrevi pra uns cursos de arte que pareciam legais.

— Eu... — Poderia gritar de tanta felicidade se isso não fizesse Henry me expulsar da casa. — Estou tão feliz.

Russ aparece na entrada do jardim. Ele bate antes de enfiar a cabeça para fora, já sem a camiseta de guaxinim.

— Desculpa a intromissão, gente. Preciso ir, senão vamos chegar atrasados.

— Um minuto — diz Henry.

Abraço meu irmão e, relutante, ele me abraça de volta com seu jeito ranzinza de sempre.

— Obrigada, Grayson. Você vem pra festa depois? É open bar.

— Não, Hals. Vai se divertir com os seus amigos. Te vejo amanhã. — Ele aponta pro Henry. — Nada de beber e dirigir. Ouviu?

— Eu nem tenho carro — responde Henry.

— Ótimo. Vamos continuar assim.

Quando voltamos para a casa, Henry me olha.

— Eu não vou. Preciso praticar uns *sprints* para fugir do seu irmão.

— Vai, sim; vamos.

* * *

— Eu amei sua roupa — diz Henry para mim. — Você está muito linda.

Cerca de cinco pessoas que não conheço se viram e me olham com uma expressão que mistura inveja e felicidade.

— Shhh — respondo, rindo. — Mas obrigada.

Ele se aproxima e enfia o nariz debaixo da minha orelha.

— De nada.

— Dá pra vocês pararem? — replica Jaiden, irritado. — Alguns aqui são solteiros e não gostam de ouvir esse tipo de coisa. — Ele olha para a fileira de casais ali. — Ah, esquece.

Tento me refrescar com o leque de papel que recebi quando entrei no terraço do hotel. Foi muito mais útil do que o drinque frutado e com gás que me deram.

— Eles estão vindo! — grita Aurora, e pede desculpa quando Henry pergunta se era necessário gritar.

Uma salva de palmas começa quando as portas do terraço se abrem e Tasi, Lola, Mattie, Bobby e Kris entram com o capelo e a beca de formatura.

— Nossa, como demorou — resmunga Bobby e vai direto a um balde cheio de gelo com cervejas.

— Não vou fazer isso de novo — adiciona Mattie.

— Foi o que ela disse! — grita Kris, seguindo-os em direção à cerveja. — Duas vezes.

— Será que algum dia vocês vão crescer? Tipo, de verdade — pergunta Tasi, colocando seu capelo na mesa. Vejo que as palavras "Finalmente me formei" que fizemos juntas com cola quente e supervisão excessiva do Henry aguentaram o dia inteiro.

— Não. Provavelmente, não — diz Robbie quando aparece com Nate ao lado.

A maioria dos amigos e das famílias começou a chegar e o terraço está lotado. Me mantenho firme ao lado do Henry para ajudá-lo quando se sentir sobrecarregado. Ele disse que tem o tipo de rosto que pais gostam de chamar para conversar, e precisa de mim para cortar esse papo.

Nate organizou o evento para todos porque queria comemorar com a Anastasia e ela disse que seria chato só os dois, por isso deram uma festa com todo mundo. Aceitar que as pessoas terminaram a faculdade e vão começar novas jornadas vai ser difícil para mim, depois de ter feito tantos amigos novos este ano. O Henry prometeu que isso não seria o fim e que pode quase garantir que não conseguiremos nos afastar de ninguém. Eu o interrompi quando começou a pesar os prós e os contras de simplificar nosso grupo de amizade.

— Podemos não fazer a formatura? — pergunta Henry. — Acho que não consigo aguentar esse tanto de socialização dois anos seguidos.

— Pelo menos termine as aulas antes de desistir da formatura, cara.

Ambos olhamos para a pessoa falando e não faço ideia de quem seja. Henry o abraça imediatamente, algo que nunca o vi fazer com alguém além de mim e suas mães.

— Connecticut acabou com seu cabelo — diz Henry quando solta o homem. — Você devia se mudar pra Los Angeles.

Então percebo que o homem é o Joe.

— É o plano. Me dê mais alguns anos para sobreviver à faculdade de Direito e eu volto. Diga ao Damon que sinto saudade dele e nunca mais vou trair, prometo. — Os dois riem e olham para mim. — Você deve ser a Halle. Ouvi falar muito de você.

— Ouvi muito sobre os seus encontros com o Henry. — Ele começa a rir. — Muito prazer em conhecê-lo.

Conversamos sobre Nova York, e prometo que vamos nos ver quando eu e Henry formos pra lá mês que vem. Conversamos sobre livros, já que Joe é um leitor voraz e, quando alguém grita "discurso", ele tenta convencer Henry de que estão falando com ele.

Nate sobe no degrau mais alto do terraço e faz uma reverência falsa quando alguém assobia para ele.

— Obrigado, Colin, pai da Tasi, pelo elogio. — A multidão ri, e Henry passa o braço sobre meus ombros, me puxando para perto e beijando minha cabeça. — Não vou fazer um discurso longo porque sei que todo mundo está ansioso para comemorar e, em algum momento, um de vocês vai começar a me vaiar. Estou muito orgulhoso de celebrar todas as conquistas do nosso grupo de amigos. Meu melhor amigo da vida inteira, Robert Hamlet, é o mais novo membro do corpo docente da UCMH, e um mestre em treinamento esportivo. Lola vai para a Costa Leste tentar dominar a Broadway e continuar sua missão de vida de ser a pessoa mais assustadora de Nova York. Mattie e Bobby vão seguir com suas carreiras de hóquei...

— Nossa, como gosta do som da própria voz, né? — diz JJ, que aparece atrás de mim e me assusta. — Ele não fez um discurso assim quando me formei.

Henry ergue as sobrancelhas.

— Ele não fez discurso nenhum. Vocês ficaram superbêbados e cantaram a trilha sonora inteira de *Mamma Mia!* no karaokê.

— Ah, é — diz JJ ao tomar um gole da bebida. — Alguém trouxe o karaokê?

Nate ainda está falando enquanto JJ e Henry conversam ao meu lado.

— Kris vai estudar medicina, o que é assustador pra mim e também deveria ser pra todos vocês.

— Quantas pessoas a gente conhece? Deve estar acabando, né? — pergunta Henry, olhando para o relógio no bolso.

— Shh — faço para calar os dois.

— E minha bela Anastasia: eu te amo tanto, meu bem. Estou tão orgulhoso de você e de tudo o que conquistou este ano. Você se esforçou tanto...

— Quando posso começar a vaiar? — pergunta Joe, olhando por cima do ombro para Henry e JJ.

— Já, já — diz JJ.

— E eu vou terminar por aqui, gente. Aproveitem as bebidas, a música e a comida. Estou muito feliz de poder comemorar com vocês hoje.

Todos aplaudem e comemoram; o braço do Henry sai dos meus ombros, ele segura minha mão e aperta firme.

— Quer dar uma volta? — pergunto e beijo sua bochecha.

— Quero.

Ignoramos as reclamações do Jaiden enquanto descemos a escada para uma área externa menor do hotel. Depois de andarmos por alguns minutos de mãos dadas, achamos um banco debaixo de um arco de flores. Apoio a cabeça no ombro dele, e ouvimos o barulho da fonte jorrando água atrás de nós.

— No que você está pensando? — pergunto pro Henry, beijando as costas da sua mão.

— Que devíamos comprar uma coleira para poder levar Joy aos lugares com a gente.

— Eu te amo — digo, e pronuncio cada sílaba do fundo do coração. — E você amar tanto a minha gata me faz te amar ainda mais.

— Também te amo, capitã.

— Mais do que ama a Joy?

Ele sorri de um jeito brincalhão, passando o braço ao meu redor para me puxar e beijar. Desce a mão pelas minhas costas até chegar à minha cintura. Usa o movimento para me puxar para o seu colo.

— Me ensinaram que mentir é errado.

Quando tento me soltar dele para sair correndo, ele me segura mais firme, rindo alto.

— Brigar é bobagem, Halle, e você não é boba.

— Precisamos de um novo livro de regras — declaro, abraçando seu pescoço.

— Você está fora de controle sem regras. Regra número um: para de usar essa frase ridícula contra mim.

Seus lábios se apertam e ele balança a cabeça.

— Sinto muito, o conselho não aceitou essa.

— Acho que o conselho é tendencioso.

— Deve ser, mesmo. Nunca me puniram por todas as vezes que pensei em você pelada.

Meu queixo cai.

— Isso nem era uma regra! Era que você não podia comentar a respeito!

— Ah, foi mal. — Henry beija meu ombro e, à distância, ouço o começo de uma música que com certeza é do filme *Mamma Mia!*.

— Obrigada por estar no meu time, Henry.

— Obrigado por me dar um amor que nunca senti antes.

Seguro seu rosto com as mãos e o beijo intensamente, com todo o amor que tenho por ele.

— E como se sente com isso? Agora que consegue senti-lo?

Ele fica em silêncio enquanto pensa.

— Como se estivesse sonhando acordado. Então, bem feliz.

Agradecimentos

Uau. Outro livro! Olha só aonde chegamos.

Tenho uma longa lista de pessoas a que preciso agradecer por fazer *Sonhando acordado* virar realidade.

Para começar, muito obrigada à minha agente, Kimberly Brower, porque eu não teria escrito este livro sem ela e sua paciência. Entregar um livro muito atrasado é uma experiência horrenda e não recomendo, mas ter o tempo de que eu precisava para fazer isso foi um milhão de vezes melhor sabendo que eu tinha você ao meu lado, Kimberly.

Minha assistente, Lauren, que apelidou este livro muito apropriadamente de *Pesadelo*. Obrigada por me deixar usar o seu trauma de filha mais velha para ganhar dinheiro, e sinto muito por ter feito você ler isso tantas vezes. Obrigada por me ouvir falar deste livro todos os dias por um ano e segurar minha mão em cada etapa.

Minha equipe editorial inteira na Simon & Schuster e além. Nossa, como eu fiz vocês esperarem por este aqui, né? Muito obrigada a todos por mudarem suas prioridades e trabalharem até tarde, nos fins de semana e em um cronograma absurdo para que pudéssemos entregar Halle e Henry para o mundo a tempo. Obrigada pela sua paciência comigo e sua dedicação, me ajudando a achar meu ritmo neste cenário estranho de publicação tradicional com o qual ainda estou me acostumando. Sou muito grata por todos que mantêm o sistema Hannah Grace rodando.

Johanie, muito obrigada pelo apoio e pela ajuda para tornar este livro o melhor possível.

A meus amigos, que têm sido muito compreensíveis e atenciosos quando ignorei suas mensagens por semanas enquanto trabalhava neste livro. Obrigada por me dizerem que eu *terminaria*... repetidamente, porque fui muito irritante nesse último ano e precisei de muitas palavras de conforto. Obrigada a todos que responderam às minhas dúvidas, leram capítulos, me deixaram perguntar sobre um parágrafo mesmo quando tinham suas próprias vidas, projetos e prazos se aproximando.

Uma menção especial a Nicole, Jess, Sarah e Kimmy por lerem os rascunhos mais crus deste livro. E de novo, quando decidi começar do zero.

Queria agradecer a meu marido e meus cachorros, por serem o meu time.

A minha irmã, porque eu não conseguiria escrever cento e vinte e cinco mil palavras sobre Halle sem mencionar a irmã mais velha da minha família. Obrigada por suportar todo o peso para que eu não precisasse fazer o mesmo; prometo que vou compensar!

Meus leitores, vocês são os melhores. Tenho tanta sorte e estou tão empolgada/aterrorizada para conversar com vocês sobre *Sonhando acordado* agora que o leram! Não poderia fazer tudo isso sem vocês.

Por fim, obrigada, Taylor Swift, Warburtons Potato Cakes e meu copo Stanley, por tudo que fazem por mim.

Playlist secreta
(VERSÃO DA HALLE)

STAY BEAUTIFUL	3:56
OUR SONG	3:21
I'M ONLY ME WHEN I'M WITH YOU	3:33
YOU BELONG WITH ME (TAYLOR'S VERSION)	3:51
JUMP THEN FALL (TAYLOR'S VERSION)	3:58
BYE BYE BABY (TAYLOR'S VERSION)	4:02
ENCHANTED (TAYLOR'S VERSION)	5:53
HAUNTED (TAYLOR'S VERSION)	4:05
LONG LIVE (TAYLOR'S VERSION)	5:18
I KNEW YOU WERE TROUBLE (TAYLOR'S VERSION)	3:40
I ALMOST DO (TAYLOR'S VERSION)	4:05
HOLY GROUND (TAYLOR'S VERSION)	3:23
BLANK SPACE (TAYLOR'S VERSION)	3:52
STYLE (TAYLOR'S VERSION)	3:51
YOU ARE IN LOVE (TAYLOR'S VERSION)	4:27
KING OF MY HEART	3:43
DRESS	3:50
CALL IT WHAT YOU WANT	3:24
I THINK HE KNOWS	2:53
PAPER RINGS	3:42

FALSE GOD	3:20
CARDIGAN	4:00
MIRRORBALL	3:29
INVISIBLE STRING	4:13
WILLOW	3:36
NO BODY, NO CRIME (FEAT. HAIM)	3:36
LONG STORY SHORT	3:45
VIGILANTE SHIT	2:45
SWEET NOTHING	3:08
PARIS	3:16
I CAN DO IT WITH A BROKEN HEART	3:38
THE ALCHEMY	3:17
SO HIGH SCHOOL	3:49

Impressão e Acabamento:
GRÁFICA SANTA MARTA